KB099180

DONGSUH MYSTERY BOOKS 74

THE EIGHTH CIRCLE

제8지옥

스탠리 엘린/김영수 옮김

동서문화사

옮긴이 김영수(金榮洙)
와세다대학문과수학. 동국대학문과 졸업. 홍익대학·충남대학 교수 역임. 지은
책 《사기열전》《소설 사서오경》 옮긴책 챕《항해왕 헨리》 등이 있다.

DONGSUH MYSTERY BOOKS 74
제8지옥

스탠리 엘린 지음/김영수 옮김
초판 발행/1977년 12월 1일
중판 발행/2003년 6월 1일
발행인 고정일/발행처 동서문화사
창업 1956. 12. 12. 등록 16-345(윤)
서울강남구신사동 540-22 ☎ 546-0331~6 (FAX) 545-0331
www.epascal.co.kr

✱

편찬·필름·제작 일체 「동판」 자본으로 이루어짐에 따라
출판권 소유권자 「동판」에서 제조출판판매 세무일체를 전담합니다.
사업자등록번호 211-90-02201
ISBN 89-497-0159-6 04840
ISBN 89-497-0081-6 (세트)

어머니, 아버지에게 드립니다.

······그리고
제8지옥에 있는 것은
뚜쟁이, 아첨꾼, 성직 매매자, 점쟁이,
부패 관리, 위선자, 도둑,
권모술수가, 이간질쟁이,
사기꾼 등이다.

단테《신곡》제1부
〈지옥편〉에서

제8지옥

차례

제1부 콘미······ 11

제2부 콘미와 커크······ 29

제3부 커크······ 301

사회적 일반 관념에서 출발한다······ 376

등장인물

프랭크 콘미 사립탐정사 전임 사장

맬리 커크 사립탐정사 현재 사장

냅 부인 맬리 커크 사장의 비서

브루노 맨프레디

루 스트라우스 } 사원

리고드

랠프 하링겐 변호사

미건 랠프 하링겐의 딸

아널드 랜딩 부정부패 혐의를 받은 경관

루스 빈선트 아널드의 약혼녀

벤저민 프로이드 아널드의 동료

디디(도널드슨 부인) 맬리 커크의 여자 친구

헬런 여관 여주인

아일러 밀러 마권 암표상

펄 밀러 아일러의 아내

에디 슐레이드 아일러의 친구

조지 워이콥 마권 암표상 두목

펠릭스 로스캘조 지방 검사

제1부 콘미

1

어느 날 프랭크 콘미가 그에게 말했다.

"바야흐로 요즘은 서류 정리함의 황금 시대일세. 더럽고 아름다운 시대지."

그날 밤 두 사람은 세인트 스티븐 호텔의 프랭크 방에 있었다.

맑고 차가운 밤으로 달은 뜨지 않았으나 온 하늘에 별들이 가득 빛나고 있었다.

30층에서 내려다보이는 센트럴 파크에서는 해마가 하늘을 향해 얼빠진 소리로 울어댔고, 차체가 기울어질 만큼 속력을 올려 5번 거리를 달리는 구급차 사이렌 소리에 호랑이들이 울부짖고 있었다……

밤도 깊어갈 무렵, 프랭크는 자기 손에 뿌리내린 듯 쥐어진 벌룬 글라스에 술통의 코냑을 넘칠 듯이 따르면서 말했다.

"인간 정신은 이제 나방이 아닐세. 인간 정신은 더 이상 하늘을 자유로이 날지 못하게 되었네. 이제는 미지의 위험에 자기 몸을 내맡기는 것 같은 일을 하지 않을 걸세.

오늘날의 인간 정신은 널빤지에 핀으로 꽂힌 채 죽은 딱정벌레일세. 두꺼운 홀더(종이끼우개) 속에 정리되어 서류 정리함에 보관된 파일에 지나지 않지. 하지만 파일은 멋진 상품이야. 여러 가지 사실을 배합하는 방법이나 장래의 이용 방법만 알고 있다면 말일세."

맬리도 그것만은 부정할 수 없었다. 프랭크 콘미에게서 무언가 배울 점이 있다면, 그것은 많은 사실을 수집하여 종이나 마이크로필름이나 테이프 레코더에 기록해 두는 일이었다. 그렇게 해두면 받은 돈에 해당되는 만큼의 사실을 언제나 의뢰인의 손에 쥐어줄 수 있었다.

그러나 이것은 훨씬 전의 일, 랜딩 사건이 기록에 오르기 이전의 일이었다.

랜딩 사건은 여러 가지 어마어마한 이론과 술꾼들의 철학을 여지없이 때려 부수었다. 만일 프랭크가 사건을 취급했다면 그렇게 되지 않았을지도 모르지만, 그때는 프랭크가 없었다. 그 1년 전쯤 프랭크는 고혈압에다가 신경쇠약과 싸우고, 술과 담배와 비프스테이크에 반대하는 바보 같은 의사며 주사에 대항하다가 결국 세상을 떠나고 말았던 것이다.

그리하여 사건은 모두 맬리 커크의 어깨에 짊어지워지게 되었다. 여러 가지 문제점도 함께.

긴 안목으로 보면 그 문제점들을 해결할 수는 있었다. 왜냐하면 랜딩 사건의 서류철은 모든 것을 말해 주는 동시에 아무것도 말해 주지 않았기 때문이다. 그 서류철은 랜딩과 사건 관계자들에 대해 본인조차 깜짝 놀랄 만큼 많은 사실을 말해 주었다. 그러나 다른 면에서 보면 기묘하게도 흥미를 끄는 몇 가지 사항이 빠져 있었다.

예를 들면 뉴욕 시 지방 검사 특별 보좌관 펠릭스 로스캘조가 키우는 기묘한 애완 동물에 대한 것이 그 기록에는 빠져 있었다. 그리고 조지 워이콥이라는 유명한 마권상이 샤토 뒤캉(프랑스산 고급 포도주)은 식사 때의 술로서는 너무 달다고 말한 것, 또 보잘것없는 식료품 가게 주인이었으며 시인으로서는 그보다 더 보잘것없었던 맬리의 아버지가 예전에 윌리엄 제닝스 브라이언(미국 윌슨 대통령 재직 때 국무 장관으로서 혁신적인 정책을 폈음. 1925년 사망)에게 바치는 시를 지었다는 것도,

그 시의 첫머리는 다음과 같다.

우리는 고칠지어다, 탐욕의 근시안을
그리하여 기대하리라, 유토피아를.

이런 것은 기록에 실려 있지 않았으나, 맬리가 나중에 깨달은 대로 이 사실들이야말로 가장 중요한 부분이었던 것이다.

이런 말을 들으면 프랭크는 자기 이마를 찰싹 때리며 큰소리를 지르리라. 프랭크는 언제나 일의 본질을 파악하는 데 능란한 솜씨를 보였다. 의뢰인이 돈을 지불하는 것은 무엇보다도 그 본질을 알고 싶기 때문이라는 것이다.

프랭크는 늘 입버릇처럼 말했다.

"'누가, 언제, 어디서, 무엇을!' 그 다음에는 사실을 파악하여 그것을 정리하고 기록할 것! 나는 이런 식으로 이 탐정 사무실을 키워왔다네. 지금도 그렇게 하고 있기 때문에 이 살림을 꾸려나갈 수 있는 걸세. 이 주에만도 오줌 냄새 나는 탐정 사무실이 5백여 군데나 있지만, 보다시피 그들은 끼니를 잇기에도 급급하다네!"

처음 그 탐정 사무실 대기실에 발을 들여놓았을 때 문밖까지 흘러나오는 프랭크의 높고 열띤 목소리를 듣고 맬리는 차라리 돌아가 버릴까 생각했었다.

그때 주머니 속의 한쪽 손에 동전이 만져졌으므로——그것은 그의 전 재산으로 모두 해봐야 85센트 밖에 되지 않는다는 사실을 상기시켜 주었다——맬리는 그대로 기다리고 있었다.

이윽고 스스로 나서서 사회 봉사 일을 하는 사람 특유의 예의바른 미소를 띤 접수구 아가씨가 그를 신전으로 안내해 주었다.

사무실 안의 모습은 몇 해 동안 조금도 달라진 데가 없었다. 그때도 지금과 똑같았다.

방의 세 벽은 자잘한 무늬가 새겨진 떡갈나무 판자로 되어 있고, 나머지 한 벽에는 단단한 금속 서류 정리함이 죽 늘어서 있었다. 발밑에는 폭신한 카펫이 깔려 있었다. 모든 가구와 세간에서 여러 해 동안 정성스럽게 손질한 고급 목재에서 풍기는 고색창연한 느낌이 감돌았다.

프랭크 콘미를 바라보고 있는 동안 맬리는 이 노인도 역시 예스러운 빛에 감싸인 듯한 느낌을 받았다.

프랭크는 그때 이미 70살에 가까운 노인으로, 목에는 군살이 붙었고 볼은 불그레했으며 하얀 코밑수염은 마치 은퇴한 상공회의소 회장 같이 보였다. 그러나 탐색하듯 맬리를 바라보는 그 눈은 생기 있고 날카로웠다.

"무슨 일이오?"

책상 위에는 호두나무로 만든 큰 담배상자가 놓여 있었다. 프랭크는 그 담배 상자를 맬리 쪽으로 밀어주며 곱게 다듬어진 투박한 손으로 그 뚜껑을 열었다.

맬리는 말했다.

"일 때문입니다. 무언가 일을 시켜주시리라 생각했습니다만……."

프랭크의 손이 담배 상자 뚜껑 위에서 잠깐 머뭇거리더니 조용히 뚜껑을 닫았다.

"어째서 그런 생각을 했소?"

"지난 주일 이 사무실 사람, 콜린즈 씨로부터 그가 여기를 그만두게 되어 자리가 빈다는 말을……."

"잭 콜린즈는 왜 당신이 이 사무실 일에 적합하다고 생각했을까요?"

"그것은 저어…… 저는 법률사무소에서 일하고 있습니다. 캔립 미드 앤드 어펠 법률사무소지요. 콜린즈 씨는 이곳 일로 몇 번 우리 사무소에 왔었습니다. 그래서 알게 되었으므로, 내가 적임자라고 생각했었겠지요."

"알겠소, 그런데 실례하오만 이름이?"

"커크입니다. 맬리 커크."

"미안하지만 커크 씨, 잭은 개인적인 일로 태평양 연안 어디엔가 가 있으니 당신 말을 확인해 줄 수 없겠군요. 그러나 그쪽에서 연락이 와 빈자리가 생긴다면……."

"알겠습니다, 전화 연락은 취하지 마십시오. 제가 걸겠습니다."

"그리 급하게 서두를 필요는 없소, 성미가 급한 사람이구먼."

지나친 친절을 나타내보이며 프랭크 콘미는 빙그레 미소지었다. 얇은 입술이 벌어지며 너무나 고른 이가 언뜻 보였다.

"당신 같은 입장에 있는 사람은 조금 성미를 억누르는 게 좋다고 생각되지 않소?"

맬리는 의자에서 일어났다.

"저는 월급을 받고 있는 게 아닙니다. 아직 이 사무실 직원이 아닌 저로서는……."

"앉으시오." 프랭크 콘미가 말했다.

맬리는 다시 자리에 앉았다. 그 뒤 한참 동안 맬리는 심술궂은 세관원이 이 녀석을 어떻게 다룰까 생각하며 머리끝부터 발끝까지 훑어볼 때 같은 기분을 실컷 맛보았다. 마침내 위가 부글부글 끓어올라왔다.

프랭크가 불쑥 물었다.

"아직도 캔립 법률사무소에 근무하고 있소?"

"아닙니다, 오늘 아침 그만두었습니다."

"거기서는 무슨 일을 했소? 어떤 종류의 일을?"

"명목상으로는 변호사 견습입니다만, 실제로는 거의 모든 일을 했습니다. 큰돈벌이도 되지 않는 손님 접대, 서류 정리, 정보 수집, 사무실 청소, 게다가 한 달에 한 번 앨트먼 가게로 캔립 씨의 셔츠 칼라를 사러 가는 일까지 모두 제가 했습니다."

"그 일을 얼마 동안이나 계속했소?"

"1년쯤."

"그전에는?"

맬리는 잠시 생각해 보았다.

"언제까지 거슬러 올라가 말해야 합니까?"

"좋을 대로. 하지만 간단히 말하기 바라오, 커크. 당신은 내 시간을 빌리고 있는 입장이니까."

"알겠습니다. 어렸을 때는 웨스트사이드의 116블록 언저리와 브로드웨이에서 지냈습니다. 아버지는 식료품 가게를 했지요. 시티 칼리지를 졸업하고 군대에 들어갔습니다. 제대하자 군인 장학금으로 세인트 존 법과대학을 다녔습니다. 자격 시험에 합격한 뒤 캔립 미드 앤드 어펠 법률사무소에 취직했습니다. 이상입니다."

"그런데 왜 그 사무소를 그만두었소?"

"급료 때문입니다."

"급료가 얼마였소?"

"주급 40달러였습니다…… 세금 포함해서."

"그것으로 용케 살았구먼."

프랭크는 콧소리를 울렸다.

"뭐, 그럭저럭 꾸려나갔습니다."

"그럼, 내가 주급 50달러 준다면 굉장히 출세하는 셈이 되겠구먼."

"그렇지는 않습니다. 그렇지만 처음에는 그것으로도 만족합니다."

"그렇게 나올 줄 알았지."

프랭크는 죽기 얼마 전 맬리에게 그때 일을 다음과 같이 말했다.

"잘 기억하고 있네. 솔직히 말하면 자네가 오리라는 걸 잭 콜린즈로부터 들었거든. '얼굴은 성가대 어린이처럼 생기고, 취미는 좀 복잡한 옷을 입는 것이며, 배고픈 듯한 눈초리를 한 사나이가 갈 테니 괜찮거든 써주십시오'라고 말했지. 나는 이야기를 꺼내는 순간 자네가 그 사람이라는 것을 알았네. 왜냐하면 지금까지 이 초록빛 카펫 위에 선 사람 가운데 자네만큼 배고픈 표정을 한 사람은 하나도 없었으니까. 자네의 몸도 마음도 5달러짜리 한 장이면 살 수 있을 듯한 기분이 들었다네."

"고약한 분이군요, 당신은. 알면서도 나를 그처럼 초조하게 만들고 거드름을 피웠으니 말입니다."

프랭크는 옛일을 회상하는 듯 한숨을 내쉬었다.

"하긴 그렇지. 이런 말해도 될지 모르겠네만, 맬리. 마누라 엉덩이에 깔린 남자는 성미 강한 젊은이를 학대해 보는 게 하나의 즐거움이라네. 하지만 그런 건 아무래도 좋네. 내가 자네에게 가르쳐주고 싶은 것은 배고파 보이는 얼굴은 인간이 지닌 가장 큰 아름다움이라는 점일세. 내가 자네를 주급 60달러로 고용한 것도 그 얼굴이 마음에 들었기 때문일세."

"50달러입니다."

그러나 프랭크는 천연스럽게 말했다.

"60달러일세. 그런 일로 다투지 말기로 하세. 내가 이런 일을 싫어한다는 걸 알지? '논쟁'이라는 이름이 붙은 게 시작되면 내 피는 마치 셀처 수(독일산 광천수)처럼 부글부글 소리를 낸다네."

그러나 처음에는 주급 50달러였다. 더욱이 50달러로서는 일이 아주 고된 편이었다.

프랭크 콘미의 사무실에는 문이 두 개 있었다. 맨 처음 들어갔던 문이 그중 하나였으며, 또 하나의 다른 문을 지나 저쪽의 죽 이어진 방으로 맬리는 안내되었다——조사원실, 속기실, 저장실, 사진 현상실.

프랭크가 소개하는 태도로 짐작하여 맬리는 이 사무실에서 가장 중요한 인물은 프랭크의 비서이며 속기실 감독이고 열쇠 보관자인 냅 부인임을 알았다.

키가 작고 아담한 냅 부인은 눈부실 정도로 파란 분을 머리에 바르고 있었다. 30년 전이었다면 틀림없이 굉장한 미인이었을 것이다. 사람 좋은 흔적이 아직 은근히 남아 있었으나, 그것은 이제 장난감 군함을 죽 세워놓은 정도의 위엄으로 바뀌어 있었다.

맬리의 입사에 필요한 서류에 여러 사항을 써넣으며 그녀는 기관총 같은 속도로 이 사무실의 규칙을 설명했다.

"콘미 사장님은 어떤 종류의 일에나 굉장히 엄합니다, 커크 씨. 예를 들어 속기실 언저리를 서성거린다든가 여직원들과 함부로 교제하면 안 됩니다. 무슨 말인지 알겠지요?"

"알겠습니다."

"기밀 파일은 사장님 방에 있는데, 결코 그것에 관여해서는 안 됩니다. 똑똑히 알아두세요. 기밀 파일에서 자료를 빌릴 때나 돌려줄 때는 나에게 말해야 돼요. 내가 출납을 맡고 있지요. 그리고 사무실을 나갈 때는 절대로 자료를 함부로 두면 안 됩니다. 잠깐 식사하러 나갈 때도 반드시 나에게 맡겨두세요, 알겠지요?"

"알겠습니다."

"출근과 퇴근 때는 출근부에——내 책상에 있는 저거예요——서명하고 시간을 기입하세요. 근무 시간 이후에 출동이 가능하면 출동가능란에 서명을 하고 연락처를 적어두세요. 정말 가능한 경우 말고는 이 난에 서명하면 안 돼요. 급할 때 한 사람을 위해 여기저기 찾아다니는 것은 비능률적이니까요."

맬리가 물었다.

"출동 가능란에 서명하면 어떤 이익이 있습니까?"

"시간 외 근무로 계산됩니다. 참, 그리고 콘미 사장님은 외부 사람에게 사무실 일에 대해 이야기하는 것을 싫어하십니다. 만일 누군가와 자리를 같이하여 그런 이야기가 나오거든 연구소에 근무하고 있다고만 말해 두세요. 그것이 우리 사무실 직원들의 습관이랍니다."

"친구에게는 말해도 좋겠지요?"

"그것은 상식적으로 판단해 주세요, 커크 씨. 그럼, 여기에 서명하세요. 그리고 여기에도. 그밖에 다른 질문을 없나요?"

"없습니다."

맬리는 대답하고 나서 느닷없이 덧붙였다.

"영화에서 본 것과는 많이 다르군요."

냅 부인은 날카로운 눈으로 맬리를 쏘아보았다.

"물론이에요, 커크 씨. 우리 사무실에서는 술과 여자와 권총은 취급하지 않아요. 솔직히 말하자면 우리 사무실에서 공식적으로 무기 휴대를 허가받은 사람은 콘미 사장님 한 분뿐이에요. 하지만 사장님은 권총 쏘는 자세조차 모르실 거예요. 알겠어요, 커크 씨? 이곳은 어디까지나 합법적인 사립 탐정 사무실로, 뉴욕 주의 인가를 얻어 어떤 종류의 합법적인 서비스를 하고 있어요. 그러므로 당신들도 다른 사람들과 마찬가지로 뉴욕 주의 법률을 지켜야 해요. 이 점을 잊어서는 안 돼요."

"잊지 않겠습니다."

"좋아요. 그럼, 우선 인사 파일부터 시작하세요. 이쪽으로 오세요. 맨프레디 씨 책상에 빈자리가 있어요. 인사 파일에 대해서는 맨프레디 씨가 설명해 줄 거예요. 맨프레디, 이분은 커크 씨예요. 부탁하겠어요."

큰방에는 열두 개의 책상이 놓였으며 한가운데가 가려져 있었다. 책상에 앉은 사람들은 냅 부인이 나가는 것을 말없이 바라보다가 아무 관심도 없이 새 동료를 흘긋 훑어본 다음 다시 일을 계속했다.

이윽고 코가 길고 동물원의 학처럼 슬픈 얼굴을 한 맨프레디가 맬리 쪽으로 돌아앉았다.

"당신은 또 어쩌다 이런 덫에 걸려들었소?"

"전에 이곳에 있었던 사람…… 잭 콜린즈 씨가 소개해 주었습니다. 그를 압니까?"

"지금 당신이 앉은 자리가 그의 의자였소. 나와도 사이가 좋았는데, 스폰서가 생겨 로스앤젤레스에 개인 사무실을 내게 되었다오."

"그는 나에게 이곳의 급료 이야기를 해주었지요. 조건이 나쁘지 않은 듯이 말했습니다만."

"그렇소. 하지만 잭은 일솜씨가 아주 뛰어났었지. 특별 사건만 다루었다오. 그렇게 되기까지 꽤 오랜 시간이 걸렸지만. 여기서 한몫볼 생각이 있다면 당신도 그만큼 단련되어야 될 거요."

"그런 일에 내가 투자할 수 있는 것은 시간뿐입니다."

"그거 훌륭한 생각이오. 그럼, 당신의 투자신탁 내용을 설명해 주겠소."

인사 파일이란 요컨대 산더미 같은 이력서였다. 타이프로 친 것도 있지만 대부분 프린트 인쇄였으며, 활판 인쇄는 몇 장 안되었다.

맨프레디가 설명했다.

"예를 들어 화이트칼라 한 사람이 이 근처의 큰 회사에 취직하려는 경우 그는 직접 회사에 가보지는 않소. 그저 이력서나 회사에 보내고 난 뒤 집에서 취직이 되길 기도나 한다고 할까요. 회사가 이력서를 우리 사무실로 보내오면, 우리는 그것을 검토하는 거요. 그것을 투시하는 방법을 알고 있소? 말하자면 학력이며 경력 따위에 거짓이 없는지 조사하는 거요."

"전에 근무한 사무실에서 그런 일을 한 적이 있습니다."

"좋소. 만일 모든 점이 틀림없으면 'OK'라고 당신 이름 머리글자를 써넣으시오. 거짓이 있는 부분에는 'NG'라 쓰고 역시 머리글자를 적어두시오. 아무래도 분명치 않은 부분은 비워두고, 비워둔 곳이 너무 많거나 조사 보고가 거짓일 때는 당신 목이 날아가게 되오.

그밖에도 일이 있소. 첫째로 이런 사람들의 파일은 이미 대부분 갖추어져 있소. 인사 파일에 등장하는 사람들은 이미 여기저기에 얼굴을 내밀어 낯익은 얼굴들뿐이지요. 그리고 또 한 가지 일은——이것은 밖에 나가 이야기하지 말아주기 바라는데——이력서에서 골라낼 수 있는 것은 모두 이용하여 우리 사무실 파일을 깨끗하게 하는 거요. 이런 사람들의 자료는 모두 냉장고에 보관해 두어야 하오.

또 한 가지 일은 아주 어렵다오. 아침마다 사무실로 배달되는 많은 신문들을 재빨리 정리하여 파일에 이용할 수 있는 기사를 찾아내는 거요. 타임스 같은 큰 신문에서는 결혼 통지며 부고며 인사이동 같은 것을, 오락 신문에서는 스캔들을. 우리 일에 관계될 만한 스캔들을 골라내어 좋은 것이 있으면 파일에 넣어두는 거요. 대충 이런 것이오."

"점점 일이 엄청나게 느껴지는군요."

"뭐, 곧 익숙해질 거요. 아무튼 실업자보다는 낫다고 생각하면 되겠지요. 실제로 영장이나 소환장보다는 훨씬 나은 일감이오. 당신 아직 세례받은 적이 없겠지요?"

"무슨 뜻입니까?"

"우리 사무실에서는 어떤 여자에게 영장을 내밀었다가 그녀로부터 침세례를 받는 것을 '세례'라고 부른다오. 여자들은 법률 문서를 보면 입에 침이 괴는 모양이오. 이제 당신도 가엾은 침의 희생자가 되겠지요. 두고 보면 알겠지만, 요령껏 살짝 피할 수 있게 될 거요."

맬리는 상대방의 얼굴을 바라보았다. 맨프레디는 아주 진지한 얼굴이었다.

맬리가 물었다.

"일은 그것뿐입니까? 이 파일과 법률 문서뿐입니까?"

"천만에. 우리 사무실에서는 광범위하게 손을 뻗치고 있소. 방금 말한 것은 아주 초보적인 일이오. 자, 그럼, 이 일부터 하시오. 다른 일도 차츰 알게 되겠지."

정말로 차츰 사실을 알게 되었다. 맬리는 인사 파일 일을 했고, 법률 문서를 들고 갔다가 세례를 받았고, 브루노 맨프레디와 함께 몇 가지 사건을 다루었으며 이윽고 혼자 사건을 맡게 되었다.

그동안 맬리는 한 가지 사실을 발견했다. 이를테면 바위를 들어올릴 경우 보수만 좋다면 바위 밑에 무엇이 움직이고 있는 것을 목격하더라도 그리 기분 나쁘지 않다는 사실을.

그리고 맬리 커크가 이 직장에서 얻은 것은 급료뿐만 아니라 어딘지 완만하고 신비로우며 더없이 변덕스러운 프랭크 콘미의 우정이었다. 입사한 지 얼마 안 되어 맬리는 프랭크에게 어떤 종류의 무서운 외로움——예를 들면 오랜 시간 계속 보초를 서다 그 자리에 얼어붙은 병사의 외로움 같은 게 붙어 다닌다는 것을 알아차렸다. 그러나 그러는 동안 일에 대한 이야기가 마음을 터놓는 대화로 바뀌면 그 얼음도 녹기 시작하는 것이었다.

맬리가 처음으로 세인트 스티븐 호텔 콘미의 방에 간 것은 맬리의 서른 번째 생일이었다. 프랭크는 두 사람만의 파티를 열기 위해 그를 초대해 주었다.

그것은 강렬하고 화려한 파티였다. 프랭크의 독백이 장장 여덟 시간이나 계속되었는데, 반은 강연이었고 반은 회상담이었으며 그리고 대부분은 음담패설이었다. 1쿼터들이 그랑 아르마니야크(브랜디) 덕분에 새벽녘쯤 되자 맬리는 속이 메슥거리고 토할 것만 같았으며 현기증이 나서 차라리 죽고 싶은 심정이었다.

그 뒤 둘이서 식사를 하든가 술을 마시는 밤이 거듭되었으며, 둘이서 거리로 놀러나가는 일도 가끔 있었다.

프랭크는 이상하게 외길을 파지 않고 다양한 취미를 가지고 있었으므로 맬리는 그로부터 많은 것을 배웠다.

예를 들면 오페라는 겉보기만 굉장한 물건이라는 것, 넴뷰탈(수면제)보다 서부 영화가 더 효과 좋은 수면제라는 것, 경마는 자신의 경제력을 무시하고 달라붙으면 갑자기 재미있어진다는 것, 연극이란 극작가가 오케이시(현대 아일랜드의 민중극 작가)든 로저스와 해머스타인(《남태평양》 등 미국의 명작 뮤지컬을 만든 콤비)이든 언제나 볼 만한 가치가 있다는 것 등등.

요컨대 시골의 독한 술을 마시고 술기운이 화끈 올랐을 때와 같은 느낌이었으며, 거기에 프랭크 콘미의 수다와 그의 브랜디가 짙은 풍미를 곁들여 주고 있었다.

물론 사무실에서는 조그마한 반응이 있었다.

어느 날 오후 맬리가 화장실 거울을 보며 면도를 하고 있는데 맥널리라는 성질이 비뚤어진 조사원 한 사람이 들어왔다. 그는 자기 모습을 잠깐 거울에 비춰보더니 맬리 쪽을 향했다. 그리고는 다른 동료들에게 들리도록 일부러 크게 꾸민 목소리로 물었다.

"커크 씨, 가르쳐주시겠습니까? 이 정도 모양을 내면 사장님께서 나도 귀여워해 주실까요?"

맬리는 그의 마음을 잘 알고 있었으며 그리 탓할 생각도 없었다. 그래서 내키지 않게 면도칼을 놓고 주먹을 휘둘렀을 때도 펀치가 시원치 않았다. 맥널리도 반격해 왔으나 역시 빗나갔다. 마침내 두 사람은 서로 맞붙어 엉킨 레슬링 선수처럼 꼴사납게 엎치락뒤치락했다. 결국 브루노 맨프레디가 사이에 끼어들어 두 사람을 떼어놓았다.

그런 다음 맨프레디는 맬리에게 나무라듯 말했다.

"이게 무슨 짓이오? 그런 하찮은 우스갯소리에 화를 내다니. 그런 시비는 웃어넘기는 게 좋소. 그렇지 않으면 모두들 그의 말을 곧이곧대로 생각할 테니까."

"저 녀석이 한 말을 어떻게 생각하십니까?"

"내 의견 말이오? 글쎄, 나는 무슨 일이나 그대로 볼 뿐이오. 사장님에게는 가족이 없으니 당신이 아들 대신 뽑힌 거겠지요. 아무튼 신경쓸 필요 없소, 은행 예금과 같은 거니까."

맬리는 그런 일에 신경쓰지 않았다. 왜냐하면 나중에 프랭크 사장과 함께 공동 경영자가 된 뒤 자신의 실력을 충분히 알게 되었기 때문이다.

맬리는 그 무렵 이미 사무실에서 가장 유능한 실력자였으며 큰 사건만 다루었다. 맬리가 프랭크에게 아이디어를 제공한 급료 호송 서비스 사업이 곧 큰 성과를 올렸던 것이다. 비싼 광고도 결국 이익을 가져오는 일이라는 것을 입이 닳도록 설명한 뒤 맬리는 광고 회사에 부탁하여 프랭크 사장을 라디오며 텔레비전에 게스트로 출연시켰는데, 이것이 또 크게 효과를 올려 '프랭크 콘미'는 신문의 가십난을 통해 궁지에 몰린 정치계의 흑막 인물에게는 낯익은 이름이 되었다.

공동 경영 기간은 2년 동안 계속되었다. 프랭크의 죽음으로 그 관계가 끝난 이튿날 맬리는 그의 유언에 따라 사무실이 고스란히 자기 손에 들어온다는 것을 알고 적이 만족했지만 조금도 놀라지는 않았다.

이른바 일은 그렇게 되어 갔던 것이다.

10년 전 맬리는 전 재산 85센트로 이 사무실에 들어왔다. 그런데 지금──기묘하게도 입사한 날로부터 정확히 10년 되던 때에──자가용 캐딜락으로 사람도 많지 않은 장례식에 참석하고 돌아오는 길에 세인트 스티븐 호텔에 자동차를 세우고 프랭크 방의 새 주인으로서 점선 위에 자기 이름을 써넣었던 것이다.

그날 저녁 맬리는 이사를 끝냈다. 한밤중에 그는 늘 사용한 벌룬 글라스로 고인을 위해 마지막 건배를 든 다음 술잔을 난로에 부딪쳐 깨뜨렸다. 그것은 애틋한 충동에서 비롯된 자의식이 담긴 행동이었지만, 실은 분명히 계획되어 있었던 일이었다. 그는 프랭크를 좋아했기 때문에 프랭크가 좋아하는 방법으로 작별을 고하고 싶었던 것이다. 그는 지금 프랭크에게 분명히 작별을 고하고 있다고 생각했다. 아니, 그 순간에는 마음속으로 믿고 있었다.

그러나 그 뒤──이따금 잠이 안 오는 밤이면──혼자 방 안에 앉아 그때 일을 떠올리곤 했다. 그러면 엉뚱하게도 온갖 생각들이 순서도 없이 줄줄 맬리의 마음을 스쳐 지나갔다. 그것은 뜻없는 시위

행진처럼 빙빙 돌 뿐 뚜렷한 목적지도 없었다. 예를 들면 손해 보는 식료품 가게를 꾸려나가며 신통치 않은 시를 썼던 아버지의 일. 이중 열쇠를 채운 죽 늘어선 서류 정리함들. 그렇지 않으면 프랭크의 일. 그리고 세인트 스티븐 호텔 아래층 방에 갇혀 있는 수많은 사람들의 일까지 마음에 떠올랐다. 사람이 너무 많다. 생각도 가지각색이다.

그리고 그것들은 그림 맞추기 퍼즐의 나뭇조각 하나하나처럼 랜딩 사건이 시작되기를 기다리며 하나의 이미지로 조립되었던 것이다.

2

첫 번째 나무 조각을 박아 넣은 사람의 이름은, 어느 기록에도 나와 있지 않으나 오트 헬름케였다.

헬름케는 리지우드 구에 조그만 저택을 가지고 있는 고지식한 속물로, 더없이 조프치크(얌전하다'는 뜻의 독일 훈화. 헬름케는 독일계임)한 외동딸에게 맹목적인 아버지이고, 에벨레트 월슈라는 경관에 대해서는 이상하게도 심술궂은 이웃이었다. 헬름케 집안과 월슈 집안 사이의 다툼은 벌써 몇 해나 계속되어 왔는데, 그것은 두 집 경계선에 대한 하찮은 입씨름에서 비롯되었다.

이 다툼은 어느 날 밤 그 절정에 이르렀다. 왜냐하면 헬름케가 자기 집 차고에 들어갔을 때, 마침 자동차 뒷좌석에서 자기 딸과 월슈 집안 맏아들이 정신없이 사랑을 속삭이고 있는 것을 발견했기 때문이다.

헬름케는 두 가지 방법으로 보복했다. 첫째 그는 젊은이를 자기 집 터에서 쇠갈퀴로 두들겨 패서 내쫓은 다음 새벽 무렵까지 부엌 식탁에서 편지 한 통을 썼다.

그 편지 첫머리에는 '경관 봉급만으로 에벨레트 월슈 같은 생활을 과연 할 수 있겠는가?'라는 의문이 제기되었다. 그런 다음 놀랄 만큼 자세하게 월슈의 가정 경제 사정을 구석구석까지 파헤쳤다. 그 가운데 특히 강조한 점은 월슈 집 차고에 새 자동차가 두 대나 있고, 엄청난 돈을 들여 집 안을 수리했으며, '폐기 W호'라 불리는 길이 7.3미터의 선실 딸린 대형 요트가 시프스헤드 만에 있다는 것 등이었다.

이것은 지금까지 꿈에서도 몇 번이나 본 편지였으므로 헬름케는 만족스럽게 다시 읽었다. 그리고는 '괴로운 한 시민'이라 서명한 뒤 수취인으로 '뉴욕 시 지방검사 앞'이라고 썼다. 뉴욕 시에 지방검사가 한 사람밖에 없다고 생각한 것이 헬름케의 실수였지만, 앞으로의 경위를 보면 알 수 있듯이 이런 잘못은 문제가 안 된다.

허드슨 강 서쪽 주민들은 잘 알고 있겠지만, 아무렇게나 뿌린 씨라도 땅이 기름진 곳이면 언제고 뿌리를 내리기 마련이다. 이 경우 기름진 땅이란 뉴욕 시 행정기관의 부정부패 관계를 조사하기 위해 새로 설치된 특별배심기관이었다. 헬름케의 편지는 이 특별배심기관에 배달되었다. 그리하여 지방 검사국의 유능한 젊은이가 면밀히 조사한 결과 월슈는 이 배심원 앞에 호출되었다.

월슈가 그곳에서 진술한 내용은 타블로이드 판 신문의 큰 머릿제목 '경찰관, 동료에게 휘파람을 불다(동료를 밀고
한다는 뜻)'에 아주 재미있게 간추려져 있다.

특별배심원의 스포트라이트에 비추어진 동료의 한 사람이란 놀랄 만큼 규모가 큰 마권상(馬券商) 조지 워이콥이었다.

스태튼 아일랜드는 뉴욕의 다섯 개 자유구 가운데 가장 중심가에서 멀고 촌스러운 곳이었는데, 그곳의 큰 저택을 본거지로 하여 워이콥은 온 뉴욕의 도박계를 손에 쥐고 있었다.

월슈가 분 게 휘파람이었다면 워이콥이 분 것은 여리고 성 앞에서 여호수아가 불었던 나팔(구약 여호수아서 제6장. 나팔 소리에
여리고 성의 돌담이 무너졌다고 함)과 같았다. 그 소리에 뉴욕 경찰국 벽이 와르르 소리를 내며 무너졌던 것이다.

그 폐허 속에 생매장당한 사람은 아래로 순찰 경관에서부터 위로는 경감보에 이르기까지 3백여 명이나 되었다. 그들은 대부분 무사히 빠져나왔다. 이를테면 당황해서 사표를 내기도 하고 퇴직하기도 했다. 그러나 스무 명은 배심원 앞에서 서로 모순된 증언을 하여 위증죄로 기소되어 재판받기 위해 구류되었다. 이들 운 나쁜 스무 명 가운데 한 사람이 아널드 랜딩이었다.

이리하여 어느 기록에도 이름이 실리지 않은 오토 헬름케의 은밀한 선행은 3백 배의 결과를 가져왔다. 더할 나위 없이 훌륭한 성과라고 할 수 있었으나 그래도 헬름케의 마음은 가라앉지 않았다. 헬름케는 식욕을 잃었고, 둔한 아내와 세련된 딸에게 잔소리나 퍼부으며 몇 시간이고 신문을 읽는 것이 일과였다.

하늘을 대신하여 부정을 응징한 자신의 이름이 아직 세상에 알려지지 않는 것이 하느님이 아닌 그로서는 도무지 이해할 수 없는 일이었다.

제2부 콘미와 커크

추수감사절 날(11월 넷째 목요일) 정오 무렵, 맬리는 욕조 안에서 《걸리버 여행기》를 읽으며 움직일 수 없을 만큼 뜨거운 목욕물을 즐기고 있었다.

전화벨이 울렸을 때 그는 귀를 막으려 했으나 이윽고 마음을 돌려 욕조에서 나와 물방울을 뚝뚝 떨어뜨리며 침실로 갔다.

그는 송화기에 대고 말했다.

"이러면 곤란한데, 매지."

교환원이 대꾸했다.

"미안합니다, 커크 씨. 오늘은 전화를 받지 않으신다는 것을 알고 있지만, 그분이 아침 9시부터 몇 번이나 전화를 걸어와서 혹시 방에 계신지 알아보겠다고 말했어요. 어떻게 할까요?"

"그분이라니?"

"랠프 하링겐 씨예요. 렉터 거리의 사무소에 있는 사람이라면 아실 거라고 하시던데요."

그 이름은 잘 알고 있었다. 하링겐 사무소는 옛날부터 단골이었다.

그것은 월 거리 언저리에서 흔히 볼 수 있는 덩치가 너무 커진 법률사무소 가운데 하나로, 분명한 사례를 받을 수 있는 대기업의 사건을 열 명의 중견 사원과 스무 명의 신입 사원들이 여유 있게 의논하는 곳이었다. 이 법률사무소와 관계되는 인사 파일을 콘미 커크 탐정사무실이 오래 전부터 맡아왔었다.

그러나 랠프 하링겐은 그 법률사무소에서 가장 신참으로, 이를테면 말단 사원이었다. 맬리가 아는 한 단 한 가지 유리한 것이라면 그의 아버지가 이 법률사무소의 대표 주주라는 점이었다.

맬리는 하링겐 법률사무소에서 몇 번 그를 만난 적이 있었다. 그는 키가 크고 팔다리가 긴 사나이로, 머리는 박박 밀었고 관자놀이께에 흰 머리가 조금 나 있었다. 행동은 나이에 비해 불쾌할 정도로 민첩했다. 두 사람은 아이비리그 전의 미식 축구 이야기를 주고받았었는데, 이것은 하링겐에게는 분명히 안성맞춤의 화제였지만 맬리에게는 아무 관심도 없었다. 그리하여 대체 무슨 용건으로 전화를 걸어왔는지 짐작할 수 없었다.

하링겐은 전화로 충분히 사과한 다음 느닷없이 용건을 꺼냈다.

"내 말을 어떻게 생각하실지 모릅니다만, 당신은 지금 가장 유능한 인물입니다. 아널드 랜딩이라는 사람에 대해서 알고 계십니까? 그 이름을 듣고 얼른 떠오르는 게 없습니까?"

"글쎄요……."

"그렇습니까? 그는 나를 찾아온 의뢰인입니다. 워이콥 사건에 관련되어 기소된 경찰관 가운데 한 사람이지요. 그 사건이 렉터 거리와 아무 관계없다는 것은 내가 말하지 않아도 알고 계시겠지요? 나는 그전 사무소에서 발을 빼고 내 사업을 시작했습니다. 어떻습니까?"

맬리는 카펫 위에 괸 물에서 두 발을 옮겼다.

"훌륭합니다. 굉장한 발전을 하셨군요."

"그렇습니다. 그래서 앞으로 당신과 나 둘이서 급히 이 사건을 맡아야겠습니다. 그런데 나는 내일 아내와 함께 필라델피아로 떠나 나머지 휴일을 거기서 보낼 예정이기 때문에 오늘 꼭 만나 뵙고 싶습니다."

나로서는 오늘 밤이 좋겠습니다. 오늘 우리 집을 여러 사람들에게 공개하기로 하여 많은 손님이 올 것입니다만, 어떻게든 일에 대한 이야기를 나눌 수 있을 겁니다. 게다가 술은 최고급이 있지요, 아주 좋은 겁니다."

"좋습니다," 맬리가 말했다. "찾아가지요, 하링겐 씨."

"랠프라고 부르십시오, 랠프라고."

"좋습니다." 맬리가 말했다. "고맙습니다, 랠프."

참으로 붙임성 있는 사나이였다.

맬리는 수화기를 놓았다가 다시 들고 콘미 커크 탐정 사무실의 다이얼을 돌렸다. 일요일과 축제일은 사무실이 쉬는 날이었지만, 당직자 한 사람은 언제나 대기하고 있기로 되어 있었다. 오늘은 고참인 루 스트라우스가 당직이었다.

"부탁이 있소, 루. 냅 부인 책상에 있는 큰 색인에 다음 두 사람의 파일이 있는지 조사해 주오. 랠프 하링겐과 아널드 랜딩."

"하링겐이라면 오늘 아침 이리로 전화한 사람입니다. 사장님의 호텔로 전화해 보라고 말했습니다만."

"전화 왔었소, 그 사람과 랜딩을 조사해 주오."

잠시 기다리자 스트라우스가 다시 전화에 나왔다.

"색인에 하링겐의 이름이 있으니 파일에도 틀림없이 있을 겁니다. 그런데 다른 한 사람은 적혀 있지 않습니다."

"그럴 줄 알았소. 그럼, 내가 내일 출근할 때까지 하링겐의 파일을 내 책상에 준비해 두도록 냅 부인에게 메모를 써두오. 그밖에는 전화가 없었소?"

"냅 부인이 전화했었습니다. 내가 출근했는지 어떤지를 확인하려고요. 점호는 무사히 끝났습니다."

10시에 맬리는 자동차를 타고 하링겐의 아파트로 갔다. 아파트는 이스트 리버의 어스름한 강변에 테라스를 연결하여 유리와 알루미늄으로 새로 지은 거대한 상자 같은 건물이었다.

하링겐의 방은 기포 고무와 번드레한 가구를 적절히 배합한 스웨덴풍으로, 낮고 긴 의자에 사람들이 전깃줄 위의 참새처럼 나란히 앉아 있었다. 개방적이며 이야기를 좋아하는 듯 그들의 잡담 소리가 방 안을 메웠다.

손님 접대 솜씨가 능숙한 금발의 통통한 하링겐 부인에게 안내를 받은 맬리는, 이윽고 그녀의 손에서 빠져나와 자기도 모르게 이 그룹 저 그룹 기웃거리다가 진기한 칼라를 단 검정 코르덴 재킷 차림의 젊은이에게 붙잡혔다.

"'가장' 잊을 수 없는 인물이란…… 이런, 깜짝이야!" 젊은이는 떨떠름하게 말했다. "자, 어떠세요? 가장 잊을 수 없는 인물은!"

"누구입니까?" 맬리는 점잖게 물었다.

"그 '누구'가 아닙니다." 젊은이는 말했다. "문제는 '가장'입니다. 모르시겠습니까? '잊을 수 없다'는 말에는 최상급이 있을 수 없습니다. 반쯤 잊을 수 없는 것이 있겠습니까. 잊을 수 없다면 그것은 언제나 기억에 남아 있다는 뜻이니까요."

"아마, 그렇겠지요."

"'아마, 그렇겠지요'라니, 무슨 뜻입니까?" 젊은이는 도전하듯 말했다. "그렇다 또는 그렇지 않다, 이 둘 중 하나여야 합니다. 그 '아마 그렇겠지'는 우리말의 순수성을 해치는 말입니다."

검은 앞머리를 곱게 자른 날씬한 아가씨가 팔꿈치로 맬리를 툭 치며 말했다. "도널드의 말에 신경 쓰지 마세요. 이런 화제는 골머리 아프니까요."

젊은이는 멍청히 그녀를 바라보았다.

"골머리 아프다고? 허어, 그 말씨가 뭐요, 골머리 아프다니!"

젊은이는 성이 났는지 그 자리를 떠났다.

그녀는 젊은이의 뒷모습을 바라보다가 미안한 듯이 맬리에게 다시 말했다.

"저 사람 탓만은 아니에요. 전에는 정말 머리가 좋았는데, 풀브라이트 장학금으로 옥스퍼드 대학에 다녔기 때문에 일종의 강박관념에 걸렸답니다. 당신은 뭘 하시는 분이세요?"

"조사 일을 하고 있습니다."

"어머나, 어떤 영매를 써서요?"

"영매는 쓰지 않습니다. 사실과 숫자뿐이지요."

"너무 촌스러운 것 같군요."

그녀는 눈썹을 꿈틀 움직였다. 맬리에 대해 이미 아무 관심 없다는 것이 그녀의 얼굴에 떠올랐다.

뷔페에서 맬리는 쿠르보아제를 1핑거(손가락길이)쯤 마셨다. 바로 옆에 있는 얼굴이 불그스름하니 인상 좋은 사나이는 번들번들 빛나는 머리 주위에 백발이 엉성하게 나 있었는데, 그는 곧 맬리의 흉내를 냈다. 글라스에 넘칠 정도로 술병을 기울이고 있었다. 그들은 진지한 얼굴로 글라스를 부딪고 단숨에 들이켰다. 인상 좋은 남자는 만족스러운 듯이 코를 울렸다.

그 남자가 물었다.

"내가 여기 왜 왔는지 아십니까?"

"영매를 쓰기 때문이겠지요" 하고 맬리가 대답했다.

"천만에요, 영매에 대해서는 조금도 모릅니다. 나는 은행가입니다. 중심가 상점 번영회의 투자 관계 일을 하고 있지요, 이름은 월터즈입니다."

"몰랐습니다, 미안합니다." 맬리가 말했다. "어떻게 여기 참석했습니까?"

"왜냐하면 말이죠," 월터즈는 기세등등하게 말했다. "나는 이 방 바로 밑에 살고 있습니다. 이런 아파트는 핀이 떨어져도 소리가 들리게 만들어져 있지요, 그렇기 때문에 이 집에서 요란한 파티가 열릴 때마다 천장이 무너지지 않을까 조마조마할 정도랍니다. 나는 조용한 성격이라 이웃과 싸우기를 싫어합니다. 아마 이웃과 다투는 것을 좋아할 사람은 없겠지요,

그런 뜻에서 하링겐 씨와 나는 협정을 맺었습니다. 언제나 마음대로 손님을 초대해도 좋다, 대신 나도 내 마음대로 이 집에 드나들 수 있고 그의 술로 울화를 달래도 좋다고 말입니다. 솔직히 말합니다만, 이 집 술은 고급이지요, 지금으로서는 내가 1백 달러쯤 덕을 보고 있는 셈입니다."

"'좋은 울타리는 좋은 이웃을 만듭니다'." 맬리가 말했다.

"무슨 말입니까? 그것은?"

"시 구절입니다. 로버트 프로스트(현대 미국의 전원 시인)의 시이지요,"

월터즈는 눈을 껌벅거렸다. "그 사람이 지금 여기 와 있습니까?"

"어쩌면 와 있을지도 모릅니다." 맬리가 대답했다.

맬리가 남은 술을 조금씩 마시며 혼자 서 있는데 한 소녀가 불쑥 나타났다. 핼쑥한 얼굴로 손톱을 물어뜯고 있었다. 머리는 말꼬리 모양으로 묶어 사춘기 소녀의 전형적인 특징이 보였으며, 입술에 진하

게 루즈를 발랐고 어깨는 이상하게 염세적으로 엉거주춤 앞으로 구부러져 있었다. 마치 뼈가 앙상한 의문 부호 같은 느낌을 주었다.

"안녕하세요?" 소녀가 말했다. "내 이름은 미건 하링겐이에요. 아빠한테서 아저씨 이야기를 들었어요."

"만나서 반갑구나." 맬리가 대답했다. "지금까지 어디 있었지?"

"저, 영화 보러 갔었어요. 나로서는 한 가지 도피 행위거든요. 글자 그대로예요. 정말 이런 파티는 싫지 않으세요? 술주정뱅이나 멋만 부리는 사람들뿐이니까요."

맬리는 당황하여 글라스를 내려놓았다. "글쎄, 뭐라고 할까." 그리고 조심스럽게 말했다. "나에게는 모두 좋은 분들같이 보이는데……."

"그렇다면 아저씨는 이분들을 잘 모르는 거예요." 미건이 다시 또렷하게 말했다. "감정적인 면에서는 모순투성이의 사람들이에요. 마음속으로는 모두들 몸부림치고 있어요. 그렇지 않다면 앞장서서 정신분석을 받지 않을 거예요. 아저씨도 정신분석을 받아본 적 있으세요?"

"아직 없는데, 너는 받아보았니?"

"잠깐 받아보았어요. 정말 지겨웠어요. 할아버지가 그 일로 몹시 화를 내셨기 때문에 가지 않기로 했어요. 할아버지는 종교에 대해 일종의 광신자거든요. 절대적인 프로이트 반대파예요. 언젠가 할아버지는 이교도 요술사들은 죄다 지옥으로 떨어져야 한다면서 정신분석 의사도 함께 지옥에 가야 한다고 말씀하셨어요! 그러니 의논도 할 수 없지요."

"나는 네 할아버지의 기분을 알 수 있을 것 같다. 말하자면 할아버지는 조금 구식일 뿐이야."

"'조금'? 그럼, 아저씨에게 알려드리고 싶어요. 아빠가 전 직장을 그만두고 새로 사무소를 냈을 때 요즘 유행하는 아이디어에 대해 할아버지가 뭐라고 말씀하셨는지 아세요? 두 분은 굉장히 다투셨어요. 할아버지는 범죄자들을 위해 일하는 사람들에 대해서도 굉장히 심한 욕설을 퍼부었지요. 침실에서 문을 꼭 닫고 있었는데도 똑똑히 들릴 만큼 큰소리로.

　정말이에요. 아빠는 어떤 일에 대해서나 아주 대담했어요. 예를 들면 범죄 사건이나 어떤 일을 맡을 때에도 우리 집에서 그런 일을 한 분은 아빠가 처음이었으므로 몹시 신기하게 느껴졌어요. 그래서 아빠가 아저씨에게 도움을 구한 거지요?"

"아마 그런가 보다. 나로서는 여느 때 자질구레한 사실 조사를 도울 뿐이지만."

"자질구레한 사실이란 어떤 일이에요? 나는 사립 탐정이란 굉장히 용감한 사람이라고 생각해요. 아저씨는 진짜 사립 탐정이겠지요?"

"그렇단다."

"미안해요. 아저씨는 그다지 사립 탐정같이 보이지 않아요. 저, 그럼, 여러 가지 모험을 하시겠지요?"

"모험이라니, 어떤?"

"어머나, 아시잖아요. 텔레비전이나 다른 데서 안 보셨나요?"

"'클래러, 프랭, 올리 3인조' 정도는 보고 있지."

"그러니 모를 수밖에요." 미건이 안심한 듯 말했다. "이리 오세요. 보여드릴 테니까요."

소녀는 맬리를 진기한 물건이 여기저기 흩어져 있는 침실로 데리고 가서 텔레비전 앞에 있는 팔걸이 의자에 앉힌 뒤 채널을 '사립 탐정 블래니건'에 맞추었다. 탐정은 바야흐로 '네 손가락 사건' 수사에서 대활약을 하고 있는 중이었다.

미건은 침대에서 책이며 옷가지를 밀쳐내고 책상다리로 앉아서 상처투성이가 된 손톱을 다시 깨물며 정신없이 화면을 지켜보고 있었다.

방의 어둠과 텔레비전의 빠른 대사는 그에게 일어나 나가라고 선동했다. 맬리는 잠깐 눈을 감고 있을 생각이었으나 꽤 오랫동안 다시 뜰 수가 없었다. 요란한 권총 소리에 맬리가 정신을 차렸을 때 사립 탐정 블래니건은 이미 사건을 해결한 뒤였다.

이어진 광고 프로 세 가지로 맬리가 완전히 잠에서 깨어났을 때 11시 뉴스 해설자가 화면에 나타났다. 그 해설자는 사립 탐정 블래니건보다 더 인상 나쁜 남자였다.

"오늘 밤 각 지방 뉴스를 전해드리겠습니다. 오늘은 추수감사절 휴일입니다. 교통 사고 수가 점점 늘어나고 있습니다. 뉴욕 시에서는 한 시간 전에 웨스트체스터에 거주하는 60살인 찰즈 필로디 씨가 메디슨 애비뉴와 60블록 교차로에서 갑자기 차에 치어 숨졌습니다. 운전 기사 여러분께 부탁합니다, 부디……"

미건은 벌떡 일어나 텔레비전 스위치를 껐다. "추수감사절인데 정말 싫어요." 소녀는 말했다.

"왜 그러지, 미건? 사립 탐정 블래니건이 권총을 쏘아댈 때는 아무렇지도 않더니." 맬리가 심술궂게 놀렸다.

"그건 달라요." 미건이 입을 삐죽 내밀었다. "하지만……."

갑자기 방의 불이 켜졌다. 그들은 눈을 껌벅이며 문 앞의 사람 그림자를 보았다. 하링겐이었다.

"아아, 여기 계셨군요." 그는 무섭게 얼굴을 찌푸렸다. "이게 뭐냐, 미건? 방을 이렇게 지저분하게 해놓다니. 이런 모습을 손님에게 보이고도 아무렇지도 않느냐?"

소녀는 아버지를 쏘아보았다.

"그렇게 지저분한 것도 아니에요. 그리고 랭스타인 선생님도 말했잖아요? 내 나이 또래 때는 오히려 지저분한 게 정상적이라고요. 아빠도 그때 들으셨잖아요."

"그 선생도 이런 방에서 얼마 동안 살아보면 생각이 달라질 거다." 하링겐이 말했다. "자, 어서 그 더러운 얼굴을 씻고 잠자리에 들거라."

맬리는 문 앞에서 돌아보았다.

"잘 자거라, 미건." 말하면서 언뜻 보니 루즈를 바른 미건의 입술이 바르르 떨리고 앞으로 구부러진 어깨는 더욱 앞으로 굽혀져 있었다.

"어서 자거라." 맬리가 다시 말했다.

미건은 시무룩한 몸짓으로 등을 홱 돌렸다.

"어린아이라서 할 수 없군요." 문을 닫으면서 하링겐은 어두운 목소리로 말했다. "벌써 14살인데 4살쯤밖에 안 된 것 같아요. 그런데도 한 40살쯤 된 여자로 취급해 주지 않으면 화가 나는 모양입니다."

하링겐은 앞장서서 서재처럼 꾸며진 가구가 있는 작은 방으로 들어가 너저분한 책상 앞 의자에 털썩 주저앉았다.

맬리가 벽 가의 낮은 책장을 살펴보려고 몸을 웅크리자 하링겐이 말했다.

"거기에는 대단한 게 없습니다. 법률 서적뿐이지요. 그 회사를 그만둘 때 가지고 온 것들입니다. 그 작은 책은 내 아내의 시집입니다. 물론 내가 돈을 내어 출판한 것이지요. 그리 훌륭한 시라고 할 수는 없지만, 시는 자기를 표현하는 수단으로서 멋진 방법이라고 하더군요."

"네, 아까 부인으로부터 들었습니다."

"그렇습니까? 그렇다면 아내의 성품을 직접 본 셈이군요. 아주 인정 있는 여자입니다. 게다가 더없이 사치스럽고 또 활동적이지요. 솔직히 말해서 내가 이번에 일을 맡은 것도 그 원동력은 아내에게 있습니다."

"그렇다면 형법 쪽을 하실 생각입니까?"

"그렇습니다. 아무튼 랜딩 같은 의뢰인이 발견되어 운이 좋았습니다. 아시다시피 이런 사업을 시작한 이상 발이 닳도록 손님을 찾아 다녀야겠지요. 그런데 나는 시작하자마자 안성맞춤으로 식탁이 차려져 있는 셈입니다."

하링겐은 연필을 집어 들어 그 끝으로 신경질적으로 책상을 툭툭 두드렸다. 그는 가냘픈 목소리로 말을 이었다.

"난처하게도 이 사건 자체가 너무나 많은 문제를 제기하고 있습니다. 말하자면 조사할 일이 너무 많습니다. 이른바 발로 해야 할 일 말입니다. 그러므로 어떤 뜻에서 조직이 없이는 도저히 손도 발도 내밀 수 없답니다. 그래서 당신에게 도움을 요청한 것입니다."

"잠깐만." 맬리가 말했다. "아직 돕겠다고 결정한 것은 아닙니다."

하링겐은 놀란 얼굴이 되었다.

"하지만 내 생각에는……."

"네, 그렇겠지요. 그러나 내 견지에서, 콘미 커크 탐정 사무실의 견지에서 보면, 이런 종류의 사건에는 어딘지 신통치 않은 점이 있습니다."

"천만에요. 이것은 단순한 위증죄로 기소된 단순하고 명료한 사건입니다. 내 인상으로는……."

"그 단순하고 명료한 점을 설명해 주십시오."

"그러지요. 랜딩은 순찰 경관으로, 범죄과에 소속된 사복 형사였습니다. 얼마 전에 그는 슐레이드, 에디 슐레이드라는 사나이를 마권 암표 영업 혐의로 체포했습니다. 그 뒤에 워이콥 사건이 일어나 그 슐레이드는 특별배심에 호출되었습니다만 그자가 거기서 자신의 체포는 조작극이었다고 말했습니다. 워이콥의 부하인 아일러 밀러가 진범인이고 자기는 그 대역을 한 것뿐이라고 말입니다."

"위증죄로 기소하려면 증인이 두 사람 필요합니다."

"밀러가 그중 한 사람입니다. 밀러는 랜딩에게 1천 달러를 주고 슐레이드를 대신 체포케 했다고 특별배심원 앞에서 증언했습니다. 하지만 랜딩은 자신에 대한 증언을 취소시키지 못하여 기소된 것입니다.

물론 밀러나 슐레이드는 악당들이므로 자기 어머니를 전기 의자에 보내고도 조금도 수치스럽게 생각지 않을 녀석들입니다. 그러므로 이 사건은 어디까지나 조작된 냄새가 짙게 풍깁니다."

"그럴지도 모르고" 맬리가 말했다. "그렇지 않을지도 모르지요."

"천만에요." 하링겐은 갑자기 얼굴을 붉게 물들이며 열을 올렸다. "이런 이야기를 하면 내가 이론만 앞세운다고 하여 당신에게 진부하게 들릴지 모르지만, 이래봬도 나는 꽤 사람을 볼 줄 압니다. 이 사건을 맡기 전에 나는 랜딩과 오랫동안 이야기를 나누었습니다. 물론 이 사건에 대한 이야기뿐만이 아니었지요. 이를테면 그의 마음 깊숙이 탐색의 바늘을 꽂아 숨겨진 성격을 알아보려고 했습니다. 그 결과 그는 결백했습니다. 만일 그렇지 않다면 나는 사건을 맡지 않았을 겁니다."

"그게 아닙니다." 맬리가 말했다. "내가 당신의 의뢰인이 결백한지 어떤지 걱정하고 있는 줄 아십니까?"

"나는 당신의 말로 판단해서……."

"나는 그 일에 대해 아무 말도 하지 않았습니다. 알겠습니까, 하링겐 씨? 우리 사무실로서는 의뢰인의 성격 따위는 아무래도 좋습니다. 그 점에 대해서는 대부분의 변호사들도 마찬가지겠지요, 그런 것까지 하나하나 생각하다간 내일이라도 당장 모두 끝장입니다."

맬리는 머리를 가로저으면서 말을 이었다.

"문제는 그것이 아닙니다. 내가 생각하는 것은 당신이 맡은 사건이 워이콥 스캔들과 관계되어 있다는 점입니다. 그것은 달갑지 않은 일입니다. 워이콥은 분명히 지난 10년 동안 1년에 1백만 달러씩 경찰에 바쳐왔다고 증언했습니다. 사건 발각에 불씨가 던져진 지금 그것은 무슨 뜻이 됩니까? 즉 경찰국 전체가 자루에 잡아넣은 방울뱀처럼 험악한 상태에 있다는 뜻입니다.

나는 그런 자루 속에 손을 넣고 싶지 않습니다. 콘미 커크 탐정 사무실은 지금까지 경찰과 서로 도와가며 아주 순탄하게 지내왔습니다. 앞으로도 그런 정책에 충실하고 싶습니다."

"그러나 이것은 내가 맡은 사건입니다." 하링겐은 정색했다. "문제가 생기면 내가 책임지겠습니다."

"물론 그렇습니다만, 재난은 결국 나에게도 미칩니다. 하링겐 씨, 이 주에는 사립 탐정 사무실을 단속할 수 있는 귀찮은 법규가 산처럼 있습니다. 경찰이 그것을 글자 그대로 시행한다면 콘미 커크 탐정사무실은 큰 불황을 겪을 것입니다."

"그렇겠지요." 하링겐은 연필을 눈높이까지 들어올리더니 그것을 가늠자처럼 움직여 무언가를 겨누는 듯한 눈짓을 했다. "그러니까 이런 뜻입니까? 랜딩이 법정에서 흑백을 가리고 싶다면 더 큰 법률 사무소에 가서 더 일에 능숙한 사람에게 조사를 맡겨야 한다고, 즉 그런 말이겠지요?"

"아니, 그런 뜻은 아닙니다. 당신이 다른 사람의 도움을 빌든 어쨌든 나로서는 전혀 상관이 없습니다. 그런 일에 도움을 줄 만한 탐정 사무실이라면 그밖에도 두세 군데…… 인터 아메리칸이나 풀라이셔가 있지요." 갑자기 사정을 깨닫고 맬리가 얼른 말했다. "그곳에 이야기해 보셨습니까?"

하링겐의 손에서 연필이 뚝 부러졌다.

"물론 이야기해 보았습니다. 당신이 처음부터 머리에 떠오르지 않았던 것은 아닙니다만, 첫째 랜딩은 큰 부자가 아니므로 이쪽이 되도록 경비를 적게 들여야 하니까요. 그러나 실패였습니다. 그들은 모두 이 사건에 냉담했습니다. 협조하겠다고 말한 곳도 있었지만, 그 협조는 독도 약도 되지 못할 정도의 것이었습니다."

"그랬군요." 하링겐의 낙담한 얼굴은 보기에 민망했다.

"그러나 이 사건을 다른 사람에게 넘길 수는 없습니다." 하링겐이 말했다. "그런 일은 도저히 생각할 수 없습니다."

"왜지요? 기꺼이 맡아줄 법률 사무소는 그밖에도 있습니다. 이번 일은 경험으로 생각하고 그런 다른 사무소의 일을 도와주는 게 어떻겠습니까?"

"이 나이에 말입니까?" 하링겐은 맬리에게 얼굴을 바싹대고 열띤 목소리로 나직이 말했다. "내가 지금 몇 살인 줄 압니까? 45살입니다, 45살."

"그게 무슨 상관입니까? 아직 앞날이 창창합니다."

"어떤 앞날이?" 하링겐이 되물었다. "허어, 당신은 모르는군요, 당신은 전혀 모릅니다. 알겠습니까? 나는 내 평생에 단 한 번 결단을 내리고 나이든 말단사원이라는 과거를 내동댕이친 것입니다. 이제 와서 창피스럽게 전과 같은 입장으로 되돌아갈 수는 없습니다.

가장 중요한 문제는 이것입니다. 내가 직접 사건을 다룬다든가 다루지 않는다는 것은 문제가 아닙니다. 물론 어떤 사건을 맡든 나로서는 신통하게 처리하지 못할 것입니다. 그건 알고 있습니다. 그러나 아무튼 기회를 잡는다는 것은 지금의 나로서 무척 중요합니다. 그것뿐입니다."

"그렇겠지요, 당신 입장에서는." 맬리는 어두운 목소리로 대답했다. "하지만 나는 내 사무실의 이해 관계를 생각지 않을 수 없습니다."

"그것이 마지막 대답입니까?"

"그렇습니다."

하링겐은 손바닥으로 연필 도막의 무게를 재보는 듯한 몸짓을 했다. 그리고 갑자기 물었다.

"이 사건에 대해서 다시 연락드려도 괜찮겠습니까?"

"오후에는 언제나 사무실에 있습니다." 맬리는 대답했다.

2

11월의 찬비가 느닷없이 창문에 방울방울 떨어졌다. 냅 부인은 의자에서 일어서다가 머리 위의 전등에 부딪치고 당황하여 얼른 창문 커튼을 내렸다.

맬리는 그녀가 다시 앉아 서류를 챙기기를 기다렸다. 그러고 나서 맬리는 책상 위의 하링겐에 관한 파일을 손가락으로 툭 쳤다.

"그러니까 그는 8년 전 이 이력서를 콘웨이 산업으로 보내 법률 고문 자리를 얻으려 했구먼. 그 결과는 신통치 못했지만. 이것은 우리 회사에서 콘웨이 산업의 파일을 취급했기 때문에 알게 되었는데, 우연이라고 할 수만은 없소, 내기해도 좋지만 그의 이력서는 뉴욕 여기저기에서 나뒹굴고 있을 거요, 모두 딱지맞은 것이지."

"그럴지도 모르지요."

"그럴지도 모르지요가 아니라 바로 그렇소, 처음 몇 번은 신원 조사 문의가 올 때마다 그의 아버지가 손을 써 채용하지 못하게 만들었지. 그런데 하링겐은 자기 나이가 문득 40살이 넘었음을 깨달았소. 40살이 넘은 사람이 콘웨이 산업에 채용될 기회가 얼마나 있을지 그건 당신도 잘 알 거요. 콘웨이뿐만 아니라 다른 회사도 마찬가지죠."

냅 부인의 입술이 삐죽거렸다.

"동정하라는 말인가요? 하링겐 법률사무소에서 아무 불편 없이 일하던 사람이 대체 무엇 때문에 일부러……."

"바로 그 점이오. '세르셰 라 팜(사건 뒤에는 여자가 있다)' 아니면 '사건 뒤에는 정신분석 의사가 있다'겠지. 하링겐 부인은 어줍잖은 시를 써서 많은 돈을 들여 책을 펴냄으로써 자신의 콤플렉스를 해소하고 있었소. 부인과 정신의사가 틀림없이 하링겐을 설득했겠지. 그의 괴로운 영혼을 구하기 위해서는 형법이 가장 알맞은 일거리라고."

"그게 무슨 뜻이지요?"

"그런데 그들은 조그만 요점은 생각지 못했지요. 시를 어떻게 쓰든 형무소에 들어가지는 않지만 위증죄로 기소당하면 사정은 전혀 달라지죠."

"그건 의뢰인의 문제예요." 냅 부인은 말했다. "우리 사무실에서 그 사건을 맡지 않는 한 우리가 당황할 필요는 없어요."

"천만에, 나는 조금도 당황하고 있지 않소."

"하지만 사장님은 이 일이 아니라도 다른 어떤 일로 당황하고 있어요. 요즘 여러 가지 일에 너무 신경을 곤두세우고 있어요. 휴양하시는 게 좋겠다고 전부터 생각해 왔어요."

"흐음, 키가 늘씬하고 가냘픈 몸매의 금발 여인과 휴양 떠나면 좋겠군. 눈빛은 쌀쌀해도 정열적이고, 머리는 바보라도 변덕스러운 여자와."

"이상하군요." 냅 부인이 침착하게 말했다. "남자들은 왜 모두 그런 생각을 하는지 모르겠어요."

"그렇소? 아마 그렇겠지. 그건 그렇고, 냅 부인. 당신이 이곳에 근무할 무렵 혹시 프랭크 콘미가 유혹하지 않았소?"

"그 질문은 규칙 위반이에요, 사장님. 게다가 오늘 일이 산더미같이 많아요."

"유혹했소?"

냅 부인은 빙그레 미소지었다.

"네, 그 무렵 금주법 시대였기 때문에 일이 끝난 뒤 동(東) 39블록의 화려한 비밀 바로 데려가 주었어요. 그곳에서 내 남편을 소개했지요. 남편은 바텐더였어요."

맬리는 의자에 앉아 눈을 감고 버클에 두 손을 느긋이 끼웠다.

"그건 머리를 어지럽게 만드는 이야기로군. 그런 이야기는 그만두고 오늘 일을 시작합시다."

아무 변화도 없는 금요일이었다. 뉴욕 시외의 보고서를 조회하고, 다음 주일의 일 분담을 결정하는 동안에도 쉴 새 없이 전화벨이 울렸다. 그러나 마음이 초조하기 때문인지 근무 시간이 한없이 긴 것처럼 느껴졌다.

오후 4시에 그는 창문 커튼을 젖히고 눈 아래 거리를 내려다보았다. 5층 창문에서 바라보는 뉴욕의 흔한 풍경이었다. 많은 우산들. 장바구니에는 크리스마스 선물 포장지가 머리를 내밀고 있었다. 성탄 시즌을 알리는 산타클로스. 언제나 같은 방울과 세 발 달린 허수아비.

15미터 높이에서 25센트 은화를 떨어뜨리면 그것이 길가의 모금함에 들어갈 확률은 얼마쯤이나 될까 계산하고 있는데, 접수구 여직원이 들어와 말했다.

"젊은 여자 분이 아널드 랜딩 씨 일로 이야기하고 싶다고 찾아왔습니다, 사장님."

맬리 커크는 25센트 은화를 주머니에 넣었다.

"어떤 사람이라고 생각하오, 화이트사이드 양? 부인? 누이동생? 단순한 친구?"

화이트사이드는 찻집 여주인 같은 너그러움과 실화 잡지를 몹시 좋아하는, 마음과 일의 크고 작음을 정확하게 파악하는 훌륭한 눈을 갖추고 있었다.

"반지를 끼고 있어요, 반 캐럿쯤 되는 싼 것이지만."

"그밖에 다른 특징은?"

"글쎄요, 무척 아름다운 여자예요."

그녀의 눈은 틀림없었다.

들어온 여자는 눈이 번쩍 뜨일 만한 미인이었다. 흑단나무같이 검은 머리, 긴 속눈썹에 파란 눈, 동백꽃 같은 살결…… 아니, 치자꽃 같다고 표현하는 편이 좋겠다고 맬리는 생각했다. 아무튼 한낱 경관이, 얼빠진 뉴욕의 부패에 관련된 경찰관이 이런 여자를 아내로 맞이했다고는 좀처럼 믿어지지 않았다.

그녀는 의자에 앉아 파티용 작은 백을 의자 옆에 놓고 코트 단추를 풀었다. 두툼한 트위드 코트로, 프랭크 콘미가 언제나 메디슨 스퀘어의 불량배 같다고 비웃던 종류의 것이었다.

프랭크 콘미는 미인이 저런 옷을 입고 있는 것을 보면 무언가 부끄러워하고 있는 것같이 느껴진다고 한탄했었다.

그녀가 입을 열었다.

"내 이름은 루스 빈선트라고 합니다. 아널드 랜딩의 약혼녀예요."

의자에 살짝 걸터앉아 꼭 쥔 두 손을 무릎 위에 가지런히 올려놓고 있는 그녀는 예의범절의 본보기 같았다.

"하링겐 씨가 오늘 아침 여행 떠나기 전에 전화하셨어요. 그리고 어제 저녁 이야기를 모두 들려주셨어요. 만일 내가 당신에게 개인적으로 말씀드린다면…… 내가 직접 아널드의 입장을 설명해드린다면 당신 의견이 바뀔지 모른다고 말씀하셨어요. 그래서 찾아온 거예요."

"알겠습니다." 맬리는 지나칠 정도로 점잖게 책상 위의 서류 두 장을 챙겨놓으며 말했다. "그런데 왜 랜딩 씨가 직접 여기에 찾아오지 않습니까? 무언가 불편한 점이라도 있습니까?"

"아니에요. 그이는 오늘 일하러 나갔고 나는 휴일이에요. 함께 전쟁에 참전했던 친구가 식당에 일자리를 구해주었지요. 그런데 식당이 롱아일랜드의 이스트 햄프턴 근방으로 먼 곳이기 때문에 주말에나 돌아온답니다."

"그렇다면 이 사건 관계자 모두들에게 불편하지 않습니까?"

루스 빈선트는 긴장된 목소리로 말했다.

"기소된 경관이 직장을 구한다는 건 쉬운 일이 아니에요. 어떤 일자리든 불평할 수는 없어요."

"그건 그렇겠지요. 그런데 빈선트 양, 당신은 무슨 일을 합니까? 모델입니까?"

맬리가 파티용 가방을 가리키자 그녀는 그것을 흘끗 쳐다보았다.

"아아, 이것 말이지요? 아니에요, 여기에는 도서관에서 조사한 노트와 원고가 들어 있어요. 나는 교사예요."

"학교 선생님입니까?"

"네." 루스 빈선트는 거침없이 대답했다.

"실례했습니다. 나는 전혀……."

"괜찮아요. 농담으로 하신 말씀이겠지요. 나로서는 조금도 기쁘지 않습니다만."

"왜 기쁘지 않습니까?"

"왜라니요? 이를테면 어떤 여자가 이 이상하게 음산한 사무실에 들어왔다고 해요. 그녀가 책상 맞은편에 있는 미남자며 브룩스 브라더스(유명한 고급신사복점) 타입의 사장님에게 '탐정이십니까?' 하고 묻는다면 당신은 농담으로 느끼겠어요?"

"글쎄요, 아직 그런 경험이 없습니다."

"그런 생각은 도저히 할 수 없을 거예요. 아무튼 나는 정식으로 홈스티드 스쿨에서 국어를 가르치고 있어요. 사립 학교 가운데 평판이 아주 좋은 학교로, 교사는 본인의 능력에 따라 채용된다고 해요. 예스러운 표현인지 모르지만 이것은 훨씬 전에 왼 말이므로."

"메어 크르파(라틴어로 '미안합니다')," 맬리는 명랑하게 말했다. "정말 미안합니다. 그런데 빈선트 양, 당신 학교에 미건 하링겐이라는 학생 없습니까?"

"있어요. 하링겐 씨 따님이지요."

"알고 있습니다. 그런 관계로 하링겐 씨와 만나게 되셨습니까? 그가 이 사건을 맡게 된 것도 그 때문입니까?"

"네, 그래요. 아널드의 처음 변호사는 하링겐 씨의 정치 클럽에 관계하시는 존 메커덴 씨였어요. 그런데 매커덴 씨는 이 사건에 냉담했으며, 아널드는 결국 유죄가 될지 모르겠다느니 이 단계에서 지방 검사와 타협하는 게 좋겠다느니 하고 말하기에 다른 분을 찾았어요."

"그런데 왜 하링겐 씨에게 부탁했습니까?"

"그분은 적어도 30년 동안이나 변호사로 일했어요. 커크 씨, 게다가 이 사건이 시작되자 우리에게 변호사라기보다 친구로서 대해주었어요. 우리 같은 입장에 놓인 사람을 친구로 고를 때는 아주 조심스러워지지요."

"그것은 부정할 수 없습니다. 랠프 하링겐 씨가 친절한 분이며 밸런타인데이의 카드조차 아랑곳하지 않는 심장이 굳은 사람이라는 것도 부정할 수 없습니다. 마음 놓고 그분을 친구로 해도 될 것입니다."

"그것이 당연한 일이라고 생각해요. 당신은 지금 무슨 생각을 하고 계시지요?"

맬리는 손가락으로 목덜미를 쿡쿡 찔렀다.

"내가 생각하는 건 그는 이 사건을 처리해 낼 수 있는 인물이 못된다는 것입니다."

그녀는 얼굴이 느닷없이 붉어졌다.

"재미있는 말이군요. 그런 의리는 재미있어요. 당신 같은 입장에 계신 분이 그런 말을 이처럼 쉽게……."

"아닙니다. 저와 같은 입장에 있는 사람은 날마다 의리를 바꾼답니다. 의리를 문제삼는다면 당신은 손해를 봅니다. 사실대로 말하면 변호사로서 하링겐은 존 매커덴의 발밑에도 못 따라갈 사람입니다. 매커덴이 아널드 랜딩 씨가 유죄 판결을 받으리라고 말했을 때 당신은 그에게서 확신 같은 것을 느끼지 못했습니까? 그는 절대로 함부로 말하는 게 아니라는 느낌말입니다."

"알겠어요. 그렇다면 아널드가 유죄라는 것은 틀림없겠군요. 유죄 판결을 받는다는 것은." 그녀는 찬찬히 맬리를 바라보며 쉰 목소리로 말하고 나서 괴로운 듯이 기침을 했다.

"그렇게 말하지는 않았습니다."

그녀는 천천히 고개를 가로저었다. "제발 부탁이니 그런 식으로 이야기를 얼버무리지 말아주세요. 지금까지는 훌륭하게 말씀하셨잖아요."

"좋습니다." 맬리는 화난 듯이 대꾸했다. "그렇게 바라신다면 솔직히 말씀드리지요. 나는 매커텐을 잘 알고 있습니다. 허시 앤드 매커텐 법률사무소의 일을 맡아본 적이 있었기 때문입니다. 그들이 어떤 사건을 어물어물 넘길 경우에는 그만한 이유가 있기 때문입니다. 더욱이 워이콥 사건 관계자가 지금까지 열 명쯤 판결을 받았는데, 모두 지방 검사의 압도적인 승리였습니다. 게다가 나는 경관을 잘 알고 있습니다. 그밖에 또 물어볼 게 있습니까?"

"네, 있어요." 그녀는 맬리의 말에 고개를 끄덕였다. 그녀는 떨리는 목소리로 말했다. "당신은 경관을 잘 알고 있다고 하셨지요. 그 이야기를 해주세요. 우연히 경관 배지를 붙이게 된 사람에 대해 당신이 어떻게 전능한 하느님처럼 간단히 판단할 수 있는지 그 점을 알고 싶어요."

"실은 그런 말을 듣고 싶은 게 아니겠지요. 당신은 랜딩 씨가 워이콥 일당과 아무 관계없다는 말을 나에게서 듣고 싶은 거겠지요? 그는 '뇌물'을 받은 적이 한번도 없다, 지금 이 얽힌 사건이 악몽처럼 지나가 버리면 그는 아름다운 정의의 세계 한복판에 후광을 받으며 서게 되리라고 말입니다. 좋습니다. 말하라면 얼마든지 말할 수 있습니다."

"하지만 그것을 믿지 않는군요."

"전혀 믿지 않습니다. 내 책에는 당신의 약혼자가 분명히 유죄라고 씌어 있습니다."

"당신 책이라고요? 증거도 없는데요!"

"증거라고요!" 맬리는 크게 소리쳤다. "매거텐이 당신에게 의견을 말해 주었을 때 어떤 생각을 했으리라 짐작합니까? 그가 이 사건에 대해 조사한 자료는 하나부터 열까지 랜딩 씨의 패배를 증명해 주는 것뿐이었습니다!

하지만 그것은 매거텐의 잘못이 아닙니다. 그는 훌륭한 스탭을 거느린 유능한 변호사입니다. 누가 맡든 결과는 마찬가지였을 겁니다. 내가 하링겐 씨를 도와주더라도 결과는 마찬가지인 겁니다!"

"그럼, 그렇게 하면 돼요!"

이 말의 뜻을 얼른 파악할 수 없어 맬리는 그녀의 얼굴을 바라보았다. 아름답고 잔인할 만큼 완고하게 도전하는 표정으로 그녀는 맬리를 마주보았다. 꼭 쥐어진 무릎 위의 두 손만이 그녀의 속마음을 보여주고 있었다.

"그럼," 맬리는 물었다. "랜딩 씨의 돈을 써서 그 자신을 유죄로 만들어 달라는 겁니까?"

"그럴 수 없나요?" 그녀는 눈을 빛내며 낮게 말했다. "아까부터 하시는 이야기로 보아 당신은 그렇게 하는 것이 무척 즐거운 듯했어요!"

그것은 정말이었다. 맬리는 그것이 정말이라는 것을 갑자기 깨달았다. 아니, 그렇게 느꼈다.

랜딩의 머리를 은쟁반에 담아 이 여자 손에 넘겨 줄 때의 감미롭고도 즐거운 맛이 입속에 느껴지는 듯했다. 게다가 이 경우에는 꺼림칙한 일을 할 필요도 없다. 완전히 당당하게 일할 수 있다. 마지막 1달러까지도 랜딩 사건 수사의 정당한 보수로 만들 수 있다.

물론 그러려면 줄타기를 해야 할 것이다. 프랭크의 빈틈없는 충고를 외면하고 지방 검사국과 위이콥 주변의 정치가들 및 경찰국과도 충돌하는 결과가 될 것이다. 그러나 어떻게든 빠져나갈 길은 없다.

언젠가 프랭크는 트리니더드 섬으로 출장 나가 전식민지 행정 당국을 상대로 살인 혐의자인 의뢰인을 무죄로 만든 적이 있었는데, 그것도 나중에는 단순한 추억담이 되었다.

그런 사건에 비하면 랜딩 사건은 장난과 같다. 랜딩 자신으로서는 장난이 아닐지 모르지만.

"알겠습니다." 맬리는 말했다. "그래도 좋다면 사건을 맡겠습니다. 나는 다만 나무를 자를 뿐입니다. 나무그루가 어느 쪽으로 넘어질지는 모릅니다."

그녀의 머리가 마비된 듯이 움직였다.

"우리도 그것으로 좋아요."

"그렇습니까?" 맬리는 책상 밑의 벨을 눌러 냅 부인을 불렀다. "시간은 얼마나 남았습니까? 재판이 언제 열리지요?"

"1월 16일이에요. 6주일쯤 남았어요."

"얼마 안 되는군요. 조사를 시작하자마자 곧 재판이라, 빨리 본인을 만나봐야겠습니다. 언제 이리 보내주시겠습니까?"

갑자기 이야기 속도가 빨라지자 그녀는 놀란 모양이었다.

"글쎄, 어떻게 하면 좋을까요. 이번 일요일에 찾아뵙도록 하겠어요. 매주 일요일이면 이리로 돌아오니까요. 하지만 당신은 일요일에는 사무실에 없으시겠지요?"

"그렇습니다. 하지만 관계없습니다. 일요일에도 우리 직원이 한 사람 늘 나와 있으니까요. 그 직원에게 테이프 레코더로 녹음하도록 이르겠습니다. 설마 랜딩 씨가 녹음기를 보면 입을 열지 못하는 성격은 아니겠지요?"

"그렇지는 않을 거예요."

"좋습니다. 그는 마음 내키는 대로 이야기하면 됩니다. 이름, 주소, 날짜, 장소 등 모든 것을 낱낱이 이야기하면 됩니다. 아무리 길게 이야기해도, 도중에서 몇 번 이야기를 끊고 생각해도 괜찮습니다. 테이프 비용을 지불하는 사람은 그 자신이니까요. 지금 이 말을 그에게 전해주십시오."

냅 부인이 문으로 머리를 들이밀었다. 맬리는 손짓으로 그녀를 방으로 불러들였다. 그녀는 잘 훈련된 사병처럼 책상 앞에 똑바로 서서 메모지 위에 연필을 들고 있었다.

"냅 부인, 이분은 아널드 랜딩 씨의 약혼녀요. 우리는 지금까지 그 사건에 대해서 여러 가지 이야기를 나누었소. 그 사건은 우리 사무실에서 맡게 될 것 같소."

냅 부인은 훌륭한 사병이긴 했으나 역시 인간이었다. 그녀의 눈이 흘끗 루스 빈선트 쪽으로 갔다가 다시 메모지로 돌아왔다. 입술이 호기심으로 움직거렸다.

맬리가 차갑게 말했다.

"랜딩 씨 이름으로 파일을 하나 만들어두시오. 그리고 우리 사무실 양식으로 보통 계약서를 준비해 두오. 아 참, 그렇지, 일요일에 랜딩 씨가 테이프에 녹음할 테니 월요일 아침 맨 먼저 그 테이프로 원고를 만들어 두도록 누군가 여직원에게 일러두시오. 그리고 다음 주일 첫무렵에 랠프 하링겐 씨와 만날 약속을 스케줄에 넣어두도록. 가능하면 이 사무실에서 만나는 게 좋겠소."

"알겠습니다. 그뿐입니까, 사장님?"

"그뿐이오."

냅 부인이 나가자 루스 빈선트가 말했다.

"이곳은 아주 능률적이군요."

그것은 듣기 좋으라고 한 말이 아니었다. 그녀의 말투에서는 거의 혐오에 가까운 것이 느껴졌다.

맬리는 무뚝뚝하게 말했다.

"그것이 우리 사무실의 장점이지요. 그건 그렇고, 랜딩 씨가 이번에 기소된 원인이 된 증언 속기록을 가지고 있습니까?"

"네, 매커덴 씨에게서 받았어요."

"그럼, 일요일에 그것을 가져와서 나에게 빌려주도록 랜딩 씨에게 전해주십시오. 전화로 연락해 주시겠지요?"

"네, 연락하겠어요."

바깥 복도에서 그녀를 태운 엘리베이터 문이 닫히는 소리가 들릴 때까지 맬리는 기다렸다. 그리고 다시 창가로 다가갔다. 비는 이미 그치고 눈 아래 거리에는 퇴근길을 서두르는 직장인들 제1진이 여기저기 바쁘게 걸어가고 있었다.

산타클로스도 그 옆에 딸린 부속품도 이제 보이지 않았다. 얼마 뒤 그녀가 건물 밖으로 나타났다. 한 손으로 코트 깃을 잡고 망설이듯 잠시 서 있다가 마침내 군중 속에 섞여 멀어져갔다. 이만큼 먼 데서도 스쳐지나가는 남자들이 고개를 돌려 그녀를 쳐다보는 모습이 똑똑히 보였다.

'무리도 아니지' 하고 맬리는 갑자기 그 남자들에게 혐오감을 느끼며 생각했다. '무리도 아니지.'

3

파일 : AL391
테이프 : AL391—01
녹음 날짜 : 11월 27일
옮겨 쓴 날짜 : 11월 28일
담당 : 덜로리스 메이 멀퀸

나는 아널드 랜딩입니다. 주소는 블리커 거리 5백 번지입니다. 블리커 거리는 그리니치 빌리지 지구에 있습니다. 그러나 전에는 맨해턴 웨스트 제3관할구에 소속되어 있었습니다. 우리는 5번 거리에서 허드슨 강까지 맨해턴 섬 중앙부를 담당하고 있었지요, 나는 범죄과 소속 형사로, 기장(記章) 번호 32C720이었습니다.

사건의 발단은 올해 5월 3일이었습니다. 아침에 나는 경찰서에서 동료와 만났습니다. 이것은 우리가 늘 하는 방법으로, 둘이서 한조가 되어 서로 돕기 때문입니다. 그 동료의 이름은 베니 프로이드——벤저민 프로이드였는데, 주소는 모릅니다. 퀸즈 거리 가까운 중고차 주차장이 있는 언저리라고 생각됩니다.

아무튼 그날 아침 우리는 경찰서를 나와 7번 거리에서 센트럴 파크 가까이까지 갔다가 8번 거리로 돌아서 곧장 중심가 쪽으로 걸어갔습니다. 우리의 주요 임무는 마권 암표상 감시였는데, 이때쯤 되면 밖에서 거래하는 마권 암표상들이 나타나기 때문입니다. 즉 아침에 경마 신문을 손에 넣고부터 오후 1시 뉴욕 경마장에서 경마가 시작되기 전까지의 시간이었습니다. 8번 거리에서 중심가 쪽으로 베니와 나는 길 양옆으로 나뉘어 서로 지켜보며 걸어갔습니다. 이따금 시각을 확인할 때는 같이 걷기도 했습니다.

12시쯤 메디슨 스퀘어 가든 언저리 간이식당에서 우리는 핫도그를 먹었는데, 그때까지는 아무 이상도 없었습니다. 나는 베니에게 다른 지구로 옮겨가고 싶다고 말한 기억이 있습니다. 왜냐하면 우리가 순찰하고 있으면 누군가 재빠른 녀석이 미리 마권 암표상과 그 패거리들에게 알려준다는 것을 알아차렸기 때문입니다.

그때 베니가 뭐라고 대답했는지 기억에 없습니다만, 아무튼 거기서 8번 거리까지 걸어가 45블록에 닿았을 때 그 사나이를 발견했습니다. 아주 잘 보이는 곳에서 당당하게 암표를 팔고 있었습니다.

그 옆에 바로 극장이 있었기 때문에 연극 소도구 같은 것을 파는 가게가 있었고, 그 옆은 외설 책이며 만화를 파는 가게로——진열창에 그런 책들이 가득 진열되어 있었습니다——이 두 가게 사이에 안쪽 아파트로 통하는 입구가 있었습니다.

그는 경마 신문이 주머니에서 비죽이 내보이도록 해놓고 그 입구에 반쯤 등을 돌린 자세로 서 있었습니다. 아주 대담했습니다. 그는 마침 금전 등록기에서 쩔렁 소리를 내며 마권을 산 거스름돈을 내주는 참이었습니다.

나는 조금 멀찍이 물러서서 그 사나이를 지켜보고 마권을 세 장 판 것을 확인한 뒤 재빨리 다가가 체포하겠다고 말했습니다. 그러자 사나이는 대체 무슨 일이냐면서, 자기는 여기 서서 잠깐 뭔가 생각하고 있었을 뿐이라고 늘 대는 핑계를 고래고래 소리지르면서 늘어놓았습니다.

큰소리로 떠드는 것도 아랑곳하지 않고 나는 그의 주머니를 뒤져, 돈과 마권 여섯 장을 찾아냈습니다. 그리고 경마 신문과 숨겨둔 연필 두 자루를 압수하자——이런 물건은 재판 때 증거물로 필요하니까요——사나이는 조용해졌으나 그래도 못마땅한 표정이었습니다.

그의 이름은 에디 슐레이드로, 주소는 스틸웰 거리 3501번지였습니다. 브루클린 저쪽의 코니 아일랜드 한복판이지요.

그는 나에게 말했습니다.

"나는 이 언저리에 얼굴이 넓은 사람입니다. 친구 가운데 높은 사람도 여럿 됩니다. 나중에 약점 잡혀 울상짓지 마시오, 이 세금 도둑 같으니."

그래서 나는 다음에 사건이 일어나면 직접 그들을 찾아 수고를 덜고 도움이 될 테니 그 친구들의 이름도 알고 싶다고 말했지요.

그러자 그는 우는 소리를 했습니다.

"번 돈을 모두 줄 테니 한 번만 봐주십시오, 왜 나를 넣으려는 겁니까? 이번이 처음입니다. 아직 풋내기로 모르고 한 짓입니다."

그러는 동안 베니가 길을 건너왔습니다. 나는 일의 경위를 설명하고 경찰서까지 걸어서 연행할까, 아니면 거리가 꽤 머니 자동차에 태워서 데리고 갈까 의논했습니다.

이 이야기를 듣자 슐레이드는 느닷없이 대들며 큰소리쳤습니다.

"나를 체포할 권리는 없소! 대체 나를 어떻게 보는 거요? 대장이나 된 것처럼 나를 잡아끌고 개선할 생각이오? 나는 자동차를 탈 권리가 있소. 나는 미국 시민이오! 헌법에도 내 권리가 적혀 있소!"

나는 자동차에 태워서 연행할 생각이었습니다. 그러나 슐레이드의 말이 너무 건방진데다 사람들이 모여들었기 때문에 불끈 화가 치밀어서 말했습니다.

"알겠습니다. 그렇다면 얌전히 헌법에 씌어 있는 대로 당신 발로 걸어가십시오."

그리고 계속 걸어서 경찰서에 닿자 나는 조서를 만들어 경범죄 재판소에 넘겼습니다. 보석금을 내지 않은 모양인데도 그는 지문만 찍힌 채 석방되었고, 얼마 뒤 공판이 열려 유죄 판결을 받았습니다. 체포 때 큰소리친 것으로 보아 일급 변호사가 나올 줄 알았으나 그렇지 않았습니다. 그는 얌전하게 판결을 받아 50달러의 벌금을 물었습니다.

그뿐——반달쯤 지나 위이콤 사건이 신문에 떠들썩했을 때도—— 나는 이 사건을 잊고 있었습니다. 그것은 나에게 있어 수많은 체포 가운데 하나에 지나지 않았기 때문입니다.

그리고 위이콤이 진상을 폭로했을 때도 나는 꺼림칙한 점이 없으므로 태연했습니다. 하느님께 맹세코 말합니다만, 나는 경찰관이 된 뒤 한 푼의 뇌물도 받은 적이 없습니다. 가짜 범인을 체포하여 조작한 일도 없습니다. 아무리 흥분했더라도 체포할 때 폭력을 쓰지 않았습니다.

물론 경관 가운데는——이름은 밝힐 수 없지만——경감으로부터 "요즘은 마권 암표상이 하나도 안 잡히니 어떻게 된 건가? 녀석들이 모두 이사 갔단 말인가?" 하는 말을 들으면 당황하여 풋내기 암표상

두셋과 흥정하여 가짜 체포 조작극을 꾸며 점수를 올리는 사람도 있습니다.

그러나 나는 한 번도 그런 방법을 쓰지 않았기 때문에 워이콥 사건도 나와 관계없는 일로 생각하고 있었습니다. 그런데 9월이 되어——9월 15일이었습니다——나는 지방 검사국에 출두하라는 명령을 받았습니다. 그것이 바로 진절머리 나는 로스캘조의 호출이라는 것을 곧 알았습니다. 데리러 온 사람 가운데 하나가 로스캘조의 부하인 마일런 클레이머였기 때문입니다.

아무튼 나는 사무실 바깥 복도에서 기다리고 있었습니다. 경찰서에서 함께 온 다른 동료들과 함께, 꼬박 한 시간 동안이나 대체 무슨 일일까 생각하며 기다렸습니다. 말하는 것도 담배 피우는 것도 허락하지 않았습니다. 우리는 지루하게 기다리고 있었습니다.

이윽고 로스캘조가 나왔습니다. 그는 어떤 사람과 같이 나왔는데, 내가 전혀 모르는 얼굴이었습니다.

로스캘조가 그 사람에게 말했습니다.

"이 가운데 그 사람이 있을 걸세. 잘 생각해 봐. 틀리면 안 되니까. 생각나거든 손가락으로 가리키면 돼."

그는 우리를 대충 훑어보더니 느닷없이 다가와 나를 가리켰습니다. 나중에 안 일이지만 그 남자가 아일러 밀러였습니다. 그때 나는 무슨 일인지 전혀 몰랐습니다.

그때는 그뿐이었습니다만, 경찰서로 돌아오자 나는 차츰 걱정스러웠습니다. 그래서 경감에게 말하자 그는 거리낄 게 없다면 걱정할 것 없다고 대답할 뿐이었습니다. 그러나 아무리 생각해도 내가 워이콥 사건에 말려들어 주목받고 있는 것 같았습니다.

그래서 존 매커덴에게 의논했습니다. 존은 정치 클럽 회원으로, 내가 특별배심에 호출된 뒤에도 여러 가지로 도와주었습니다. 그는 좋은 사람입니다. 그에 대해서는 조금도 의심하지 않습니다. 그러나 나중에 그가 로스캘조의 영향을 받은 것 같아 변호사를 바꾸기로 했습니다.

내가 말하고 싶은 것은——이것은 공적인 자리에서도 말하겠지만——내 재난의 원인은 로스캘조라는 점입니다. 특별배심을 멋대로 조종하는 것은 그 사람이니까요. 배심원들은 멍청하게 앉아 오로지 로스캘조만 믿고 있으니 나는 어떻게 해볼 도리가 없습니다.

이를테면 내가 특별배심에 호출됐을 때 로스캘조의 태도가 좋은 예입니다——당신은 아일러 밀러를 알고 있습니까, 당신은 그와 비밀 약속을 했습니까, 당신이 에디 슐레이드를 체포할 때 밀러가 뭐라고 말했습니까? 라는 식으로 상대방이 던지는 공이 너무 빨라 두 번에 한 번은 본루(本壘)에 멍청히 서서 공이 날아가는 걸 보고 있을 수밖에 없었습니다. 증언 속기록을 가져왔으니 그때의 광경을 직접 읽어보십시오, 커크 씨.

밀러의 증언 내용을 알았었다면 나는 더 나은 답변을 할 수 있었을 것입니다. 그러나 나는 그를 전혀 몰랐기 때문에 그들이 노리는 바가 무엇인지 조금도 몰랐습니다.

증언이 끝났을 때 나는 자신이 그들에게 희생당하고 있다는 것을 깨달았습니다. 그러므로 위증으로 기소되었을 때도 그리 놀라지 않았습니다. 사실 그 배심원들은 로스캘조가 창문에서 뛰어내리라고 말하면 말없이 그대로 할 사람들이었으니까요. 로스캘조는 이 사건을 발판삼아 나중에 지방 검사나 지사로 출세하려는 듯했습니다. 존 매커덴도 그렇게 말했습니다. 경찰 동료들도 모두 그렇게 말했습니다. 이것은 공공연한 비밀입니다.

이상이 사건 개요입니다. 중요한 점은 모두 말했습니다. 세부적인 점에서 빠진 게 있다면 언제고 다시 말씀드리겠습니다, 커크 씨. 부디 이것을 자료로 랠프 하링겐 씨와 당신 두 분의 힘으로 사건을 해결해 주십시오.

실례합니다. 이것으로 끝입니다.

맬리는 원고 페이지를 맞추어 다시 한 번 처음부터, 이번에는 차근차근히 읽고 나서 원고를 옆으로 밀어놓았다. 책상에는 이미 테이프를 넣을 레코더가 준비되어 있었다.

맬리는 몸을 굽혀서 레코더의 스위치를 넣고 한쪽 귀에 이어폰을 꽂았다. 기계에서 소리가 났다.

"'나는 아널드 랜딩입니다. 주소는'…….."

스위치를 끄자 삑 하며 소리가 멎었다. 맬리는 이어폰을 떼고 얼굴을 찌푸리면서 물끄러미 그것을 바라보았다. 랜딩의 목소리는 예상한 것과 같았다. 그가 이야기하는 투와 비슷한 목소리였다. 뉴욕 태생 특유의 금속성 목소리, 함부로 내뱉는 발음, 좀 거친 말투, 원고를 읽는 동안 무의식적으로 귀에 들려온 것 같은 목소리였다.

어울리지 않는 것은 루스 빈선트였다. 그녀가 있는 곳은 홈스티드 스쿨이었으며, 더욱이 웨스트포트며 뉴케이넌(둘 다 코네티컷주의 주택가)이며 하링겐 부부가 잘 다니는 평온무사한 곳이었다.

여기까지 생각하고 맬리는 문득 깨달았다. 그녀와 하링겐, 한편——다른 한편.

한편 검은 머리에 파란 눈을 가진 아름다운 여자가 우연히 눈에 띄었을 때 그것을 놓칠 하링겐이 아니다. 다른 한편 그런 짓궂은 결과는 너무나 안성맞춤이어서 오히려 현실성이 없다.

그녀가 변호사와의 정사를 위한 구실로 랜딩 사건을 이용한 거라면 프란체스카 더 리미니(북 이탈리아 라벤나 성주의 딸. 이웃나라 성주와 정략 결혼하고 그 성주의 동생을 사랑한 죄로 처형되었음. 단테 《신곡》 '지옥편'에 나오는 실화)의 반대수법을 쓴 셈인데, 이 역할을 그녀 스스로 알고 있었다면 자진하여 맡았을 리 없다. 그녀를 그런 식으로 생각하는 것은 부당하다.

아니, 과연 부당할까?

맬리는 깊이 숨을 들이마시고 랜딩이 두고 간 증언 속기록을 집어 들었다. 그것은 타이프로 친 서류 몇 페이지로 때가 몹시 묻었고 여백에는 연필로 무언가 잔뜩 적혀 있었다. 이렇게 얇은 속기록도 흔히 있는 법이다.

랜딩의 증언을 모조리 기록했다면 아마 꽤 두꺼웠을 것이다. 검사란 특별배심 기록을 공표하기를 아주 싫어한다. 맬리는 첫 페이지를 열어보며 이 정도까지 입수하는 데도 재판소에서 로스캘조를 몹시 집적거렸으리라 생각했다.

심문 기록 : 9월 15일

지방 검사국 대표 : 펠릭스 로스캘조

특별배심 대표 : 배심장 토머스 L. 플라이스

증인 : 순찰경관 아널드 랜딩. 32C720(선서했음)

참조 : 1281페이지

질문 : (로스캘조) 증인은 범죄과 소속 순찰 경관의 직무를 다 알고 있다고 말했지요?

대답 : (순찰 경관 랜딩) 네.

질문 : 그 직무에 대해 배심원 여러분에게 말하시오.

대답 : 일의 내용입니까, 아니면 우리 일의 순서입니까?

질문 : 보아하니 당신은 정상적인 지능을 가진 사람 같은데 그처럼 머리가 잘 돌아가지 않습니까?

대답 : 나는 다만……

질문 : 무엇이든 좋습니다. 당신의 해석으로 당신 직무를 말하면 됩니다.

대답 : 저어, 우리의 단속 대상은 일반적인 범죄와 도박과 그리고 ABC 위반입니다. ABC란 '알콜성 음료 관리법'을 말합니다.

질문 : 좋습니다. 그럼, 당신들이 사건을 다루는 순서를 설명하시오.

대답 : 사건이라니, 어떤 사건 말입니까? 사건에도 여러 가지가 있으니까요.

질문 : 어떤 사건이라도 좋습니다. 일반적인 사건을 말하는 것입니다. 잠깐만. 당신은 나의 어떤 속임수에 걸려들었다고 생각하고 있는 게 아닙니까? 그런 걱정은 할 필요가 없습니다. 당신은 진실을 말하면 됩니다.

대답 : 물론입니다. 나는 진실을 말하고 있습니다.

질문 : 좋습니다. 계속해서 진실을 말하시오.

대답 : 우리의 일 순서를 말씀드리겠습니다. 먼저 일정한 지역을 순찰하고 용의자를 발견했을 경우 그를 감시하며 현행범으로 체포합니다.

질문 : 그 다음은?

대답 : 그 사람을 체포하고 증거물을 압수합니다. 그리고 조서를 만들고 재판소에 넘깁니다.

질문 : 틀림없습니까?

대답 : 네, 틀림없습니다. 내 근무 성적은······.

질문 : 당신 근무 성적은 아무래도 좋습니다. 서류를 보면 곧 알 수 있으니까요. 내가 흥미 있게 생각한 것은 당신 말 가운데 '우리'라는 대명사입니다. 그것을 당신과 당신이 소속된 범죄과 동료들을 모두 포함한 호칭으로 해석해도 괜찮겠습니까?

대답 : 그렇습니다.

질문 : 조금도 흥미 없는 대답이군요. 지금 내가 질문한 뜻은 일 순

서에 대한 내 물음에 대답할 때 당신이 경찰관 직무규정을 인용하여 문제를 범죄과 전체에 확대 적용시켰다는 점을 지적하고 싶었던 것입니다. 당신은…… 당신 개인은 스스로 경찰관 직무규정에 언제나 충실합니까?

대답 : 충실하다고 생각합니다.

질문 : 생각합니다라…… 직무규정은 당신이 범죄자와 교제하는 것을 허용하고 있습니까?

대답 : 말하자면 특수 임무인 경우에는…….

질문 : 특수 임무의 경우를 말하는 것이 아닙니다.

대답 : 그렇다면 물론 허용하지 않습니다.

질문 : 좋습니다. 직무규정에는 당신이 특정한 용의자와 거래하여 돈을 받고 그 대신 다른 사람을 체포하는 것을 허용하고 있습니까?

대답 : 물론 허용하지 않습니다. 검사님이 아시는 바와 같습니다.

질문 : 그렇습니다. 나도 알고 있습니다. 그런데 당신은 알고 있습니까?

대답 : 말하자면…….

질문 : 내 말을 끝까지 들으시오. 당신은 그런 거래를 한 적이 있습니까? 당신은 돈을, 이런 경우에 받는 돈을 '뇌물'이라고 하지요. 뇌물을 받고 용의자 대신 다른 사람을 체포한 적이 있습니까?

대답 : 없습니다.

'1289페이지 참조'

질문 : 당신이 슐레이드를 체포했을 때의 상황은 지금 이야기한 대로였습니까?

대답 : 그렇습니다.

질문 : 체포 장소는 45블록과 8번 거리 모퉁이라고 했지요?

대답 : 그렇습니다.

질문 : 당신은 그 언저리를 잘 알고 있습니까?

대답 : 잘 알고 있습니다.

질문 : 가수조합이라는 말을 들은 일이 있습니다. 그 모퉁이에서 가까운 곳에 있습니다만.

대답 : 모릅니다.

질문 : 그 회사의 사장을 알고 있습니까? 이름은 아일러 밀러입니다.

대답 : 모릅니다. 이름은 들었지만 얼굴은 모릅니다.

질문 : 당신이 체포한 슐레이드가 그 회사 종업원이며 아일러 밀러의 오랜 친구라는 것을 알았습니까?

대답 : 몰랐습니다.

질문 : 아일러 밀러는 유명한 마권 암표상으로 조지 위이콥의 꼬나풀이며 가수조합이라는 것은 명목상으로 내건 가짜 간판입니다. 그것을 알고 있습니까?

대답 : 이미 말씀드린 바와 같습니다, 로스캘조 검사님. 지금은 아일러 밀러에 대해 알고 있습니다만, 그때는 몰랐습니다.

질문 : 그때라니요?

대답 : 슐레이드를 체포했을 때입니다. 나는 그때 그에 대해서 전혀 몰랐습니다.

질문 : 몰랐다고요? 지금은 어떻게 알았습니까?

대답 : 그건…… 그런 것도 대답해야 합니까?

질문 : 그렇습니다.

대답 : 여기저기 물어보았습니다.

블라이스 : (배심원) 로스캘조 씨, 증인이 더 큰소리로 대답하게

해 주십시오, 여기서는 잘 들리지 않습니다.

질문 : 당신이 지금 대답한 말을 다시 한 번 큰 소리로 말하시오, 랜딩 씨.

대답 : 여기저기 물어보았다고 말했습니다.

질문 : 당신은 자기 담당 구역의 이름난 마권 암표상에 대해 당신 표현에 따르면 여기저기 물어보았단 말입니까? 선서하고 증인석에 섰는데 그런 말을 할 수 있습니까? 그래, 누구에게 물어보았습니까?

대답 : 특정한 사람이 아니라 여러 사람에게 물어보았습니다.

질문 : 어떤 사람입니까? 좀더 큰소리로 말하시오, 여기서도 잘 들리지 않습니다.

대답 : 어떤 사람인지 잘 기억나지 않습니다.

질문 : 경찰 내부 사람입니까?

대답 : 기억나지 않습니다.

질문 : 좋습니다. 당신이 기억하지 못한다는 것은 잘 알았습니다. 그 이상한 사람들이 당신에게 아일러 밀러에 대해 가르쳐 주었습니까?

대답 : 그렇습니다.

질문 : 슐레이드를 체포했을 때 밀러에 대해서는 아무것도 몰랐습니까?

대답 : 그렇습니다.

질문 : 사복 경찰관이 담당 구역 안의 장사꾼을 모르고는 하루도 근무할 수 없다는 건 당신도 알고 있을 것입니다. 이것은 예부터 전해 내려온 관습입니다. 당신은 이 의견이 옳다고 생각합니까?

대답 : 그것은 단순한 관습에 지나지 않습니다.

질문 : 그럼, 옳다고 생각하지 않는단 말입니까?

대답 : 그렇습니다. 나는 그날 로스캘조 검사님 사무실에 가기 전까
지는 아일러 밀러라는 이름을 들은 적이 없다고 말씀드렸습
니다.

질문 : 그것은…… 아니, 날짜를 똑똑히 해둡시다. 그날은 9월 15
일이었습니까?

대답 : 그렇습니다.

질문 : 당신은 지금 한 말을 맹세할 수 있습니까?

대답 : 네, 그렇습니다. 맹세합니다.

4

슐레이드도 이 모임에 얼굴을 내밀 것인가 하고 맬리는 생각했다.
마침내 하링겐이 브로노 맨프레디와 루 스트라우스와 악수를 나눈 뒤
맬리는 그녀가 오지 않는다는 것을 알고 마음을 놓았다.

하링겐이 들어오면 이 사무실의 모든 것이 갑자기 초라해보였다.
그것은 곤란한 일이라고 맬리는 생각했다. 그것은 결코 하링겐의 죄
가 아니었다. 그는 자신이 명문 출신임을 조금도 과장하지 않았다.
그런데도 하링겐이 전통 있는 명문 하버드 법과대학의 분위기를 풍기
면 맬리는 머릿속에 시대에 뒤진 여러 가지 비유가 떠오르는 것을 어
쩔 수 없었다. 농장 뒤뜰에서 한가로이 농작물 작황에 대해 이야기하
는 지주들, 종자(從者)와 함께 술을 마시며 내일의 전략전술을 계획
하는 갑옷 입은 기사. 또는 백기사.

그러나 아무튼 지금 콘미 커크 탐정사무실은 상어들의 싸움터에 뛰
어들려는 하링겐을 호위하는 역할을 맡게 되었던 것이다.

하링겐은 원기 왕성했다. 그는 둘둘 만 신문을 맬리 앞에 내밀며
그것을 손등으로 툭 쳤다.

"이것을 읽으셨지요? 위이콥 사건의 판결 중 한 가지를 상고심에서 뒤엎은 기사입니다. 로스캘조에게 보기 좋게 한 방 먹인 셈이지요."

"읽었습니다." 맬리가 말했다. "간단히 말하면 하링겐 씨, 그것은 로스캘조에 대한 대접입니다."

"대접이라고요?"

"그렇습니다. 상고심이 판사와 배심원을 규탄한 것은 로스캘조가 그들을 믿고 정식 수속을 밟지 않은 채 판결을 내렸기 때문입니다. 그것은 실패가 아니라 장미꽃 같은 것입니다."

"네," 루 스트라우스가 흥미 있는 듯이 말참견했다. "그렇습니다. 그 사람을 법정에서 두 번 본 일이 있는데, 어떤 큰 부호를 변호하는 말솜씨가 뛰어났습니다. 좀 떠들썩한 점이 좋지 않았지만, 사건을 완전히 자기 손아귀에 쥐고 있었지요. 아무튼 그를 적으로 한다면 저쪽 편의 자료를 종횡무진으로 쓰게 틀림없습니다."

하링겐은 체면이 깎인 듯한 표정을 지었다.

"그러나 상고심은 로스캘조의 스타 체임버(^{17세기 영국의 민사재판소}
횡포한 판결로 유명) 같은 수법을 분명히 탄핵했습니다. 만일 그가……."

"그가 어떻게 나오리라 생각합니까?" 브루노 맨프레디가 말을 받았다. "그의 수법은 훌륭하게 통용되고 있습니다. 문제는 우리의 수법입니다. 우리는 모두 랜딩의 이야기를 얼마쯤 알고 있습니다. 우리란 루와 나를 말합니다만. 간단히 말해서 이제부터 어떤 수법을 쓰면 좋겠습니까?"

"네," 하링겐은 조용히 손가락을 깍지끼면서 말했다. "그것이 문제입니다."

"그렇습니다." 루 스트라우스가 동의했다.

하링겐은 의심스러운 표정으로 스트라우스를 바라보았다. 스트라우스는 천진스럽게 미소지어 보였다.

"결국" 하링겐이 말했다. "랜딩을 변호하는 요점은 그가 아일러 밀러의 함정에 빠졌음을 밝혀 보여주는 것입니다. 정당한 체포였는데도 불구하고 밀러와 슐레이드가 무슨 까닭에서인지 그것을 바꿔치기 체포로 꾸미려 하는 점에 있습니다."

"잠깐만 기다리십시오." 브루노 맨프레디가 나섰다. "랜딩은 분명 밀러라는 사람의 이름도 모른다고 말했습니다."

"네."

"그렇다면 밀러는 왜 하필 '랜딩'을 함정에 빠뜨리려 했을까요? 뉴욕에는 랜딩 말고도 경관이 얼마든지 있을 텐데. 예를 들어 당신이 누군가를 찔러 죽이려고 한다면 그가 당신 일을 방해하든가 못된 짓을 했을 경우일 것입니다. 아무튼 당신과 그는 서로 잘 알고 있어야만 합니다."

하링겐이 조금 초조한 듯이 말했다.

"당신들에게 도움받으려 하는 것은 그런 점입니다. 사립탐정 사무실 일이란 그런 정보를 알아내는 거라고 생각합니다. 예를 들면 밀러의 동기 같은 것 말입니다."

"천만의 말씀입니다." 브루노 맨프레디가 말했다. "이것은 영화가 아닙니다. 랜딩 자신이 왜 함정에 빠졌는지 모르고 있는데 제3자가 밀러의 동기를 알아낼 수는 없습니다."

맬리는 하링겐이 의자에 앉아 불안하게 안절부절못하는 모습을 얼마쯤 잔인한 만족을 느끼며 바라보았다.

"물론 논리적으로는 그 말이 맞습니다." 하링겐이 다시 말했다. "그럼, 이 문제는 젖혀두고……."

전화벨이 울렸다. 맬리가 수화기를 들었다. 화이트사이드 양의 목소리가 들렸다.

"하링겐 씨에게 전화입니다. 연결할까요? 아니면 나중에 걸라고 그 여자 분에게 전할까요?"

'여자분'이라면 하고 맬리는 생각했다. 루스 빈선트임에 틀림없다. 일이 어떻게 되었는지 알고 싶은 모양이겠지.

"연결해 주시오, 화이트사이드 양."

맬리는 수화기를 하링겐에게 넘겨주었다.

가늘고 날카로운 목소리가 수화기에서 흘러나왔다. 하링겐의 얼굴빛이 흐려졌다.

"미건이냐? 바쁠 때 방해하면 안 된다고 말했지? 중요한 이야기가 아니면…….""

수화기 목소리가 더욱 날카로워졌다.

"알고 있다." 하링겐이 말했다. "물론 알고 있지. 그렇게 말해 주마."

하링겐은 거칠게 수화기를 내려놓았다. 그 소리가 화이트사이드 양의 귀에 충격을 주었겠지 상상하며 맬리는 가슴이 섬뜩했다.

"누구라고 생각합니까?" 하링겐이 설명했다. "내 딸아이입니다. 나보고 사과 말씀을 전해달라고 다짐하는군요, 커크 씨. 전날 밤 그 일로 말입니다. 만나거든 곧 사과 말씀을 전해달라고 부탁받았는데 깜박 잊었습니다. 그런 하찮은 일을 일일이 말씀드릴 필요도 없을 텐데 말입니다."

"하찮은 일이라니요, 귀여운 아이로군요." 맬리는 말을 끊고 흘끗 하링겐을 바라보았다. "그런데 이상하군요, 따님이 당신 연락처를 알고 있다니. 당신은 언제나 따님에게 가는 곳을 일러줍니까?"

하링겐이 웃었다.

"아닙니다. 하지만 그 애에게 불편이 없도록 하고 있지요. 딸의 주변에 비밀 세계를 쌓아놓기보다 되도록 모든 것을 공개하는 편입니다. 그렇지 않아도 그 애는 신경질적이거든요."

브루노 맨프레디가 불쑥 벽 쪽으로 돌아서며 말했다.

"나도 아이가 넷 있습니다만, 내 일에 참견하면 신경질적으로 따귀를 때려줍니다. 우리 아이들은 아버지 직업이 뭔지도 모른답니다."

"그렇습니다." 스트라우스가 거들었다. "어린아이들이란 입이 빠르지요. 모든 것을 공개하면 아이들에게 재잘재잘 떠들라고 부추기는 거나 다름없습니다. 떠드는 건 아이들 천성이니까요."

"루," 맬리가 조용히 끼어들었다. "아동 지도법에 대해 이야기하기 전에 이 사건을 처리하기로 합시다. 지금까지 알아낸 것을 모아보면 우리에게 단서가 세 가지 있소. 밀러의 슐레이드와 랜딩의 동료였던 벤저민 프로이드. 문제를 이 세 사람으로 좁혀서 생각해 보는 게 좋겠소."

"프로이드와는 이야기해 보았습니다." 하링겐이 말했다. "랜딩이 말한 체포 때의 상황을 완전히 뒷받침해 주었지요."

"그렇군요. 증인으로 세울 생각입니까?"

"물론입니다. 그러나 프로이드는 중심이 없는 사람이라서 몹시 동요하고 있습니다."

"신경질적이군요" 하고 브루노 맨프레디가 말했다.

"아닙니다." 하링겐이 고집스럽게 말했다. "그는 보복을 두려워하고 있습니다. 보복받을 특별한 이유가 있는 건 아닙니다만. 아무튼 로스캘조에게 가차없이 당한다면 자신을 잃을 증인입니다. 그 점이 나도 걱정됩니다."

"좋습니다." 맬리가 말했다. "그렇다면 우리가 기압을 넣어주지요. 이번 주일 안으로 그가 비번일 때 오후쯤 약속을 해주십시오. 셋이서 슐레이드 체포상황을 실제로 검증해 봅시다. 그의 증언을 세부적으로 조사하고 만일 허점이 있으면 그가 증인대에 서기 전에 똑똑히 다짐해 둡시다."

"아니, 잠깐만, 맬리 씨." 하링겐이 가로막았다. "그의 증언에 대해 예비 준비를 하고 싶지는 않습니다. 그런 일을 하면……."

"예비 준비가 아닙니다, 하링겐 씨. 증언의 허점을 찾아내는 겁니다. 그의 기억을 새롭게 해주는 거지요. 로스캘조에게 선수치게 해도 좋습니까?"

"그런 관점에서 본다면……."

"물론이지요. 다음에는 슐레이드와 밀러의 전과를 캐야 합니다. 지금까지 슐레이드는 자신이 초범이라고 주장하고 있습니다만, 그것이 거짓임이 증명되면 그의 증언에 대한 신빙성은 크게 약해집니다. 또 밀러가 그만큼 이름난 마권 암표상이라면 그에게도 무언가 전과가 있을 게 틀림없습니다.

증인대에 올랐을 때 그들의 전과가 드러난다면 우리에게 큰 힘이 될 것입니다. 밀러와 슐레이드는 처음부터 악당이며 거짓말쟁이라는 생각을 배심원들에게 불어넣는 겁니다. 배심원들의 머리에 때려 넣는 겁니다."

"그렇지요. 그들 두 사람이 이름난 마권상이라는 점에서……."

"하지만 그리 간단하지는 않습니다. 열 두 명의 배심원은 마치 올드미스 같은 이들이니까요. 더욱이 우리 쪽에서 적극적으로 나가지 않으면 기회를 잡기가 여간 어렵지 않습니다.

적어도 상대방은 특별배심원입니다, 하링겐 씨. 선량하고 빈틈없으며 사회적 지위가 높은 시민입니다. 말에 대한 예상을 듣자마자 마권상으로 달려가는 사람들입니다. 그들에게는 밀러나 슐레이드가 범죄자로 보이지 않을 겁니다. 다만 운이 나빴던 거라고 생각하겠지요."

"알겠습니다." 하링겐은 쓴웃음을 지었다. "경관과 마권상일 경우에는 적어도 마권상에게 동정이 쏠린다는 뜻이로군요."

"그렇지요. 여기서 루에게 한 가지 부탁이 있는데……." 맬리는 루 스트라우스 쪽을 보았다.

"루, 그들의 전과 조사를 맡아주오. 지금 곧 시작해야 하오. 슐레이드와 밀러에 대한 불리한 기록을 모조리 수집하시오. 가명을 쓰고 있을지도 모르지만, 그것은 지문으로 알 수 있을 거요."

"비용은 어떻게 하지요?" 스트라우스가 물었다.

"비용을 많이 쓸 수는 없소. 조서를 찢어버리는 것도 아니고 그 속의 글을 지워 없애는 것도 아니며 그냥 보기만 하면 되니까. 복사 사진을 두세 장 찍어야겠구먼."

"하지만 비용이 많이 들 겁니다. 위이콥 사건은 아직 생생하게 살아 있으니 관계 서류의 값이 꽤 올랐을 텐데요."

"그럼, 그 점은 알아서 적당히 하시오. 비용은 결국 랜딩이 부담하기로 계약되어 있으니까."

주고받는 이야기를 듣고 있던 하링겐이 차츰 걱정스러운 표정을 지었다. "정보를 얻기 위해 은밀히 조사해도 괜찮을까요? 이를테면……."

맬리는 어깨를 으쓱했다.

"그만두시겠다면……."

"아니, 그런 뜻이 아닙니다, 맬리 씨. 나는 다만——솔직히 말해서 그런 일로 우리 손을 더럽히지 않고 떳떳이 법정에 서고 싶습니다. 목적을 위해 수단 방법을 가리지 않는 주의를 취하고 싶지 않습니다. 하지만 이런 사고 방식은 풋내기 생각이겠지요?"

"그건 당신 판단에 맡기겠습니다, 하링겐 씨."

"네, 알겠습니다, 잘 알겠습니다." 하링겐은 입술을 깨물고 한참 생각에 잠겼다.

"아무튼 이 문제는 뒤로 미뤄둡시다. 다음에는 어떤 방법을 쓸 생각입니까?"

"밀러와 슐레이드를 찾아야 합니다. 두 사람을 찾아내어 지금 무슨 일을 꾸미고 있는지 조사해야 합니다."

하링겐은 의아한 얼굴이 되었다. "얼마 동안 두 사람은 행동을 조심하고 있지 않을까요? 이것은 단순한 내 추측입니다만."

"그렇겠지요, 하지만 반드시 그렇지도 않습니다. 아무튼 이 일은 브루노에게 맡깁시다. 그가 앞으로 얼마 동안 그들을 미행하는 동안에 좋은 방법이 생기겠지요."

"그런 다음에는?"

"그 다음에는 암호를 모아 연주를 하면 됩니다." 맬리는 자리에서 일어났다. 하링겐도 같이 일어났다. "벤저민 프로이드에게 연락해 두십시오. 아까 말한 대로 체포 현장을 실제로 검증하기 위해."

"알았습니다." 하링겐은 코트를 입고 모자를 집어 들더니 모두와 악수를 나누었다. 맬리는 문을 열려고 하는 그를 말없이 지켜보다가 불쑥 말했다.

"참, 깜박 잊은 것이 있습니다, 하링겐 씨."

"네?"

"그들의 전과를 조사하자는 제안에 대해 당신은 아직 의견을 말하지 않았습니다."

하링겐은 마음을 정하지 못하는 얼굴로 선 채 문손잡이를 만지작거렸다. 그는 겨우 입을 열었다.

"글쎄요, 감추어져 있는 증거를 내버려둬서 애매한 사람을 죄인으로 만들 수는 없겠지요. 당신이 가장 좋은 방법이라고 생각한다면 조사하시기 바랍니다, 커크 씨. 모두 당신에게 맡기겠습니다."

문이 닫히자 브루노 맨프레디는 의미심장한 얼굴로 맬리를 찬찬히 바라보며 말했다.

"이제 가르쳐주십시오."

"가르쳐달라니, 뭘 말이오?"

"얼버무리지 마십시오. 조사 방법에 대해 변호사에게 일일이 허락을 받다니, 언제부터 이런 방법을 쓰게 됐지요? 두 사람의 전과에 대해 우리가 어떤 방법으로 조사하든 그 변호사와는 아무 관계도 없지 않습니까? 그런데 당신은 거기 앉아서 딴청부리며 빙글빙글 웃고 있다니, 볼 만한 구경거리더군요. 아무래도 여기에는 내가 모르는 점이 많이 숨겨져 있는 것 같습니다. 내가 웃음거리가 되기 전에 사정을 가르쳐 주십시오."

"웃음거리라니?"

"당신은 그 말뜻을 알고 있을 겁니다. 이처럼 큰 사건의 증인으로 호출당한 두 사람을 무작정 미행한다고 생각해 봅시다. 아마 두 사람 중 한 사람이 지방 검사국 형사를 시켜서 거꾸로 나를 미행시킬 겁니다. 샌드위치처럼 가운데 몰리는 건 상관없지만, 내가 하는 일의 내용 정도는 알고 있어야 되지 않을까요? 누가 물어볼 때 저 하링겐처럼 바보짓을 하고 싶지는 않으니까요."

"바보짓인지 아닌지는 다른 문제로 치고," 루 스트라우스가 다른 의견을 내세웠다. "그 변호사는 좀 격이 다른 사람인 것 같습니다. 그는 순수한 사람입니다. 말하자면 깨끗한 사람이지요. 그 변호사를 보면 2년 전 이혼 소동으로 우리 사무실 신세를 진 롱아일랜드의 폴로 선수가 생각납니다.

그 일 기억납니까? 나와 마녀그가 그 사건을 맡았지요. 풍기단속반 형사가 문을 걷어차 부수고, 나와 마그너 그리고 형사와 그 폴로 선수가 한꺼번에 방으로 뛰어들었습니다. 여자는 발가벗은 채였는데

———눈요기가 됐지요———후닥닥 운전 기사로부터 떨어졌습니다.

그때 폴로 선수가 어떻게 했는지 압니까? 몸집이 크고 건장하여 말 따위는 깔아뭉갤 만한 사나이였는데, 그 사나이가 두 주먹을 쥐고 벽을 치며 어린아이처럼 엉엉 울기 시작했습니다. '믿을 수 없어! 나는 당신을 사랑했는데…… 사랑했기 때문에 결혼했지. 정말 믿을 수 없어!'라고 소리치면서 말입니다.

그는 우리 앞인데도 불구하고 아내를 설득하려 했습니다. 그 여자는 거리의 남자들과 함부로 잠자리를 같이하는 바람둥이였지요. 이 경우는 어떻습니까? 말하자면 그 사나이가 순수하다고 보아야겠지요. 마음이 너무 곱고 현실을 조금도 모르는 사람이 가끔 있는 법입니다. 하링겐 변호사도 그런 사람으로 보였습니다."

"그렇소." 맬리가 말을 받았다. "그는 그렇게 교육을 받았소. 그의 아버지도 할아버지도 모두 하버드 법과대학 출신이거든. 훌륭한 온실에서 자란 사람이오. 그 학교를 나온 사람들은 모두 큰 회사의 법률 고문이 되어서 어린아이라도 할 수 있는 소득세 계산 따위를 하지요. 그러나 하링겐은 자기 일에서 능력을 발휘하지 못했기 때문에 이제 우리 같은 천민 사이에 끼어들어 주위 사람들을 감동시키려는 거라오. 그것 보시오, 루도 벌써 감동받지 않았소."

루 스트라우스의 얼굴이 빨개졌다.

"나는 다만 그가 격이 다른 사람이라고 말했을 뿐입니다. 풋내기인지는 모르지만 건전합니다. 건전하다는 것은 조금도 나쁜 게 아닙니다."

"건전하든 불건전하든 내가 알 게 뭐람." 브루노 맨프레디가 몹시 화난 목소리로 말했다. "나는 맬리 사장에게 질문한 것뿐일세. 대답해 주십시오, 대체 어찌된 겁니까? 왜 하링겐 같은 사람과 일하는 겁니까……. 나는 그것을 알고 싶습니다."

맬리가 말했다.

"이번에는 우리가 그를 교육시키는 거요."

"교육시킨다고요?"

"어린아이에게 걸음마를 가르쳐주는 것이지요. 아까 그것은 첫걸음이오. 그것이 그의 마음에 안 든다면 루가 두 증인의 전과를 조사해 왔을 때는 더 마음에 안 들겠지요."

"옳아," 스트라우스가 끼어들었다. "자네는 하링겐 변호사가 어쩐지 걱정되는 모양이지, 브루노? 어째서인가?"

"그런 거야 어찌됐든 상관없네. 그건 그렇고, 어째서 그들의 전과에 대해 그처럼 자신 있게 말하십니까, 사장님? 결과가 어떻게 나올지 모르잖습니까?"

"나는 하링겐처럼 사건을 거꾸로 취급하고 싶지 않소. 밀러의 말이 진짜이고 랜딩이 거짓말하고 있다는 각도에서 다시 생각해 보오. 쉽게 추리할 수 있을 거요."

"그게 무슨 뜻이지요?"

"조금 머리를 써보시오, 브루노. 겨우 50달러의 벌금을 피하기 위해 한낱 마권 암표상이 1천 달러나 내민 까닭이 뭔지 알겠소? 그 이유를 생각해 보시오."

브루노는 생각에 잠겼다가 이윽고 입을 열었다. "과연 그럴 듯하군요!"

"이제 알겠소? 전과가 있소. 그것이 이유요. 밀러의 전과는 하찮은 거겠지. 존 매커덴도 그 정도는 알아냈을 거요. 간단한 경범죄 정도가 겨우 네댓 가지 될 거요. 왜냐하면 전과 6범이 되면 상습범이니까. 그렇게 되면 사태가 완전히 뒤집히지요.

밀러도 그것을 알고 있었을 거요. 한 번 상습범 딱지가 붙으면 가는 곳곳마다 사건에 말려든다는 것을 그는 이미 알고 있었소. 그렇다면 1천 달러쯤 내놓아도 아깝지 않았겠지요. 그것이 바로 우리가 노린 점이오. 말하자면 밀러가 뇌물을 받친 동기요."

루 스트라우스가 말했다.

"그렇다면 그 전과 기록을 좀 빌려보는 편이 좋지 않습니까? 적당히 처리하면……."

"이미 늦었소. 로스캘조는 이미 그 사실을 알고 있소. 그리고 그런 일은 하고 싶지 않소. 우리는 있는 사실을 그대로 하링겐과 랜딩에게 알려주면 되오."

"알았습니다. 당신에게 실망했습니다." 브루노 맨프레디가 말했다. "그렇다면 왜 내가 밀러와 슐레이드를 미행해야 하지요? 그렇게 융통성 없는 사건이라면 구태여 애써 조사할 필요도 없지 않습니까?"

"아니오. 두 사람 중 하나가 다른 상습범과 만난다든가 하는 실수를 할 가능성이 조금은 있소. 그것을 알아내면 하링겐이 점수를 따는 셈이고, 우리도 돈벌이가 되지요. 아무튼 하루 이틀 해보시오. 다른 것은 그 뒤에 생각하기로 하고."

"알았습니다. 하지만 너무 따지지 마십시오. 밀러와 슐레이드를 찾아낸다 해도 나는 1대 2입니다. 조수 한 사람이 필요합니다."

"데리고 가시오."

"누구를 데려갈까요?"

"나를." 맬리가 대답했다. "나를 조수로 생각하면 되지 않겠소?"

아무리 생각해도 그것은 곤경을 피하기 위해 던진 대답 같았다. 이 대답에는 맬리 자신도 브루노 맨프레디 못지않게 놀랐다. 왜 그런 말을 했는지, 왜 그런 사건에 자진해서 나서려고 했는지 자신으로서도 까닭을 알 수 없었다.

탐정 사무실은 맬리의 일터이고 세인트 스티븐 호텔도 그의 일터다. 차갑고 축축한 겨울 길은 그가 봉급을 주는 부하들의 일터다. 그런데 마치 자기 꼬리를 물어뜯는 개와 흡사한 사건, 잔혹한 농담 같은 이런 사건에 그 자신이 나선다는 것은 무의미한 짓이다. 프랭크 콤마라면 "벌이가 될 만한 일이 아니군" 하고 말했을 것이다.

그리고 재미도 없는 사건이다. 벌이도 되지 못하고 재미도 없다면 이게 무슨 변덕이란 말인가?

이 의문은 소화되지 않은 채 그의 마음을 무겁게 내리눌러 그날 밤 한잠도 못 이루게 했다.

맬리는 침대에서 뒤척였다. 담요도 무겁게 느껴지고 이상하게 베개도 뜨겁게 느껴졌으며 게다가 왠지 머리가 배겼다. 참다못해 그는 벌떡 일어나 머리맡의 스탠드를 켜고 팔목 시계를 보았다. 3시 30분.

맬리는 수화기를 들고 처음에 할 말을 잠깐 생각한 뒤 천천히 다이얼을 돌렸다. 수화기에서 대답하는 목소리는 졸음 때문인지 몹시 힘없이 들렸다. "네……" 하고 대답한 뒤 하품인지 탄식인지 모를 소리가 이어졌다.

맬리는 말했다.

"디디, 세계는 새벽을 기다리고 있소(유명한 유행가 제목). 당신은 혼자서 기다리고 있을 생각이오?"

"네, 그래요, 맬리. 어디 몸이 불편한가요? 목소리가 이상하군요. 술 마셨나요?"

"아니, 장난이오. 잠을 깨워서 미안하오, 디디. 이번 주일 안에 다시 전화하겠소."

"언제든 좋아요. 나는 언제라도 괜찮아요."

저쪽에서 수화기 놓는 소리를 들은 뒤 맬리는 천천히 수화기를 놓았다. 그리고 담배에 불을 붙여 물자 뒹굴면서 천장에 비친 온갖 그림자를 물끄러미 바라보았다.

'불어라, 불어라, 겨울바람아' 하고 그는 마음속으로 읊었다. 디디도 이제는 어른이 되었구나.

몇 해 전 맬리가 그녀의 이혼소송을 맡았을 때 그녀는 텍사스 주 애머릴로의 앨프레드 도널드슨 부인이었다. 그 부부는 요란하게 서로 옥신각신하다가 그녀의 남편은 뉴욕의 화려한 생활로 돌아갔다. 그 무렵의 그녀는 비쩍 마른 데다가 햇볕에 그을린 소녀였으며, 촌스럽게 파마한 머리에 고운 이를 드러내며 언제나 천진스러운 미소를 지어보이곤 했었다. 지금은 보기 좋게 살도 찌고 상아빛 얼굴에 머리는 반짝이는 금빛 투구 같으며 잘 다듬은 이는 완전무결하고, 게다가 이해성 있는 미소를 머금은 여자가 되어 있다.

디디는 어른이 된 것이다. 오래 전 일이지만 어느 날 밤 그녀는 맬리를 웨스트 사이드의 술집으로 데려간 적이 있었다. 그곳에서는 반미치광이 같은 웨일즈의 음유 시인이 알현식을 올리고 있었다. 디디는 그 음유시인에게 진심으로 반해 있었던 것이다. 그 시인은 얼토당토않은 강연을 하며 미국을 떠돌면서 술로 자기 몸을 파멸시키는 일을 진지하게 생각하고 있다는 것이었다. 그리하여 디디는 자기 생애를 걸어 그를 구해주려고 결심했다고 말했다.

그것은 엉망진창의 하룻밤이었다. 음유시인은 쉰 목소리로 외설스러운 말을 내뱉고, 얼마 뒤에는 디디를 집적거리기 시작하더니 나중에는 레슬링 시합같이 되어버렸다. 그는 디디의 브래지어를 벗겨 그것을 높이 쳐들어보였다. 그러다 술을 잔뜩 토한 뒤 죽은 듯이 쓰러지고 말았다. 다른 여자였다면 마지막 고비에 이르기 전에 얼른 자리를 떠났을 것이다. 그러나 디디는 처참한 마지막 장면까지 남아 있었다. 이윽고 그녀는 종업원이 술이 흥건한 테이블을 치우는 것을 눈을 빛내며 지켜보았다.

그날 밤 맬리는 그녀에게서 음유시인의 시집을 빌렸다. 세인트 스티븐 호텔로 돌아오자 그는 시집을 펼쳐들고 맨발로 방 안을 서성이며 눈에 띄는 부분을 읽었다. 처음에는 화려한 시구에 뜻밖의 느낌을 받고 읽어가는 동안 관능적인 기쁨을 느꼈으며, 나중에는 이런 시를 써낼 만한 재능을 타고난 그 덩치 큰 사나이에게 화가 났다. 덩치가 크다는 것에 대해 화가 났다. 본인을 만나본 이상 작품을 작가와 떼어놓고 생각한다는 것은 불가능한 일로 여겨졌다.

드디어 그 음유시인은 죽었고, 디디는 눈물을 흘렸다. 디디는 이제 젊은 운명주의 화가에게 열을 올렸다. 그 음유시인의 시집이 방 안 어딘가에 있을 것이다. 맬리는 침대에서 일어나 책장을 뒤지다 그것을 찾아냈다.

책장을 넘기자 갑자기 현기증이 일었다. 맬리는 당황하여 시집을 내던졌다.

코냑 병이 가까운 선반에 있었다. 맬리는 시집 대신 그것을 집어들었다.

5

하링겐은 금요일 아침에 전화를 걸어 벤저민 프로이드와 만날 약속을 해놓았다고 알려왔다.

"매디슨 스퀘어 가든 아케이드에서 정각 12시입니다." 그는 미안한 듯이 말했다. "너무 서둘러 전해드려 미안하지만, 프로이드는 좀처럼 만나려 하지 않습니다. 마음이 달라지기 전에…….."

"괜찮습니다. 이번에 만났을 때 프로이드가 특별히 재미있는 말을 하지 않았습니까?"

"글쎄요…… 참, 그렇군요, 랜딩과 만날 때 같이 가 주었으면 고맙겠다고 말하자 그는 한사코 반대했습니다. 당분간 랜딩과 함께 있는 것을 세상 사람들에게 보이고 싶지 않다는 겁니다."

"그로서는 무리도 아니지요. 그럼, 12시에 만납시다."

매디슨 스퀘어 가든까지는 길을 건너 걸어서 15분쯤 걸렸다. 맬리와 아케이드에 들어가자 하링겐과 프로이드가 먼저 와 있었다. 아케이드 안이 눅눅했으므로 그들은 코트 깃을 세우고 콘크리트 바닥에서 스며오르는 찬 기운 때문에 연신 발을 구르고 있었다.

프로이드는 평범한 신입 경찰관 타입으로, 정규 경찰관으로서는 너무 젊고 풋내기같이 보였다. 훤칠한 키에 근육질이었으며 파란 눈을 가진 젊은이였다. 그는 목의 커다란 목울대를 칼라 속으로부터 끌어내기라도 하려는 듯이 이따금 갑자기 턱을 젖히는 버릇이 있었다.

반대심문 때 실수만 하지 않는다면 그리 나쁜 증인은 아니라고 맬리는 생각했다. 어떤 배심원에게나 납득이 가는 증인, 가정 잡지 겉표지에서 흔히 보는 자기 손으로 만든 낚싯대를 어깨에 맨 내성적인 소년 같은 인상이었다.

하링겐이 두 사람을 인사시키고 세 사람은 거리로 나왔다.

맬리가 프로이드에게 말했다.

"미리 말해 두오만, 슐레이드를 체포한 것은 여섯 달 전 일이므로 당신 기억에 확실치 못한 부분이 있는 건 당연하오. 말하자면 당신은 증언할 때 로스캘조에게 몹시 시달릴 거요. 그 점은 각오해야 하오. 당신이 '생각나지 않습니다'라고 말할 때 또는 말이 막혀 잠깐 생각하고 있을 때마다 로스캘조는 배심원들에게 눈짓하여 당신이 얼마나 거짓말쟁이인지 강조할 것이오. 사실 이런 것은 가르쳐드릴 필요도 없겠지요. 지금까지 증인으로 서본 경험이 있을 테니까."

프로이드는 근심스럽게 대답했다.

"변호인측의 증인으로 서본 일은 없습니다."

"그것도 마찬가지요. 즉 자신 있게 말해야 하오. 그러나 너무 많은 이야기를 하면 안 되오. 지금부터 현장을 다시 한 번 검증하는 것도 당신이 정신적 준비를 갖출 수 있게 하기 위해서요."

맬리는 랜딩의 녹음을 받아쓴 원고를 꺼내 죽 훑어보았다.

"그날 당신과 랜딩은 이 언저리에서 어떻게 일해 나갔지요?"

"저, 우리는 중심가 쪽으로 걸어갔습니다. 랜딩은 이쪽을, 나는 길 건너편을 걸었습니다. 우리는 서로 지켜보면서 걸어갔습니다."

"알았소. 랜딩의 키는 하링겐 씨의 키에 비하여 어떻소?"

프로이드는 하링겐의 키를 눈어림잡았다.

"거의 비슷한 것 같습니다."

"그럼, 하링겐 씨가 랜딩이 되오. 자, 우리는 길 저쪽으로 가서 이 분을 지켜보며 걸읍시다, 프로이드 씨."

그런 배치로 세 사람은 두 블록쯤 걸어갔다.

맬리는 큰길을 메운 많은 자동차의 지붕 너머로 오르락 내리락하는 하링겐의 진주빛 중절모자에서 눈길을 떼지 않았다.

이윽고 프로이드가 갑자기 멈춰 섰다. 그와 동시에 하링겐의 모자도 멎는 것이 맬리에게 보였다.

프로이드가 말했다.

"여기서 나는 길을 건너 지금 하링겐 씨가 서 있는 저기쯤에서 식사를 했습니다. 저 핫도그 가게입니다."

맬리가 물었다.

"가게 주인이 당신 얼굴을 기억하고 있을까요?"

프로이드는 부정적인 표정을 지었다.

"아마 기억하지 못할 겁니다. 거스름돈을 겨우 셈할 정도의 사람이었으니까요. 영어도 못하지요."

"한 번 가봅시다."

두 사람은 간이 식당 앞에서 하링겐과 만났다. 먼지 낀 유리창으로 들여다보니 카운터는 더럽게 얼룩지고 쓰다 버린 종이 컵이며 담배 꽁초들이 바닥에 흩어져 있었다.

맬리는 하링겐에게 말했다.

"한 가지 간단한 아이디어가 있습니다, 결과는 알 수 없지만. 아무튼 추우니 커피라도 한 잔 마십시다."

맬리가 앞장서서 가게로 들어갔다. 세 사람은 나란히 카운터 앞에 앉았다.

카운터 안에 있는 주인은 키가 작고 가무잡잡한 얼굴에 심한 곰보였다. 머리는 잘 손질되어 있고 코밑수염도 제법 훌륭했다. 아직 젊은 사람으로, 스물 서넛쯤 된 것 같다고 맬리는 생각했다. 마르고 피곤해 보이는 여자가 그를 거들어 주고 있었다. 아내인 듯했다.

그는 종이컵에 커피를 따라 나눠 주더니 우유와 각설탕을 넣어주었다. 주걱같이 생긴 나무 스푼이 종이 컵 옆에 놓여졌다.

맬리는 천천히 커피를 저으며 그 사나이가 퀴퀴한 냄새나는 행주로 카운터 끝에서 끝까지 바쁘게 닦는 모습을 바라보았다.

주인이 그 앞에 오자 맬리는 빙긋 미소지었다. 그도 미소로 대답했다. 밑도 끝도 없는 밝고 무의미한 미소였다.

맬리는 몸을 내밀고 프로이드를 가리키며 스페인 어로 물었다.

"이 사람을 알고 있소?"

그 남자는 다시 미소를 지어보였다. 아무 뜻도 없는 너무나 밝은 미소였다. 그는 스페인 어로 대답했다.

"알고 있습니다. 경찰에 계신 분이지요."

"맞소. 이 사람 친구가 하나 있는데, 그도 경찰에 있지요. 그 사람도 아오?"

"왜 그런 것을 묻습니까? 나는 말이나 보리타(스페인 어로, 아르마딜로를) 말함. 도박에 사용하는 골패)에는 흥미 없습니다. 왜 내가 경찰에 관계해야 하지요?"

"아니오. 그런 일과는 관계없소. 방금 말한 이 경관의 친구가 지금 곤란한 입장에 놓여 있소. 여기에 있는 이분과 나는 그의 변호사요. 우리는 그 친구를 도와주려고 하오."

"그렇다면 힘껏 도와드리시지요."

사나이는 무언가 쓸어내는 듯한 손짓을 하더니 고개를 다른 곳으로 돌렸다.

하링겐과 프로이드는 무슨 말을 하는지 몰라 그 사나이의 움직임을 물끄러미 바라보고 있었다. 맬리는 손을 뻗어 그의 팔을 툭 쳤다. 사나이는 뜻도 없는 밝은 미소를 보이며 돌아보았다.

맬리가 말했다.

"그렇게 원수처럼 대하지 마시오."

"천만의 말씀입니다. 손님들을 원수로 생각하다니, 그건 말도 안 됩니다. 스페인 어를 어디서 배우셨습니까? 당신의 스페인 어는 이 근처 학교에서 배운 게 아니군요."

"오래 전에 친한 친구로부터 배웠소. 나에게는 친구지만, 나의 아버지에게는 은인이었지요. 프리오 그치엘에스와 그의 부인 마르타인데, 혹시 그분들과 아는 사이 아닙니까?"

"아닙니다. 나는 관계가 없습니다. 당신이 아는 분이고 당신 친구라면 그것으로 좋습니다. 그건 그렇고, 아까 이야기입니다만, 그 경관을 알고 있습니다…… 친구는 아니지만. 그는 이상한 사람입니다, 아주 이상한 사람입니다."

"뭐가 이상하다는 거요?"

"글쎄요, 여간 영리하지 않으면 그것을 설명하지 못할 겁니다. 내 식으로 말하면 퇴비더미에 올라선 수탉처럼 멋이 들어 뽐내고 다녔지만, 진짜 행복이 무언지 전혀 모르는 사람입니다. 그런 사람이니 오래지 않아 곤란한 일을 당하리라 생각했었지요."

"그래서 지금 곤란한 입장에 놓여 있다는 말을 듣고도 그리 놀라지 않는군요?"

"솔직히 말씀드리겠습니다. 그 소식을 처음 들었을 때 나는 조금도 놀라지 않았습니다…… 그분이 경찰에서 목이 잘렸을 때 말입니다. 이 거리 불량배들이 여기서 커피를 마시며 곧잘 그런 이야기를 했지요."

맬리는 고개를 끄덕였다.

"알았소. 그럼, 아일러 밀러에 대해서도 알고 있소?"

"알고 있습니다. 그는 이 거리의 불량배 우두머리지요. 날마다 불량배들에게서 돈을 뜯어간답니다. 모를 리가 없지요."

"조지 워이콥이라는 사람이 또 있는데, 밀러보다 얼굴이 더 알려진 큰 우두머리지요. 그에 대한 것도 여기서 화제에 오르오?"

사나이는 머뭇거렸다.

"왜 그런 것까지 나에게 묻지요?"

"당신은 훌륭한 시민이기 때문이오. 의무로 생각하고 대답해 주기 바라오."

"그렇지 않습니다. 나는 제로(0)입니다. 제로보다 못한 형편없는 시민입니다."

맬리가 그렇지 않다고 말하자 그는 손을 내저으며 가로막았다.

"아닙니다. 그렇다 해도 나와는 전혀 상관없습니다. 왜냐하면 내 아이들은 하느님의 은혜로 나보다 나은 사람이 될 테고, 내 손자들은 나를 닮으려 해도 닮지 않은 사람이 될 테니까요.

그렇게 생각하면 즐겁지 않습니까? 앞으로 오실 때는 내 손자들에게 영어로 말해 주십시오. 영어로 말해야 비로소 뜻있는 말이니까요. 이 거리 사람들은 다른 나라 말로 '시민'이라고 해봐야 들은 척도 하지 않습니다."

맬리는 고개를 저었다.

"나와 그런 토론을 해봐야 소용없소."

"토론이라니 천만의 말씀입니다. 내 성의를 보여드리기 위해 커피한 잔을 더 드리겠습니다. 당신 커피는 벌써 식었습니다. 이 값은 받지 않겠습니다. 내 성의니까요."

"고맙소."

맬리는 씁쓸해 보이는 방금 끓인 검은 커피를 컵에 채워주는 것을 기다렸다가 천천히 마셨다. 그리고 지갑에서 명함을 꺼내 그에게 건네주었다.

"한 가지 부탁합시다."

"네…… ?"

"방금 말한 경관 사건과 관계 있는 사람이 오거든 누구라도 좋으니 이 명함을 주시오. 그리고 이것은 당신 아들과 손자들에게 주시오. 당신은 틀림없이 좋은 아버지가 되고, 또 좋은 할아버지가 될 거요."

맬리는 5달러 지폐를 하링겐이 있는 자리에서 보이는 카운터에 놓았다.

그런 다음 맬리는 먼저 일어나 밖으로 나갔다. 가게 주인의 꾸민 미소가 문가까지 따라왔다. 밖으로 나오자 프로이드가 부러운 듯이 말했다.

"나도 스페인 어를 그만큼 유창하게 말할 수 있으면 좋겠군요. 저 원숭이들이 이 거리에 자꾸 흘러들어오니 앞으로 2, 3년 뒤에는 모두 스페인 어를 술술 말할 수 있게 될지도 모르겠습니다."

갑자기 직업적인 호기심이 프로이드의 눈에 번쩍였다.

"그 사람이 도박 이야기를 하지 않았습니까? '보리타'라고 했는데, 그게 무슨 뜻입니까?"

맬리가 대답했다.

"아무것도 아니오. 도박에는 흥미가 없다고 말하더군요. 거짓말하는 것 같지는 않았소."

하링겐이 물었다.

"그럼, 무언가 알아냈습니까? 커크 씨?"

맬리는 성급히 말했다.

"그에게서 뭔가 알아내려고 하지는 않았습니다. 나는 다만 워이콥과 만나 이야기하고 싶을 뿐입니다. 밀러의 일이며 그가 뇌물을 바친 일에 대해 물어보고 싶습니다. 워이콥이라면 곧 대답해 줄 겁니다. 워이콥을 만나는 유일한 방법은, 그 스스로 나를 찾아오게 만드는 겁니다. 그것을 그 가게 주인에게 부탁했지요. 조그마한 가십을 던져 주면 저쪽에서 덥석 걸려들지요. 언젠가 결과를 알게 될 겁니다."

"글쎄요, 워이콥은 검거된 뒤 지방검찰국에 협조하고 있습니다. 그가 과연 랜딩 사건에 말려드는지 의문이군요."

"아닙니다, 워이콥 같은 사나이라면 누구의 속셈이든 모조리 알아내려고 할 겁니다. 반드시 걸려든다고 단언할 수는 없습니다만, 이를테면 운수를 시험하는 거나 마찬가지겠죠. 그건 그렇고……."

맬리는 프로이드 쪽을 보았다.

"체포 때의 일로 다시 돌아갑시다. 식사를 끝낸 뒤 당신과 랜딩은 무엇을 했소? 아까처럼 중심가 쪽으로 걸어갔소?"

프로이드는 한 손으로 얼굴을 쓰다듬으며 눈썹을 찌푸리고 생각에 잠겼다.

"아니, 그렇지 않습니다. 정확하게 말하면 그렇지 않습니다."

하링겐이 물었다.

"그게 무슨 뜻이지요?"

프로이드가 대답했다.

"이 근방에는 호텔이 두 군데 있습니다. 나는 그곳을 조사하러 갔습니다. 로비를 돌아보는 정도지만. 랜딩은 그동안 혼자 있었습니다."

맬리가 물었다.

"얼마쯤 지난 뒤 다시 만났소?"

"곧 만났습니다."

"어느 정도였지요…… 10분 쯤?"

"그보다 좀더 길었던 것 같습니다."

"20분?"

"그렇습니다, 그 정도였다고 생각합니다."

하링겐은 깜짝 놀라는 듯했다.

"그렇다면 슐레이드를 체포하기 전에 랜딩은 당신과 연락할 수 없는 어떤 장소에 있었다는 말이오?"

"천만에요, 하링겐 씨. 나는 랜딩이 가는 곳을 알고 있었기 때문에 연락할 일이 생기면 언제든 갈 수 있었습니다."

하링겐이 다그쳐 물었다.

"그곳이 어디요?"

프로이드는 어이없는 듯이 되물었다.

"랜딩에게 물어보면 될 텐데 왜 내가 말해야 하지요?"

하링겐이 비꼬듯 말했다.

"당신이 증인대에 서면 그것을 이야기하지 않을 수 없기 때문이오. 20분 동안 랜딩은 어디 가 있었지요?"

"제기랄, 할 수 없군. 우리가 48블록까지 순찰하면 랜딩은 이 블록

뒷골목에 있는 싸구려 여관에서 담배를 한 대 피웁니다. 그것이 그의 정해진 코스였지요. 여관 여주인 헬런은 괜찮게 생긴 여자인데, 랜딩에게 반해 있었습니다. 랜딩이 벨만 누르면 팬티를 벗고 기다리고 있었으니까요. 그날도 마찬가지였지요. 쇼트타임에 알맞은 시간이었습니다."

하링겐은 화가 머리끝까지 치밀어 오른 듯했다.

"어이가 없군! 밀러 역시 그녀에게 흥미를 가졌을지도 모르지요. 단순한 질투심에서 랜딩을 함정에 빠뜨렸는지도 모르오. 이럴 수가 있나! 당신이나 랜딩은 이런 중요한 일을 숨기고 있었소?"

프로이드는 고집스럽게 대꾸했다.

"왜냐하면 랜딩에게 약혼녀가 있기 때문입니다. 랜딩과 루스와 헬런과 함께 우리 넷이 놀러갔을 때 루스는 랜딩이 그녀의 손을 잡는 것조차 싫어했습니다. 루스는 그런 일을 용서하지 않을 겁니다. 이것이 탄로나면 큰일입니다."

하링겐은 모자를 벗더니 코트 주머니에서 손수건을 꺼내 이마에 남겨진 불그레한 모자 자국을 쓰다듬었다. 화가 나서 어쩔 줄 몰라하는 모습을 보자 맬리는 그가 가엾어졌다.

하링겐의 생각은 간단히 짐작할 수 있었다. 랜딩은 마땅히 털어놓아야 할 사실을 숨긴 것이다. 그러므로 랜딩을 완전히 믿을 수는 없었다.

그러나 랜딩의 행동은 분명히 기사도 정신에 어긋나지 않았다. 왜냐하면 루스 빈선트의 명예를 지키기 위해 자기를 희생시키려 하는 것이다. 그 점은 하링겐으로서도 너그럽게 보아줄 수 있었다. 그러나 더 논리적으로 따진다면, 몰래 다른 여자와 자는 남자가 어떻게 루스 빈선트의 명예를 말할 수 있겠는가? 그러므로 이것은 '바퀴 안의 바퀴(구약 에스겔서에 나오는 말. 복잡한 계략이라는 뜻)'라고 할 수 있다. 그 안에 손을 집어넣는 사람은 그 손을 잃어버릴 것이다.

맬리가 불쑥 말했다.

"이렇게 서 있어봐야 소용없습니다. 가장 좋은 방법은 헬런을 직접 만나 이야기해 보는 겁니다. 그녀와 밀러가 무슨 관계가 있다면 당신 말이 맞을지도 모르지요."

"나도 그렇게 생각합니다, 그녀와 직접 만나서……."

맬리가 말을 가로막았다.

"내가 만나보겠습니다, 하링겐 씨. 당신은 프로이드 씨와 마지막까지 현장검증을 계속하십시오. 그러는 동안 프로이드 씨가 또 다른 일을 생각해 낼지도 모르니까요."

맬리는 프로이드를 돌아보았다. 그는 코트 주머니에 두 손을 찌르고 시무룩한 얼굴로 등을 웅크리고 있었다. 일이 엉뚱하게 되었다고 후회하는 가엾은 유다 같았다.

"그녀의 여관은 어디 있지요?"

"저기 창고 옆에 있는 갈색 건물입니다. 헬런이라고 하면 곧 알 수 있습니다."

건물 유리창의 네온사인이 번쩍번쩍 깜박거리고 있었다. OOMS FOR ENT(ROOMS FOR RENT——방 빌려드립니다——R자가 두 자 지워져 있음).

벨 소리에 대답하여 나온 사람은 난장이처럼 작달막한 남자였다. 얼마 남지 않은 흰 머리칼을 곱게 빗어 넘기고 얼굴빛은 흰 밀랍같이 파리했으며 두 귀가 부채처럼 벌쭉한 노인이었다. 그는 수상쩍어하는 눈으로 맬리를 훑어보며 물었다.

"방을 빌려드릴까요?"

노인의 목소리는 바이올린의 E선을 서투르게 켰을 때처럼 나직이 떨려나왔다.

"아니오. 집주인을 만나고 싶소. 안주인 계시오?"

노인은 숨을 헐떡이며 기침을 했다. 얼굴 표정으로 보건대 그것은 웃음 소리였던 모양이다.

"헬런 말입니까? 그녀는 전부터 거짓말을 하고 있지요. 헬런은 내 아내이고 집주인은 바로 나올시다. 이 집은 티끌 하나까지 모두 내 것이지요."

"물론 그렇겠지요. 그러나 나는 부인을 만나고 싶소. 계시오?"

"네."

노인은 엄지손가락으로 손짓하여 맬리를 들여놓은 뒤 조용히 문을 닫았다. 그리고 앞장서서 어두운 복도를 걸어갔다. 복도 막다른 곳에 있는 부엌에서 양배추와 소독약 냄새가 풍겨왔다.

부엌은 이 집에서 생활의 중심인 듯했다. 개수대에 더러운 접시가 잔뜩 쌓이고 그릇을 올려놓은 선반에는 낡은 영화 잡지가 난잡하게 흩어져 있었다. 한구석에는 커다란 텔레비전이 놓이고, 한가운데 테이블 옆에서 한 여자가 한창 전신 미용을 하는 중이었다. 목욕 수건을 두른 젖가슴이 불룩했고 윤기 나는 다리를 거의 허벅지까지 드러내놓고 있었다. 여자는 의자에 앉아 검붉은 액체가 든 대야에 몸을 굽히고 물이 뚝뚝 떨어지는 빨간 머리칼을 거머쥐고 있었다.

"무슨 일이지요?"

여자는 흩어진 머리칼 사이로 맬리를 바라보았다. 그리고 고개를 세게 흔들어 머리칼을 어깨에 늘어뜨리더니 살짝 웃었다. 아주 젊은 여자였다. 빈틈없이 보이는 초록빛 눈을 한 어린아이같이 귀여운 생김새였다.

"어머나, 잘생긴 분이로군요."

그때였다. 맬리를 안내하던 노인은 여자의 뒤로 돌아가 테이블에서 탈지면을 집어 들어 검붉은 액체에 적시더니 느닷없이 그녀의 머리에 문질렀다.

여자는 외마디 소리를 지르며 노인의 손목을 잡았다. 노인은 그녀의 손을 거칠게 뿌리쳤다.

노인은 무게를 달듯이 여자의 머리칼을 들어올리며 맬리에게 말했다.

"이걸 보십시오, 미장원에서 하면 8달러랍니다. 내가 집에서 해주면 겨우 1달러밖에 안 들지요, 그런데 멍텅구리 같은 여자들은 그걸 모릅니다."

노인은 다시 탈지면을 그녀의 머리에 문댔다.

그녀는 비명을 질렀다.

"심술부리지 말아요!"

그리고 여자는 얌전하게 맬리를 바라보았다.

"나는 태어날 때부터 진짜 빨강머리지만 가끔 손질하지 않으면 안돼요, 이 양반이 참 잘해주지요."

노인은 큰소리로 껄껄 웃었다. "미장원이라도 차릴까? 쉽게 한밑천 벌 거야."

여자는 노인에게 말했다.

"뭐라고요? 돈은 벌써 실컷 벌었잖아요!"

여자는 테이블에서 담배를 집어 들어 불을 붙였다. 목욕 수건이 차츰 아래로 흘러내려갔다.

노인은 탈지면을 화장붓처럼 움직이다가 그것을 눈치챘으나 맬리를 흘끗 바라보았을 뿐 다시 여며 주려고도 하지 않았다.

노인이 말했다.

"넌 바람둥이야. 너에겐 한 푼도 주지 않을 테다. 땅도 돈도!"

그러자 여자는 빈정거렸다. "왕왕! 실컷 짖으세요."

"한 푼도 없어. 모두 가엾은 누이동생에게 주어야지. 여태까지 누이동생에겐 무엇 하나 해준 게 없었으니까. 이번에는 틀림없이 그 애에게 다 주겠어."

"내 돈은 안돼요."

"이 집도 줘버리겠어. 누이동생은 옛날부터 내 가족이니까. 지금까지도 그랬지만 앞으로도 그 애는 내 가족이야."

여자는 손을 뒤로 돌려 노인의 손목을 잡았다. 이번에는 그도 뿌리치지 않았다.

여자가 조용히 말했다.

"여보, 파파. 나를 잊었어요? 나도 당신 가족이에요."

"넌 바람둥이야!"

"파파의 가족은 나밖에 없어요. 잊어버리지 말아요. 잊어버리면 안돼요. 이야기에 정신이 팔려 당신 손이 놀고 있군요. 목이 아파요."

여자는 노인의 손을 놓아주었다. 그는 혼자 뭐라고 중얼거리며 다시 일을 계속했다.

여자는 맬리에게 말했다.

"이이는 상관하지 말아요, 아무것도 모르니까. 무슨 일이 있거든 나에게 물어보세요."

맬리는 담배에 불을 붙이고 그녀에게로 얼굴을 가까이했다.

"나는 아널드 랜딩의 재판을 맡고 있는 사람이오. 그를 알고 있지요?"

"알고 있느냐고요? 당신 그 말 농담 아니세요?"

"천만에요."

"랜딩은 내 남자 친구예요. 이 할아버지가 죽으면 나는 그와 결혼할 거예요. 랜딩 재판을 맡은 사람이라면서 그것도 몰랐나요?"

들고 있던 성냥불이 갑자기 맬리의 손가락을 태웠다. 그는 성냥을 바닥에 던지고 점잖게 구두로 비벼 껐다. 그런 다음 말했다.

"몰랐소. 그런데 랜딩이 왜 당신 이야기를 하지 않았는지 알겠소. 아마 당신을 복잡한 재판 사건에 말려들게 하고 싶지 않았기 때문이겠지요."

그녀의 눈이 빛났다.

"그래요. 그것이 랜딩의 좋은 점이에요. 정말 친절한 사람이라고 생각지 않으세요? 나는 재판소에 가도 괜찮다고 말했어요. 그런데 그는 결코 안 된다고 고집하더군요. 그렇지만 내가 도울 수 있는 일이라면 무엇이든지 하겠어요, 정말이에요."

"그렇다면 재판에 증인으로 서도 괜찮다는 뜻이오?"

"물론이지요. 당연한 일 아니에요?"

생각해 보니 참으로 이상한 일이었다. 객관적으로 보면 이것은 완전한 삼각 관계였다. 이 여자가 증인으로 서지 않는다면 아널드 랜딩의 생애에 설명할 수 없는 중대한 20분이 비게 된다. 랜딩은 그 20분 때문에 유죄가 될 것이다.

만일 이 여자가 증인으로 선다면 루스 빈선트는 공개 법정에서 심한 충격을 받을 것이다. 그러나 아무리 루스를 위하는 일이라 해도 법정에서 랜딩의 사생활을 폭로하는 것이 과연 옳은 일일까. '바퀴 안의 바퀴'는 바야흐로 재빨리 돌아가기 시작했다. 이것은 신중히 생각하지 않으면 안 된다.

"무슨 생각을 하고 있지요?" 헬런이 물었다. "내 모습이 이상한가요?"

"아니, 아름답습니다. 그건 그렇고, 아일러 밀러라는 사람을 알고 있습니까? 랜딩에게 뇌물을 주었다는 마권상입니다만."

"몰라요. 나에게 물어봐야 소용없어요. 그이는 친구 이야기를 전혀 해주지 않았거든요."

노인은 탈지면을 테이블 위로 던지고 그녀의 머리를 대야 속에 밀어 넣었다. 그는 말했다.

"마권상이라고요? 그 녀석들은 모두 게으름뱅이입니다. 순경과는 다르지요. 헬런, 넌 똑똑해. 순경과 사이가 좋으니 깡패들이 대들지 않아서 좋거든. 돈도 절약되고, 사람은 뭐니뭐니 해도 똑똑해야 돼. 암, 그렇고 말고."

헬런은 머리를 흔들며 맬리를 쳐다보았다.

"시끄러워요! 저, 말이에요, 이번에 랜딩을 만나거든…… 참, 당신 이름이 뭐지요?"

맬리는 명함을 내밀었다.

헬런은 소리 내지 않고 입술만 움직이며 한참 걸려 그것을 읽었다.

"조사라니, 이건 뭐지요? 당신은 랜딩의 변호사가 아니군요?"

"랜딩의 변호사와 함께 일하고 있소."

"그래요? 그렇다면 맬리 씨, 이번에 랜딩을 만나거든 가끔 편지해 달라고 전해 주세요. 나는 답장을 쓴다고 해야…… 제대로 쓰지도 못하지만 말이에요. 그이의 편지를 모아두었다가 이따금 꺼내 읽는 것이 즐거움이라고 전해 주세요."

"그런 말을 하여 그를 화나게 해도 좋소? 그는 우리가 만나면 안 된다고 말했소. 당신도 그의 성미를 잘 알고 있겠지요? 몹시 걱정할 거요. 우리도 그를 자극하지 않으려고 조심하고 있지요."

그녀는 괴로운 듯이 생각에 잠겼다.

"그렇군요. 그이는 화낼지도 몰라요. 조그만 일에도 마음 쓰는 성미니까."

"그런 것 같소. 오늘 일은 여기서 우리만의 비밀로 해두는 게 가장 좋을 거요. 그에게 무슨 말을 해서는 안 되오. 당신이 재판에 나와야 하는 경우에는 다시 알려 드리지요."

맬리는 혼자 컴컴한 복도를 걸어서 밖으로 나왔다.

건물 앞에 트럭 한 대가 서 있었다. 성탄절 첫 무렵의 크리스마스 트리가 산더미같이 실려 있었다. 트럭 가까이 이르자 푸른 잎과 나뭇진 냄새가 향긋하게 풍겼다.

맬리는 자기도 모르게 걸음을 멈추고 숨을 깊이 들이마셨다.

기분이 상쾌한 맑은 냄새였다.

6

디디는 이튿날 정오쯤 멋진 핑크코트 차림으로 맬리의 아파트에 불쑥 나타났다.

"어서 같이 가요. 아침인지 점심인지 모르지만 언제까지 꾸물대고 있을 거예요? 자, 수염을 깎고 얼굴을 씻고 와요. 그동안 커피를 끓여놓겠어요. 이 집 커피는 왜 이렇게 맛이 없지요? 내 솜씨가 서투르긴 하지만, 아무래도 이 집 커피는 질이 나쁜가 봐요. 값싼 커피라 그래요. 토스트도 만들어드리겠어요. 잠깐만 기다려요. 그 냅킨 밑에 숨겨놓은 게 뭐지요?"

"바젤(작은 도넛)이오. 하나 들어보겠소? 그건 그렇고, 어디로 가자는 거요?"

"먹지 않겠어요. 플라스틱 도넛 같군요. 오늘은 앨릭스의 전람회에 가는 거예요. 오늘이 초대 날이에요." 앨릭스란 운명주의 화가였다. "맬리, 내 초대장을 받지 않았다고 하지는 않겠지요? 그렇게 말한다면 그건 거짓말이에요."

"그렇다면 받았겠지." 맬리는 천연스럽게 대꾸했다. "아아, 생각나오. 저번에 어딘가 화랑에서 엽서가 왔었지. 그게 앨릭스의 전람회였소?"

"당연하잖아요. 내가 엽서 뒤에 당신 앞으로 아름다운 말을 써두었는데 읽지도 않았군요. 당신은 가르강튀아(프랑스 풍자작가 라블레의 작품에 나오는 거인)처럼 보기 흉한 사람인데도 왜 내가 자꾸 만나는지 모르겠어요."

"내가 당신을 좋아한다는 것을 알기 때문이지. 그건 그렇고, 그 코트를 입고 있으니 마치 러시아 황후처럼 보이는구려. 그것도 도널드슨이 준 사랑의 선물이오?"

동정해 줄 사람도 없는 가엾은 도널드슨이 생각났는지 그녀는 잠깐 눈길을 허공으로 보냈다.

"그래요. 그는 정말 곤란한 남자예요. 요즘은 내 뒤를 쫓아 온 뉴욕을 헤매 다니지요."

"옛정을 다시 찾고 싶지 않소, 디디?"

"나보고 다시 옛날의 귀여운 도로시가 되어 그 사람이 멋진 여자 꽁무니를 쫓아다니다가 지쳐서 돌아올 때까지 멍하니 집이나 지키고 있으란 말인가요? 그 사람은 조금도 달라진 데가 없어요. 새삼스럽게 나를 쫓아다니는 까닭은 나에게 밑천을 들여도 손해날 게 없기 때문이에요. 그는 손해나지 않는 도박이라면 정신 못 차리는 성미니까요."

그녀는 마멀레이드를 스푼으로 떠서 살짝 토스트에 바르며 말을 이었다.

"그렇지만 당신은 그런 것 생각하지 않아도 돼요. 당신은 빨리 준비하고 같이 나가기만 하면 되는 거예요……. 주차 위반으로 내가 잡히기 전에."

"미안하지만 나는 갈 수 없소. 오늘 오후에는 일이 잔뜩 밀려서."

"맬리, 그건 구실이에요. 다른 화가의 전람회라면 기꺼이 가면서. 게다가 토요일 오후에는 어디나 쉬잖아요."

"거짓말로 생각되거든 여기 있어 보구려. 앞으로 10분만 지나면 줄

곧 저 전화를 붙잡고 있을 테니까. 아주 중요한 일이 있소. 꼭 가야 한다면 나는 나중에 가겠소."

"그건 안돼요, 맬리. 나하고 지금 함께 가야 해요. 꼭 가야 해요."

"꼭 가야 한다고?"

"네, 꼭."

맬리는 웃었다.

"그건 또 무슨 까닭이오?"

그녀는 부루퉁해졌다.

"뭐가 우스워요? 그런 곳에 오는 사람들이 어떤 이들인지 당신도 알겠지요? 그들이 하는 이야기를 나는 도무지 알아들을 수 없어요. 잭슨 폴록(미국의 현대 추상파 화가. 1956년 자동차 사고로 죽음.)이니, 색조니, 선의 리듬이니 도무지 무슨 말인지 모르겠어요. 그러니 당신이 같이 가주면 당신과 이야기할 수 있으니까 전혀 바보처럼 보이지는 않을 거예요. 당신이 가끔 곁에 있어 주면 아주 편리하거든요."

"편리하기는 당신이나 나나 마찬가지요. 그런데 앨릭스는 어떻소? 그 사람도 오오?"

"물론이지요. 하지만 다른 사람들과 함께 있으면 그도 마찬가지에요. 둘이 있을 때는 다르지만. 둘이 있을 때는 그림 이야기를 하지 않거든요."

"그럴 테지요." 맬리는 문득 재미있는 일이 생각난 듯했다. "참, 아까 내가 말한 용건이란 전화 걸지 않고 직접 가도 괜찮은 일이오. 그러니 당신 자동차로 함께 가서 얼른 일을 끝낸 뒤 전람회에 갑시다. 어떻소, 디디?"

"글쎄요…… 바깥에서 자동차 안에 앉아 당신이 나올 때까지 기다리는 건 꽤 따분할 텐데……"

"밖에서 기다리지 않아도 되오. 같이 들어갑시다. 거기 사람들에게 소개할 테니. 실은 당신을 자랑하고 싶소."

거실에 모인 것은 하링겐네 가족뿐만이 아니었다. 루스 빈선트도
있었다. 루스는 얌전히 의자에 앉아 파리한 아름다운 얼굴로 먼 곳을
바라보고 있었다.

맬리는 그녀의 얼굴을 보자 횡격막 언저리를 쿡 찔린 듯한 기분이
들었다.

하링겐이 주인답게 모두를 퍼스트 네임으로 부르며 평범한 세상 이
야기를 하고 있는 동안 맬리는 루스를 관찰해 보았다. 발그레한 볼,
파인 옷을 입은 목 부분에서 가냘프게 팔딱거리는 맥박, 꿈속에서도
이처럼 아름다운 여자는 본 적이 없었다고 그는 생각했다.

이때 루스는 갑자기 고개를 돌렸다. 맬리는 자기가 너무 체면 없이
그녀를 보고 있었음을 깨달았다. 그게 어떻단 말인가. 그녀가 어떻게
해석하든 괜찮다. 도덕 관념이라는 가구를 문에 가로막아놓고 그것을
안전한 바리케이드로 여기고 있어도 좋다. 적당한 때가 오면 루스와
랜딩의 인연을 쉽게 떼어놓을 자료를 충분히 손에 넣을 테니까.

다이너 하링겐이 명랑하게 말했다.

"루스 빈선트 선생님은 학교에서 우리 미건에게 연극 연습을 시키
고 있답니다. 윌링 아저씨와 레이디 아주머니가 나오는 권선징악의
연극이지요. 내용도 아주 좋고 재미있어요. 그렇지, 미건?"

미건은 긴 의자에 편안히 앉아 두 손을 머리 뒤로 돌려 깍지 끼고
얼굴이 천장으로 향해질 만큼 몸을 젖혔다.

"그렇지 않아요." 소녀는 못마땅한 듯이 대답했다. "정말 지긋지
긋해졌어요."

"미건," 하링겐이 말했다. "너무 응석부리면 못쓴다. 그리고 그렇
게 몸을 뒤로 젖히는 게 아니야."

미건은 머리를 바로 했다.

"응석부리는 게 아니에요. 왜 옛날 것이 좋다는 거지요? 어른들은 늘 기분이 언짢을 때 그런 말을 하지요. 그리고 다른 사람이 만일 그런 말을 하면 아주 훌륭한 어른다운 의견이라고 해요. 안 그래요? 그렇잖아요?"

"한 번 그 연극 대사를 들려줘요." 디디가 말했다. 그녀는 소파에 몸을 깊숙이 기대며 코트 단추를 풀고 감상 자세를 취했다. "나는 연극을 아주 좋아해요."

"고맙습니다만," 미건이 퉁명스럽게 대꾸했다. "난 싫어요. 그 연극에서 현실적인 역할은 월튼 아주머니뿐인데, 그 역은 에비 트레메인이 맡았어요. 왜냐하면 루스 빈선트 선생님은 꾀가 많기 때문이에요."

미건이 빈정거리자 루스 빈선트가 말했다.

"에비는 그 연극에 특별히 흥미 있어하기 때문에 그 역을 맡긴 거란다, 너도 알고 있지 않니, 미건?"

"아무튼 재미있는 연극이군요." 다이너 하링겐이 당황하여 끼어들었다. "이야기만 들어도 재미있을 것 같아요. 반주 음악은 피리 하나뿐이래요. 완전히 중세기풍이지요. 피리부는 남학생 이름이 뭐라고 했지, 미건? 키가 작은 목양신 말이다."

"윌리엄 헐리스터 3세예요." 미건이 말했다. "꼭 미친 아이 같아."

"미건," 루스가 말했다. "너도 다른 아이들도 그 학생을 3세라고 부르면 안돼."

"그렇다면 시험지에도 '3세'라는 말을 쓰지 말아야겠군요." 미건이 말했다. "그 애는 머지않아 미쳐버릴 거예요. 자기 입으로 그렇게 말했어요. 피리 연습을 하면 누구나 미쳐버릴 거라고요. 아무리 불어도 듣기 싫은 소리밖에 나지 않는대요."

"빈선트 선생님," 다이너 하링겐이 참견했다. "그 연극을 택한 게 알맞지 못했나 보군요. 아이들이 그런 말을 했다면……."

하링겐이 갑자기 자리에서 일어났다.

"모두들 무언가 마시지 않겠습니까? 디디? 루스? 맬리 씨? 그렇습니다. 윤활유를 마시기에는 아직 이르군요. 그럼, 잠깐 실례하겠습니다. 커크 씨와 나는 일 관계로 이야기를 나누고 오겠습니다. 곧 끝납니다."

서재문을 닫자 그는 맬리에게 말했다.

"다이너가 저렇게 간섭해서는 안 됩니다. 루스는 개구쟁이 아이들 성화에 골치를 앓고 있지요. 다이너가 여기서 한 말은 틀림없이 아이들에게 곧 전해질 겁니다. 그러나 나도 다이너의 의견에 반대하는 건 아닙니다. 이를테면 그건 돼지에게 진주를 던져주는 격이니까요. 그 아이들에게 엘리자베스 왕조 이전의 연극을 시켜봐야 헛수고입니다. 요즘 아이들의 빠른 성장으로 보아서는 테네시 윌리엄즈가 맞을 겁니다."

맬리는 웃었다.

"월튼 아주머니와 윌리엄 헐리스터 3세라니, 좀 흥미 있군요. 그 연극을 한 번 보고 싶습니다."

"다이너 앞에서는 그런 말을 하지 않는 게 좋습니다. 그러면 정말 구경을 가야 하니까요. 다이너는 예매표 판매위원회 위원장이거든요. 그런데 함께 오신 여자 분은 굉장한 미인이십니다. 어디선가 본 적이 있는 것 같은데…… 꼭 본 것 같습니다."

"스토크나 21나이트클럽에 간 적이 있다면 아마 보셨을 겁니다. 그 밖에 텔레비전에 두어 번 나간 일도 있지요. 지난 해 연말 앨 윌슨 ^(미국의 신문 칼럼니스트, 라디오 해설자, 비평가)의 칭찬을 받은 적도 있답니다."

"물론 칭찬을 받았겠지요. 그리고 보니 틀림없이 21나이트클럽에서 본 듯합니다. 가끔 다이너와 함께 가니까요."

하링겐은 자리에 앉아서 장난감처럼 연필을 만지작거리며 잠시 줄거리도 없는 이야기를 계속했다.

그러다가 느닷없이 물었다.

"그런데 헬런이라는 여자의 일은 잘 되었습니까? 밀러와 관계가 있던가요?"

"아닙니다, 전혀 관계가 없습니다."

"틀림없습니까? 나는 아무리 생각해도……."

"네, 틀림없습니다. 그녀는 랜딩과 관계했을 뿐입니다."

"어떻게 단언할 수 있지요? 밀러의 일을 숨기고 있는지도 모르잖습니다. 그녀와 만나 이야기한 것만으로 문제를 단정지을 수는 없습니다."

"이 경우만은 단정할 수 있습니다. 책임지고 말합니다만, 그녀는 밀러 사건의 동기가 아닙니다. 밀러가 질투로 랜딩에게 죄를 뒤집어씌웠다는 생각은 하지 않는 편이 좋습니다."

"그건 그렇고, 헬런에게서 어떤 사실을 알아냈습니까?"

맬리는 미소를 지었다. "사실을 밝혀드릴 수가 없습니다. 사건과 관계없는 정보는 랜딩에게만 말해 줄 수 있으니까요. 파일에 철해 두었다가 랜딩이 보고 싶다면 보여주겠습니다."

"그건 그렇겠지요." 하링겐은 연필을 책상 위에 던졌다. 연필이 책상 끝까지 굴러가 두세 번 시소처럼 건들거리더니 소리 내며 바닥으로 떨어지는 것을 그는 멍청히 바라보고 있었다. "알 수 없군. 정말 알 수 없습니다. 랜딩이 헬렌과 같이 지낸 시간을 법정에서 못 알아차리게 할 수 있을까요?"

"그럴 수는 있습니다만, 보증할 수는 없지요."

"그렇다면 큰일이군요," 하링겐이 말했다. "만일 헬런이 증인대에 선다면 어떻게 되리라고 생각합니다. 아무튼 경관이 근무 시간에 매음굴에 갔으니……."

"매음굴이라고 할 수는 없습니다."

"그렇다면 다행이군요. 아무튼 재판 결과가 어떻게 되든 랜딩과 프로이드는 직무태만으로 큰 욕을 볼 것입니다. 그래서 프로이드는 그처럼 겁내고 있었군요."

"딱한 일입니다." 맬리가 말했다. "그가 랜딩을 위해 입을 열려고 마음먹었을 때 이 점도 생각했어야 했겠지요. 프로이드도 랜딩도 같이 관계를 맺었다는 것을 알면 이쪽도 기분이 나빠진다는 것 말입니다. 그 두 사람은 자기 멋대로 행동하다 막바지에 이르면 충동적으로 떠들어 댈 겁니다. 멋대로 떠들도록 내버려둡시다. 당신이 할 일은 법정에서 랜딩을 변호하는 거니까요. 랜딩을 편들어 '이것은 참으로 불행한 사건입니다' 하고 말할 필요도 없습니다."

"당신의 말뜻을 이해할 수 있습니다." 하링겐은 잠시 생각했다. "당신 태도는 처음부터 일관되어 있군요, 맬리 씨."

"태도가 모호한 적은 한 번도 없었습니다. 나는 이 사건을 맡았을 때 이미 그 점에 대해 양해를 구했지요." 랜딩의 모습을 그린 그림을 손바닥에 쥐고 한줌에 뭉개버리고 싶은 전류 같은 충동이 온몸에 달리는 것을 느끼며 맬리는 억양 없는 목소리로 물었다. "왜 그러십니까? 이의가 있습니까? 나보고 손을 떼라는 겁니까?"

"아닙니다. 루스로부터 당신과 만났을 때의 이야기를 들었습니다. 그리하여 이 사건에 대한 당신의 태도를 알았습니다. 나는 그런 태도에 반대하려는 건 아닙니다. 다만 나로서 이해할 수 없는 점은 ――표현하기가 좀 어렵군요――역경에 빠져 도움을 구하는 사람들에 대한 당신의 모멸감이라고 할까요.

물론 랜딩은 당신 말처럼 도움을 바라며 울고 있지는 않습니다. 랜딩이 나를 변호사로서 또 친구로서 받아들인 건 그렇게 해야 한다고 내가 설득했기 때문입니다. 그를 설득하는 건 쉬운 일이 아니었습니다. 랜딩은 아주 자존심이 강한 사람입니다. 내 느낌으로는 당신과 마찬가지로 인간에 대해 선천적으로 의심하는 것 같습니다."

"토론은 그만둡시다." 맬리가 말했다. "내가 알고 싶은 것은 단 한 가지——헬런의 일이 드러난 지금——랜딩이 헬런의 일을 숨기고 있다는 사실을 알게 된 지금, 당신은 아직도 그를 완전히 믿고 있느냐 하는 것입니다."

"랜딩은 루스를 위해 그 일을 숨겼던 겁니다. 루스에 대한 그의 입장을 이해한다면 납득할 만한 일입니다. 랜딩은 루스를 숭배하고 있습니다. 랜딩은 그녀를 마치 자기에게 주어진 신성한 보물처럼 여기고 있습니다. 그리고 자신은 그 보물에 어울리는 존재가 못된다고 생각하고 있는 것 같습니다.

정말 놀라운 일입니다. 요즘으로서는 보기 드문 미담이 아닙니까? 지나가다 만난 여자와의 정사를 세상에 알리기보다 자신이 죄인이 되는 편을 택하다니."

"하지만 그 지나가다 만난 여자는 아주 편리한 존재가 아닙니까?" 맬리가 말했다. "그런 여자가 있기 때문에 루스는 죽음보다 더한 불행에서 빠져나올 수 있는 겁니다. 이 사실을 잊지 마십시오."

"그것은 값싼 견해입니다."

"이것은 솔직한 견해입니다. 대체 그 미담의 바탕이 무엇입니까? 지나가던 여자가 한 남자의 성적 충동을 맡는 한편 고귀한 아가씨는 절대로 속옷을 벗으려들지 않았다는 것뿐이잖습니까?"

"그녀에 대해서는 걱정할 필요가 없습니다. 그녀는 자신의 일도 랜딩의 일도 만일 다른 남자가 있다면 그의 일도 적당히 잘 처리할 것입니다. 사실 가엾게 볼 사람은 루스 빈선트 양이지 결코 랜딩이 아닙니다."

하링겐은 화가 난 듯이 물었다.

"왜 그런 이야기를 합니까? 당신은 이 사건에서 손을 떼려는 겁니까, 커크 씨? 지금 한 이야기는 그런 뜻입니까?"

"아니오, 당신이 손을 떼지 않는 한……."

"그렇다면 좋습니다. 오직 사실만 논하기로 합시다──관념론은 뒤로 미루고," 하링겐은 의자에 기대 두 손을 머리 뒤로 돌려 깍지 끼고 천장을 향해 몸을 젖혔다. "나는 문제의 여자에 대해 전혀 모릅니다. 얼마 동안 이대로 두고 봅시다. 어쩌면 랜딩 쪽으로 의논하러 올지도 모르고 저절로 해결될지도 모릅니다. 그러니 이 문제는 통째로 선반에 얹어 두기로 합시다."

"프로이드는 어떻게 하지요?" 맬리가 말했다. "이 일은 랜딩에게 말할지도 모릅니다."

"당신 의견을 듣기 전에는 아무에게도 말하지 말라고 일러두었습니다. 오늘 밤에 전화를 걸어 맬리에게 말하지 말라고 다짐해 두었습니다."

"그렇게 해두면 안전하겠지요," 맬리가 말했다. "나는 월요일 아침에 루 스트라우스와 브루노 맨프레디와 함께 의논하겠습니다. 맨프레디가 밀러를 미행한 결과 아직 특별한 것은 없지만 토요일과 일요일에도 계속 뒤를 밟기로 되어 있으니 무슨 일이 일어난다면 그 이틀 동안에 일어나겠지요. 아무튼 계속 연락하겠습니다."

"우리의 유대 관계도 이제 굳어진 것 같군요."

하링겐은 소리내어 벌떡 몸을 앞으로 내밀고 명랑하게 어깨를 으쓱하며 말을 이었다.

"아까 술이 그대로 기다리고 있을 텐데, 만일 급하지 않다면 한잔 마시지 않겠습니까?"

"그건 비가 와서 연기했다고 생각하십시오. 나는 바쁜 차표부터 끊어야겠습니다. 천재 화가와 만날 약속이 되어 있거든요."

디디는 돌처럼 말없이 먼저 운전석에 올라앉더니 세 블록쯤 자동차를 몰았다. 그녀가 이처럼 침묵을 지키는 것은 드문 일이었다.

"화났소, 디디?" 맬리가 물었다.

"아녜요."

"그럼, 왜 그러오?"

"화나지 않았으니까 화나지 않았다고 말한 거예요. 그리고 무릎에 기대지 말아요. 추우면 히터를 넣어요. 추울 때를 위해 있는 거니까."

"하지만 이 히터는 고장난 것 같소."

"저쪽 히터를 넣으세요."

"흐음, 당신은 화나지 않았군그래." 맬리는 부드럽게 말했다. "조금 피곤한 것뿐이겠지. 과로라고 할 수는 없을 정도로."

"첫째," 디디는 볼멘 목소리로 대꾸했다. "그런 상류 가정에 왜 그처럼 미운 아이가 생겼는지 모르겠어요. 아무리 부모라도 그 애가 잠잘 때 목 졸라 죽이고 싶을지 몰라요. 왜 그렇게 참을 수 없는지……."

"미건 말이오?" 맬리가 물었다. "내가 잠깐 자리를 비운 사이 그 애에게 정강이라도 차였소?"

"정강이를 걷어차인 게 아니에요." 디디는 목소리를 낮추어 말했다. "내 말 잘 들어봐요. 당신이 자리를 뜨자 그 아이는 찬찬히 나를 뜯어보는 거였어요. 아침에 눈을 뜨자 침대 머리맡에서 화성인이라도 발견한 것처럼 말이에요.

　하링겐 부인이 1초쯤 숨을 돌리려고 말을 멈춘 사이 그 아이는 떨리는 듯한 꾸민 목소리로 '대낮부터 밍크코트를 입고 다니는 건 천해 보여요'라고 말하지 뭐예요. 천해보인대요！ 그 애도 아침에 학교에 갈 때는 보나마나 페르시아 양털 코트를 입을 거예요. 대체 그 꼬마는 자신을 어떻게 생각하고 있는지 모르겠어요！ "

　"그 나이 또래의 소녀들은 자기를 마릴린 몬로로 생각하는 법이오. 어린아이의 허튼 소리에 이렇게 신경쓰다니. 그 대사는 어딘가 잡지에서 읽은 문장일 거요. "

　"무슨 잡지에서 읽은 문장이지요？ "

　"허참, 내가 그걸 어떻게 알겠소？ " 맬리는 한숨을 내쉬었다. "아마 밍크코트를 사고 싶기는 한데 돈이 없는 사람이 한 말이겠지. "

　"그렇지 않을 거예요. 그 애에게 그런 말을 가르쳐준 것은 그 여선생이에요. 그 얼음장 같은 미인. 방에 들어가자마자 당신이 충격을 받고 넋 잃고 쳐다 본 여자 말이에요. "

　맬리는 어깨를 으쓱했다.

　"당신에게 거짓말해 봐야 소용없겠지. 나는 본디 아름다운 발목에는 아주 약하다오. "

　"그 여자는 발목뿐만 아니라 머리카락 하나까지 아름다웠어요. 내가 그랬었나 하고 딴청부리지 말아요. 미인 이야기를 하면 남자들은 흔히 그런 표정을 짓지만, 나는 속마음을 다 알고 있어요. "

　"디디, 당신이 언제부터 그렇게 심술궂은 여자가 됐지？ "

　그녀는 눈을 동그랗게 뜨고 맬리를 바라보았다.

　"내가요？ "

　"그럼. "

　그녀는 엄숙하게 고개를 저었다.

"너무해요, 정말 너무해요, 나는 당신을 생각해서……."

"그만둡시다, 디디!"

"나는 당신을 위해 말했는데 그런 식으로 대답하는 건가요? 맬리, 잘 들어봐요. 나는 그런 여자에 대해 잘 알고 있어요. 겉보기는 크림케이크처럼 귀엽게 생겼지만, 가까이 가보면 마분지에 설탕만 발라 진열창에 내놓은 모형 과자예요. 손해지는 않을 테니, 내가 그 여자에게서 느낀 직감을 믿고 그런 여자에게는 접근하지 말아요. 그런 여자의 마음속에서는 남자 따위가 문제되지 않아요. 정말이에요, 맬리."

"당신 설교는 듣고 싶지 않소. 그보다 좀 조심해서 운전하구려!"

"어머나! 지금 지쳐 있는 사람은 누구지요?"

7

브루노 맨프레디는 보고서를 준비할 때 시간을 완전히 무시하는 버릇이 있었다.

사무실에서 회의가 있을 때면 성미가 급해 정신없이 다그치는 프랭크 콘미에게 맞서기 위해 그는 오래 전부터 일종의 준비 의식——마치 수술 도구를 모두 챙겨놓는 간호원 같은 준비 의식을 고안해 두었던 것이다.

프랭크 사장이 화가 나서 붉으락푸르락한 얼굴로 코밑수염을 씹으며 손가락으로 책상을 툭툭 치고 앉아 있는 한편에서 브루노 맨프레디는, 진지한 표정으로 가죽 가방을 열어 보고서를 꺼내 가방 옆에 놓은 다음 다시 가방을 뒤져 사진과 복사지를 꺼내 보고서 옆에 놓고, 또다시 같은 동작으로 신문 스크랩과 그 밖의 자질구레한 자료를 꺼내 사진 옆에 놓는다. 그러고 나서 중노동의 첫 단계가 겨우 끝난 듯한 표정으로 가죽 가방의 지퍼를 닫고 가방을 의자 옆에 놓는 것이었다.

이것은 첫 단계에 지나지 않는다. 다음에는 코트 주머니를 모조리 뒤져 검은색 작은 수첩을 찾아내어 책상 위의 진열품에 덧붙인다. 그리고는 계속해서 담배갑, 라이터, 껌, 연필, 볼펜, 안경집 등 온갖 물건이 차례차례 나타난다. 이쯤 되면 프랭크 사장의 얼굴은 완전히 보랏빛이 되어버린다.

안경은 그의 준비 의식의 화려한 결말을 장식하는 물건이었다. 묵직한 테가 달린 엄숙해 보이는 안경을 케이스에서 꺼내 밝은 곳에 비춰 점검한 다음 입김을 쐬어 닦고 난 뒤에야 눈에 걸치는 것이다. 이때 그의 만족스러운 표정은 프랭크 사장에게 마지막 결정적인 타격이 된다.

프랭크 사장은 마침내 고함을 지른다.

"이제 준비 다 되었나, 브루노?"

그 아름답고 울림이 좋은 바리톤의 우렛소리에 신입 속기사들은 책상에 얼어붙어 버린다.

프랭크 사장도 몇 번이나 확인해 보았지만 이런 브루노 맨프레디의 순서를 빨리하는 방법은 전혀 없었다. 억지로 빨리하도록 시키면 맨프레디의 뛰어난 기억력이 대뜸 혼란되어 그는 자료를 만지작거리며 쓸데없이 변명만 늘어놓아 문제를 정리하는 데 두 배나 시간이 걸리는 것이다.

어느 날 특히 통탄스러웠던 회의가 끝난 뒤 프랭크 사장은 맬리에게 불평을 내뱉었다.

"나는 저 친구가 왜 저러는지 알고 있다. 그가 입사했을 때 좀 심하게 대했거든. 물론 빨리 일을 마치게 하여 일찍 퇴근시키고 싶었기 때문이었지. 그런데 지금은 그도 제법 일을 하게 되었으니 저 좋은 대로 내버려두는 거야."

프랭크는 무뚝뚝한 얼굴로 생각에 잠겨 있더니 다시 말을 덧붙였다

"브루노에게 정말 안경이 필요한 건 아니야. 나는 잘 알고 있어."

처음에는 프랭크 사장을 애먹이기 위해 시작했던 이 의식이 공교롭게도 프랭크가 세상 떠날 무렵에는 버릴 수 없는 습관이 되어버렸다.

지금 브루노 맨프레디가 언제나처럼 책상 위에 자료를 하나하나 차려놓는 것을 보며 맬리는 속으로 지난날 이런 경우를 당했던 프랭크의 기분을 가엾게 여기는 이상한 피로감 같은 것을 느꼈다. 그러나 프랭크보다 현명한 맬리는 맨프레디의 의식이 끝날 때까지 잠자코 기다렸다. 그리고 그 의식이 끝난 뒤에도 맬리는 자신의 기분을 가라앉히기 위해 꼬박 1분쯤 침묵을 지켰다.

그런 다음 맬리는 부드럽게 물었다.

"루는 어떻게 되었소? 당신과 함께 오기로 되어 있지 않았소?"

"그는 지금 트럭을 조사하고 있어요. 운전 기사에게 짐을 도둑맞은 것 같다고 말한 도슨이라는 사람입니다."

브루노 맨프레디는 껌 종이를 벗겨내고 껌을 입에 넣었다. 그리고 담배에 불을 붙여 물고 기분 좋게 연기를 내뿜었다. 그러는 동안에도 턱은 쉬지 않고 우물거렸다.

"그 전과 조사에 대해서는 경찰 기록계에 부탁했는데 아직 소식이 없습니다. 어찌된 일인지 모르겠다고 하더군요. 위이콤 사건으로 기록 관리를 엄중히 하고 있기 때문이 아닌가 싶다고 합니다."

맬리는 턱을 끄덕이며 책상 위에 놓인 자료들을 가리켰다.

"그렇겠지요. 저것들을 모으는 데 누구의 도움을 받았소? 당신 혼자 한 건 아니겠지요?"

브루노 맨프레디는 불끈 성을 내며 말했다.

"허참, 프랭크 사장님보다 점점 더 심해지는 것 같군요. 신입사원 리고드에게 힌트를 좀 주어 뒷조사를 시켰지만, 발로 하는 일은 나

혼자 다했습니다. 자, 보십시오, 내 구두 뒤축을. "

맬리는 그 말에 대꾸하지 않고 물었다.

"그래, 결과는 어떻소?"

"밀러 말입니까? 그게 문제입니다. 현행범으로 잡을 구실은 하나도 없더군요. 진짜 마권상이든가, 아니면 아주 교묘하게 위장했든가 둘 중 하나인 듯싶습니다. 하지만 좀 재미있는 일을 두세 가지 알아냈습니다. 죽 읽을 테니 한 번 판단해 보십시오. "

맬리는 빈정거리듯 대꾸했다.

"죽 읽어보오, 더듬더듬 읽지 말고. "

브루노 맨프레디는 서류를 재빨리 넘겼다.

"알았습니다, 성급한 사장님. 이게 출생증명서입니다. 1915년 뉴욕에서 태어남. 다음은 고등학교 성적과 졸업한 해의 고등학교 연감에서 발췌한 것입니다. 수학 성적은 우등…… 이 무렵부터 마권 암표상 소질이 있었던 셈이지요…… 테니스부 회원, 연극부 회원. "

아널드 랜딩과 관계 있는 사람들이 모두 연극에 관계되어 있다는 것이 맬리에게 기묘한 느낌을 주었다. 생각지도 않았는데 루스 빈선트의 일이 머리에 떠올랐다. 그는 초조하게 마음속의 이런 연상들을 떨쳐버렸다.

그는 브루노 맨프레디에게 말했다.

"그 보고에서 빠진 건 백발의 어머니와 충실한 개 정도구먼. 그건 언제쯤 이야기할 셈이오?"

브루노 맨프레디는 단호하게 잘라 말했다.

"내 생각대로 말하게 내버려두십시오. 그럼, 다음을 계속하겠습니다. 1933년 9월 밀러는 뉴욕 대학에 입학했다가 석 달 뒤 쫓겨났습니다. "

"이유는 ? "

"커닝이었습니다. 다른 학생 두 명과 의논하여 시험 문제를 훔쳐내 그것을 다른 학생들에게 팔았다더군요. 밀러 집안에서 재입학을 신청했을 때 그 일에 대한 자세한 사정이 신문에 보도되었습니다. 그 기사 스크랩을 두 가지 구했는데, 하링겐에게 도움될지 모르겠군요. "

"그것은 하링겐의 판단에 달렸지요. 그래, 그 뒤 밀러는 어떻게 되었소 ? "

"그 뒤 2년쯤 소식이 없다가 갑자기 빈들로 리조트 회사 사무원이 되었습니다. 빈들로 리조트는 에이커즈 호텔을 경영하고 있지요. 캐츠킬(뉴욕 주 동부 산맥)에 있는 이른바 '백만 달러 호텔' 말입니다. 전용 비행기가 있는 손님을 위한 전용 풀이 있고, 연인용 전용식당이 있는데, 자세한 것은 선전 책자를 읽어보면 됩니다. 한마디로 말해 나무숲 우거진 래디오 시티(뉴욕의 환락가) 비슷한 곳입니다. "

"그 호텔과 밀러가 무슨 관계가 있소 ? "

"아주 크게 있지요. 이 회사 사장은 대니얼 빈들로라는 사람인데, 그에게는 펄이라는 조카딸 하나밖에 없습니다. 1940년에 밀러는 이 행운의 제비를 뽑은 셈이지요. 펄이라는 여자는 생김새도 보잘것없고 나이도 밀러보다 대여섯 살 위였습니다. 그러니 그녀와 함께 있을 때는 전등불이나 끄든지, 아니면 그녀 숙부의 은행 예금을 계산하고 있으면 된다고 생각했겠지요. 아무튼 밀러는 그런 역할을 맡아했습니다.

그리고 1942년 군대에 끌려가 1년쯤 그 집을 떠나 있었습니다. 그런 뒤 '격무를 이겨내지 못한' 까닭으로 돌아왔지요. 그가 없는 동안 아내인 펄은 신경쇠약에 걸려 요양소를 드나들다가 결국 적십

자병원에 안착하게 되었지요.

　군대에서 돌아오자 그는 다시 빈들로 밑에서 일하게 되었는데, 이 무렵부터 조금씩 재미있어집니다. 그때 빈들로는 호텔 경영 문제로 여러 가지 어려움을 겪고 있었습니다. 종업원들의 봉급 인상 관계로 두 번이나 파업이 일어났습니다. 그밖에 농구 시합 문제도 있었지요."

"농구 시합 문제?"

"이것은 틀림없이 당신이 관심을 보이리라 생각했지요. 그런 종류의 호텔에서는 여름철이면 여기저기 대학 팀 선수를 고용하여 시합을 벌인답니다. 그것으로 손님을 불러 모으는 것이지요. 선수들은 명목상으로는 임시 사원으로 되어 있지만, 실은 시합으로 돈벌이를 하는 겁니다. 이것도 공공연한 비밀이지요.

　빈들로의 고민은 자기가 앞장서서 이기는 팀에 돈을 걸 수 없다는 점이었습니다. 호텔 손님들은 저마다 출신지 팀에 돈을 걸지만, 그때마다 모조리 날려버리지요. 그래서 빈들로는 자기 대신 무슨 일이든 맡아해 줄 사람을 골랐습니다. 노동조합 문제, 농구 시합 문제 등 모든 일을 그의 마음대로 해줄 사람을 말입니다. 요술쟁이 같은 인물이지요. 그가 누구라고 생각하십니까?"

"그야 물론 밀러였겠지요."

브루노 맨프레디는 재떨이에 담배를 비벼 끄고 싱긋 웃으며 의자 등받이에 몸을 기대고는 천천히 말했다.

"조지 워이콥이었습니다. 이 사람이 바로 그 인물이지요. 그는 노동조합과의 교섭이며 농구팀과의 흥정 등 어떤 일이나 척척 해냈지요. 돈벌이만 된다면 말입니다. 그리고 빈들로에게는 돈이 두둑했습니다."

"그런 일을 어디서 조사했소?" 맬리가 물었다.

"그 무렵의 농구 시합 프로그램을 구했습니다. 리고드가 거기에 이름이 실려 있는 선수 한 사람을 찾아냈습니다. 그래서 내가 그 선수를 만나 한잔하면서 꽤 오랫동안 이야기를 나누었지요. 그 무렵 일은 모두 기록되어 있으니 마음대로 이용하라고 말하더군요.

그의 말에 따르면 워이콥은 돈을 지불하겠다고 약속하며 승리 팀 이외의 팀에게 많은 거짓말을 했던 모양입니다. 그런데 시즌이 끝나자 워이콥은 약속한 돈을 가지고 자취를 감춰버렸습니다. 그러니 그들이 워이콥을 원망한 것도 당연하지요."

"그 이야기와 밀러는 어떤 관계가 있소?"

"시즌이 끝날 무렵 워이콥이 종적을 감추자 밀러도 펄도 함께 사라졌습니다. 이것이 두 사람이 결부된 시초인 듯합니다. 얼마 뒤 밀러는 뉴욕에 나타나 마권 암표상을 하는 한편 가수조합이라는 간판을 내걸었지요. 이 가수조합은 지금도 있습니다. 지난해 여름 밀러는 이 조합을 빌링즈에게 팔았는데, 그 빌링즈라는 사람을 만나 한참 이야기를 들었지요. 그게 무엇을 하는 조합인지 아십니까?"

"극장 관계 주선업이 아니오?"

브루노 맨프레디는 경멸하는 듯이 손을 내밀었다.

"천만에요. 빌링즈의 조합은 그런 정도도 못됩니다. 바보 같은 녀석들이 걸려들게 하는 덫이지요. 그들은 바보 같은 녀석들의 희망에 따라 곡에 가사를 붙여주든지 가사에 곡을 붙여줍니다. 시골에는 흔히 유행가를 만든답시고 빈둥거리는 바보 녀석들이 있잖습니까. 그런 녀석들이 악보를 보내오면 빌링즈는 가사를 붙여줍니다. 가사를 보내오면 곡을 붙여주고.

이 장사도 괜찮은 돈벌이가 되나 봅니다. 그럭저럭 노래 비슷한 것이 만들어지니 뒤가 켕기는 일도 아니고, 우편법규에도 위반되지 않는 정당한 일이라고 빌링즈는 주장하더군요. 사무실에는 낡은 피아노 한 대와 악보사전 한 권이 있을 뿐입니다. 바보 같은 녀석들이 없어지지 않는 한 앞으로도 얼마 동안은 밥벌이가 될 거라고 큰소리치더군요. 밀러가 그 조합을 맡아 운영할 때는 슐레이드가 곡을 만드는 담당자였던 모양입니다."

맬리는 생각해 보았다.

생각하기에 따라 밀러가 매수와 사기의 길을 걸어간 발자취는 아주 교묘한 것이라고 하지 않을 수 없었다. 그는 법망을 피하기 위해 명목상의 간판을 내거는 데도 거의 사기꾼이나 다름없는 방법을 골랐다. 얼마쯤의 돈을 줄 것인가, 필요한 경우 경찰에게 얼마쯤의 벌금을 물 것인가——하는 일들을 밀러에게 가르쳐준 것은 다름 아닌 미묘한 그의 본능이었을 것이다. 태어날 때부터 타고난 습성이기 때문에 더운 물 속에서도 쉽게 헤엄쳐 다닐 수 있는 물고기 같다고나 할까.

"그런데 밀러는 지금 뭘 하고 있소?" 맬리가 물었다.

"다시 빈들로에게 돌아갔습니다. 대부분 뉴욕 사무실에 있지만, 휴일이라서 에이커즈 호텔이 바쁠 때는 그쪽으로 갑니다. 그 호텔 부지배인인 듯하더군요."

브루노 맨프레디는 두 번째 담배에 불을 붙여 물고 책상에 몸을 굽혀 보고서를 들여다보았다.

"아무튼 자세하게 죽 이야기하지요. 밀러와 부인의 주소는 웨스트엔드 애비뉴. 아이는 없고 작은 푸들 개 한 마리와 밀러 부인을 돌보는 간호원 같은 여자가 있지요. 문지기의 말에 따르면 추수감사절 무렵부터 부인의 병이 더 나빠진 듯합니다.

밀러는 아침 10시부터 오후 5시까지 근무하고 언제나 5시 30분에 택시로 퇴근한 다음 대체로 외출하지 않아요. 11시쯤 개를 데리고 산책하는데 옷은 고급이며 보는 신문은 아침 신문으로 타임스,

저녁 신문으로 텔레그램, 그리고 주간 버라이어티. 점심 식사는 빈들로의 사무실 아래층에 있는 고급 레스토랑 타윌리저에서 하지요, 미행하는 동안 그는 그 레스토랑의 종업원 말고는 아무와도 이야기를 나누지 않았습니다. 이것은 무엇을 뜻할까요?"

"단순히 조심하는 거겠지요." 맬리가 말했다. "빈들로에게 다시 돌아갔을 때 그 문제로 시말서를 썼는지도 모르오."

"아마 그런 모양입니다. 그러므로 빈들로는 무언가 알고 있을 겁니다. 워이콥을 맨 처음 등용한 것은 그였으니까요."

브루노 맨프레디는 사진 한 장을 맬리에게 건네주었다.

"이것은 그 무렵 밀러의 사진입니다. 에이커즈 호텔 선전 책자에 실린 사진을 확대한 거지요. 지금도 달라진 점은 그다지 없습니다. 조금 살이 찌고 머리 숱이 적어졌지만, 이 사진을 보면 곧 알 수 있습니다."

사진에는 키 크고 체격 좋은 젊은이가 짧은 바지 차림에 스웨터를 아무렇게나 어깨에 걸치고 라켓을 두 개 옆에 낀 테니스네트 앞에 선 모습이 찍혀 있었다. 밝은 햇살에 눈을 가늘게 뜨고 햇볕에 그을린 얼굴에 떠오른 상쾌한 미소, 산들바람에 흐트러진 금빛 머리칼. 이것은 분명 올드미스를 에이커즈 호텔에 끌어들이기 위한 선전 사진이었다.

선전 사진으로서는 크게 효과적이라고 맬리는 생각했다. 펄 빈들로가 이 황금 과녁을 쏘아 맞혔을 때 캐츠킬 산을 덮은 절망의 먹구름이 눈에 보이는 듯했다.

브루노 맨프레디는 맬리의 등 뒤로 돌아가 흥미 있는 듯 어깨 너머로 사진을 들여다보며 비평했다.

"전혀 마권 암표상 같이 보이지 않지요? 마치 올림픽 선수 같지 않습니까?"

"그렇게 보았다면 당신은 풋내기요. 이것이 바로 타고 난 사기꾼의 얼굴이오." 맬리는 말을 마치자 사진을 책상에 내던졌다. "이제 보고는 끝났소?"

"네."

"랜딩에 대해서는 아무것도 없잖소? 밀러가 왜 하필 랜딩을 함정에 떨어뜨렸는지, 그 이유 말이오. 두 사람이 한패가 되어 있을 가능성은 없소?"

"글쎄요." 브루노 맨프레디는 부루퉁한 얼굴이 되었다. "내가 수집한 자료는 모두 말했습니다. 그것뿐입니다."

"내가 이 자료에서 알아낸 것은 영리한 마권 암표상이 적당한 기회에 경관을 매수했다는 것뿐이오."

"그렇습니다. 이 사건은 그 정도뿐입니다."

맬리는 빙그레 미소지었다. "알았소. 나도 당신이 그렇게 말해 주기를 바랐소. 이것으로 당신이 영리한 탐정이라는 것을 알았소."

"영리한 탐정이기 때문에 자신이 놀림받을 때는 놀림받고 있다는 것을 알지요." 브루노 맨프레디는 차갑게 말했다.

그는 가죽 가방을 책상 위에 열어놓고 자료를 넣기 시작했다. "밀러에 대한 조사를 계속해야 합니까?"

"아니, 이젠 슐레이드를 조사하오. 되도록 많은 것을 알아내기 바라오."

"하루쯤 쉰 뒤 시작하지요. 지금은 완전히 지쳤으니까. 집에 돌아가는 시간이 밤 2시, 잠자리에서 일어나는 시간이 7시니, 이젠 루시와 아이들 얼굴도 잊어버렸습니다."

맬리는 이 말이 나오리라 미리 짐작하고 있었다. 루시 맨프레디는 동그란 얼굴에 성미 급한 여자로, 남편의 직업에 대해 전혀 이해가 없으며 언제나 공공연히 반기를 휘둘렀다.

"휴가는 줄 수가 없소." 맬리가 말했다. "루시에게는 내가 양해를 구해두지요."

브루노 맨프레디는 가방 지퍼를 힘껏 당겼다.

"그럼, 당신이 한 방 얻어맞을 텐데요. 왜 요즘은 놀러 오지 않느냐고 전부터 루시가 말했거든요. 그녀는 당신이 사장이기 때문에 완고하다고 생각하고 있어요."

"내가 그럴 리 있소. 나는 다만 당신 부인에게 몰려드는 올드미스들이 마음에 안 들 뿐이오. 그렇게 말해 주오, 브루노."

"귀신같은 여자들이지요." 브루노 맨프레디는 음울한 목소리로 대답했다. "하지만 여자란 모두 어쩔 수 없습니다. 돈 있는 남자가 독신으로 지내는 것을 보면 안달이 나서 못 배기는 모양입니다. 그럼, 내일 그렇게 말해 두지요. 하루쯤 쉬러 우리 집에 놀러 오는 것도 나쁘지는 않을 겁니다."

"내일부터 슐레이드를 맡아주오." 맬리가 말했다. "그리고 나갈 때 냅 부인을 불러주시오."

브루노 맨프레디는 문 앞에 서서 일부러 공손하게 말했다.

"알겠습니다, 사장님. 고맙습니다, 사장님. 그렇게 하겠습니다, 사장님. 또 다른 부탁은 없으십니까, 사장님?"

"있소. 밀러의 자료를 두고 가오. 쓸 데가 있으니까."

냅 부인이 들어오자 맬리는 손을 흔들어 늘 가지고 다니는 메모지와 연필을 옆에 놓도록 했다.

"오늘 밤 당신과 데이트하고 싶은데 8시쯤 집으로 데리러 가도 괜찮겠소, 냅 부인?"

"괜찮아요. 그런데 뭐지요, 호출장인가요?"

"아니, 법률 문서와는 관계없소. 랜딩 사건의 증인 가운데 한 사람인 아일러 밀러를 만나러 가는 거요. 이 자료는 브루노의 보고서요. 그리고 파일에 랜딩의 자료가 많이 있소. 오늘 저녁까지 잘 보아두오. 내가 이야기하는 것보다 당신이 훨씬 더 빠를 테니까."

"알겠습니다. 옷은 이대로 좋을까요?"

맬리는 그녀의 옷을 위에서 아래까지 훑어보았다.

"글쎄, 멋을 좀 덜 내는 편이 좋겠소. 화장은 눈에 띄지 않을 정도로 하고, 면양말이 좋겠소."

"어머나, 큰일났군요!" 냅 부인이 말했다.

"알겠소? 아무튼 사람 눈에 띄는 차림은 안 되오." 60대 부인으로서 냅 부인은 멋진 각선미를 가지고 있었다. "그리고 혹시 가지고 있다면 올드미스들이 흔히 쓰는 모자를 쓰는 게 좋겠소."

"있을 거예요. 그러니까 나는 어떤 올드미스 행세를 하는 거로군요?"

"특정한 인물은 아니오. 랜딩의 초등학교 시절 담임 선생이라도 좋고…… 아니, 그보다 옛날에 랜딩을 잘 알고 있던 세틀먼트(복지 사업기관)의 냅 부인이 되는 게 좋겠소. 사람들에게서 사건 이야기를 들었는데, 그처럼 착한 아이가 이런 짓을 했다고는 도저히 믿어지지 않는다고 말하는 거요.

마침 랜딩의 변호사를 찾아갔다가 그와 함께 밀러의 집을 방문하게 된 것으로 해둡시다. 이 사건에 무언가 큰 잘못이 있다고 확신하고 있는 것처럼 해야 하오. 이런 줄거리라면 어떻소, 냅 부인?"

"굉장히 감동적이군요."

맬리는 웃었다. "흔한 이야기지만, 이것으로 밀러의 집 대문을 열수만 있으면 되오. 그럼, 해보겠소?"

"8시에 기다리고 있겠어요." 냅 부인이 대답했다.

8

밀러의 아파트는 예스럽고 호화로운 큰 건물이었다. 아파트를 되도록 라인 강변의 옛 성을 본떠 설계하는 것이 유행하던 시절에 지은 기념비적인 건물이었다.

불쾌한 쇠사슬 소리와 함께 엘리베이터가 무겁게 올라갔다. 밀러의 방으로 통하는 복도를 걸어갈 때 맬리의 발소리는 귓속에서 공허하게 메아리쳤다.

그는 냅 부인에게 속삭였다.

"건물을 보니 벨 소리를 듣고 나오는 사람은 갑옷차림에 창을 든 기사가 아닐까 싶군요."

그러나 문을 열어준 사람은 기사가 아니고 밸키리(북 유럽 신화에 나오는 오딘 신을 섬기는 전쟁의 소녀들. 전사한 영웅들의 영혼을 발할라로 안내한다 함)였다. 눈부실 정도로 새하얀 제복을 입은 몸집 좋은 금발 아가씨가 돌처럼 무표정한 얼굴로 문 앞에 막아섰다.

냅 부인은 상냥히 미소지으며 말했다.

"밀러 씨를 만나 뵈러 왔습니다."

맬리는 냅 부인이 이 연극을 마음속으로 즐기고 있다고 생각했다.

"지금 계신가요?"

"안 계십니다." 밸키리 같은 아가씨가 말했다. "마님은 계십니다만, 편찮으셔서 손님을 만나지 못해요."

맬리는 마음속으로 브루노 맨프레디의 조사를 저주했으나, 냅 부인은 의연한 사람이었다.

"정말 안됐군요." 냅 부인이 말했다. "많이 편찮으신가요?"

밸키리 같은 아가씨는 어깨를 으쓱했다. 그 작은 몸짓 하나에 병이 대단치 않다는 것과 밀러 부인이 성미 강한 여자라는 것, 맬리와 냅 부인에게 빨리 돌아가 달라는 것이 확실히 나타나 있었다.

밸키리 같은 아가씨가 말했다.

"내일 전화해 주세요. 내일은 주인님이 집에 계시니까요."

이때 안에서 밝은 목소리가 들려왔다.

"힐더, 그처럼 실례되는 말을 하는 게 아니야. 손님을 문 밖에 세워두는 건 예의에 어긋나요. 어서 안으로 모시고 들어와요."

밸키리 같은 아가씨는 코르셋 스치는 소리가 들릴 만큼 한숨을 내쉬며 뒤도 돌아보지도 않고 말했다.

"마님, 돌아다니시면 안돼요. 편히 누워 있어야 해요."

"누워 있기에도 지쳤어. 손님들과 이야기하고 싶어. 힐더, 어서 안으로 모시라니까. 그건 실례예요."

힐더가 못마땅한 듯 길을 비켜주자 냅 부인은 흘끗 맬리의 얼굴을 보았다. 맬리는 고개를 끄덕였다. 펼 밀러는 두 사람을 거실로 안내했다. 굉장히 넓은 방이었다. 한구석의 그랜드 피아노가 조금도 커보이지 않을 만큼 넓었다.

펼이 말했다.

"손님이 찾아오시다니, 반가워요. 정말 반가워요. 거기 앉으세요. 아니, 거기가 아니에요. 거기는 토토 자리랍니다. 토토는 자리를 더럽혀놓지요. 하지만 검은 옷이라면 괜찮아요. 토토는 온몸이 까맣고 아주 귀여워요. 여느 때는 잠들기 전에 산책하는데, 오늘은 웬일인지 흥분한 것 같아서 그이가 식사를 마치자 곧 데리고 나갔어요."

맬리는 마음속으로 브루노 맨프레디에게 용서를 빌었다.

"하지만 곧 돌아올 거예요. 그러면 귀여운 토토를 천천히 구경할수 있어요. 이런 이야기가 지루할는지 모르겠군요. 나는 말동무가 없어서 정말 지겨웠어요."

이야기하는 동안에 펼은 손을 막연하게 움직이며 허공에 뜻 없는 모양을 그렸다.

맬리는 언뜻 펄을 보고 깜짝 놀랐다. 그 손은 앙상하게 말랐고, 몸에 걸친 슈닐 직 풍성한 옷이 무겁게 느껴졌다. 얼굴은 종잇장 같이 핼쑥하며 눈 언저리에 검푸른 테가 둘러져 있었다. 냅 부인보다 20살이나 아래임에도 겉으로는 그녀보다 더 나이들어 보였다. 풍성한 옷에서 팔이 드러난 순간 무언가 내력이 있음직한 손목에 감긴 붕대가 보였다.

펄은 맬리의 눈길을 따라 자기 손목을 찬찬히 바라보았다. 그러더니 갑자기 팔을 내려 손목을 감췄다.

"바보 같지요?" 그녀는 밝은 목소리로 말했다. "베였어요."

맬리는 안됐다는 듯이 혀를 찼다. "어쩌다 베이셨습니까?"

"우연히 베였어요." 펄은 정색한 얼굴로 대답했다. "그렇게 생각되지 않으세요?"

"물론 그렇겠지요. 그래도 어쩌다 이렇게……."

"말하기도 거북한 이야기예요. 우연한 사고 이야기는 듣고 싶지 않겠지요? 그리 좋은 이야기는 아니니까요."

냅 부인이 말했다.

"듣고 싶군요, 부인."

폭신한 긴 의자에 맬리와 나란히 앉아 모서리가 닳은 핸드백을 무릎에 올려놓고 있는 냅 부인의 모습은 점잖은 사회 사업가의 본보기 같았다.

"신문에는 사고 이야기가 많이 실리지요. 독자들이 그런 이야기에 흥미를 가지고 있다는 것을 알기 때문이에요."

"나는 신문을 싫어해요." 펄 밀러가 말했다. "그래서 읽지 않아요. 그이는 읽지만, 사실 나는 읽지 않는 편이 좋다고 생각해요."

맬리가 물었다.

"신문에 밀러 씨에 대한 기사가 씌어 있기 때문입니까?"

"그래요. 그이에 대해서도 씌어 있어요." 펄은 조심스러운 눈길로 맬리를 보았다. "설마 신문사에 계신 분들은 아니겠지요?"

"아닙니다."

"다행이군요. 그럼, 우리 다른 이야기를 해요. 연극을 좋아하세요?"

"아주 좋아합니다. 부인께서는?"

"네, 좋아하지만 그이를 따라가지는 못해요. 정말이에요. 가끔 그 문제로 다투지요. '아일러, 당신이 언제나 나를 버리고 사라진다면 그것은 다른 여자가 생겼기 때문이 아니라 무대에 서고 싶기 때문일 거예요……' 나는 그이에게 이렇게 말했어요. 물론 이것은 단순한 농담이에요. 정말 그런 일을 하지는 않을 거예요."

"무대에 서지 않으리라는 말씀입니까?" 맬리가 물었다.

그는 눈을 가리고 자신없는 걸음걸이로 한 발자국 한 발자국 물에 밀려 흐르는 모래밭을 걸어가는 듯한 기분이었다.

"아니에요. 그건 단순한 농담이에요. 그이가 어딘가로 사라져버린다는 것 말이에요." 펄 밀러는 진지한 얼굴로 대답했다. "그러나 흔히 있는 일이지요. 가끔 일어나는 일이에요."

"밀러 부인, 그런 생각은 하지 않는 게 좋아요." 냅 부인이 말했다. "당신은 분명 행복한 결혼을 했을 거예요."

"네, 물론 그래요. 아주 훌륭했어요. 하지만 나는 전부터 이런 생각을 하고 있었지요." 펄 밀러는 옛날을 그리워하듯 미소를 떠올렸다. "이상해요. 언제나 그 생각이 자꾸 머리에 떠오르거든요. 우리가 결혼하자 모두들 나에게 '펄, 그 사람을 조심하는 게 좋아. 펄, 그런 남자는 조심해야 해' 하고 말했어요. 집안 사람들도 모두 그렇게 말했어요.

그러나 그이가 친절하다는 것은 아무도 몰랐어요. 사람들이 알고 있는 것은 그이가 잘생기고 머리도 좋고 조지 워이콥 같은 사람과 같이 일하고 있다는 것 정도였어요. 하지만 조지 워이콥까지도 그이를 모범적인 남편이라고 존경하고 있었지요. 그이보다 나은 남편은 아마 없을 거예요. 당신은 〈잃어버린 시간〉을 보신 적이 있나요? 브로드웨이에서 공연되었을 때 말이에요."

형편없는 혹평을 받고 아주 짧은 기간 상연되었던 연극이라는 것을 맬리는 어슴푸레 기억하고 있었다.

"네, 보았습니다." 맬리는 대답했다.

"재미있었다고 생각하세요?"

그녀의 말투가 맬리에게 어떤 암시를 주었다. "아주 재미있었습니다."

"기쁘군요. 그건 그이가 제작한 거예요. 나는 정말 멋지다고 생각했어요. 그런데 왜 비평가들의 마음에 들지 않았는지 모르겠어요."

맬리는 머리를 가로저었다. "정말 모를 일입니다."

"당신도 그렇게 생각하세요? 당신도 역시 이상하다고 생각했군요. 비평을 읽었을 때 언짢게 생각되지 않았나요?"

"네, 그렇게 생각되었습니다."

"나도 그랬어요. 나는 그 비평가들을 마음속으로 미워했어요. 그날 밤 우리는 모두 린디의 가게에서 기다리고 있었는데, 누군가가 신문을 가져왔어요. 그것을 읽자 죽이고 싶을 정도로 비평가들이 미웠어요.

아일러는 그 연극을 무척 자랑스럽게 생각하고 있었지요. 연극제작은 예전부터 품어온 그의 바람이었으니까요. 그 뒤 친구들과 어느 부분이 나빴다고 농담하곤 했지만, 나는 그이의 참마음을 잘 알아요. 그이의 마음이라면 나는 하나부터 열까지 다 알고 있어요. 이상하지 않으세요? 그이의 일이라면 무엇이든 다 알고 있어요.

내가 알고 싶지 않은 것까지도."

"그건 당연한 일이지요." 냅 부인이 위로하듯 말했다. "네, 그래요. 커피 마시겠어요? 찾아와 주셔서 너무 기뻐하다가 대접하는 것도 잊었군요. 손님들이 없어서 정말 쓸쓸해요. 이 아파트가 너무 넓어 보이지 않나요? 이 방이 공허한 것처럼 느껴질 때는 세상에서 가장 공허하게 여겨져요.

아이가 없기 때문인지도 모르지요. 친구들은 모두 그렇게 말해요. 모두 아이가 있으니까 나만 더 그렇게 느껴지나봐요. 이곳으로 이사올 때는 꼭 아이를 가지리라 생각했지만, 아직도 못 가진 채 이렇게 살고 있어요."

그녀의 한 손이 힘없이 입을 가리는가 싶더니 텅 빈 미소가 떠올랐다. "저 피아노도 내 딸아이를 위해 마련한 거랍니다. 지금 생각해 보니 공연한 짓이었어요. 나는 전혀 치지 못해요."

펄 밀러의 이 무서운 주문 같은 이야기를 방해한 것은 한 마리의 개였다. 조그만 검정 푸들이 쏜살같이 방으로 뛰어들어와 단단한 마룻바닥을 할퀴며 기분 좋은 듯이 몸을 털더니 재롱부리기 시작했다. 펄 밀러는 한 손으로 개를 밀어내며 다른 한 손으로 개를 쓰다듬어주었다. 그녀는 노래 부르듯 말했다.

"귀염둥이 토토야. 귀여운 아가야. 산책은 재미있었니?"

이때 밀러가 나타났다. 기세당당한 힐더와 함께 들어온 그는 놀란 듯이 모두를 둘러보았다. 밀러는 브루노 맨프레디가 구해온 사진과 꼭 닮았다. 다른 점이라면 허리가 굵고 네모진 턱이 볼에서 늘어진 살로 덮였으며 피곤하고 불쾌해 보이는 표정뿐이었다.

"무슨 일입니까?" 그가 말했다. "당신들은 누굽니까? 아내는 몸이 좋지 않습니다. 면회는 금지되어 있습니다.".

"나는 병이 아니에요!" 펄은 재롱부리는 푸들을 꼭 껴안았다. 그러자 작은 개는 캥캥거렸다. "그것은 우연한 사고였지만 이제 다 나았어요. 아일러, 당신도 실수였다고 말했잖아요? 틀림없이 그렇게 말했어요. 당신은……."

밀러는 펄에게 다가가 개를 안아 힐더에게 주었다. 힐더는 언짢은 얼굴로 개를 받아 안았다.

"알았소, 펄. 그것은 물론 실수였소. 하지만 그 뒤 당신이 아주 흥분해 버렸으니 병이나 다름없는 거요. 펄, 흥분하면 안 된다는 걸 알고 있잖소. 이게 뭐요! 이래도 자기 몸을 소중히 하고 있다고 할 수 있겠소? 약속을 지키고 있다고 할 수 있겠소?"

펄은 남편의 팔을 잡고 부드러운 눈으로 쳐다보았다.

"손님들과 같이 있게 해줘요, 아일러. 부탁이에요."

"언젠가 그렇게 해주겠소. 하지만 지금은 누워서 자야 하오. 내가 돌아올 때까지 누워 있겠다고 약속했잖소? 자, 약속을 지켜야지."

밀러는 조용히 그녀의 손을 떼어놓으며 문 쪽으로 데려갔다.

"힐더, 개를 매둬. 그리고 마님 옆에 붙어 있어야 해."

힐더는 불만스럽게 말했다.

"마님에게 그렇게 말씀드렸어요. 그러나 벨이 울렸을 때 마님은……."

밀러는 거칠게 말했다.

"듣기 싫어! 너에게 많은 돈을 주고 있는 것은 마님의 시중을 들게 하기 위해서지 마님과 다투게 하기 위해서가 아니야. 어서 시키는 대로 해!"

힐더는 골이 나서 넓은 등을 숙이며 나가버렸다. 밀러가 문을 닫았다.

문 닫히는 소리가 들리는 동시에 냅 부인의 손이 떨리며 핸드백을 잡는 것이 맬리의 눈에 띄었다.

그는 냅 부인의 기분을 잘 알 수 있을 것 같았다. 이것은 사무실에서의 서류 정리와는 전혀 다른 일인 것이다. 지금까지 냅 부인이 생각한 일은 어떻게 하면 밖에서 안으로 들어갈 수 있을까 하는 것이었다. 그러나 지금은 어떻게 하면 안에서 밖으로 빠져나갈 수 있을까 하는 게 문제였다. 덫에 걸린 쥐는 알 수 있겠지만, 후자는 전자보다 더 불쾌한 일이다.

냅 부인은 자신이 정말로 자선가와 꼭 닮았다는 것을 모르고 있었다. 맬리는 그 점이 난처한 일이라고 생각했다. 친절이라는 우유가 온몸에 넘쳐흐르는 노부인. 어떤 노여움도 친절한 말로 위로해 주는 세틀먼트의 귀부인. 용기를 내요, 냅 부인.

밀러가 아무 의심도 품지 않고 보고 있는 것처럼 그녀도 자기 모습을 스스로 볼 수 있다면 훨씬 마음 편히 있을 수 있으리라. 불행하게도 냅 부인은 그것을 하지 못했다.

밀러는 당황하고 초조하여 어쩔 줄 몰라했다. 그는 토토의 의자에 앉으려다 그만두고 우뚝 선 채 주머니를 뒤져 담뱃갑을 꺼냈다.

맬리는 그가 권하는 담배를 한 개비 점잖게 받았다. 권하는 담배를 받으면 상대방은 반드시 자기도 모르게 잘난 체한다는 것이 프랭크 콘미의 이론이었다.

그러나 냅 부인은 품위 있게 미소지어 보이며 고개를 가로저었다.

"고맙지만 피우지 않아요."

"나는 너무 많이 피우는 편이지요." 밀러가 말했다.

밀러는 자기 담배에 불을 붙였는데, 손이 떨리고 있는 것이 맬리의 눈에 보였다.

"담배를 많이 피우는 것도 무리가 아닙니다. 방금 쑥스러운 일을 보여드려 미안합니다. 아내가 뭐라고 했는지…… 무슨 말을 하고 있었는지 모릅니다만, 두서없는 이야기라는 건 아시겠지요? 아까 그 실수라는 것은 얼마 전에 일어난 일인데, 그 때문에 아내는 정신적 균형을 잃었지요. 그 치료를 위해 리저펀, 이를테면 트랭퀼라이저를 복용하고 있습니다. 그래서 하루 종일 취한 사람 같답니다."

"가엾기도 하지," 냅 부인이 안됐다는 듯이 말했다. "그렇게 귀여운 부인이……."

"아내는 성녀와 같습니다." 밀러가 느릿느릿 말을 이었다. "지나칠 정도로 착하지요. 모든 사람들을 위해 피흘리는 셈입니다. 이 세상에 그런 사람이 있다는 것 자체가 미친 짓이나 다름없습니다. 하지만 타고난 천성이 저러니 어쩔 도리가 없지요. 내가 뭐라고 하든 아내는 아내니까요."

"더 말씀하실 필요 없어요, 밀러 씨. 부인은 부인대로 살아갈 권리가 있으니까요."

"그렇게 생각하십니까?" 밀러는 냅 부인의 말을 듣자 고개를 저었다. "나는 그렇게 생각지 않습니다. 그처럼 선량하기 때문에 십자가에 못박혔다면 어떻게 되는 겁니까? 아내를 걱정하는 사람들은 어떻게 해야 합니까? 아내는 모두를 구하기 위한 마음이겠지만 실은 그와 반대로 죽이고 있는 겁니다. 아내를 볼 때마다 내가 어떤 기분을 맛보는지 아십니까? 모르시겠지요?"

맬리는 이야기의 실마리를 잡았다.

"그런 이야기라면 냅 부인도 경험자입니다. 다름 아니라 냅 부인은 중심가 부근의 세틀먼트에 있었던 분으로, 그 무렵부터 잘 알고 지내던 어떤 사람을 구하기 위해 당신을 찾아온 것입니다."

밀러는 어리둥절했다. "어떤 사람을 구하기 위해서 왔다고요?"

"당신도 알고 있는 사람입니다. 아널드 랜딩 씨입니다."

"그 순경 말입니까?"

"그렇습니다. 냅 부인은 세틀먼트에 있을 때 그와 아주 친하게 지냈답니다. 그래서 랜딩 씨가 이번 사건에 관계되었다는 말을 듣자 나를 찾아와 개인적으로 당신을 만나 뵙고 싶다고 말했습니다. 무언가 잘못되어 있으니 꼭 밝혀서 해결하고 싶다고 말입니다."

맬리가 재미있게 생각한 것은 밀러의 반응이었다. 다른 남자라면 이런 경우 웃든가 캐묻든가 화를 내는 게 보통이다. 그러나 밀러는 그렇지 않았다. 그는 미간을 조금 찌푸리고 입술을 꼭 다문 채 진지하게 주의력을 집중시켰다. 모든 일에 동정이 넘치는 너그러움과 적극적인 협력과 따뜻한 마음을 보여주는 표정이었다. 그것은 멋진 연기였다. 이런 증인을 포섭했으니 로스캘조는 미합중국 대통령도 고발하려고 생각하면 못할 것도 없으리라.

"실례지만" 이윽고 밀러가 말했다. "무슨 말씀인지 전혀 모르겠군요. 무언가 잘못되었다니 무슨 말입니까? 당신은 랜딩 씨와 어떤 관계가 있는 분입니까? 친구입니까?"

"나는 이 사건에서 랜딩 씨의 변호사를 도와주고 있는 사람입니다." 이런 경우 '도와준다'는 말은 가장 적절한 표현이다. 모든 것을 설명하는 것 같으면서도 실은 아무 뜻이 없다. "참고로 말씀드리지만, 이름은 커크입니다. 방금 드린 이야기입니다만, 이렇게 직접 댁으로 찾아뵙는 것은 실례되는 일이라고 냅 부인에게 말씀드렸지요. 그러나 부인은 여간 의지가 굳은 분이 아니라서……."

냅 부인이 불쑥 화를 냈다.

"하지만 한 사람이 죄인이 되느냐 안 되느냐 하는 일이잖아요?"

"네, 알겠습니다, 부인." 밀러는 그녀를 위로하듯 말했다. "그렇지만 그것과 내가 무슨 관계가 있습니까?"

핸드백을 쥔 냅 부인의 손에서 갑자기 힘이 빠진 것을 맬리는 알아차렸다. 훌륭한 권투 선수처럼 그녀는 공이 울릴 때까지 힘을 모아두고 있었던 것이다. 그리고 이제 공 소리에 맞추어 챔피언처럼 당당하게 링에 올랐다——소년 시절, 청년 시절, 그리고 어른이 되어서도 죄를 저지를 리가 없는 착실한 젊은이 아널드 랜딩의 이야기가 마치 슬럼가를 무대로 한 헐리우드 영화처럼 그녀의 입에서 줄줄 흘러나왔다.

"그렇기 때문에" 냅 부인은 이야기를 마치자 덧붙였다. "그가 고발되었다는 무서운 소문을 들었을 때 나는 무언가 잘못되었음에 틀림없다고 생각했지요. 랜딩은 거짓말을 할 줄 모르는 사람이에요. 밀러 씨, 당신이 사람을 잘못 본 게 아닐까요? 진짜 내용을 잊어버린 게 아닌가요? 때로는 그럴 수도 있으니까요."

냅 부인이 이 연기를 하고 있는 동안 밀러는 계속 동정이 넘치는 관심을 보였다. 그러나 그도 마침내 초조한 듯이 입을 열었다.

"이런 대답은 어떻습니까?" 밀러는 말했다. "물론 뉴욕에는 정직한 경관이 있습니다. 아마 있을 겁니다. 그런데 나는 그런 경관을 한 번도 본 적이 없습니다. 아니, 그런 표정은 짓지 마십시오, 부인. 나는 부인이 지금까지 만난 경관보다 훨씬 많은 경관을 상대해 왔습니다만, 그들은 한 사람도 빼놓지 않고 모두 뇌물을 좋아합니다. 그리고 이쪽이 뇌물을 바치지 않으면 대뜸 손을 비틀어 잡지요.

내가 하던 일은——다행히 이제 거기서 발을 뺐습니다만——그것도 장사의 한 가지라 그들과 친하게 지내지 않을 수 없었습니다. 부인의 입장에서 보면 경관이란 훌륭한 제복을 입고 길을 건널 때 손을 잡아주기도 하고 악당들을 뒤쫓기도 하고 지하철 회전문에 어린아이의 손이 끼었을 때 뛰어와주는 편리한 사람이라고 생각하시겠지요.

부인, 그것은 당신이 늘 올바른 길에 있었기 때문입니다. 내 쪽으로 건너와 보십시오. 눈이 뜨일 겁니다. 사과 한 개든 5달러 지폐 한 장이든, 1천 달러든 경찰관은 언제나 자기 배를 채우려고 기회를 노리는 법입니다.

당신은 왜 랜딩이 다른 경관과 다르다고 생각합니까? 어릴 때 주위에서 평판이 좋고 착실했기 때문입니까? 그거 참, 이상하군요. 그렇게 착한 어린아이였다면 첫째 경관이 되려고 하지 않았을 겁니다. 경관이 되고 싶어하는 어린이란 유치원 때부터 다른 아이들을 쿡쿡 찌르거나 돈 뜯어내기 좋아하는 아이들입니다.

태어날 때부터 뇌물받기를 좋아하지 않는 사람이 경찰에 들어가면 어떻게 되는지 아십니까? 그 사람도 뇌물받기를 좋아하게 됩니다. 다 그런 겁니다! 랜딩이 만일 나에게서 뇌물을 받지 않으면 어떻게 되는지 압니까? 그 뇌물은 더 높은 경감이나 정치가 같은 사람들에게 들어가지요. 그런 사람들이 나중에 돈이 남아돌아가면 부인의 세틀먼트에 조그만 적선을 베풀지요. 아이들을 정직하게 키우라고 말입니다.

참으로 어리석은 일입니다. 당신 같은 부인은 전혀 알지 못하는 우스운 이야기입니다. 모든 경관과 모든 정치가들이 바라고 있는 것은 얼음, 즉 뇌물입니다.

랜딩도 마찬가지입니다. 그래서 받은 겁니다. 한마디 충고하겠습니다만, 랜딩 문제는 완전히 손해보는 일로 여기고 체념하는 게 좋습니다. 이 변호사에게 맡기십시오. 이것이 부인의 질문에 대한 내 대답입니다."

냅 부인은 눈을 크게 뜨고 맬리를 바라보았다. 맬리는 고개를 끄덕이며 말했다.

"냅 부인께서도 이것으로 이해하셨으리라 생각합니다."

밀러는 가슴 주머니에서 손수건을 꺼내 땀이 솟아 번쩍번쩍 빛나는 이마를 닦았다.

"그럼 좋습니다. 듣기 거북한 말씀을 드려서 미안합니다. 그러나 다시 한 번 되풀이합니다만, 선량한 사람이 아무 가치 없는 사람을 위해 힘써줄 필요는 없다고 생각합니다. 그것은 이치에 맞지 않습니다. 일이 오히려 복잡해질 뿐입니다."

"한 가지만 더 물어보겠습니다." 맬리가 말을 받았다. "만일 당신이……."

"그만두시오!" 밀러는 험악한 목소리로 말을 가로막았다. "나는 이 부인의 질문에 대답했을 뿐입니다. 따로 할 말이 있다면 법정에서 하겠습니다. 나를 너무 바보 취급하는 게 비위 상해 한마디 느낀 점을 이야기하겠습니다. 이 부인은 처음부터 당신을 찾아갈 마음이 없었습니다. 누가 재미있어하며 이런 일에 관계하려 하겠습니까? 당신이 이 부인을 끌어들인 거지요."

냅 부인이 도중에 말하려 하자 그는 손으로 가로막았다.

"부인 말씀이 모두 거짓이라는 건 아닙니다. 다만 재판이 열리기 전에 내 마음을 약하게 만들려고 이처럼 훌륭한 부인을 사건에 끌어들이는 일은 비겁하다는 겁니다. 당신의 멀쩡한 얼굴을 보면 비위가 상합니다."

무서운 쇠사슬 소리를 내며 엘리베이터가 천천히 내려갔다. 맬리가 입을 열었다.

"이제부터 사무실로 돌아가 아직 기억이 생생할 때 방금 나눈 이야기를 기록해 두오, 냅 부인. 알겠소?"

"알겠습니다."

냅 부인의 목소리에는 불안이 뚜렷이 나타나 있었다. 그녀의 얼굴이 갑자기 늙어 보이고 피로의 빛이 역력한 것을 알아차리고 맬리는 걱정되었다.

"괜찮겠소? 어쩐지 겁에 질린 것같이 보이는데……."

"아니에요. 단순한 마음의 동요에 지나지 않아요."

"무리도 아니오. 너무 심했으니까. 자, 기록을 끝낸 뒤 기분풀이로 어딘가 늦게까지 열어놓는 가게에 가서 커피와 치즈 케이크를 듭시다. 린디의 가게가 어떻겠소?"

"싫어요."

그것은 지나칠 정도로 퉁명스러운 대꾸였다.

그 뜻을 이해하기까지 맬리는 잠시 시간이 걸렸다.

"밀러가 연극 일로 괴로운 농담을 주고받는 것을 밀러 부인이 들었다는 가게이기 때문이오? 그렇다면 다른 곳으로 갑시다. 어디가 좋겠소?"

"그것은 우연한 실수가 아니었어요." 냅 부인은 그 말에는 아무 대꾸도 하지 않고 말했다. "자살하려고 손목을 벤 거예요."

"나도 그렇게 생각했소."

"그처럼 귀여운 부인이…… 그처럼 가엾은 부인이…… 그 부인의 이야기를 듣고 있노라니 뭐라고 위로를 해야 할지. 아아, 싫어요. 이따금 모든 남자가 다 더러워 보여요!"

냅 부인이 거칠게 내뱉는 말은 아일러 밀러에 대해서도 여느 남자들에 대해서도 공평한 견해가 아니라고 맬리는 생각했다. 그러나 냅 부인은 이 반론을 받아들일 것 같지 않았다.

이때 다행히 엘리베이터가 멎고 문이 열렸다. 그러나 냅 부인은 움직이지 않았다. 맬리는 그녀의 얼굴을 보고 깜짝 놀랐다. 그녀는 얼굴을 돌리고 손수건을 꼭 쥔 채 소리 없이 슬프디슬프게 울고 있었다.

이것이야말로 생각지도 못한 새로운 사실이었다.

9

그날 밤에는 좀처럼 잠이 오지 않았다.

아침 5시, 응급 대책으로 글라스에 브랜디를 가득 따라 마시고 맬리는 겨우 마음을 가라앉혔다.

사무실에 나간 것은 12시쯤이었다. 입속에 이상한 뒷맛이 남고 뼛속까지 피로가 스며 있었다.

"오늘은" 그는 책상 위의 예정표를 훑어보며 화이트사이드 양에게 말했다. "옛사람들의 표현을 빌리면 침대에서 모로 서 있었던 날이로군. 약속을 몇 가지나 어겼는지 모르겠소."

"그리 많지 않아요." 화이트사이드 양은 서슴없이 말했다. "다른 분들은 돌아가셨는데, 스코트라는 분은 사장님이 나오실 때까지 기다리고 있겠다고 했어요. 식사하러 나갔는데 금방 돌아올 거예요. 무슨 일인지 급히 만나야겠다고 하더군요."

"치근덕거리는 사람이 없어지면 이 세상은 훨씬 살기 편할 텐데. 그런데 그쪽에서 꼭 만나야겠다니 할 수 없군. 그런데 뭘 읽고 있소, 화이트사이드 양?"

맬리는 그녀 앞에 있는 잡지 표지를 흥미 있는 듯이 들여다보았다.

그것은 헐리우드에서 이름 날리는 영화 배우의 사진이었다. 카메라 앞에서 몸을 굽힌 여배우의 가운 앞가슴이 지나칠 정도로 들여다보였다. 그 사진 밑에는 고딕체의 큰 글씨로 다음과 같이 씌어져 있었다.

——'그녀의 팬티는 왜 다른 침실에서 발견되었는가?'

"이런 잡지를 아무데나 놓고 있으면 곤란하오. 점잖은 손님들이 달아나버릴 테니까."

화이트사이드 양은 유머 감각이 모자라는 여자였다. 그녀는 곧 얼굴이 홍당무같이 되어 얼른 잡지를 그에게 내밀었다.

"이건 내 잡지가 아니에요, 사장님. 아까 스코트 씨가 놓고 간 거예요. 이 잡지사에 일하고 있다고 말씀하시더군요."

"그랬었군. 오해해서 미안하오, 화이트사이드 양. 아무튼 요즘에는 젊은 여자들도……."

"나는 이런 잡지는 읽을 생각도 없어요, 사장님."

"물론 그렇겠지. 그런데 스코트 씨는 어떤 사람이었소?"

"아주 좋은 분이에요. 무척 품위 있어 보였어요."

과연 품위 있는 사람이었다. 스코트가 방으로 들어서자마자 맬리는 곧 알아보았다.

전체적인 인상이 깔끔했으며 머리는 잿빛이었다. 얼굴은 잘 닦인 프린트 유리처럼 매끈하니 윤기가 있었다. 만일 난롯가에서 글라스를 손에 들고 포즈를 잡는다면 위스키 광고에 딱 들어맞는 모델로 보일 것이다.

선즈 곶 앞바다에 뜬 요트의 키 앞에 서 있어도, 이스턴 쇼어의 값싼 엽총 앞에 서 있어도 꼭 어울릴 남자라고 맬리는 생각했다. 분명히 아주 잘생긴 사나이였다. 이야기하는 목소리도 듣기 좋았다. 하링겐의 목소리를 좀더 차갑고 확신 있게 만든 것 같았다.

"늦으셨군요, 커크 씨. 그러나 변명하실 필요는 없습니다. 상대방을 지각한 초등 학생처럼 취급하는 사람을 나는 아주 싫어하니까요. 명함을 놓고 가지 않았습니다만 알고 계시겠지요? 그럴 필요가 없었기 때문입니다. 내 신분은 이 〈엿보기 구멍〉 첫머리에 씌어 있습니다……. 이 잡지 발행인이지요.

이곳에 찾아온 이유는, 말하자면 마호멧이 가면 산도 움직인다는 식으로 이유는 묻지 말아주기 바랍니다. 내가 하는 일 가운데 어떤 부분은 이렇게 하지 않을 수 없는 까닭이 있답니다. 이해하시겠지요?"

"알겠습니다." 맬리가 말했다.

숙취에 가장 나쁜 약은 지독한 이기주의자와 함께 지내는 시간이라고 맬리는 문득 생각했다.

"〈엿보기 구멍〉은" 스코트가 말했다. "요즈음 가장 큰 출판 사업입니다. 발행부수는 5백만 부지요. 역 매점에서도 날개돋친 듯 팔립니다. 〈엿보기 구멍〉이 즉 돈입니다. 믿지 않으신다면 이걸 보십시오, 커크 씨."

맬리는 목을 내밀어 스코트가 내민 종이에 씌어진 글을 읽었다. 그것은 수취인이 콘미 커크 탐정 사무실로 되어 있는 5천 달러짜리 수표였다.

"뭔가 사연이 있는 모양이군요." 맬리가 말했다. "스코트 씨, 괜찮다면 그 사연을 말해 주시겠습니까?"

"우리 잡지에 대해서 알고 계시겠지요? 가끔 재미있게 읽으신 적이 있을 것입니다."

"미안하지만 그다지 읽어보지 못했습니다. 언제나 같은 사건만 일으키는 사람들의 이야기가 실려 있는 것 같더군요. 그래서 곧 싫증이 느껴집니다."

"우리 잡지의 독자들 대부분은 그렇지 않습니다, 커크 씨. 당신의 흥미는 다른 데 있을지 모르지만, 우리 잡지의 독자들은 어디까지나 같은 사건만 일으키는 사람들에 대한 기사를 읽고 싶어하지요. 그들이 인기인인 한 말입니다.

특히 예능계의 인기인은 더욱 그렇습니다. 가수, 무용가, 배우, 연출가, 작가 등 누구라도 좋습니다. 그들에게는 배후에 숨겨진 생활이 있지요. 〈엿보기 구멍〉의 독자들은 그것을 알고 싶어합니다.

이름과 날짜와 그들이 한 말, 그리고 사진이 있으면 그것도 보고 싶어합니다. 요컨대 우리 잡지 독자들이 바라는 것이 당신 뒤에 있는 서류 정리함 속에 든 파일입니다. 이제 모든 것을 아셨습니까?"

"짐작컨대 당신은 5천 달러로 여러 유명 인사의 스캔들을 들춰내려는 속셈이군요. 그렇지 않습니까?"

"아닙니다, 커크 씨. 그런 일이라면 우리 회사에도 전문 조사 요원이 있어 훨씬 싼값으로 자료를 모으고 있지요. 내가 당신으로부터 넘겨받고 싶은 것은 이미 저 파일 속에 들어 있는 자료입니다.

캘리포니아에 있는 우리 조사 요원은 전에 이 사무실 직원이었습니다. 그에게서 들었는데, 저 파일 속에는 예능계 거물에 대한 최신 정보가 산더미같이 들어 있다고 하더군요. 그런 녹음 테이프나 사진은 우리 〈엿보기 구멍〉의 생명입니다. 그것을 조금만 보여주시면 틀림없이 우리 잡지가 다른 동업자를 밀어내고 톱에 올라설 것입니다.

알겠습니까, 커크 씨? 당신의 파일을 어떻게 하겠다는 건 아닙니다. 잘라 내거나 찢지도 않습니다. 당신은 다만 색인을 보고 〈엿보기 구멍〉의 독자가 좋아할 만한 인물의 이름을 뽑아 리스트를 나에게 넘겨주면 됩니다. 한 사람 앞에 1백 달러로 계산하지요. 당신은 단 한 시간을 빌려주는 대신 5천 달러를 버는 것입니다. 나에게는 도박이지요. 나는 본디 도박을 좋아한답니다. 당신이 도울 일은 그것뿐입니다. 짐의 운반비는 내가 부담하겠습니다."

"알겠습니다." 맬리는 대답하며 이마에 손을 대보았으나 두통은 여전했다.

스코트가 눈썹을 찌푸리며 물었다. "머리가 아프십니까?"

"네, 실은……."

"두통이라면 금방 낫게 해드릴 수 있습니다." 스쿠트는 말했다. "내 솜씨를 보여드리지요."

다음 순간 스코트가 마치 살인마가 희생자를 덮치는 듯한 손짓을 하며 책상을 돌아 등 뒤로 다가왔으므로 맬리는 깜짝 놀랐다. 거절할 틈도 주지 않고 스코트의 두 손은 뼈가 으스러질 만큼 세게 맬리의 목덜미를 주무르기 시작했다. 그의 손은 놀랄 만큼 차갑고 단단했다.

'내가 술꾼이니 그는 나를 괴롭히기 위해 온 괴물이군' 하고 맬리는 아주 비참한 기분으로 생각했다. 책상에서 겨우 3센티미터쯤 떨어진 자세로 엎드린 맬리는 터져 나오려는 웃음을 겨우 참았다. 마침내 참지 못하게 되자 맬리는 심한 기침을 했다.

"편안히 하십시오, 편안히." 스코트가 말했다. "구석구석까지 풀리도록."

그는 느닷없이 희생자의 턱을 힘껏 비틀었다. 등뼈가 딸각 하고 소리를 냈다. 이것이 클라이맥스인지 그제야 그의 손이 멎었다. 맬리가 얼굴을 들고 쳐다보니 스코트는 이마의 땀을 닦으며 숨을 헐떡이고 있었다.

"이제 됐습니다." 그가 말했다. "안되겠군요, 커크 씨. 당신의 골격은 아주 훌륭하지만, 그것을 자신이 나쁘게 만들고 있습니다. 알겠습니까? 당신은 사람이지 동물이 아닙니다. 자세를 바로하고 앉아야 합니다. 바른 자세로 걸어야 합니다. 등뼈를 꼿꼿이 사람답게 펴야 합니다. 그리고 해로운 말은 하지 않을 테니 지압요법을 받아보십시오. 나도 지압요법 덕택에 알아볼 수 없을 만큼 달라졌답니다."

맬리는 목까지 치밀어오는 반발의 말을 꿀꺽 삼키고 말했다. "한번 생각해 보지요."

"생각해 볼 필요도 없습니다. 곧 실행하십시오. 그러고 보니 다시 생각납니다만, 이야기를 빨리 마무리짓고서 돌아가고 싶습니다." 스코트는 수표를 내밀었다. "조건은 이것으로 좋겠습니까?"

순간 맬리는 맹렬한 유혹을 받았으나 곧 눈을 감았다. "안됐지만 스코트 씨, 그 조건으로는 사양하겠습니다."

"그것은 당신 자유입니다, 커크 씨. 그럼, 얼마를 요구하는 겁니까?"

"글쎄요, 지금까지의 이야기를 들어보니 내가 시장 한복판에 선 것 같군요. 값을 정하기 전에 잠시 주위 상황을 살펴 비밀 파일의 시세를 알아보고 싶습니다."

태연하던 스코트의 자세에 조그만 틈이 벌어졌다. "사기꾼 같은 말을 하시는군요, 커크 씨. 놀랐습니다."

"놀라는 것은 당신 자유입니다." 맬리는 말했다. 두통이 아까보다 더 심해졌다.

"좋습니다. 나도 당신과 똑같은 장사꾼입니다. 1천 달러를 더 드리겠습니다. 하지만 더 내는 만큼 내용을 보증해 주셔야겠습니다. 섹스와 마약과 전과——이것이 발행 부수를 좌우하지요. 이 어느 것에 해당되든 사람들에게 널리 알려져 관심을 끄는 유명 인사여야 합니다. 당신이 제공한 리스트의 50퍼센트를 사용하여 재미있는 기사를 만들어내지 못하면 손해 배상을 받겠습니다."

"훌륭한 상담이군요, 스코트 씨. 그러나 그 상담은 거절하겠습니다."

스코트의 태연한 태도에 더 큰 틈이 벌어졌다.

"알겠습니까, 커크 씨. 당신이 문제삼고 있지 않은 일을 한 가지 가르쳐드리지요. 내가 직접 당신을 찾아온 것은, 이것은 책임자와 거래할 만한 값어치 있는 장사라고 생각했기 때문입니다.

그러나 당신도 알다시피 이런 곳에서 일하는 사람들은 도의심 같은 걸 갖고 있지 않습니다. 아무튼 큰 사무실인만큼 한 사람쯤 돈에 넘어갈 자가 있겠지요. 이런 점을 참작할 때 당신은 왜 내가 구태여 뒷문으로 돌아가 배반한 직원과 거래하게 만들려는 겁니까?

당신 장사인만큼 당신 자신이 벌어야 하지 않겠습니까?"

맬리는 홀린 듯이 눈도 깜박이지 않고 그를 쏘아보았다.

"이거 굉장한 이야기로군." 맬리는 조용히 말했다.

"내 말뜻을 알겠습니까?"

"네, 물론" 맬리는 말했다. "알겠습니다."

맬리는 벨을 눌렀다. 냅 부인이 나타나자 그는 의자를 빙 둘러서 그녀 쪽을 보았다.

"중요한 일이오, 냅 부인. 우리 사무실 손님 가운데 과거나 현재를 막론하고 유명 인사를 골라내어 리스트를 만드시오. 유명 인사란 널리 사람들에게 알려져 관심을 모으는 이들을 말하는 거요."

맬리는 스코트에게 고개를 끄덕여 보이며 물었다. "당신의 정의를 빌려도 괜찮겠지요?"

스코트는 제법 예의바른 사람같이 대답했다. "물론이지요."

"그리고 앞으로 우리 사무실 직원 가운데 그 리스트에 오른 사람의 파일을 참조하고 싶다고 할 때는 반드시 이유서를 쓰도록 하고 서명을 받으시오. 그 이유서에 조금이라도 의심이 있을 때는 곧 나에게 보고해야 하오. 그리고 내가······."

"어머나!" 하고 냅 부인이 놀라 외쳤다.

마치 폭탄이 터진 듯한 기세로 스코트가 문을 쾅 닫고 나갔기 때문이다.

"어찌된 일이에요? 저 분 정신이 돈 게 아니에요?"

"아니오. 심한 모욕을 받았기 때문이라오. 아무튼 그 리스트를 만드시오, 냅 부인. 속기사 여직원 가운데 한 사람을 골라서 시키는 게 좋겠지. 가능하면 지식 수준이 낮은 여직원이 좋겠소. 유명 인사를 골라내는 일은 그런 여자가 더 잘 할 테니까."

음식이 책상으로 날려져왔을 즈음에는 이미 다 식어버린 맛없는 점심식사를 한 뒤, 오늘은 시시한 트러블만 생기는구나 하고 맬리는 생각했다.

그런 기분은 오후 2시에 브루노 맨프레디가 뒤쫓고 있던 인물이 도망쳤다는 보고를 전화로 알려왔을 때 더욱 강해졌다.

마치 하늘로 증발된 것처럼 에디 슐레이드가 코니 아일랜드의 그의 집에서 자취를 감추었던 것이다.

"없어졌다니, 어떻게 된 거요?" 맬리가 물었다. "그 근처에 알아보았소? 그 언저리 일대를 조사해 보았소?"

"오늘 아침부터 계속 알아보고 있습니다. 슐레이드가 살던 집 주인은 뭔가 알고 있는 듯한데 도무지 입을 열지 않는군요. 이곳 사람들은 입이 아주 무겁습니다. 여기 겨울 경치를 보여주고 싶군요. 마치 세계의 끝에 와 있는 듯싶습니다."

"관광 여행 간 것도 아닌데 그게 어떻단 말이오. 로스캘조가 선수 친 모양이군."

"그런가 봅니다. 밀러의 증언을 뒷받침하려면 슐레이드가 필요하니까요. 그렇게 하지 못하면 로스캘조는 지게 되지요. 어쩌면 슐레이드가 생각보다 중요 인물인지도 모릅니다."

맬리는 한참 동안 생각에 잠겼다.

기다리다 참지 못하고 브루노 맨프레디가 사정하듯이 말했다.

"아무튼 어떻게 하는 게 좋을지 말해 주십시오. 이곳은 추워서 옴쭉달싹못하겠습니다."

"겁쟁이구려. 잘 들으시오. 그곳 가까이에 우체국이 있소?"

"아마 있을 겁니다. 무슨 계획이지요? 전의 프랭크 사장님 수법을 쓰는 겁니까?"

"그렇소." 맬리가 말했다. "엽서 두 장과 봉함 편지 두 통. 수취인

이름을 너무 흐릿하게 써서 배달 불능이 되지 않도록 하시오."

"알겠습니다. 그런데 프랭크 형님은 누가 되지요?"

"나요." 맬리가 물었다. "그러니까 수취인은 맬리 형님이지요."

"알았습니다. 그럼, 내일 아침에……."

"아니, 잠깐만." 맬리는 메모지를 잡아당겨 낙서하기 시작했다. "지난해 잭 콜린즈가 뉴욕에 왔을 때 태평양 연안에서 새 일을 시작했다고 했는데, 어떤 일인지 말하지 않았소?"

"아무 말도 하지 않았습니다."

"그 뒤 내가 한 말을 기억하고 있소? 잭이 테이프나 사진을 엉터리 잡지에 팔아먹고 있는 것이 사실이라면 우리 사무실 출장소에는 그 대신 다른 사람을 보내지 않을 수 없다고 한 말 기억하오?"

잠시 침묵이 흐른 뒤 브루노 맨프레디가 겨우 대답했다.

"네."

"브루노," 맬리가 말했다. "당신이 잭을 생각하는 마음은 이해하오. 당신과 잭은 친구 사이로, 로스앤젤리스의 일도 언제나 받아들일 준비가 되어 있겠지요. 하지만 예외는 용서할 수 없소. 우리 사무실이 그런 일과 결부되어 있다는 것이 알려진다면 손님들은 모두 떠나 버릴 거요. 그건 당신도 알겠지요?"

"물론 알고 있습니다. 하지만 맬리 사장님, 당신도 잘못 생각할 때가 있습니다. 그곳 탐정 사무실에서는 모두 잭과 비슷한 일을 하고 있습니다. 캘리포니아 주 전체가 모두 그 모양이지요. 헐리우드의 어느 여배우는 매트리스 밑에 마이크가 숨겨져 있지 않으면 밤에 잠이 안 온다고 말할 정도니까요. 그런 돈 상자가 옆에 있으면 잭도 손을 내밀고 싶어지지 않을까요?"

"잭을 책망하는 게 아니오, 브루노," 맬리는 말했다. "다만 그런 잡지와 손을 끊지 않은 한 그를 멀리하고 싶다는 것뿐이오. 잭은 좋은 사람이지만, 지금은 우리 사무실에 필요 없는 존재요. 이런 말을 당신에게 직접 하는 것은, 내가 개인적으로 그에 대해 나쁜 감정을 가지고 있지 않다는 것을 알려주기 위해서요."

"그건 말하지 않아도 압니다." 브루노가 말했다. "당신은 나에게 신세진 게 하나도 없으니까요."

이때 멀리서 노래 부르는 듯한 교환원의 목소리가 들려왔다.

"5센트 넣으세요. 그리고 5분 동안 이야기하세요."

"다른 사람에게서 받아." 브루노 맨프레디는 말을 마치자 전화를 끊었다.

맬리는 수화기를 천천히 제자리에 놓았다. 어두운 생각을 떨쳐버리려고 얼굴을 들자 화이트사이드 양이 이상한 표정으로 문 앞에서 그를 바라보고 있었다. '이번에는 또' 무슨 일인가 하고 그는 생각했다.

"커크 씨, 여자 아이가 만나고 싶답니다." 화이크사이드 양이 전했다. 그녀의 목소리는 표정만큼이나 야릇했다.

"젊은 부인이겠지?"

"아닙니다. 여자아이입니다." 화이트사이드 양은 쌀쌀맞게 대답했다. "건방진 말을 하는 조그만 소녀입니다."

그것으로 충분했다. 맬리는 그녀가 등장하기 전에 이미 미건 하링 겐임을 알았다.

10

그것은 '등장'이라고 표현할 수밖에 없었다. 어떤 비극 배우가 중요 장면에 등장할 때도——사실 어떤 비극 배우라 하더라도 추위에 빨갛게 언 콧망울, 때묻은 손가락 마디, 삐뚜름한 스타킹 뒷선, 신어본 적 없는 굽 높은 구두라는 정도의 핸디캡이 있다면 틀림없이 쑥스러워할 것이다.

그러나 미건은 그런 핸디캡에 아랑곳하지 않았다. 소녀는 코트를 아무렇게나 어깨에 걸치고 있었다. 스커트는 크리놀린 (뼈대를 넣어 펼쳐져 보이게 한 스커트) 의 한계를 넘어설 만큼 펼쳐져서 움직일 때마다 들썩들썩 흔들렸다. 전체적으로 보아 미건은 방약무인하기 짝이 없었다.

"겨우 만나 뵙게 되어 기뻐요." 미건이 맬리에게 말했다. "저쪽 방 사람들이……."

"학교로 돌아갈 전차 삯이 없다는 거예요." 화이트사이드 양이 말참견했다. "그래서 사장님은 지금 바쁘시니 내가 대신 주겠다고 했지요. 그러자 사장님, 아까 떠들썩한 소리 못 들으셨어요?"

미건의 입술이 뾰루퉁해졌다.

"떠들지 않았어요. 나는 다만 모르는 사람에게서는 돈을 받을 수 없다고 똑똑히 말했을 뿐이에요."

"알았어요!" 화이트사이드 양은 내뱉듯이 쏘아붙이고 이날 오후 들어 두 번째로 사무실 문을 요란하게 닫고 나갔다.

미건은 그 소리에 깜짝 놀란 듯했다. 소녀는 애써 미소지으려다가 맬리의 바위 같은 침묵에 기가 눌려 얌전한 표정을 지었다.

"미안해요." 소녀는 가냘프게 말했다. "일부러 저 분을 화나게 하려는 그런 건 아니에요."

"정말이냐?"

"네, 정말 그럴 생각은 조금도 없었어요."

맬리는 한숨을 내쉬었다. 그리고 엄숙하게 말했다.

"그렇다면 미건, 큰 비밀을 한 가지 가르쳐주지. 화이트사이드 양은 성격이 아주 까다로워 누구한테 예의에 어긋난 말을 들으면 반드시 화를 낸단다. 무슨 말인지 알겠니? 그런 점에서는 도널드슨 부인과 비슷하지."

"도널드슨 부인이라니요? 아아, 디디 말인가요?"

"그래, 디디야."

"디디라니, 이상한 이름이군요." 미건은 명랑한 목소리로 말했다. "어디서 그런 이름을 붙였나요, 맬리 씨?"

맬리는 조용히 소녀를 바라볼 뿐 대답하지 않았다. 미건은 멍하니 엄지손가락 손톱을 깨물기 시작했다.

"저번에 내가 한 말 디디에게서 들었나요? 저번에 내가 디디에게 한 말 들었지요?"

맬리는 고개를 끄덕였다.

"하지만 그것은 정말 우스운 일이었어요. 멋있게 보이려고 한 것이 오히려 천하게 보였거든요. 당신이 여자라면 곧 알 수 있었을 거예요."

"그게 아니야, 미건. 디디는 여러 사람이 보는 앞에서 너를 때려주든가 아니면 내게로 피해올 수밖에 없었겠지. 디디가 취한 태도는 너를 봐준 거라고 생각해. 그런데 왜 그렇게 심술궂은 말을 했지, 미건? 대체 어떻게 할 생각이었니?"

"미안하지만 그것은 말하고 싶지 않아요. 말해도 알아듣지 못할 테니까요."

"그것을 내 탓으로 돌리면 안 돼. 내가 묻는 말에 대답해 봐, 미건."

미건은 될 대로 되라는 듯이 대꾸했다.

"그럼, 말하겠어요. 나는 그때…… 디디는 당신 친구인가요?"

"아니야, 이야기를 다른 데로 돌리면 안돼."

"그럼, 정부(情婦)?"

"미건!"

맬리는 이때 큰소리로 외치는 게 당연하다고 생각되었으므로 버럭 성을 내며 소리쳤다. 당연하다는 것은 미건을 위해서가 아니라 오늘이라는 날 때문인 것이었다. 사실 그는 오늘 아침 침대에서 겨우 일어났을 때 오늘은 무언가 좋은 일이 있을 것이다, 무언가 뜻밖의 행운이 찾아올 거라고 생각했던 것이다.

미건은 맬리의 기분 따위는 아랑곳하지 않았다. 소녀는 토라진 듯이 말했다.

"하지만 정부처럼 보였어요."

"미건, 그 말이 무슨 뜻인지 알기나 하니?"

"알고 있어요. 여러 가지 책에 씌어 있거든요. 우리 집 아래층에 살고 있는 아저씨……."

"월터즈 씨 말이냐?"

"네, 월터즈 씨에게도 정부가 있어요. 나는 보았어요. 언젠가 파티가 열린 날 밤 우리 집에 데려왔었지요. 그런데 그 여자가 술에 취해 월터즈 씨와 한바탕 싸움이 벌어졌어요. 그녀는 여기 있는 사람들은 모두 정신분석을 받고 있으니 자기도 받고 싶다고 말했어요. 그러자 월터즈 씨는 돈이 많이 드니 그만두라고 말했어요. 그 말을 듣자 그녀는 엉엉 울면서 집으로 돌아갔어요. 나는 다 보고 있었는 걸요."

맬리는 테이프 레코더가 손닿는 곳에 없는 것이 안타깝게 여겨졌다.

"재미있는 이야기지만, 미건. 이야기가 좀 다른 곳으로 빗나간 것 같구나. 아까 내가 물은 것은 네가 왜 디디에게 버릇없는 말을 했느냐 하는 점이야."

"지금 그 대답을 하고 있잖아요. 나는 버릇없는 말을 하지 않았어요. 디디의 옷차림이 틀렸다는 것을 친절하게 가르쳐준 것뿐이에요."

"옷차림이 틀렸다고?"

"그래요. 드레스 앞가슴이 깊숙이 벌어져 있고 무릎을 꼬고 앉으면 다리가 이만큼이나 드러났어요. 게다가 아직 낮인데도 검정 레이스 속옷을 입고 있었지요. 그리고 숨막힐 정도로 향수 냄새를 풍기고 단순한 방문인데도 털옷을 입었어요. 정말 취미가 나빠요."

맬리는 미건의 말을 우울하게 긍정했다.

"하지만 아무도 너처럼 그런 점을 분명히 지적할 만한 용기를 가지고 있진 않단다."

미건은 눈을 가늘게 떴다.

"그뿐만이 아니에요. 디디가 당신 팔에 매달려 들어오는 모습은…… 당신은 몰랐지만 다른 사람들 눈에는 거슬렸어요. 버젓한 어른인 여자가 왜 남자에게 매달려 들어와야 하나요? 그리고 쉴 새 없이 목도리에 신경을 쓰고 머리 모양을 고쳐야 하는 건가요? 그것도 남자들이 눈여겨볼 때 말이에요."

갑자기 맬리는 알아차렸다. 그래서 다시 미건을 쳐다보고 소녀의 얼굴에 떠오른 전형적인 질투의 기색을 뚜렷이 볼 수 있었다.

"미건, 너는 화이트사이드 양에게 학교로 돌아갈 전차 삯을 얻으러 왔다고 말했다지? 수업 도중에 빠져나와서 그동안 뭘 했니?"

"네, 우리는 연극에 쓸 중세기 의상을 만들어야 해요. 그래서 방금 빈선트 선생님의 허락을 받아 점심 휴식 시간 뒤 42블록의 도서관에 가서 노트하고 왔어요. 그런데 돌아갈 전차 삯이 없다는 것을 알았어요.

마침 당신 사무실이 이 근처라는 생각이 나서 전화 번호를 찾아보았지요. 허락만 받으면 수업 도중이라도 밖에 나올 수 있어요. 누구나 그렇게 할 수 있어요. 아주 진보적인 학교거든요."

"그렇군."

맬리는 미건이 팔에 걸치고 있는 작은 책가방만한 핸드백을 슬쩍 빼앗아 책상 위에 털어놓았다. 여러 가지 보물이 나왔다. 루즈가 묻은 휴지며 종이끼우개 등. 그 속에는 구겨진 지폐 몇 장과 동전 두세 개가 미건을 고발하듯 섞여 있었다.

미건은 꿀꺽 침을 삼켰다.

"어머나, 이상하군요. 아까는 한참 찾아도 없더니……."

"정말이냐?"

"거짓말하는구나, 미건. 이 근처에 온 김에 잠깐 여기 들러보고 싶다고 생각한 건 사실이겠지. 세상일이란……."

맬리는 얼른 입을 다물었다. 갑자기 금빛으로 반짝이는 미래가 눈앞에 펼쳐졌기 때문이다.

"미건, 연극을 지도하시는 선생님이 누구지?"

"빈선트 선생님이에요. 틀림없이 허락받고 나왔어요."

미건은 화난 얼굴로 흩어진 보물을 핸드백에 주워 넣기 시작했다.

"알겠다. 너는 빈선트 선생님에 대한 개인적인 이야기를 학교에서 친구들에게 말하지 않았겠지? 네 아버지와 내가 지금 하고 있는 일 말이다."

"절대로 말하지 않았어요."

"나에 대한 이야기는 다른 아이들에게 말했니?"

미건은 고개를 끄덕였다.

"뭐라고 말했지?"

"당신은 진짜 사립 탐정이며, 나는 당신을 알고 있다고 말했을 뿐이에요. 내 친구들은 사립 탐정이란 아주 스릴 있고 멋진 직업이라고 말했어요."

"그거 고마운 이야기로군. 미건, 우리 화해하기 위해 이렇게 하자꾸나. 내가 너를 학교까지 자동차로 태워다주마. 시간이 있으면 도중에 럼펠메이어 가게에서 초콜릿 선데이 (시럽, 과일 등을 얹은 아이스크림)를 먹자."

미건은 뛰어오를 듯이 기뻐했다.

"정말이에요? 아까는 미안했어요, 그렇게 해요!"

과연 오늘이라는 날은 모든 연인들에게 행운의 날인 모양이다.

학교에 닿았을 때 미건의 핑크빛 레이스 드레스는 큼직한 초콜릿 얼룩으로 아름답게 물들어 있었다. 그러나 이것도, 그리고 연극 연습이 이미 시작된 것도, 미건이 의기양양하게 맬리를 강당 관객석으로 안내하여 걸어가는 일을 방해하지는 못했다.

얼른 보기에 좌석에는 아무것도 없는 것 같았는데, 얼마 지나자 연못가의 개구리들처럼 여기저기서 머리들이 불쑥불쑥 튀어나왔다. 그러나 맬리에게로 쏠린 눈길은 멍청하고 무관심한 개구리의 눈이 아니었다.

무대 위의 루스 빈선트는 바람에 나부끼는 잡초 위에 피어난 한 떨기 튤립처럼 우뚝 서서 혼잡한 아이들을 정리하고 있었다.

갈대피리 비슷한 피리 소리 반주에 맞춰 마을 사람들이 열심히 모리스 댄스(^{가장 무도의}_{한 가지})를 추고 있었다. 피리 부는 사나이——이 아이가 바로 가엾은 윌리엄 힐리스터 3세인 모양이라고 맬리는 생각했다————는 불안한 각도로 의자를 벽에 기대고 앉아 루스 빈선트의 지휘에는 조금도 주의를 기울이지 않았다. 춤추는 아이들은 피리소리에 아랑곳하지 않고 멋대로 뛰어다녔다.

그러다 갑자기 마법에 걸린 듯한 피리 소리도, 춤추는 발소리도, 이따금 들리던 웃음소리도 뚝 끊겼다. 루스는 이상한 듯이 돌아보고 이 침묵의 뜻을 곧 깨달았다.

좌석 사이 통로를 걸어오는 루스를 보며 맬리는 이상하게 마음이 두근거렸다. 그는 이미 35살의 건전한 정신을 가진 어른 어린이였다. 바람둥이도 아니고 낭만주의자도 아니었다. 어른과 아이의 차이는 자기 감정을 남에게 나누어 주기 전에 그것을 주의 깊게 비교 검토하는 힘이 있느냐 없느냐 하는 데 있다. 맬리는 힘들게 고생하여 그 능력을 얻었다.

청춘이란 뜨거운 시절, 언제나 내용물로 가득한 솥이 한창 끓고 있는 시절, 과잉이라는 어리석음이 있는 시절이다. 그리고 어른이란 프랭크 콘미의 표현을 빌리면 누구와 악수한 뒤에도, 자기를 낳아준 어머니와 악수한 뒤에도 곧 주판알을 튕길 만큼 분별 있는 사람을 가리킨다.

이것이 움직일 수 없는 진리임을 알면서도 루스 빈선트를 보고 있느라면 마치 17살 소년처럼 온몸이 열과 어리석음에 들뜨며 아랫배가 당기는 듯한 기분이 느껴지는 것을 맬리는 이상하게 생각할 수밖에 없었다. 그리고 자기도 모르게 몹시 기뻤다.

저 여자는 '내 연인이다' 라고 그는 생각했다. 그러면서 엉뚱하게도 시구 같은 것을 머릿속으로 읊고 있었다——'아름다운 그대는 걸어가노라, 밤마다……. '

루스의 아름다운 얼굴에는 분노가 떠올라 있었다. 미건은 거기에 눌리지 않으려는 듯 용감하게 싸울 태세를 취했다. 재난을 피하려면 될 수 있는 한 빠르게, 숨도 돌리지 않고 계속 변명을 늘어놓으며, 탓 잡힐 만한 부분은 모두 생략하는 게 가장 좋다는 원칙 아래 미건은 꼬박 2분 동안이나 숨도 쉬지 않고 지껄였다.

미건의 이야기가 끝난 무렵 맬리는 자기가 당당한 갑옷을 입고 한쪽 발로 거의 죽어가는 용을 밟고 선 세인트 조지 (영국의 수호신)가 된 듯한 착각을 느꼈다.

그러나 루스는 아주 의심스러워하는 표정이었다.

"그 드레스는 어떻게 된 거지, 미건?" 루스가 말했다. "점심 휴식 시간에 여기서 나갈 때는 분명히 그 옷이 아니었어. 너는 도서관에

갈 때면 늘 파티 옷으로 갈아입니 ? ”

이 말은 미건에게 심한 타격을 주었다. 미건의 어깨가 축 늘어지고 아랫입술이 떨리며 눈에 눈물이 넘쳤다.

루스가 오히려 놀란 듯했다.

"이제 됐다, 미건." 루스는 엉겁결에 말했다. "어서 무대로 올라가 네 자리에 서."

미건은 이 기회를 이용하여 얼른 도망쳤다. 그리고 무대로 뛰어올라가 친구들에게 둘러싸였을 때는 울고 있는지 웃고 있는지 알아볼 수 없었다.

맬리는 루스에게 말을 걸었다.

"마크 트웨인 부인의 일이 생각나는군요. 마크 트웨인의 너무나 점 잖은 말에 화가 난 부인이 빈정대느라고 남편의 말을 그대로 흉내 냈답니다. 그러자 그는 말은 같으나 말투가 좋지 않다고 핀잔주더 랍니다. 그러고 보니 당신이 미건에게 당한 셈이군요."

"미건에게는 누구나 당하고 말아요."

방긋 미소 짓자 루스의 입가에 작은 보조개가 팼다. 아니, 보조개가 아니었다. 오래 전에 난 작은 상처 자국이었다. 그것이 아름다움을 더욱 돋보이게 했다.

루스는 말을 이었다.

"하지만 오늘은 미건이 너무 지나쳤어요. 그런 쓸데없는 일로 당신에게 폐를 끼치다니."

"폐끼친 건 없습니다. 하느님께 맹세코 비밀을 지켜주셔야 하는데, 나는 중대한 문제에 부딪쳤답니다. 미건이 나에게 맹렬한 애정을 느끼고 있습니다. 아주 헌신적인 애정이라고 할까요."

"어머나, 당신은 기쁘신 모양이군요."

"물론이지요. 소녀에게서 사랑받는 것을 나는 아주 좋아합니다. 미건의 경우는 나이에 비해 조숙한 편인 듯 합니다만, 사실 줄리엣도 14살이었지요."

"네, 하지만 줄리엣은 프랑스 어나 산수 시험 같은 것을 치르지 않아도 됐지요. 나로서도 이제 막 움튼 소녀의 사랑의 싹을 잘라버리기는 싫지만, 미건은 정말 말썽꾸러기예요. 당신이 어리광을 받아주면 정말 손댈 수 없는 아이가 될 거예요."

"알겠습니다. 그럼, 당신 의향을 묻겠습니다만 연습이 끝날 때까지 여기서 기다리다 자동차로 모셔다드리는 것도 어리광이라고 할 수 있을까요?"

"바래다주지 않아도 괜찮아요."

"이유가 뭡니까?"

"첫째, 우리 집은 빌리지의 밸로우 거리에 있거든요. 당신 집과 방향이 다르기 때문이에요."

"그렇지도 않습니다. 둘째 이유는?"

"연습이 끝날 때까지 여기서 기다리기가 지루하실 거예요. 앞으로한 시간은 걸릴 테니까요."

"천천히 구경하고 있겠습니다. 저 소녀를 보고 있는 것만으로도 즐겁습니다. 방금 무대를 지나간 소녀 말입니다. 아무래도 14살로는 보이지 않는군요."

"누구 말이지요? 아아, 저 아이는 에비 트레메인이에요. 그래요, 16살이에요. 부탁이지만 그쪽을 보지 마세요. 당신이 보는 것을 의식하고 저런 걸음으로 걸어가는 거예요."

맬리는 순순히 무대에서 눈길을 뗐다.

"어떻습니까? 이래도 내가 지루하리라 생각합니까? 당신의 이유는 이제 한 가지밖에 남지 않았습니다."

"정말 싫어요!" 루스는 참을성을 잃었다. "나는 당신이 바래다주지 않아도 된다고 점잖게 말씀드렸어요. 그래도 모르시겠어요?"

"아닙니다. 실은 아널드 랜딩에 대해 묻고 싶습니다. 오늘이 좋은 기회라고 생각했기 때문입니다. 사무적인 용건입니다."

이것은 트럼프의 짝맞추기와 같았다. 예상했던 대로 루스는 자신을 굽혔다. 그녀는 걱정스러운 얼굴로 물었다.

"아널드가 어떻게 됐나요? 무슨 일이 있었나요?"

"아니, 그렇지 않습니다. 그의 신상에 대해 알고 싶습니다. 만일 지장이 없다면……."

"아니에요, 언제라도 도와드리겠어요. 연습이 끝나면 곧 같이 가겠어요. 하지만 거기에 앉으면 안 돼요. 아이들이 신경 쓰게 되니까요. 맨 뒷줄로 가주시면 좋겠군요."

맬리는 맨 뒷줄 좌석에 앉았다. 무대는 몹시 뒤죽박죽이었고 뜻없이 주고받는 대사가 계속 강조되어 맬리는 꾸벅꾸벅 졸기 시작했으나 그래도 연극의 대강 줄거리는 알 수 있었다.

한 악마가 평화로운 마을에 들어와 마을 사람들에게 죄의 즐거움을 열심히 가르쳐주고 있었다. 마을 남자들의 움직임으로 짐작하건대, 루스가 다른 곳을 보는 동안 돌돌 만 연극 대본으로 서로의 머리를 때리며 좋아하고 있는 듯했다. 이윽고 모리스 댄스가 시작되는 축제가 한창 진행될 때 미건 하링겐이 분장한 죽음의 신이 마을 사람들에게 경고하기 위해 등장했다. 마을 사람들은 미건에게 이끌려 지옥의 구렁텅이를 들여다보고 뉘우침의 형벌이 얼마나 무서운지를 깨닫는 것이었다.

죽음의 신이 대사를 한마디할 때마다 잊어버려 되씹었기 때문에 마지막 장면의 연습은 결국 시간이 모자라 할 수 없게 되었다. 막이 내리는 대신 루스의 말이 딱딱하게 울렸다.

"미건, 너는 영화나 텔레비전에 나오는 선전 문구까지 잘 외고 있

지 않니? 네 기억력은 그만큼 좋은 거야. 그런 기억력을 조금이라
도 좋으니 우리 연극을 위해 써보도록 해라. 알겠니?"

마지막 장면을 보지 않더라도 이 연극이 해피엔드로 끝나리라고 맬
리는 생각했다. 에비 트레메인은 다를지 모르지만 다른 마을 사람들
은 모두 회개할 것이다. 그들은 다시 중세기적 생활로 돌아가고, 마
침내 중세기적 연옥으로 끌려갈 것이다.

윌튼 아주머니에 대해서는 알 수 없었다. 윌튼 아주머니도 다른 마
을 사람들과 같이 행동하겠지만, 자연의 충동은 한 발자국 한 발자국
그녀를 배반할 것이다. 프랭크 콘미라면 그것은 이상한 일도 아니라
고 말할 것이다. 충동은 충동이니 우리로서는 어쩔 수 없는 것이다.

그것은 분명 진리였다. 흔한 이야기지만 어떤 사나이가 많은 사람
들 위에 서서——적어도 세인트 스티븐 호텔 맨 꼭대기 층에 서서
건강과 돈과 여자 등 모자라는 것 없이 가지고 있다. 그 남자는 바라
던 것을 멋지게 손에 넣었다. 그 혼자의 힘으로. 그러자 자연의 충동
이 그에게 말했다——'네가 손에 넣은 것을 모두 쌓아올려도 루스
빈선트의 발밑에도 이르지 못한다. 네가 지금 목표로 하는 것은 그녀
를 네 것으로 만드는 일뿐이다'라고.

그것은 가능한 일이다. 가능할 것이다. 단 한 가지 장애물은 랜딩
이며, 랜딩에 대한 그녀의 마음이다. 만일 랜딩이 끝까지 자신의 무
죄와 마음의 결백을 주장하다가 패배한다면 루스는 그를 순교자로 기
억할 것이다. 공교롭게도 '순교자'란 여자들에게 매력적인 존재인 모
양이다.

그러므로 유일한 방법은 랜딩을 단단하게 싸서 깊은 곳에 가라앉혀
버리는 것이다. 어떤 샐비지 선(해난 구조선)도 끌어올릴 수 없도록.
그가 나머지 반생을 형무소에서 지내는 동안 철저하게 그의 급소를
찔러서 나쁜 추억만 남게 하는 일이다. 그것으로 충분하다. 그렇게

하면 문제없을 것이다.

자동차에 오르자 루스가 입을 열었다.

"여자를 기다리다 지쳐버린 남자들의 틀에 박힌 말을 하실 거라면 자동차를 타지 않겠어요. 우리 집까지는 꽤 멀다는 것을 아까 말씀 드렸으니까요."

"네? 아아, 실례했습니다. 나는 그런 것을 생각한 게 아닙니다." 맬리는 루스의 얼굴을 보지 않으려고, 자기 옆에 쭉 뻗어 있는 루스의 날씬한 다리를 보지 않으려고 곧장 앞쪽만 바라보며 계속 자동차를 몰았다. "나는 그 연극에 대해 생각하고 있었습니다."

"어떻게 생각하셨어요?"

"그런 권선징악극에서는 언제나 죽음의 신이 나타나 사람들을 도덕적인 생활로 끌어들이더군요. 하지만 한낱 농사꾼이라 해도 자기의 수명은 알고 있을 것입니다. 정말 그처럼 간단하게 겁을 낼까요?"

"나는 겁내리라고 생각해요. 문제는 단순한 죽음이 아니니까요. 잠깐 눈을 감았다 다시 떠보니 '이곳에 들어오는 이는 모든 소망을 버릴지어다(단테의 《신곡》 〈지옥편〉에서)'라고 씌어진 지옥문 앞에 서 있는 거예요. 누구나 다 겁을 낼 거예요."

"그렇겠지요. 도덕적인 사람만 빼고는."

"하지만 도덕적인 사람일수록 누구보다도 심판의 날을 두려워하지 않을까요? 죽음은 글자 그대로 심판의 날이지요. 단 한 사람의 심판관 앞으로 우리를 데려가는 거예요. 그것이 죽음이에요."

"명예로운 경관이라는 말이로군요."

루스가 갑자기 숨을 들이켰다.

"네, 그래요."

"《에블리먼(16세기의 유명한 권선징악극)》에서는 그렇지 않습니다. 《에블리먼》의 경우 죽음은 경찰과 재판관과 배심원…… 이 세

가지를 겸하고 있다고 생각합니다. 그것이야말로 스타 체임버가 아니겠습니까? 하링겐 씨의 말을 빌리면 말입니다. 당신은 어떻게 생각합니까?"

"어머나, 《에블리먼》을 읽어보셨나요?"

루스는 놀란 듯 묻고 나서 손으로 자기 이마를 때렸다.

"미안해요! 이렇게 남을 업신여기는 말을 하다니. 진심은 그렇지 않았어요. 무의식적으로는 그렇게 생각했는지 모르지만."

"공평하게 말하면 나도 가끔 책을 읽습니다." 맬리는 아무렇지도 않은 듯이 말했다. "그것만은 말해 드리죠. 어려운 말은 사전을 찾아보지요."

"그것은 좋은 습관이군요. 건방진 질문 같지만, 한 가지 물어보아도 괜찮을까요?"

"어떤 질문입니까?"

"이번에는 업신여기는 게 아니라 단순히 호기심이에요. 당신 같은 분이 왜 사립 탐정이 되셨나요?"

"간단히 말해서 출세하고 싶었기 때문입니다. 당신은 왜 학교 교사가 되었습니까?"

"전생의 약속 같은 것인가 봐요. 내가 기억하는 한 나는 소녀 시절부터 다른 아이들을 돌봐주곤 했어요. 게임을 가르쳐주기도 하고, 책을 읽어주기도 하고, 즐거운 놀이를 고안해 내기도 하고, 같이 장난치기도 했어요. 그런 일을 무척 좋아했지요. 물론 새로운 교육 이론에 밝았던 것도 아니고 그저 본능적인 것이었어요."

"어디서 자랐습니까?"

"지금 내가 살고 있는 곳과 같아요. 밸로우 거리지요. 아버지의 집은 빌리지가 진짜 빌리지(마을)였을 때 세운 거예요. 수도가 걸핏하면 고장 나는 것만 빼면 재미있는 집이에요."

루스의 이 말에는 초대의 뜻이 담겨 있었으나 맬리는 모르는 척했다.

"설마 그 집에 혼자 살고 있는 건 아니겠지요?"

"네, 부모님 두 분 다 정정하세요. 아버지는 컬럼비아 대학에서 역사학을 가르치고 계시지요."

"그렇습니까? 그곳은 옛날에 내가 놀던 곳이지요."

"어머나, 우연의 일치군요." 루스가 말했다. "언제 졸업하셨지요?"

"아니, 대학이 아니라 나는 시티 칼리지에 다녔습니다. 그런데 아버지께서 컬럼비아 대학 맞은편 거리에서 식료품 가게를 하고 계셨기 때문에 대학 교수들과는 친한 사이였지요. 그러니까 나만큼 컬럼비아 대학을 숭배한 사람도 없었을 겁니다.

기억납니까? 언젠가 깔보이던 컬럼비아 팀이 캘리포니아에 원정을 가서 로즈 볼 스타디움에서 강적 스탠포드를 이긴 적이 있었지요. 나는 그 일을 몇 해나 두고 기뻐했답니다. 그해 봄에는 스무 번이나 학교 안으로 들어가 선수 한 사람 한 사람의 서명을 받았지요. 대학의 미식 축구는 그 무렵이 가장 전성기였습니다."

루스는 부정하는 듯한 말을 했다.

"그렇게 생각하세요? 지난주 토요일에 당신이 하링겐 씨 집에서 돌아가신 뒤 하링겐 씨는 텔레비전을 저녁때까지 굉장히 크게 틀어놓았어요. 나는 미건의 침실에서 그 애와 둘이 있었는데 내 목소리조차 들리지 않을 정도였지요.

게다가 다이너가 가끔 얼굴을 들이밀고 텔레비전 못지않게 큰소리로 중세기 연극은 너무 어려워서 무리라고 말하는 거였어요. 대학의 미식 축구를 멸시하는 것은 그만두겠어요. 나는 미칠 것만 같아서 다른 작품으로 바꾸려고 생각했지요."

"다른 작품이라니요?"

"웨일즈의 시인 에반 글리피스가 쓴 거예요. 퍽 아담하고 재미있는 연극이에요. 읽어보셨나요?"

"그 시신(詩神)의 다른 작품이라면 읽었습니다. 디디가 그의 친구였기 때문에."

"'에반 글리피스의'?"

"디디를 얕보면 안 됩니다." 맬리는 용기를 내어 루스의 얼굴을 보았다. 그녀는 어린아이처럼 입을 크게 벌리고 그의 얼굴을 바라보았다. "에반 글리피스를 알고 있다는 것이 그처럼 마음에 듭니까?"

"정말 마음에 들어요. 아주 놀랐어요. 당신도 에반 글리피스의 친구인가요?"

"아닙니다, 한 번 만났을 뿐입니다."

"그래요? 어떤 분이었나요?"

맬리는 잠시 생각해 본 뒤 대답했다.

"아주 재능 있는 사람이었습니다."

루스는 초조한 듯이 물었다.

"그런 뜻이 아니라 어떻게 생겼느냐고요?"

"그런 일이라면 디디가 잘 압니다. 언제 한 번 물어보시지요."

"그럼, 그렇게 하겠어요."

루스는 두려운 목소리로 대꾸하더니 눈부신 듯 창 밖을 내다보았다.

"왜 여기서 차를 돌리세요? 아직 57블록인데요."

"드라이브웨이로 나가는 겁니다. 좀 멀긴 하지만 한가해서 좋지요. 운전에 너무 신경 쓰지 않고 아널드 랜딩에 대해 이야기하고 싶기 때문입니다. 그 일 때문에 이렇게 함께 가는 게 아닙니까?"

"네," 루스가 말했다. "아널드의 어떤 일을 알고 싶으세요?"

"글쎄요, 언젠가 그가 내 사무실에 와서 이번 사건에 대해 테이프 레코더에 녹음한 일을 기억하시지요?"

"네."

"당신에게도 그 일을 부탁하고 싶습니다. 당신들 두 사람이 처음 만났을 때부터의 일을 죽 이야기해 주십시오, 아주 개인적이고 쓸데없이 생각되는 일이라도 다 말해 주십시오, 참고될 겁니다. 그렇게 해주시겠습니까?"

"그건 아널드에게 직접 물어보시는 게 좋지 않을까요? 나는 다만 ……."

"머지않아 그에게도 물을 것입니다. 지금은 당신 이야기가 필요합니다. 내가 옆에 없다고 여기고 혼잣말하듯 이야기하십시오, 이것이 나중에 얼마나 도움이 될지 안다면 당신도 크게 놀랄 겁니다."

허드슨 강의 암벽을 따라 긴 드라이브가 시작되었다. 맬리는 천천히 자동차를 몰면서 강 건너 낮은 언덕에 걸려 넘어가는 저녁 해를 보기도 하고, 암벽에 정박해 있는 큰 배의 굴뚝을 바라보기도 하며 먼빛으로 배의 종류를 식별하려고 애썼다.

루스의 목소리는 반쯤 꿈꾸는 것처럼 거침없이 흘러나왔다. 맬리는 바로 옆에 있는 루스의 몸을, 좌석 시트에 기댄 머리를, 거의 자기 다리에 닿을 듯한 그녀의 다리를 또렷이 의식하고 있었다. 시트를 따라 슬그머니 팔을 움직이면, 또는 무릎을 1센티미터만 움직이면 그 순간 전기가 통한다는 것을 똑똑히 알고 있었다. 그러나 맬리는 그러지 않았다.

그는 다만 부드러운 속력으로 자동차를 달리면서 아널드 랜딩의 이야기에 귀를 기울이고 있었다.

루스가 아널드와 처음 만난 것은 고등 학교 시절이었다. 그를 만나기 전에도 뒤에도 다른 남자와 데이트해 본 적이 없었고 남자 친구를 사귄 적도 없었다.

루스에게서 아널드가 단 한 사람의 예외였다. 처음에는 단순히 가끔 공부를 도와주었을 뿐이었다. 아널드는 성적이 나빴던 것이다. 그 뒤 두 사람은 갑자기 같이 다니게 되었다. 말하자면 그것은 두 사람 모두에게 아주 자랑스러운 교제였다. 아널드는 학교에서 인기가 있어 언제나 여학생들이 따랐고, 루스도 특별히 나선 적 없는데 언제나 남학생들이 따라다녔다. 그러므로 루스도 아널드도 선망의 상대를 얻은 셈이었다.

이윽고 학교를 졸업했으나 아널드는 좀처럼 취직이 되지 않았다. 그가 마땅한 일자리를 얻지 못한 것은 바로 운나쁜 세대에 속해 있었기 때문이었다. 말하자면 그 무렵에는 어느 회사든지 일을 익힐 만한 때에 군대에 가야 하는 나이또래의 젊은이를 고용하려 하지 않았다. 그리하여 아널드는 가죽 점퍼를 입은 건달들과 어울려 돌아다녔다. 건달들은 여전히 학교 시절의 그의 명성을 부러워하고 있었던 것이다.

루스는 그것이 몹시 싫었다. 범죄나 다른 어떤 일이 있었기 때문이 아니라 아널드에게는 인생의 목표가 없었기 때문이다. 아널드는 그런 건달들보다 훨씬 착실한 사람이 될 수 있다고 그녀는 생각했다. 이 일 때문에 루스는 아널드와 몇 번 다투었다. 얼마 지나지 않아 아널드가 군대에 갔기 때문에 모든 일은 그런대로 정리되었다.

군대 시절에는 대부분 외국에 있었으며, 그는 루스에게 많은 편지를 보내왔다. 그의 편지는 루스가 어리둥절한 정도로 정열적이었고 언제나 감동을 주었다.

단 한 번 사진 때문에 두 사람 사이가 서먹해진 적이 있었다. 아널드가 수영복 입은 루스의 사진을 보내달라고 했는데, 여러 가지로 생각한 끝에 그녀는 거절했다. 이런 어리석은 일로 편지 왕래가 뜸해지자 마침내 루스는 사진을 보냈다. 그 사진을 보내며 루스는 마치 트로피처럼 여러 사람에게 자랑하지 말라고 아널드에게 써 보낼 수밖에 없었다.

아널드가 이런 일을 중대한 문제로 생각하는 기분을 이해하지 못하는 것은 아니었다. 루스를 사랑하고 자랑스럽게 생각했기 때문에 그 이유를 그는 모두들에게 알려주고 싶었던 것이다. 그러므로 루스는 기뻐해야 할 텐데도 어쩐지 슬퍼졌다.

제대하고 돌아오자 아널드는 곧 일자리를 구하러 다녔으나 공교롭게도 그는 아무 경험이 없었다. 마땅한 자리가 하나도 없었다. 경관이 어떨까 생각한 것은 루스의 아버지였다. 그녀의 아버지가 일부러 두세 명의 정치가를 찾아가 아널드의 취직이 쉽게 되도록 힘써주었다.

발령이 난 날 아널드는 루스에게 구혼했다. 루스는 여러 가지 이유로 승낙하고 싶지 않았다. 그러나 마침내 그의 끈질긴 설득으로 결혼식 날짜도 정하지 않고 약혼 반지를 끼게 되었다.

얼마 동안 아널드는 평범한 경관으로 아주 좋은 근무 성적을 올렸다. 성적이 너무 좋았기 때문에 범죄과로 선발되었다. 사정이 달라진 것은 그때부터였다.

그는 그 일을 싫어했다. 누추한 호텔 방에서 매춘부를 속여 돈을 주고 즉시 현행범으로 체포하는 것이 싫었다. 체포했을 때 술집 주인들이 야유하고 협박하는 소리를 잠자코 듣고 있어야 하는 것이 싫었다. 부정을 저지르고 있지 않나 하여 여러 사람의 눈총을 받는 것이 싫다고 아널드는 말했다. 게다가 범죄과 동료들과 다른 과 사람들 한테서도 의심받고 있었으므로 옮겨달라고 신청할 용기도 없었다. 로스 캘조의 함정에 걸렸을 때 그는 이런 사정에 놓여 있었다. 남은 희망은 법정에서 혐의를 벗는 것뿐이었다. 어떻게 해서든 그 눈에서 눈가리개를 벗겨 아널드 랜딩의 결백을 똑똑히 보여주고 싶다고 루스는 생각했다.

루스는 피곤한 목소리로 말했다.

"나는 저 동상(허드슨 강 어귀에
있는 자유의 여신상)이 싫어요."

그녀는 시트에 머리를 기댄 채 맬리 쪽으로 얼굴을 돌렸다.

"그전부터 싫었어요. 어릴 때는 왜 눈가리개를 하고 있을까 하고 늘 이상하게 생각되었지요. 그 이유를 안 지금도 여전히 이상한 느낌이 들어요."

맬리의 타이밍은 정확했다. 그는 밸로우 거리로 자동차를 몰고 들어가 루스가 가리키는 집 앞에서 멈춰 섰다.

루스는 내리려고 하지 않았다. 맬리는 반쯤 방심 상태에서 시트 위로 팔을 뻗었다. 루스의 머리카락이 그의 손에 닿았다.

"담배 드릴까요?" 하고 그는 물었다.

"피우지 않아요."

맬리는 아직 열지 않은 담뱃갑을 도로 주머니에 넣었다. "이상하군요. 그처럼 멍청한 얼굴은 처음 보는데요."

"그래요? 그럴 거예요. 말하고 싶은 것을 다 말했으니까요. 당신은 남의 이야기를 잘 들어주시는군요."

"훨씬 전에 털어놓아야 했을 겁니다. 이를테면 상대가 겨우 2주일 전 아널드가 유죄라고 말하여 당신을 화나게 한 사람일지라도 말입니다. 지금 내가 그렇게 생각하고 있지 않다는 것을 어떻게 아셨습니까?"

"그렇게 생각하고 계시지 않으시니까요."

"어떻게 알았지요?"

"글쎄요," 루스는 천천히 대답했다. "좀 복잡하지만, 당신은 자신을 그렇게 보이려고 애쓸 만큼 틀에 박힌 사람이 아니니까요. 당신은 돌에도 지팡이에도 걸리지 않는 시니컬한 사립 탐정 역할을 하고 있을 뿐이에요. 그건 당신이 아니에요……. 전혀 다른 사람이에요."

"그것이 칭찬의 말이라면 고맙습니다."

"천만에요. 그럼, 나는 가보겠어요. 일이 끝났으니까요."

맬리는 루스의 어깨에 손을 올려놓았다. 그녀가 갑자기 움찔하는 것이 느껴졌다.

맬리는 열성을 담아 말했다.

"당신의 나쁜 점은 언제나 자기 자신을 억누르고 있다는 겁니다. 그렇게 해봐야 아무 소용없습니다. 아널드 랜딩이 이미 유죄로 결정된 것도 아닙니다. 감옥에 갇혀 있는 것도 아닙니다. 그러니 빨리 집으로 돌아가 편지 쓸 필요도 없고, 정성들여 파이를 구울 필요도 없습니다. 그러므로 당신과 내가 어디로든 가서 함께 저녁 식사를 해서는 안 될 이유가 전혀 없습니다. 그렇게 하면 당신은……."

이때 루스가 갑자기 거친 기세로 몸을 홱 돌려 그의 손을 뿌리치며 자동차 문손잡이를 찾기 시작했다.

맬리는 어안이 벙벙하여 미친 듯이 문을 열려 하는 그녀를 바라보고 있었다.

"아니, 왜 이러십니까? 나는 당신이 하고 싶지 않은 일을 억지로 강요하고 싶지는 않습니다. 싫으면 싫다고 말하면 됩니다."

맬리는 손을 뻗어 문을 열어주었다.

루스는 밖으로 나가자 길 위에 서서 맬리를 마주보며 말했다.

"그럼, 말하겠어요. 싫어요!"

11

'프랭크 형님 수법'이란 콘미 커크 탐정사무실에서는 옛날부터 잘 알려져 있는 트릭이었다.

맬리는 이튿날 아침 수염을 깎지 않아 따끔따끔 찌르는 턱을 어루만지며 사무실에 나갔다.

2, 3분 뒤 브루노 맨프레디가 닳아빠진 여행 가방을 들고 들어와 타임즈 스퀘어 지방판 신문 판매대에서 사온 지난 주일 〈시카고 트리뷴〉지를 내놓았다.

두 사람 모두 어제 전화에 대해서는 아무 말도 하지 않았다. 맨프레디의 태도에는 어제 일을 다시 끄집어내려는 눈치는 없었다. 당연한 일이라고 맬리는 생각했다. 맨프레디는 아마 크리스마스 보너스를 받을 때까지 콜린즈에 대한 토론은 미뤄두려는 생각인 듯했다.

맨프레디가 어제 코니 아일랜드에서 부친 엽서는 이미 사무실에 도착하여 냅 부인이 책상 위에 놓아두었다.

편지의 소인 날짜를 요령껏 먹물로 고치고 수신인 이름을 지운 뒤 시카고의 가짜 주소에 사는 가공 인물 'M. 슐레이드'라고 다시 이름을 써넣었다. 그리고 여행 가방에 〈트리뷴〉지를 집어넣자 옷가지 두셋을 일부러 뒤섞어 루시 맨프레디가 알뜰하게 짐을 꾸린 흔적을 지워버렸다. 이 준비를 하는 데 10분밖에 걸리지 않았다.

그 일을 하는 동안 루 스트라우스가 들어와 책상 모서리에 걸터앉아 맬리에게 말했다.

"일이 재미있게 되었는데요. 사장님이 직접 노예들의 앞장을 서서 출진하는 거로군요. 이거야말로 민주주의라고 할 수 있습니다. 그 목표는 누구입니까?"

"슐레이드, 그 이름을 기억하고 있소?"

"농담하지 마십시오. 마침 그 일에 대해 보고하려던 참이었습니다.

아 참, 그 가방에 술병 하나를 넣어두시지요. 시카고에서 멀리 자동차를 타고 오는 데 한잔 마시지 않을 사람은 없을 겁니다."

"알고 있소. 밀러와 슐레이드의 전과에 대해 기록을 살펴봤소?"

루 스트라우스는 손을 뻗어 자기 복사뼈를 긁적거렸다.

"네, 그 일 말입니다만, 어쩐지 이상합니다. 경찰의 기록 담당이 예전부터 우리에게 협조적이었다는 것은 사장님도 알고 계시겠지요? 그런데 갑자기 경계하기 시작했습니다. 서너 번 연락을 취했는데도 지금은 바쁘니 나중에 만나자고 핑계를 대는군요.

그런데 어제 아침 그가 전화를 걸어 오늘 밤 찹스이(미국식 중국음식) 요리집에서 저녁 식사를 하며 이야기하자고 말해 왔지요. 그래서 저녁에 그 요리집 테이블에 마주 앉았는데, 언뜻 살펴보니 옆 테이블에 스파이가 앉아 있지 않겠습니까."

"어떻게 알았소?"

"그야 한눈에 척 알았지요. 신문을 사용하는 낡은 수법이었거든요. 그 사나이는 음식도 시키지 않고 차를 마시고 있었습니다. 그리고 신문으로 얼굴을 가리고 눈만 두리번거리는 겁니다. 나는 그런 일을 오래 해봐서 신문 트릭쯤은 단번에 알 수 있습니다. 그래서 나는 곧 말을 끊었지요. 그런 엉터리 수작에 걸려들 수는 없으니까요. 가불했던 돈은 아까 냅 부인에게 반납했습니다. 돈까지 쓰며 일을 망친다면 곤란하니까요."

"틀림없는 이야기요?"

"네, 틀림없습니다. 식사를 마친 뒤 기록계 직원과 두 블록쯤 걸어갔는데, 헤어질 때까지 스파이가 미행하더군요. 나는 경계하며 악수도 나누지 않았습니다."

"알았소. 그럼, 그 일은 그만두기로 합시다. 또 다른 일거리가 있었지요?"

스트라우스는 싱겁다는 듯이 말했다.

"어디 있는지도 모르는 트럭 강도를 찾아내는 시시한 일입니다. 냅 부인이 나보고 이 나이에는 운동할 필요가 있다고 했습니다. 그래서 트럭 조수대에 앉아 있는 거지요. 혹시 운이 좋으면 탈장이라도 생겨 노동재해보험으로 여생을 보내게 될지도 모르지요."

그는 이처럼 철학적인 말을 남기고 방을 나갔다.

여행 가방 준비가 끝나자 맬리는 브루노 맨프레디가 쓴 엽서와 봉함 편지를 확인했다. 봉함 편지 두 통과 엽서 한 장은 시시한 유행가 같이 괴로움을 호소하며 돈을 빌려달라는 내용이었다. 맬리는 그것을 가방에 넣었다. 다른 엽서 한 장은 짤막한 글이었으나 요점이 확실했다.

맬리 형님, 지금 난처한 일이 생겨 고생하고 있습니다. 언제 뉴욕으로 와줄지 알려주십시오. 여기 주소는 전에 있던 곳과 같습니다.

서명은 읽기 어려운 만큼 휘갈겨 쓴 것이었다.

맬리는 이 엽서를 코트 주머니에 넣고 여행 가방을 들자 브루노 맨프레디 앞에서 포즈를 취해보였다.

"어떻소?"

"좋군요. 코트에 주름이 좀더 잡혀 있으면 좋겠는데요. 택시에서 코트를 깔고 앉으면 될 겁니다."

"그렇게 해야겠소. 이 가방에 뉴욕이라는 딱지는 하나도 붙어 있지 않겠지요?"

"네, 시카고 트릭 때 늘 쓰는 가방입니다. 집주인을 만나거든 조심하십시오. 바로 어제 내가 갔었으니 눈치챌지도 모릅니다. 너무 억지 부리지 않는 게 좋을 겁니다."

"앞니를 부러뜨리지 말라는 거요?"

"그렇습니다." 브루노가 대답했다.

떠나기 전에 맬리는 냅 부인과 협의했다.

"도널드슨 부인에게 전화를 걸어주오. 정오쯤 전화하여 저쪽에서 나올 때까지 기다리시오. 오늘 밤 함께 식사하고 싶으니 7시쯤 데리러 가겠다고 전해주오. 다른 약속은 모두 취소하도록…… 이것은 중요한 일이니까."

"알겠습니다." 냅 부인의 목소리는 부드러우면서도 비난이 담겨 있었다. "오늘은 사무실로 돌아오지 않습니까?"

"아마 돌아오지 못할 거요. 그런데 왜 그러오?"

"일이 잔뜩 밀려 있어요. 이걸 보세요. 우편물은 사흘분, 그리고 저기 있는 계약서는 어제 회답해야 하는데도 아직 읽지 않으셨어요. 결재해야 할 전표도 이렇게 밀려 있고요. 랜딩 사건에 특별한 관심을 가지고 계신 건 압니다만, 다른 일을 모두 미뤄놓는 것은 좋지 않아요."

"알겠소. 그럼, 금요일에 나를 이 방에 통조림처럼 가둬놓고 일을 모두 처리할 때까지 밖으로 내보내지 마시오. 그럼, 되겠소?"

"네, 좋아요. 그리고 알려드려야 할 일이 한 가지 있어요. 메이 브리지라는 여자 속기사가 있는데, 녹음 테이프를 받아쓸 때 한 통씩 여분으로 복사해 두었더군요. 그녀는 단순한 실수로 카본지를 타이프 지 속에 넣은 것을 몰랐다고 말하고 있지만, 아마 거짓말일 거예요. 그녀의 코트를 조사해 보니 안섶에 나머지 한 통의 원고가 감춰져 있었어요."

"뭐라고? 이렇게 되면 우리 사무실에서도 저작권법을 적용해야 되겠군."

"메이 브리지를 만나 이야기해 보시겠어요?"

"아니, 당신이 하시오, 냅 부인. 그 여직원과 거래하는 상대가 누군지 조사한 뒤 파면시키시오. 고백하든 말든 상관없소. 그리고 인터 아메리칸과 플라이서에 연락하여 그녀의 행동을 감시하도록 부탁하오. 그들은 우리 사무실에 두세 가지 신세진 일이 있으니 그 정도는 해줄 거요. 어쨌든 도널드슨 부인에게 전화하는 걸 잊지 말도록. 7시 정각에 데리러 간다고 말이오."

코니 아일랜드까지는 멀었다. 겨우 택시에서 내린 맬리는 폐허의 광산촌 한복판에 내동댕이쳐진 듯한 기분이었다. 지금까지 여러 번 와보았지만, 그것은 언제나 밝은 햇살이 내리비치는 날이었다. 간선철도가 덜컹거리며 달리고, 사람들이 떼지어 산책길을 한가로이 거닐고, 시장기를 느낀 사람들이 음식점에 가득한 때였다.

그러나 지금 이 계절에는 음식점문도 닫혀 있었고 간선철도도 텅 빈 해골처럼 오가지 않았다.

이 고장에 사람이 살고 있다는 것을 알려주는 것은, 해변에서 불어오는 습기찬 바닷바람에 실려 장난감에서 흘러나오는 음악처럼 멀리서 들려오는 메리고라운드 멜로디뿐이었다. 무척 낙관적인 사람들이 올해 마지막 관광객을 상대로 장사하고 있는 모양이었다.

그 멜로디는 이 습기 찬 잿빛 사막 속에서 오히려 기분을 언짢게 만들뿐이었다.

여관은 둘레의 경치 못지않게 잿빛으로 허술해보였고 인기척도 없었다. 그 건물은 본디 본채에 붙여 세운 기다란 별채로, 돔 식 지붕과 돈을새김 장식이 유명했던 무렵에 지은 것이었다. 비스듬한 포치가 건물 주위를 죽 둘러싸고 있었다. 현관문의 벨을 누르려고 포치를 건너갈 때 발밑 널빤지에서 삐걱삐걱 소리가 났다.

벨 소리를 듣고 나온 사나이는 맥주통처럼 뚱뚱한 몸집에 맬리보다 더 길게 수염이 자라 있었다. 그 사나이는 불붙이지 않은 담배 끝을 천천히 씹으며 손님을 아래위로 훑어보았다.

그가 물었다.

"방을 빌려드릴까요?"

"아닙니다. 저, 나는 시카고에서 왔습니다. 에디 슐레이드의 형입니다. 내가 왔다고 전해주십시오."

사나이는 담배 끝을 입에서 떼어 손가락으로 동그랗게 다듬더니 다시 입에 물었다.

"에디 슐레이드라는 사람은 여기 없습니다."

맬리는 여행 가방을 덜컹 떨어뜨렸다. 그리고 주머니에서 엽서를 꺼내 이상하다는 듯이 다시 읽었다.

"그럴 리가 없는데. 주소가 분명히 이곳으로 씌어 있는데……."

맬리가 엽서를 내밀자 사나이는 받아들고 몇 번이나 앞뒤를 살펴보더니 눈썹을 찌푸리며 읽었다. 그리고는 엽서를 맬리에게 돌려주었다.

"얼마 전에는 있었지만 지금은 없습니다."

"제기랄, 이럴 수가 있나. 곧 와달라기에 하루 종일 기차에 시달리며 쫓아왔는데 다른 곳으로 옮겨가다니……. 대체 어디로 가면 만날 수 있을까요?"

사나이는 잠시 망설였다. 거의 알아볼 수 없을 정도였지만 분명히 그는 망설이고 있었다. 그것만으로도 맬리는 만족했다.

"어디로 갔는지 모르겠는데요. 나와는 관계없는 일이니까요."

"물론 그러시겠지요. 그 녀석은 아마 온 마을을 찾아다니게 할 작정인가 보군요. 걸어다니며 찾기에는 너무 넓은 마을인데……."

사나이는 포치 저쪽의 황무지를 보며 맬리 말에 맞장구쳤다.

"그야 넓은 마을이지요."

맬리는 턱을 어름어름 만지며 생각에 잠긴 표정을 지었다.

"동생이 무엇 때문에 자리를 옮겼는지 모르지만, 이 얼굴로 돌아다
닐 수야 없지. 가까운 곳에 이발소가 있습니까?"

"저 아래쪽 지하철 건너편에 있습니다."

이 부분이 어려운 연기였다. 맬리는 여행 가방을 들고 걸어 나가려
다 다시 그를 돌아보며 말했다.

"저, 여기에 잠깐 가방을 맡겨두어도 좋겠습니까?"

"현관에 놓아두시지요, 아무도 손대지 않습니다."

이발소 유리창에는 '의자 두 개——기다리게 하지 않습니다'라고
씌어 있었다. 반쯤은 거짓말이 아니었다. 의자는 정말 두 개 있었으
나 이발사는 한 사람뿐이었다. 나이들어 보이는 근시의 이발사가 여
드름투성이인 젊은이의 머리를 다듬고 있었다.

맬리는 잡지를 들고 빈 의자에 앉아 시간을 보내기 위한 자세를 취
했는데, 자기도 모르게 눈은 거울 속의 광경에 쏠려 있었다.

가위가 두세 번 움직일 때마다 젊은이는 신경질적으로 가위를 피해
머리를 젖히며 크게 화난 것 같지는 않은 목소리로 지껄였다.

"바보 같으니, 좀 살살 하시오."

가위가 다시 짤깍짤깍 소리를 내고 젊은이는 다시 그 동작을 되풀
이했다.

"바보 같으니. 바보 같으니. 바보 같으니."

이런 식으로 이발사가 겨우 일을 끝내자 젊은이는 그의 손에서 빗
을 빼앗아 자기가 직접 마지막 손질을 했다. 그는 거울을 노려보며
먼저 양쪽의 긴 머리를 뒤로 빗어 붙인 다음 새끼손가락으로 가운데
의 감긴 머리를 하나하나 세우고 몇 가닥만 앞이마에 늘어뜨렸다.

이윽고 젊은이가 나갈 때 자세히 보니 마치 소시지 껍질이 소시지
를 싸고 있듯이 빈약한 엉덩이 근육을 좁은 바지가 꽉 죄고 있었다.

이발사도 그것을 본 모양이었다.

맬리가 말했다.

"보았습니까? 요즘 남자아이들은 모두 여자아이들처럼 하고 다니지요. 여자아이들은 남자들처럼 하고 다니고, 대체 세상이 어떻게 돌아가는 건지……."

그러자 이발사는 칼라브리아(이탈리아 남쪽 반도)에서 곧바로 수입한 손짓으로 자기라면 이렇게 해주고 싶다는 시늉을 해보였다.

그는 솜씨 있는 이발사였다. 면도칼로 두세 번 민 뒤 일일이 다시 면도 자국을 만져보고 그 효과를 확인할 정도로 신중한 일솜씨였다.

맬리는 이런 일에 구태여 이의를 제기할 수는 없었다. 그 여관 주인이 맬리의 여행 가방을 열어 속에 든 물건을 조사한 다음 봉함 편지 내용을 다 읽을 때까지 충분한 시간을 줄 수 있는 셈이다. 물론 여관 주인이 슐레이드에게 전화를 걸어 물어볼 시간도 있겠지만 그것은 운에 맡길 수밖에 없다. 아무튼 할 수 있는 수단은 다한 셈이니까.

맬리가 다시 여관으로 돌아가자 사나이는 여전히 여송연 끝을 만지작거렸으나 태도는 아주 부드러워져 있었다.

사나이가 말했다.

"처음에 보았을 때는 조금도 닮지 않았다고 여겨졌는데 잘 생각해보니 내 잘못이었습니다. 에디가 이사 간 곳이 방금 생각났으니 가르쳐드리지요."

"그거 참, 반가운 이야기로군요. 나는 다음 기차로 시카고에 돌아갈까 생각했었는데……."

"아니, 그러시면 안 됩니다. 당신은 다시 뉴욕으로 오는 기차 삯을 절약하게 된 셈입니다. 이것을 아실지 모르겠습니다만, 에디가 여기서 나갈 때 나에게 20달러를 빌려갔습니다."

맬리는 이런 경우를 위해 50달러쯤 예상하고 있었다. 맬리는 그 돈을 물어주고 주소를 알아낸 다음 여관 주인과 헤어졌다. 그러나 아널드 랜딩에게 30달러를 얻은 듯한 기분이 들었다.

에디 슐레이드는 무척 바닷내음을 좋아하는 모양이었다. 그가 살고 있는 새 거처는 컬럼비아 하이츠 건너편으로, 브루클린 다리에서 그리 멀지 않은 곳이었다. 깨끗하게 손질이 잘된 오래 된 아파트였다. 얼른 보기에 그는 꽤 출세한 것 같았다.

슐레이드라는 이름은 현관의 어느 팻말에도 붙어 있지 않았다. 3B라는 방에는 팻말이 없었다. 맬리는 3층까지 층계를 올라가 3B의 문을 노크했다.

"누구십니까?" 안에서 목소리가 들려왔다. "무슨 일이지요?"

"지방 검사국에서 왔소, 에디." 맬리는 머리를 문에 바싹대고 말했다. "로스캘조의 부탁이오. 할 이야기가 있소."

문이 홱 열리고 맬리가 한 발자국 들여놓는 순간 후다닥 재빨리 문이 닫혔다. 하나밖에 없는 창문에는 두꺼운 커튼이 쳐져 있었고, 눈높이까지 내려뜨려진 백열 전구에서는 밝은 빛이 뿜어 나왔다.

슐레이드에게 눈의 초점을 맞추기까지 몇 초나 걸렸다. 그는 여위어 보이는 키 작은 남자로, 몇 가닥 남은 머리칼이 대머리 꼭대기를 가리고 있어 손질을 잘못한 중대가리 같았다. 날카로운 눈이 쥐처럼 쉴 새 없이 두리번거리며 침착성이 없었다.

"이번에는 뭡니까?" 슐레이드는 불만스럽게 물었다. "무슨 일입니까? 좀 내버려둘 수 없습니까?"

"글쎄요……." 맬리가 말했다. "사실 나는 로스캘조의 심부름으로 온 게 아니오, 에디. 랜딩 사건을 조사하고 있는 사람이오."

슐레이드는 곧 기절할 것 같은 얼굴빛이 되었다. 그는 벽에 바싹 등을 대고서 덜덜 떨고 있었다.

"나가시오! 마음대로 들어오지 마시오!"

"그렇게 말할 필요 없소, 에디. 나는 당신에게 해를 끼칠 생각이 없으니까."

맬리는 전등 불빛을 등 뒤로 받으며 조용히 앉아서 담배를 꺼냈다.

"한 대 피우겠소?"

"이게 무슨 수작이오? 담배 한 대로 친구가 되자는 거요? 사람을 바보 취급하지 마시오! 나가시오, 얼른! 당신과는 할 이야기가 없소!"

"그렇소?" 맬리는 담배에 불을 붙였다. 슐레이드의 눈은 그 동작을 탐나는 듯이 쫓았다. "그런데 왜 숨기려고만 하오, 에디?"

"숨기다니, 숨기는 건 하나도 없소. 아무튼 이야기하고 싶지 않소. 더욱이 당신과 이야기하는 건 절대 거절이오. 거짓말로 남의 방에 침입하는 사람 따위와는."

"에디," 맬리는 부드럽지만 나무라듯 말했다. "그렇게 생각한다면 오해요. 완전히 오해요. 나는 일급 탐정사무실에 있는 사람이오. 밤낮으로 당신을 미행시키는 일은 식은 죽 먹기지요. 당신이 어디 가든 미행당한다면 기분 좋겠소? 분명히 기분 나쁘지요. 왜 이런 말을 하는지 알겠소? 나도 그렇게 하고 싶지 않기 때문이오. 그렇기 때문에 여기에 찾아와 이성을 가진 사람으로서 조용히 이야기하려는 거요. 내 생각이 틀렸소? 그래도 내가 비겁한 사람이오?"

이 긴 대사를 내뱉는 동안 에디 슐레이드의 얼굴은 그의 속마음을 내비추듯 여러 가지로 바뀌었다.

슐레이드가 입을 열었다.

"그렇다면 솔직히 말해서 당신이나 랜딩이 나를 그냥 내놓아 주겠단 말이오? 정말 당신을 믿어도 좋겠소?"

"약속하오."

"약속, 약속! 이제 와서 새삼스럽게 선서를 하고 하느님께 맹세하겠다는 건 아니겠지요? 이제는 밀러도 말하기를 꺼려 합니다. 경관이 나를 어떻게 할지 알게 뭐요? 나도 밀러와 같은 입장이오."

"랜딩은 틀림없이 내 말을 따를 거요. 나에 대해서라면 누구에게 물어봐도 좋소. 콘미 커크 탐정사무실을 알아보시오. 우리 사무실은 절대로 배신 행위를 하지 않소."

"천만에요. 아까 이 방에 침입한 것은 배신 행위가 아니고 뭐요?"

"에디, 당신은 그런 시시한 농담을 배신 행위라고 생각하는 사람이오? 당신은 그런 촌뜨기가 아닐 텐데?"

"나는 농담을 싫어하오." 에디 슐레이드는 중얼거렸다. "신경이 곤두서 있을 때는 농담도 듣기 싫어요."

그는 벽에서 천천히 등을 떼고 손을 내밀었다.

"담배를 주시오. 담배를 사러 나가지 않아도 되도록 갑째 주시오."

맬리는 담뱃갑을 던져주었다. 슐레이드는 한 개비 꺼내 불을 붙였다. 깊숙이 연기를 들이마셨다가 구름같이 뿜어내더니 이상하다는 듯이 머리를 저으며 말했다.

"내가 왜 이렇게 됐을까요? 아무 일 없이 평범하게 지냈는데 지금은 영화에 나오는 갱처럼 이렇게 도망치고 있으니 말이오. 작곡가였던 내가——정말이오. 나는 예술가였지요——그런데 지금은 미친 경관이 밤중에 뒤에서 총을 쏘지 않을까 겁먹고 있어야 하다니!"

에디 슐레이드는 담배 쥔 손을 휘둘러댔다.

"자, 내가 왜 이렇게 되었는지 물어볼 게 있거든 마음대로 물어보시오."

"그럽시다. 왜 그렇게 됐지요?"

"좋은 질문이군요. 인심이 좋았기 때문입니다. 인심이 좋아서 이렇게 된 거요. 나만큼 인심좋은 사람이라면 트러블에 말려들지 않는다는 게 오히려 이상하지요."

"예를 들면 아일러 밀러의 대역을 맡았다든가?"

"바로 그거요. 그는 내가 인심 좋다는 걸 알고 있었지요. 그는 마치 죽어가는 사람 같은 얼굴로 뛰어들어와서 '부탁이야, 에디, 나는 이제 마지막일세. 내 대역이 필요해. 자네가 맡아주게, 에디!' 하고 말했지요. 제기랄! 이렇게 될 줄 알았다면 그때——"

"그게 언제였소?"

"언제였을 것 같소? 그 랜딩 경관에게 쫓긴 날이었지요. 그게 언제였든 무슨 상관이오? 나는 그에게 말했지요. '아일러, 무슨 일인가? 그렇게 급한 사고라니, 대체 무슨 일이 일어났나?' 하지만 물어볼 필요도 없었소. 마권 암표상이 큰일났다며 경관에게 뒤쫓기고 있는 게 틀림없을 테니까요.

아일러의 미운 점이라면 도무지 마권 암표상처럼 보이지 않는다는 것이지요. 교육을 받은 사람이니까요. 그는 대학을 나왔고 점잖은 부인도 있소. 그래서 그는 늘 뭔가 되는 것처럼 행세하지요. 그러나 정체는 무엇인가? 브로드웨이의 한낱 마권 암표상에 지나지 않지요! 아일러가 왜 그랬는지 아시오?"

에디 슐레이드는 마른 가슴을 손가락으로 가리키며 설명을 이었다. "여기에 꿍꿍이속이 있었기 때문이오——벌레 같은 것이——언제나 그의 마음속에서는 주판알이 퉁겨지고 사기를 쳐서 돈벌이할 생각만 하고 있었지요. 흥, 이런 이야기 해봐야 소용없겠지만."

"그래서 어떻게 했소?"

"어떻게 하다니요? 그는 말했지요. '경관에게 들켰다네, 에디. 가든 언저리에서 사복 경관에게 잡혀서 샅샅이 신체 검사를 받았네.

표판 돈에서 1천 달러를 주었는데 그것으로는 모자라, 인질로 다른 사람을 체포하겠다는 걸세. 지금 여기에 누가 있겠나? 나 대신 잡혀주게, 에디!'

나는 그때 작곡을 하고 있었지요. 머릿속에는 아름다운 멜로디가 가득차 있었습니다. 그런데 갑자기 바꿔치기 체포라니! 나는 '아일러, 자네를 위해서라면 무슨 일이든 하겠지만 그것만은 곤란하네. 나는 경마에 대해 하나도 모르거든. 뭐라고 말해야 좋을지도 모른다네' 하고 말했지요.

'어린아이라도 할 수 있는 일일세, 에디. 자네 주머니에 경마 신문과 돈을 넣고 서 있기만 하면 되네. 그리고 체포당했을 때 가짜라는 것이 탄로나지 않도록 조금 떠들기만 하면 돼. 나중에 재판소에 가서 벌금만 물고 나오면 되는 걸세. 초범이니까 걱정할 건 조금도 없네. 벌금은 나중에 돌려주지. 덤으로 50달러를 용돈으로 얹어주겠네.'

그는 아주 간단한 일이라는 것을 이해시키려고 했으나 나는 파랗게 질려버렸지요. 나는 평범한 시민이었으니까요. 한 번도 사고를 내지 않고 올바르게 살아왔는데 구태여 자진해서 사건에 뛰어들 사람이 어디 있겠소?

나는 그에게 말해 줬지요. '못하겠네, 아일러. 나는 마음이 약해서 그런 일을 하면 파멸이라네.' 그러자 아일러는 '파멸이라고? 에디, 이것으로 나는 여섯 번째라네. 말하자면…….'"

"잠깐만!" 맬리가 갑자기 말을 가로챘다. "그가 정말 그런 말을 했소?"

"뭐라고 말했느냐고요?"

"그것이 여섯 번째라고. 이번에 잡히면 상습범으로 취급된다고 말하던가요?"

"네, 그리고 이렇게 덧붙여 말했지요. '에디, 그렇게 되면 펄은 미쳐버릴 걸세. 자네는 펄을 알고 있잖은가? 게다가 이런 일도 있을 수 있네, 에디. 만일 내가 붙잡히면 가수조합도 문을 닫아야 하네. 그렇게 되면 자네는 어떻게 되지?'

그 말을 듣고 나도 생각해 보았지요. 아일러의 부인, 우리의 일 …… 이 모든 일이 한꺼번에 내 어깨에 얹혀진 거요. 그러니 어쩔 수 없었지요. 그런 경우에는 누구나 어쩔 도리 없을 거요. 그때의 나로서는 조지 워이콥의 정체가 폭로되고, 이 바꿔치기 체포가 지방 검사국에서 탄로나리라는 것을 알 수 없었지요. 나는 어떻게 된 까닭인지 전혀 몰랐으니까요. 나는 그렇게 바보였답니다. 그래서 나는 체포되었소. 그 뒤 일은 아일러가 말한 대로요. 그런데 워이콥 사건이 터졌소. 나는 엉망진창이 되었소. 특별배심에 불려나가 따끔한 맛을 보았지요. 거기서는 아니라는 대답이 통하지 않았소.

나중에 안 일이지만 대역으로 잡힌 건 그리 나쁜 일도 아니더군요. 특별배심에서는 그것을 문제삼지도 않았소. 그러나 내가 조금이라도 거짓말을 하면 위증죄로 고소될 거라고 했소. 그 랜딩 경관은 내가 아일러에게서 50달러를 받았으니 그에게 유리한 증언을 해주리라 생각하고 있겠지요. 하지만 랜딩 자신은 50달러보다 더 큰돈을 먹지 않았소? 그를 만나거든 그렇게 말해 주시오."

에디 슐레이드는 다 털어놓은 사람처럼 조용히 담배를 빨았다.

"일은 이렇게 된 거요." 그는 이윽고 다시 입을 열었다. "이제 다 이야기했으니 한 가지 부탁하겠소. 아까 말한 대로 랜딩이 나에게서 손을 떼게 해주시오. 당신은 분명 그렇게 약속했지요?"

맬리가 물었다.

"랜딩이 이제까지 당신에게 손대려고 하거나 협박한 일이 없었소?"

"없었지만 앞으로 어떨지 모르겠소. 아직 재판 날까지는 시간이 남았으니까."

"좋소." 맬리가 말했다. "앞으로 랜딩에 대해서는 걱정하지 않아도 좋소. 나에게 맡기시오."

맬리는 자리에서 일어나 창문 커튼을 열어젖히고 전등을 껐다. "전기 값이 절약되지요."

문 앞에서 슐레이드는 맬리의 팔을 잡고 말했다.

"잠깐만 기다려주시오. 아까 당신이 들어왔을 때 나는 당신을 잘못 보았던 것 같소. 하지만 이제는 당신이 좋은 사람이라는 것을 알았소. 한 가지 부탁이 있는데, 들어주겠소?"

맬리는 다음 말을 기다렸다.

슐레이드가 설명했다.

"다름 아니라 나는 가수조합 일을 다른 사람에게 맡기고 조그만 밴드를 만들어 피아노를 치고 있지요. 바이올린과 피아노와 색소폰뿐이지만 아주 훌륭한 밴드요. 조합에는 아직 가입하지 않았지만 상관없소. 시비를 걸어오지 않는 한 조합에 들어가지 않아도 좋지요.

결혼식이나 그런 종류의 모임에서 음악이 필요한 때 마음놓고 연락해 주시오. 나는 인심 좋은 사람이니까 보수를 싸게 해드리지요."

맬리가 물었다.

"이제부터는 인심 좋은 사람 노릇을 하지 않을 줄 알았는데요?"

슐레이드는 온 얼굴에 가득 미소를 떠올렸다.

"상대방이 착실한 분이면 괜찮습니다. 마권 암표상이 아니라면 말이지요."

12

디디가 식사 도중 자주 자리를 뜨는 것은 이미 만성적인 현상이었다. 세 번째로 자리를 떴다 돌아왔을 때 맬리가 의자를 가리키며 말했다.

"엄중히 일러두겠소, 디디. 그 의자에서 다시 한 번 일어나면 당신의 그 아름다운 팔을 부러뜨리겠소. 어서 앉구려. 끝까지 일어나지 말고 앉아 있어야 하오."

디디는 이해할 수 없다는 얼굴이 되었다.

"어머나, 이상한 이야기를 하시는군요. 내가 사람들을 많이 알고 있는 건 내 잘못이 아니잖아요?"

"당신 잘못이라고 할 수 있소. 그렇게 속눈썹을 껌벅거려도 소용없소, 디디. 여기서도 잘 보였는데, 아까 당신이 상대한 남자는 끝까지 당신이 누군지 모르는 것 같았소."

"네, 그 사람은 분명히 첫 대면이었어요. 테드 홀러웨이 씨는 내가 나가고 있는 텔레비전 프로의 프로듀서예요. 요즘 새로운 쇼를 계획 중이라길래 내가 도움이 될 수 있다면 멋진 일이라고 생각했어요.

그건 그렇고, 당신은 조금 전에 나에 대해선 한마디도 하지 않았어요. 계속 당신 이야기만 했지요. 저기에 줄곧 혼자 앉아 있던 사람이 있었지요? 퓰리처 상을 받은 월러스 클로리 씨예요. 지금 책을 쓰는 중인데, 당신 도움이 필요하다고 하더군요."

"내일부터 곧 도와주도록 하겠소. 그런데 부탁이니 이번에는 내 말을 들어주어야겠소, 디디."

"듣고 있어요. 음식을 먹으며 동시에 이야기를 들을 수 있어요."

"그거 참, 멋진 일이군. 당신 루스 빈선트 양을 알고 있지요? 언젠가 하링겐 씨 집에서 만난 여선생 말이오. 당신이 실컷 헐뜯던 여자……. ”

“알고 있어요. ”

“제발 그런 수상쩍은 표정은 짓지 마시오, 디디. 내 부탁이란 다름 아니라 당신 집에서 조그만 파티를 열어 그녀를 초대해 달라는 거요. 하지만 소속도 알 수 없는 남자를 시켜 그녀 뒤를 쫓게 해선 안 되오. 그녀는 내가 맡겠소, 부탁해도 좋겠소?”

“싫어요!”

“싫다니, 왜요?” 맬리가 말했다. “이제는 기분이 좀 나아졌으리라 생각했는데.”

“이건 기분 문제가 아니에요.” 디디는 차갑게 대꾸했다.

“그럼, 뭐가 문제요? 마땅한 이유를 한 가지라도…….”

“이유는 벌써 말했어요. 나는 그 여자가 싫어요, 맬리. 당신에게 도움될 만한 여자가 못돼요. 그러므로 그 여자와 자리를 같이한다는 것은 승낙할 수 없어요.”

“잠깐만, 디디. 문제를 분명히 합시다. 당신의 충고는 정말 고맙지만, 나는 충고를 부탁하지는 않았소. 나는 다만 마땅한 이유를 한 가지라도…….”

누군가가 어깨에 손을 얹었으므로 맬리는 고개를 돌렸다. 퓰리처 상 수상 작가 클로리가 가로막듯 서 있었다.

“명탐정 맬리 커크 선생.” 클로리는 주정꾼 특유의 고양이 우는 듯한 목소리로 말하며 털썩 자리에 주저앉았다. “실례해도 좋겠습니까?”

“네, 좋습니다. 일일이 허락받지 않아도 괜찮습니다.”

“그럼, 실례!”

“실례, 실례, 실례.” 그의 눈은 흐려져 있었으나 혀는 아직 살아 움직였다. “더 말할까요?”

"나중에 하시지요. 지금은 괜찮습니다. 나중에 다시, 아미고('당신'
이라는
뜻의 스페인 어)."

"고맙습니다. 이 부인께서……." 클로리는 디디를 보며 한 눈을
찡긋하더니 혼자 좋아하며 다시 또 윙크했다. "이 부인께서 말씀하시
기를 당신이 탐정 일에 대해 잘 아신다기에……."

"아닙니다, 다른 테이블로 가보시지요. 아마 나처럼 푸대접하지는
않을 겁니다."

"흐음," 클로리는 경멸하듯 대꾸했다. "폼이 그럴 듯한데요. 폼이
그럴 듯합니다. 나는 잘난 척하는 사람을 보면 가슴이 메스거린답니
다."

"신경 쓰지 마세요. 맬리는 무뚝뚝하게 대해주는 것을 좋아한답니
다. 괜찮으니 어서 책에 대해 이야기해 보세요."

"책이라고요?" 클로리는 눈을 크게 뜨고 멍청하게 대답했다.

"네, 이야기하세요." 디디가 부추겼다.

"아아, 책 말입니까? 그리운 맥렐런 (남북전쟁 때 북군 소장. 대통령 명령에 불복하여 파
면당함. 나중에 대통령에 입후보하여 링컨에게 패함)
의 이야기지요. 그리운 조지 블링턴 맥렐런, 남북전쟁사상 최악의
……."

클로리는 혀가 잘 돌아가지 않자 다시 되풀이했다.

"……최악의 무뢰한. 바로 그것이었지요."

클로리는 엉거주춤 몸을 내밀어 테이블 위의 나이프와 포크를 움직
였다.

"보십시오, 이것이 그리운 로버트 E. 리 장군입니다. 이것이 그리
운 조지 맥렐런. 영국의 근위병이나 정보원이 아닙니다. 알겠습니
까?

그리운 조지 맥렐런은 말했지요. '리를 쳐부수기는 쉽지만 먼저

적의 병력을 알아야겠다' 그래서 세상에 유명한 명탐정이며 그의 친애하는 핑커튼을 불렀던 겁니다. '핑커튼 씨, 리의 병력을 탐색해 오시오.'

핑커튼이 돌아와서 보고했습니다. '각하…….'"

클로리는 너무나 깊이 고개 숙여 경례했기 때문에 의자에서 넘어질 뻔했다.

"'……각하, 리의 병력은 어마어마합니다. 마치 구름처럼 많습니다. 더욱이 그들은 완벽한 장비를 갖추고 있습니다. 야전포와 화염 방사기와 검이 있으며 그 수가 바닷가의 모래알 같습니다!'"

디디는 맬리의 얼굴을 보았다. "어처구니없게도……." 그녀가 입을 열자 한창 열중해 있던 클로리가 말을 가로챘다.

"우리의 그리운 조지 맥렐런은 그 말을 듣고" 클로리는 귀에 손을 대고 그 장면을 연기해 보였다. "무척 고민했습니다. 왜 그랬을까요? 그는 사기꾼 핑커튼의 새빨간 거짓말을 알아차리지 못했던 것입니다! 사실 그것은 멋대로 꾸며낸 굉장한 거짓말이었지요. 그런데 조지 맥렐런은 구름 같은 대군과는 도저히 맞서 싸울 수 없다며 혼자 고민했습니다. 그 때문에 그는 군대를 전혀 움직이지 않아 결국 그 이름도 그리운 링컨에게 괴멸당하고 온 세계에서 비겁자 취급을 받게 된 것입니다. 알겠습니까?"

"알겠습니다" 하고 맬리는 대꾸했다.

"좋습니다. 그럼, 그를 비겁자로 만든 사람은 누구일까요? 그것은 사기꾼 핑커튼이었습니다! 그리운 우리의 명탐정이 굉장한 거짓말을 했기 때문입니다. 나는 핑커튼이 왜 거짓말을 했는지 알고 싶습니다. 그는 바보였을까요? 누구에게서 돈을 받았을까요? 그 점에 대해 탐정 사업에 밝은 당신의 가르침을 받고 싶습니다. 그런데 성함이 무엇이지요?"

"셸리던(남북전쟁 때 북군의 기병연대장)입니다. 그리운 필립 셸리던."

클로리는 폭발적으로 너털웃음을 터뜨렸다.

"말을 꽤 잘하시는군요! 당신 이름은 그리운 명탐정 맬리 커크입니다. 말솜씨가 아주 멋진데요, 커크 씨!"

그는 크게 외치며 즐거운 듯이 테이블을 두드렸다. 맬리 뒤에서 종업원이 불렀다.

"클로리 씨!"

클로리는 머리 위로 스테이크 나이프를 흔들어대며 소리쳤다.

"자, 가자, 기사 대장이여! 어서 가자, 그리운 필립 셸리던이여!"

갑자기 두 명의 종업원을 더 거느린 지배인이 나타나 말했다.

"클로리 씨, 라운지로 안내해 드릴까요?"

맬리는 디디를 회전문에 밀어넣어 보도 쪽으로 먼저 나가게 했다. 그리고 자기도 회전문으로 빠져나와 말했다.

"그리운 디디여, 그리운 디디와 그 친구들이여!"

"맬리, 아까부터 이야기하려고 했는데, 왜 내 말을 들어주지 않아요? 잠깐이라도 좋으니 내 말을 들어봐요."

"싫소."

"들어봐요! 아까 그 사람의 테이블에서 이야기할 때는 전혀 그렇지 않았어요. 정말 전혀 달랐어요."

"그가 그런 주정꾼인 줄 몰랐었소? 그거 참, 멋진 대사였지요. 그리운 프랭크 콘미라면 그런 사람을 좋아했을 거요. 프랭크는 언제나 셰익스피어의 말을 인용했으니까."

"이상한 냄새가 나는군요." 디디는 피로한 목소리로 중얼거렸다.

"게다가 여긴 추워요. 이제 어디로 가지요?"

"세인트 스티븐 호텔."

"세인트 스티븐 호텔? 이제 겨우 9시예요. 9시에 집으로 돌아가는 사람이 어디 있어요."

"그러면 어떻소? 한 번쯤 궤도에서 벗어난 생활을 해봅시다!"

맬리가 부엌에서 두 개의 글라스에 코냑을 따르고 있는데 침실에서 디디의 목소리가 들려왔다.

"맬리, 내 잠옷 어디 있지요? 옷장에는 없어요. 이 방은 마치 냉장고 같군요."

"그렇다면 얼른 나와서 화장대 맨 아랫서랍을 빼보오. 그렇게 큰소리를 지르지 마시오. 이웃에 들리겠소."

"이웃사람들이 뭐라고 하든 알게 뭐예요."

말은 그렇게 했지만 디디의 속마음은 그렇지 않다는 것을 맬리는 잘 알고 있었다.

디디가 맨살이 드러나보이는 상아빛 잠옷차림으로 나왔을 때 맬리는 소파에 앉아 두 손으로 글라스를 따뜻이 데우고 있었다. 그녀는 다른 글라스를 받아들고 뜻도 없이 불빛에 비춰보았다.

"왜 이것저것 다 화장대 서랍에 집어넣었나요, 맬리?"

"청소부 아주머니 때문이오. 그 아주머니는 하늘에 계신 주님의 충실한 종이라오. 그녀의 걸음걸이는 너무나 거룩해서 머리 뒤에 후광이 비칠 정도요. 나는 형편이 좋지 않았소. 그녀가 옷장을 열 때마다 몹시 열적어하리라 생각했지요. 그래서 치워버린 거요. 이상 끝."

"당신의 진심인가요?"

"물론. 그런 일을 아무런 생각도 없이 할 사람으로 보이오?"

디디는 기분좋은 듯 맬리의 무릎을 베고 소파 팔걸이에 두 다리를 얹었다. "그래요. 당신은 정말 귀여운 분이에요. 내 허락도 없이 집 안을 바꾸었는 줄 알고 좀 화가 났어요."

"천만의 말씀! 값싸게 치장한 방이나 쉽게 바꿀 수 없지. 디디, 글라스를 그렇게 반대쪽으로 마시면 안 되오. 목에 걸리겠군."

"아니, 그렇지 않아요. 이것 보세요."

맬리는 보고 있다가 감탄했다.

"호오, 대단한데. 어디서 배웠소?"

"애머릴로에서 어릴 때 배웠어요. 늘 이렇게 반대쪽으로 마셨는데, 꼭 해보려고 될 때까지 연습했어요."

맬리는 자기 글라스를 비우자 깊이 숨을 들이마셨다.

"그럴 수도 있겠군. 디디, 내 말 듣고 있소?"

"듣고 있어요."

"그럼, 잘 들어보오. 나와 루스 빈선트가 만나는 파티는 언제 주선해 주겠소?"

"어머나, 당신은 멋대로군요! 그렇게 내 부아를 건드리지 말아요. 당신이 다른 여자를 유혹하려는 생각에서 나를 화나게 하는 건 싫어요!"

"누가 유혹한다고 했소? 그리고 이것은 당신의 부아가 아니오? 부아라는 말은 어린 여자애들이나 하는 말이지. 이건 당신 자신의 부아요."

"아무튼 나를 너무 천대하지 말아요. 진심으로 이야기하는 거예요, 맬리. 내 마음을 아프게 하지 말아요."

"미안하오. 나는 가끔 정말 바보 같은 짓을 한다오."

디디는 몸을 일으켜 발을 바닥에 내려놓았다.

"나도 그렇게 생각해요."

디디는 난처한 얼굴로 맬리를 물끄러미 바라보았다.

"맬리, 대체 어떻게 된 거예요? 그 여자에게 반했나요?"

"그렇소, 내가 실없는 사람으로 보이겠지?"

"결혼하고 싶을 만큼 좋아하나요?"

"좋아하오."

디디는 한참 동안 말이 없었다. 이윽고 그녀는 몸을 떨며 다리를 오므리고 소파 위에 다시 앉으며 입을 열었다.

"추워요, 벽난로에 불을 좀 피워주지 않겠어요? 불을 피우지 않은 벽난로는 소용이 없어요."

맬리는 그녀의 말이 예상했던 바와 달라서 마음놓았다.

"담요를 가져오겠소." 맬리가 말했다. "불을 피우기는 어려우니까."

"어려운 일이 아니에요, 먼저 불을 피운 뒤 담요를 가져 오세요, 그리고 술 한 잔 더 줘요."

맬리는 얌전히 불피울 준비를 했다. 이윽고 불이 붙기 시작하자 그는 담요와 코냑을 가지러 갔다.

방으로 돌아오자 디디는 벽난로 앞바닥에 앉아서 장작으로 재를 휘젓고 있었다. 맬리는 그녀에게 코냑 글라스를 건네주고 어깨에 담요를 덮어주었다.

"몸이 좀 따뜻해졌소?"

"네, 조금. 하지만 안 되겠어요, 소파에 앉아 있어서 그런가 봐요, 그 의자를 이리로 가져다주시겠어요? 당신에게 기대고 싶어요."

맬리는 팔걸이의자를 옮겨왔다. 디디는 그의 무릎에 머리를 기대고 말했다.

"이상해요, 이런 호텔에 왜 이런 벽난로가 있을까요?"

"이 방에만 있소, 이 호텔에 벽난로 있는 방은 여기뿐이오, 불황

(不況)시대에는 방 빌려 쓰는 사람들의 세도가 당당했다오. 그 무렵에 프랭크가 설치한 모양이오. 큰 공사는 아니었다고 했지만, 대단했겠지."

"아주 냉정한 사람이었던 모양이지요?"

"그 반대였소. 그의 말로는 여러 여자를 이 방에 데리고 들어왔지만, 이 벽난로 앞바닥에 앉은 여자는 하나도 없었다고 하오. 앉기만 하면⋯⋯."

"어머나, 징그러워! 늙은이 주제에!" 디디는 깜짝 놀란 듯이 말했다.

"바람둥이 노인이었소. 지금 당신의 자세를 보오. 어딘지 상징적으로 보이는군. 귀여운 여자들이란 불장난을 좋아하는 모양이지."

디디는 맬리의 발을 가볍게 때렸다.

"귀여운 여자라고 다 그런 건 아니에요. 당신이 반한 그 여자는 그렇지 않아요. 그녀는 머리끝부터 발끝까지 학교 선생이에요."

"그 이야기는 그만둡시다." 맬리가 말했다.

"그만둘 수 없어요!⋯⋯ 아니, 좋아요, 그만두겠어요. 그런데 당신 이야기를 해도 좋겠지요?"

"당신 수다는 막을 수가 없군."

디디는 고개를 돌려 맬리의 얼굴을 똑바로 쳐다보았다.

"맬리, 당신 마음속에는 서로 다른 두 사람이 있어요. 당신은 그것을 느끼고 있나요? 그것이 당신에게 얼마나 손해인지 아세요?"

"어째서? 두 사람이 같이 살면 생활비가 적게 드는데."

"그만둬요. 당신은 정말 두 사람의 인간이에요. 그 중 한 사람은 하루 종일 사무실에 앉아 있어요. 아니면 재판소, 또는 출장을 나가지요. 그런데 또 한 사람은——맬리, 당신에게 물어볼 게 있어요. 나와 교제를 시작했을 때——내가 도널드슨과 헤어졌을 때 왜 나를 가까이 했지요?"

맬리는 디디가 내민 글라스를 받아 바닥에 내려놓았다.

"그야 뻔하잖소? 당신이 귀여운 여자였기 때문이오."

"아니에요, 틀려요. 나는 형편없는 여자였어요. 나는 겁쟁이고 외톨이였으며 눈물이 많은 여자였어요. 당신도 그렇게 생각하셨지요? 그래서 당신은 꽃도 사오고 무리해서 고급 향수도 선물해 주었어요."

"그런 일이 있었던가?"

"그래요." 디디는 주먹을 쥐어 맬리의 구두를 때렸다. "그것이 당신의 또 하나 다른 인간성이에요. 그 맬리 커크는 친절하고 동정심 많고 언제나 다른 사람의 마음을 염려하며 그 다른 사람이 가끔 바보짓을 하더라도 결코 웃지 않았어요."

"당신보고 바보라고 말한 적은 없었소," 맬리는 그녀의 말에 항의했다. "디디, 그렇게 구두를 때리지 마오. 발가락 끝이 아프니까."

"나는 바보짓을 할 때가 있어요." 디디는 더 세게 맬리의 구두를 때렸다. "그렇지만 당신이 이중인격자라는 것을 알 정도의 머리는 있어요. 언제나 두 인격을 따로 가지고 있다는 것은 좋지 않아요, 맬리. 한쪽은 다른 한쪽을 보고만 있을 뿐 전혀 간섭하려고 하지 않아요.

한 번만이라도 좋으니 두 인격을 하나로 묶어보세요. 그러면 그 인형 같은 교만한 여선생에게 정신없이 열중하는 것이 얼마나 어리석은 짓인지 잘 알게 될 거예요. 이런 이야기를 아무리 해봐야 소용없겠지만."

디디는 말을 마치자 벽난로 쪽으로 고개를 돌렸다. 아까 만지작거리던 장작을 집어 불길 속에 던져 넣었다. 맬리는 그녀의 등을 향해 말했다.

"당신에게 그런 설교를 들을 필요는 없소. 나는 에반이나 앨릭스나 그밖에 당신이 흥미를 가진 남자들에 대해 이런 식으로 이야기한 적이 한 번도 없었으니까."

"그래요, 나는 에반이나 앨릭스와 결혼하겠다고 말한 적은 없었어요. 에반에게는 부인이 있었고, 앨릭스와는 결혼할 생각 따윈 해보지도 않았어요."

"그런 생각을 해도 괜찮소. 앨릭스는 좋은 사람이니까."

"내가 왜 그와 결혼하고 싶어하지 않는지 훨씬 전에 이야기했을 거예요. 나는 재산이 없는 사람과는 결코 결혼하고 싶지 않아요. 재산이란 현금을 말하는 거예요. 말로만 떠벌리는 것이 아니라."

"하지만 앨릭스의 매력은 그런 점이 아니오?"

"맞아요. 분명히 나쁜 사람은 아니에요. 지금도 앨릭스는 내가 도와주고 있는 거나 다름없어요. 결혼한다면 그 돈도 없어질 거예요. 나는 별거수당을 받지 못할 테니까요. 어떻게 될지 모르겠어요. 어쩌면 도널드슨에게 되돌아가게 될 것 같아요. 그는 열심히 공작하고 있어요."

"호오, 그렇게 달라질 수 있군. 저번에 물었을 때는……."

"듣기 싫어요! 날 건드리지 말아요!" 디디는 지겨운 듯이 말했다.

그녀는 다시 몸을 돌려 맬리의 얼굴을 똑바로 보았다.

"술 한 잔 더 주세요. 남의 약점을 건드리지 말아요. 그리고 내가 초대한다고 해서 그 여선생이 올지 어떨지 알 수 없잖아요? 그녀는 비사교적인 타입이에요."

"반드시 올 거요. 루스는 에반의 시에 열중해 있소. 당신이 에반을 알고 있다고 내가 그녀에게 말했소. 그래서 당신에게 파티를 부탁하는 거요. 에반에 대해 이야기해 주겠다고 써보내면 되오. 에반의 숭배자를 두세 명 초대하여서 그들에게도 소개하겠다고 말이오. 그러나 내가 참석한다는 것은 비밀로 해두오. 말썽이 생길 테니."

"말썽이 생긴다고요? 맬리, 당신 그녀와 무슨 일이 있었지요? 무슨 일이 있었나요?"

"글쎄, 나도 잘 모르겠소."

"유혹했나요?"

"군의관이 신병의 성생활에 대해 묻는 것 같은 말투는 그만두시오, 디디. 생리적인 이야기는 그만둡시다."

"역시 그랬었군요." 디디는 자신 있게 말했다. "멋지게 퇴짜 맞은 상처가 아직도 아픈 모양이지요?"

"잘 맞췄소, 고맙소."

"아니, 오히려 내가 고마워요. 하지만 아직 한 가지 모를 점이 있어요. 그것을 말해 준다면…… 즉 그런 파티를 열어주는 수고를 하면 나는 어떤 이득을 얻지요?"

"무엇을 바라오, 디디?"

"글쎄요……." 디디는 눈을 가늘게 뜨고 그를 물끄러미 바라보며 새끼손가락을 깨물었다. "앨릭스의 그림을 한 점 사줘요. 이 정도면 싼값이에요."

"물론 싸지!" 맬리는 할 수 없이 웃었다. "그 사람이 그린 그림은 서커스의 천막처럼 큰 것만 있는 것이 아니오? 그런 그림을 사서 이 방 어디에 걸어놓는단 말이오?"

"당신은 어쩌면 그렇게 인색하지요? 다행히 앨릭스의 아틀리에에는 더 작은 작품들이 많이 있어요. 당신의 중요한 파티를 그 아틀리에에서 토요일 밤에 열기로 해요. 잊지 말고 수표를 가져와야 해요. 그것이 당신의 입장권이에요."

"협잡꾼 같으니!" 맬리는 감탄하며 말했다. "좋소, 그렇게 합시다. 작은 유화 한 점이오! 자, 술을 가져올 테니 축배로 한잔 듭시다!"

두 시간 뒤, 술병이 바닥나고 벽난로의 불은 꺼졌으며 디디는 뱃속의 태아처럼 담요를 돌돌 만 채 방바닥에서 곤히 잠들었다.

이튿날 아침에도 그녀는 똑같은 자세로 자고 있었다. 다만 맬리가 잠들기 전에 비틀거리는 다리를 겨우 가누며 담요와 밍크코트를 더 덮어주었기 때문에 그녀의 모습은 그 속에 파묻혀 보이지 않았다.

산 같은 담요만 조용히 아래위로 움직여 그녀가 살아 있음을 말해주었다.

방을 나갈 때 맬리는 조용히 문을 닫고 마치 하녀같이 조심스럽게 '깨우지 마시오'라는 표찰을 방문 바깥 손잡이에 걸어놓았다.

13

맬리는 오전 시간 대부분을 하링겐의 소재를 알아내는 데 소비하고 말았다. 집으로 전화해 보니 재판소에 갔다고 말했으나, 다이너 하링겐은 어느 재판소인지는 알지 못했다. 이 빈약한 정보를 참고삼아 냅 부인은 그가 있는 곳을 알아냈다. 그러나 하링겐이 사무실에 나타나기까지는 한참 시간이 걸렸다. 그동안 맬리는 지금까지 알아낸 랜딩 사건 자료를 정리하고, 하링겐에게 이야기할 내용을 마음속으로 신중하게 검토했다.

이윽고 맬리와 하링겐은 긴 이야기를 시작했다.

파일의 여러 가지 사실, 특히 슐레이드의 이야기가 하링겐의 기분을 어둡게 만든 것이 틀림없었다. 그는 콘미 커크 탐정사무실의 일솜씨가 나쁘다는 건 아니라고 당황한 듯이 말했다. 오히려 탓잡을 데 없이 훌륭한 솜씨라고 했다.

사실 맬리의 말대로 지금까지 모은 자료를 모두 연관지어 검토해보면 로스캘조의 공격 방법은 한눈에 뚜렷했다.

밀러에게 다섯 번의 전과가 있다는 사실은 그가 터무니없이 뇌물을 바쳐온 까닭을 뒷받침하는 것이며, 이것이야말로 이른바 사건의 도약판이 된다. 그리고 밀러는 바꿔치기 체포를 계획한 것은 랜딩이 프로이드와 떨어져 있는 동안이었다고 증언할 게 틀림없다. 그 다음에는 슐레이드가 증인대에 서서 자기 입장에서 이 증언을 방증해 줄 것이다.

이로써 완벽한 것이다. 그러고 보니 콘미 커크 탐정사무실의 보고는 검사측의 예정을 청사진으로 찍은 것이나 다름없지 않은가!

그러나 곤란하게도 상대방의 공격 방법을 알아냈는데도 이쪽의 방어 방법에 대한 묘안이 떠오르지 않았다. 예를 들면 그 문제의 시간이다.

랜딩이 헬런과 함께 있는 동안 흥정이 이루어졌다고 로스캘조가 주장한다면, 헬런은 마땅히 증인대에 서야 할 것이다. 랜딩의 알리바이를 아는 건 그녀 한 사람뿐이니까.

맬리는 서로 협의한 이 부분에 대해 혀로 입술을 축이며 즐기고 있는 듯한 얼굴로 물었다.

"어떻게 생각합니까, 하링겐 씨?"

"배심원들은 그녀를 보자마자 랜딩보다 더 흥분할 것입니다."

"그것은 그녀를 신용하는 일과는 관계없습니다. 내가 생각하는 건 그런 일이 아닙니다. 그렇게 되면 루스가 큰 충격을 받을 겁니다. 무서운 결과를 가져오겠지요, 게다가 헬런을 증인으로 세우는 일에 랜딩이 동의할지 아직 알 수 없습니다. 그에게 한 번 물어봐야 할 겁니다. 그리고 헬런과 이야기해 봐야 합니다. 만일 그녀가……."

자기 손에 있는 패를 갑자기 빼앗긴 듯 맬리는 흠칫 놀랐다.

"기다려주십시오. 하링겐의 일에 대해서는 전체적인 예상이 서지 않는 한 아무리 의논해 봐야 도움이 되지 않습니다. 그에게는 움직일 수 없는 사실이 많으니까요. 그리고 헬런에 대해서도 얼마 동안 손대지 마십시오."

"어째서지요?"

"나는 편의상 이야기를 단순하게 했습니다만 실제 사정은 더 복잡합니다. 다루기 까다로운 문제입니다."

하링겐은 머리를 저었다.

"잘 모르겠군요."

"말하자면 헬런에게는 남편이 있습니다. 랜딩이 헬런을 만났을 때 그 남편이 함께 있었는지도 모릅니다."

하링겐은 순간 얼굴빛이 밝아졌다.

"그런데 그 사실의 어떤 점이 곤란하다는 겁니까? 내가 보기에는 잘된 것 같습니다만. 정말 안성맞춤입니다. 그 남편은 유력한 증인이 될 수 있습니다. 랜딩과 그녀가……."

"아니, 그렇지 않습니다."

"그렇지 않다고요?"

"그 노인을 만나보면 아시겠지만, 헬런보다 마흔이나 쉰쯤 나이 많은 늙은이입니다. 독버섯 같은 아니, 그 이상 위험한 인물이지요. 틀림없이 열쇠 구멍으로 들여다보고 흥분하는 타입일 겁니다."

"흐음!"

"그뿐이 아닙니다. 사람이 말을 걸어도 모른 척합니다. 그런 사람을 증인대에 세우면 갑자기 횡설수설한다든가 멋대로 열변을 토하지요. 증인으로서는 치명적인 결격을 지녔지요. 하지만 그 노인이 아내를 다루는 방법을 알고 있으니 내가 적절히 손쓰겠습니다. 그러므로 그들이 등장하게 될 때까지 당신은 그들과 접촉하지 말아주기 바랍니다."

하링겐은 불쾌한 뱀에게 물려 아직 그 충격에서 깨어나지 못한 사람 같은 얼굴로 말했다.

"그렇겠지요, 그렇겠지요, 잘 알았습니다. 당신이 그 사람들을 잘 다뤄주신다면 나는 그런 위험한 일에 접근하지 않겠습니다."

하링겐의 말투에는 애석해하는 기색이 전혀 없었다. 이윽고 얼마쯤 마음이 가라앉았는지 그는 다시 덧붙였다.

"만일 그녀가 증인으로 선다 해도 자세한 사정까지 설명할 필요는 없겠지요, 랜딩은 옛날 친구라고 하면 됩니다. 그날 랜딩이 커피를 마시려고 우연히 들렀다고 해두면 루스의 입장을 크게 걱정하지 않아도 될 겁니다."

맬리는 조용히 대답했다.

"그런데 유감스럽게도 헬런은 이제 겨우 20살쯤 된 불타는 듯한 빨강머리 여자로 육체파…… 점잖은 말로 표현하면 아주 혜택받은 육체파입니다. 로스캘조는 한눈에 뭔가를 느낄 것입니다. 커피를 마시려고 들렀다는 증언은 단번에 무너지고 맙니다."

이 이야기를 조용히 음미하고 있는 하링겐을 보는 동안 문득 맬리는 자신이 이 사나이를 마음으로 동정하고 있음을 깨닫고 깜짝 놀랐다. 하지만 동정해서 나쁠 건 없다고 그는 생각했다.

하링겐은 어떤 자로 재보아도 훌륭한 사람이다. 그리고 분명 좋은 남편이며 좋은 아버지이며 좋은 친구였다. 게다가 용기도 있었다. 아버지의 사무실에서 고양이처럼 사육되며 조용히 한평생을 보낼 수도 있었는데, 이 나이에 스스로 그런 생활을 박차고 나와 이상한 길로 찾아들어 산전수전 다 겪은 심술궂은 고양이들과 칼을 갈며 겨루어야 할 처지에 놓인 것이다.

어리석은 결단이라고 보면 분명 어리석은 짓이었다. 점잖은 사회개혁주의자 냄새가 물씬 풍기는 결단이었다. 하링겐 같은 계급과 인품을 가진 인물에게서 흔히 보는 억지스러운 이상주의라 할 수 있다. 한 시간 동안 40달러 버는 정신분석 의사가 궁여지책으로 생각해 낸 결단이다.

그러나 그것을 실행하는 데는 용기가 필요하다. 물론 한계가 있겠지만, 이런 남자를 좋아하게 되어도 할 수 없는 일이라고 맬리는 생각했다. 그리고 이 사나이도 앞으로 차츰 성장하여 그의 결단에 어울리는 실천력을 몸에 갖추게 되지 못하리라고는 결코 단언할 수 없다.

맬리는 이런 생각을 하며 넌지시 그에게 물었다.

"개인적인 질문을 해도 좋겠습니까?"

하링겐은 미소를 띠며 말을 받았다.

"그런 식으로 시작되는 질문은 나중에 흔히 불쾌한 뒷맛을 남기지요. 아니, 이것은 단순한 농담입니다. 무슨 질문입니까?"

"랜딩에 대한 당신의 생각이 바뀌었는지 어떤지 알고 싶습니다. 말하자면 랜딩은 결백한 경관으로, 우연한 이유로 말미암아 두 악당으로부터 죄를 뒤집어썼다는 생각 말입니다."

하링겐은 초조한 말투로 똑똑히 대답했다.

"바뀌지 않았습니다. 빈정거리는 듯한 당신의 말투로 짐작컨대 당신의 생각도 바뀌지 않은 것 같군요. 놀랐습니다. 정말 놀랐습니다."

"왜지요?"

"왜라니요? 당신 자신이 모은 증거가 있지 않습니까? 이 증거 말입니다." 하링겐은 눈앞의 서류를 손으로 두드려보았다. "한 걸음 양보해서 랜딩이 바보라고 칩시다. 물론 바보가 아닐지도 모르지만, 우선 그렇다 치면 그가 위증하지 않았다는 것도 증명됩니다. 그 점을 왜 당신이 받아들이지 않는지 나로서는 이해할 수 없군요."

"받아들여도 좋습니다. 양보하겠습니다."

"그래도 못 알아듣는군요." 하링겐은 끈질기게 말했다. "그 헬런 건만 보아도……."

"……20분은 설명할 수 있습니다. 그러나 그 전후의 알리바이는 1분도 보장되어 있지 않습니다."

"그러나 랜딩과 프로이드가 분명 그렇게 말했지요."

"네, 그렇게 말했지요. 프로이드가 랜딩과 뇌물을 나눠 먹었는지 아니면 진짜 친구인지 알 수 없지만, 그 거짓말만은 멋진 걸작입니다.

그 젊은이를 못 믿는 건 아닙니다. 아무튼 그는 동안(童顔)이니까요. 그는 누가 물어도 자기 진술을 뒤엎지 않을 겁니다. 당신이 물어도, 로스캘조가 물어도, 하느님이 물어도 끝까지 그 이야기를 고집할 것입니다. 당신은 범죄과가 어떤 곳인지, 랜딩이 어떤 사람인지 소홀히 보고 있습니다. 당신은 너무 고상해서 직권 남용이나 위증에 대해 모르고 있습니다."

하링겐은 입을 열려다가 다시 다물었다. 그는 한 손으로 짧게 깎은 머리를 긁었다. 그러다 겨우 입을 열었다.

"믿을 수가 없군요."

맬리는 그 말투에 깜짝 놀랐다. 단호한 태도, 증거를 검토한 뒤 점잖게 그것을 부정하는 말투──맬리는 뜻밖으로 단단한 물건에 부딪쳤을 때와 같은 느낌을 받았다. 하링겐 같은 사람에게서 그런 느낌을 받는다는 것이 이상하게 생각되었다.

"그렇습니까?" 맬리는 말했다. "그렇다면 믿지 않아도 좋습니다. 그러나 로스캘조는 그것을 믿고 있으며, 재판에서 배심원들이 그것을 믿게끔 계속 역설할 것입니다. 그에게는 그것이 장사니까요."

하링겐은 그 말에도 동요하지 않은 듯했다.

"당신의 말뜻은 알겠습니다. 지난 주일 로스캘조라는 인물에 대해 조금 연구했지요."

"네? 어디서요?"

"재판소였습니다. 그가 담당한 사건의 재판을 방청하러 갔었습니다." 하링겐은 감탄한 듯이 머리를 내저었다. "역시 대단한 사람이더군요."

"걱정됩니까?"

"그런데 이상하게도 전혀 걱정되지 않습니다." 하링겐은 조금 웃어 보이며 대답했다. "굉장한 자만심이라고 생각하실지 모르지만, 나에게는 훌륭한 법정 변호사가 될 소질이 있다고 믿습니다. 위험한 순간에 흥분하지 않고 마음먹은 대로 말할 수 있고 목표를 정확하게 공격할 수도 있습니다.

이것은 단순한 내 자랑이 아닙니다. 물론 나는 두세 건의 민사소송을 맡은 경험밖에 없지만, 성적이 나쁘지는 않았습니다. 언젠가 아버님께서 칭찬해 주셨지요. 그분이 좀처럼 남을 칭찬하지 않는 노인이라는 것은 당신도 알고 있겠지요. 이런 이야기를 해서 불쾌한 녀석이라고 생각하지 않을까 모르겠군요. 아까도 말했듯이 굉장한 자만심이라고 하겠지요."

"아닙니다, 그것은 변호사로선 없어서는 안 될 자격입니다. 솔직히 말씀드려 내가 법과대학에서 도저히 익히지 못한 것 가운데 하나가 변론이었습니다. 왜 열심히 하지 않았는지 아십니까? 변론은 다른 사람에게 맡기고 나는 머리만 쓰면 된다고 아주 쉽게 생각했기 때문입니다. 지금은 그렇게 생각하지 않습니다만."

하링겐은 놀란 얼굴이 되었다.

"당신이 법과대학 출신인 줄은 몰랐습니다. 어느 대학에서 공부하셨습니까?"

"브루클린의 세인트 존 대학입니다. 다리만 건너면 바로 눈앞에 있지요."

하링겐은 정색한 얼굴로 고개를 끄덕였다. 그리고 그 길의 권위자답게 말했다.

"그랬군요. 그 학교에서는 아주 우수한 분이 나왔지요."

이를테면 어떤 사람이냐고 물으려다가 맬리는 꾹 참았다.

"다시 랜딩 이야기로 돌아가겠습니다만, 최근에 그를 만났습니까?"

"네, 일요일 아침에 우리 집에 왔었습니다. 함께 유력한 증인이 되어줄 만한 사람의 명단을 만들었습니다."

"어떤 사람들이었습니까?"

"한 사람은 그의 옛 친구로, 지금 부동산업을 하고 있습니다. 특별 배심원에게 호감을 줄 만한 사람이지요."

"호오, 그밖에는?"

"그리 많지는 않습니다. 교회 목사와 교구 위원, 그리고 랜딩이 신참 순경이었을 때 같은 직장에서 근무했었던 경관입니다. 랜딩이 흉악범을 체포하여 표창받았을 때 같이 있었던 사람이지요. 랜딩이 표창받은 일을 알고 있습니까?"

"아니오. 하지만 그것은 이번 사건과 관계없습니다."

"그렇지요. 하지만 배심에 제출해도 나쁘지 않은 자료입니다. 비록 나중에 기록에서 삭제되는 한이 있어도 일단 배심원들 귀에 들어가도록 하는 편이 좋습니다."

"그럴 가치는 있겠지요, 그들뿐입니까?"

"아닙니다. 마지막으로 랜딩의 고등학교 교장 선생님이 있습니다. 그리니치 고등학교의 찰즈 플러 교장 선생님입니다. 어제 전화를 걸었는데, 아널드 랜딩에 대해 잘 알고 있더군요. 아무튼 그 무렵 무슨 사건이 일어났는데——한 학생이 불량배들에게 습격받았다는 것 같습니다——마침 랜딩이 달려가 비극적인 결과를 막을 수 있었다고 합니다. 그러나 반드시……. "

맬리의 온 몸의 신경이 긴장했다. 그러나 그는 태연히 물었다.

"습격받은 학생의 이름은 묻지 않았습니까?"

"그건 대단한 일이 아닙니다. 플러 같은 분을 증인으로 세우면 아주 유리하지요. 그러나 방금 말하려고 했습니다만, 그분을 증인으로 세우는 것은 쉬운 일이 아닙니다. 누구나 재판소에 나가기를 싫어하니까요. "

맬리가 갑자기 말했다.

"이렇게 합시다. 내가 오늘 오후 그 교장 선생님을 만나러 가겠습니다. 다른 볼일로 그 근처까지 가는 길에. "

그리고 그는 하링겐이 반대하기 전에 얼른 덧붙였다.

"아무튼 가는 길이니까요. "

그 뒤 맬리는 거의 입을 열지 않았다. 그는 글로 표현할 수 없는 말을 마음속으로 중얼거렸을 뿐이었다. 한편 하링겐은 지치지도 않고 떠벌렸다. 지금 맡고 있는 사건이 하나밖에 없었으므로 시간이 남아 돌아 남에게 폐를 끼치는지도 모르고 떠벌리는 거라고 맬리는 생각했다.

플러 교장은 정년 퇴직이 가까운 노인이었다. 눈 밑의 살점이 굴조개처럼 축 처지고, 몇 가닥 안 되는 머리카락이 그나마 없으면 완전히 대머리가 될 뻔한 머리 한복판에 바이올린 줄처럼 조심스레 덮여 있었다.

그가 말을 시작하자 액센트가 아주 정확하고 목소리도 만족스럽게 목에서 울려나와 마치 친절한 현인이 백성들에게 훈화하는 듯이 느껴졌다.

"아널드 랜딩에 대해서는 잘 기억하고 있습니다. 모범생이라고 할수는 없지만 분명히 눈에 띄는 학생이었지요. 랜딩은 훌륭한 운동선수였습니다. 지도자 타입이었습니다. 두 학기나 계속 학생 회장으로 선출된 것은 이 학교에서는 드문 일이었지요.

랜딩의 가정 환경을 고려하면 그의 학업 성적은 결코 나쁜 편이아니었습니다. 술주정꾼이며 절제 없는 부모는 랜딩의 학업에 방해만 될 뿐이었지요. 교양 없는 부모, 실로 슬픈 일이지만, 요즘은 그런 학부형이……."

맬리는 초조하게 몸을 움직이며 단도직입적으로 말했다.

"그 무렵 뭔가 뜻밖의 사건이 일어났다는 말을 하링겐 씨로부터 들었습니다. 어떤 학생이 습격받았다는……."

아아, 바로 맞았다. 그것은 무서운 사건이었다.

수업이 끝났음을 알리는 벨이 울리자 지하실 창고 당번인 학생이 열쇠를 잠그러 내려갔는데, 그때 창고에 숨어 있던 두 불량배가 한 여학생을 창고 안으로 끌고 들어갔다. 그 불량배들의 뜻은 뻔했다. 그들은 완전히 동물적인 이성도 없는 무리였다. 여학생의 외침을 들은 랜딩이 위험을 무릅쓰고 그들을 내쫓지 못했다면 무서운 비극이 일어났을 것이다.

맬리가 물었다.

"그 여학생의 이름을 기억하고 계십니까?"

플러 교장은 그 이름을 기억하고 있었다. 그러나 그녀의 이름을 밝힐 수 없도록 금지되어 있었다. 경찰과 그녀의 부모로부터 엄중한 요청이 있었기 때문이다. 그것은 엄중한 함구령이었다.

물론 그런 처사를 이해할 수 있다. 그 여학생은 가십 신문이나 이웃사람들의 소문에서 보호되었던 것이다. 모든 관계자들이 이 사건을 아무에게도 말하지 않기로 합의를 보았다. 그들에게는 아무 책임도 없는 이런 사건 때문에 학교의 명예가 훼손된다면 그야말로 큰일이었기 때문이다. 그 여학생도 역시 마찬가지였다.

몇 블록 떨어진 8번 거리에 비교적 조명이 밝은 바가 있었다.

맬리는 안쪽 테이블에 앉아 뉴욕 시 지도를 펼쳐 맥주병으로 그것을 눌러놓고 천천히 연구했다. 이윽고 그는 지도를 접자 전화 박스 쪽으로 걸어갔다.

가장 가까운 곳은 빅토리아 병원이었으나 그곳에는 구급차가 있었다.

"이 근처 구급차는 대부분 세인트 앨런서스 병원에서 취급하고 있습니다." 교환원이 말했다. "만일 구급차가 필요하시면 경찰에 전화해 주세요. 경찰에서 곧 수배해 드립니다."

세인트 앨런서스 병원은 더 친절했다.

"네, 12, 3년 전부터 구급차를 취급하고 있습니다. 아니, 실례했습니다, 50년도 더 전부터 취급하고 있습니다. 기록 말입니까? 그것은 접수의 안젤리카 수녀가 맡고 있지요. 그녀가 자세히 알고 있어요."

접수구에 있는 얼굴이 울퉁불퉁한 수녀는 쉴 새 없이 걸려오는 전화를 받아 대답하며 미안한 듯이 맬리에게 고개를 저어보였다.

"미안하지만 카르테를 보시려면 원장님의 허가가 필요해요. 그런데 지금 원장님은 병원에 안 계십니다."

"카르테를 보려는 게 아닙니다. 그 무렵 구급차 책임자의 보고서만 보면 충분합니다. 그런 보고서는 카르테와 별도로 보관하지 않습니까?"

"네, 그래요. 미안합니다. 내가 잘못 알아들었군요. 그 일이라면 마리아 글로리아 수녀가 도와드릴 거예요. 묵은 기록 보관 담당자이니까요."

마리아 글로리아 수녀는 내성적인 미소를 떠올리는 자그마한 중국 여자였다. 그녀의 눈은 구식 쇠테 안경 속에서 헌신적인 빛으로 반짝이고 있었다. 맬리의 이야기를 주의 깊게 듣고 나자 그녀는 초를 바른 마룻바닥에 긴 스커트를 끌며 앞장서서 복도를 걸어갔다. 이윽고 거무스름한 보관실 문을 열어젖히자 맬리가 은근히 걱정하던 일이 현실적으로 눈앞에 나타났다.

그 방은 기록의 쓰레기더미, 기록의 고물 창고였다. 크기며 모양이 가지각색인 서류가 끈으로 묶여 벽 선반에 천장까지 쌓여 있었다. 밧줄로 묶은 서류들이 방 여기저기에 쓰러질 듯한 탑처럼 솟아 있었다. 창틀에도 많은 서류더미가 놓여 있었다. 그리고 방 한가운데에 있는 사다리의 한 단 한 단에도 서류가 떨어질 듯이 놓여 있었다.

마리아 글로리아는 어떤 근대적인 병원에도 이런 난잡한 곳은 있기 마련이라고 말하려는 듯 당황하며 말했다.

"너무 낡은 기록이라 엉망이에요. 굉장히 오래된 것도 있어요. 1백 년 전의 것도 있지요. 그런 것은 만지기만 해도 부서져요. 그러면 곤란하니 조심스럽게 만지세요."

"내가 보고 싶은 것은" 맬리가 말했다. "10년 전 구급차 보고서입니다. 찾아낼 수 있을까요?"

"네, 찾아낼 수 있어요." 마리아 글로리아 수녀는 자신 없는 듯 서류더미를 바라보며 말했다. "하지만 시간이 좀 걸릴 거예요."

세밀한 수사가 두 시간이나 계속되었다. 마리아 글로리아 수녀의 베일은 선반에서 떨어지는 먼지로 잿빛이 되었으며 코는 까맣게 더럽혀졌다.

서류를 정리해 놓은 사다리 꼭대기에서 한 묶음의 서류를 살펴보며 그녀는 물었다.

"편리한 게 있다면서요? 마이크로필름이라는 것을 알고 계시나요?"

"네, 압니다." 맬리가 말했다.

마리아 글로리아 수녀는 열심히 말했다.

"굉장한 거래요. 몇 백 권의 책이 이만한 크기로 축소된다더군요."

수녀는 작은 주먹을 내밀어보였다.

맬리는 웃었다.

"그렇게 작게 만들 수는 없습니다."

마리아 글로리아 수녀는 얼굴을 붉혔다.

"네, 그처럼 작게는 되지 않겠지요. 내가 좀 지나치게 과장했군요. 하지만 정말 멋진 거예요. 값도 꽤 비싼가 봐요."

수녀는 한숨을 내쉬었다.

방 한구석에서 그녀가 기도문을 외고 있는 동안 맬리는 눈에 핏발을 세우고 첫 권부터 시작하여 마지막까지 훑어보기 시작했다. 두 권째가 곧 끝났다. 거기에는 7월부터 8월까지의 기록이 있었으므로 볼 필요가 없었다. 다음에 세 권째 페이지를 천천히 넘기던 맬리의 손가락이 예상했던 기록 위에서 멈췄다.

'오후 4시 5분, 구급차 출동. 루스 L 빈선트, 백인, 여자, 그리니치 고등학교에서.'

마구 흘려 쓴 글이었다. 이런 사건에 익숙한 인턴이나 운전 기사가 피곤한 손으로 썼음에 틀림없다. 그런데도 불구하고 그 기록은 남아 있었던 것이다. 때가 와서 맬리 커크에게 발견되기 위해.

맬리는 마리아 글로리아 수녀를 뒤돌아보았다. 수녀는 묵주를 집어넣고 그에게서 기록을 받아들며 물었다.

"찾고 있던 것을 발견했나요?"

"네, 발견했습니다."

"잘되었군요." 수녀는 얼굴을 상기시키며 말했다. "찾아내도록 기도를 올리고 있었어요."

"나도 기도를 했습니다."

맬리는 정색한 표정으로 놀라는 수녀의 얼굴을 보며 미소지었다.

"빈정거리는 말이 아닙니다, 수녀님. 내 사무실에는 정밀한 마이크로필름 기계가 있고 우수한 기술자도 있습니다. 당신이 이 기록을 조금씩 가져오시면 기술자들은 크게 환영할 겁니다. 아마 일을 거저 해드릴 겁니다."

"어머나!" 하고 마리아 글로리아 수녀는 탄성을 질렀다.

"이 서류들을 모두 주먹만한 크기로 만들고 싶지 않습니까?"

"네, 하고 싶어요." 마리아 글로리아 수녀는 나직한 목소리로 말했다. "하지만 그런 일을 해주시면 내 보수는 어떻게 되겠어요? 나는 보수를 받을 수 없게 돼요."

"하긴 그렇겠군요. 그럼, 기계를 이 병원에 기증한다면 괜찮겠지요?"

구식 안경 속에 나타난 그녀의 감사하는 빛을 보고 괜찮은가 보다고 맬리는 판단했다.

14

밀린 일을 금요일에 처리하겠다는 약속을 맬리는 완전히 잊어버렸으나 냅 부인은 잊지 않았다. 맬리가 모자와 코트를 벗자마자 그녀는 다부지게 입술을 다물고 단호한 표정으로 나타났던 것이다. 마치 능률의 신에게 제물을 바치는 음침한 무녀 같은 느낌을 주었다.

그녀의 팔에는 아직 회답을 내지 않은 우편물이며, 아직 서명하지 않은 계약서며, 아직 읽지 않은 보고서가 산더미처럼 들려 있었다. 그녀의 뒤를 따라 인사 파일 일에서 뽑힌 존 리고드가 테이프 레코더를 들고 조심스럽게 들어왔다.

방에서 나가기 전에 냅 부인은 말했다.

"오늘 면회 예정은 하나도 없습니다, 사장님. 화이트사이드 양에게 모두 거절하도록 일렀습니다."

이렇게까지 다그침을 받고 맬리도 어쩔 수 없이 일을 시작했다. 12시쯤 되자 깊어지는 불안과 더 이상 싸워낼 수가 없었다. 할 수 없이 그는 창가로 다가가 눈 아래로 흐르는 거리 모습을 내려다보았다. 대단한 풍경은 못되었지만, 황량한 잿빛 하늘 때문에 어디나 흐릿하게 빛바랜 풍경이었다. 그래도 책상 위의 서류와 실랑이하는 것보다는 기분 전환이 되었다.

콘미 커크 탐정사무실이 지금 안고 있는 가장 큰 문제는 1인 경영 회사의 한계를 넘어선 점이라고 맬리는 생각했다. 물론 그것은 맬리 자신이 그렇게 만든 결과였다. 고독했던 프랭크가 진심으로 자기를 도와줄 사람을 찾고 있다는 것을 알았을 때부터——그것은 은행 예금 같은 거라는 브루노 맨프레디의 말을 들었을 때 처음 깨달았지만——프랭크는 사업을 최대한으로 확장해야 한다고 언제나 열심히 주장했었다.

프랭크의 돈벌이를 도와주는 것 이상의 무언가가 맬리의 가슴 속에 숨어 있었다 해도 큰 문제는 아니었다. 사업이 확장됨에 따라 프랭크는 더욱 맬리를 의지하게 되어 마침내 공동 경영 제의가 눈에 뻔히 보였다 해도 그것은 전혀 별문제였다. 그것은 신사적인 교환 조건이었다. 누구보다도 당사자인 프랭크가 처음부터 인정하고 있었던 것이다.

솔직히 말해 지금의 맬리에게는 그전에 맬리 자신이 프랭크에게 한 것처럼 보좌 역할을 해줄 수 있는 인물이 필요했다. 그러나 그런 인물이 어디 있단 말인가? 구체적으로 후보자를 생각하면 할수록 언젠가 스코트가 이야기한 말이 떠올랐다. 프랭크의 잔인할 정도의 자신감과 광적인 기질 숭배에도 불구하고 이런 사무실 직원이 지닌 도의심에 대한 스코트의 그 불쾌한 말은 분명히 맞는 것이었다.

예를 들면 브루노 맨프레디가 첫 번째 후보자로 떠오르지만, 잭 콜린즈와 너무 친한 점이 옥의 티였다. 존 리고드는 젊고 영리하며 언제나 궁색한 표정을 짓고 있어 제2의 맬리 커크라고 볼 만한 젊은이지만 브루노 맨프레디와 너무 친했다. 봉급 호송 일을 모두 맡고 있는 전경관 출신 버크는, 현직 경관들과 너무 접촉이 많고 좀 이기적이며 잔꾀가 많아 전혀 문제삼을 수도 없었다.

'랠프 하링겐 같은 사람이 자기를 도와주면 좋을 텐데'라고 생각하며 맬리는 문득 미소를 떠올렸다.

그 순간 그리니치 고등학교 교장과 만난 결과를 아직 하링겐에게 알리지 않았음이 생각났다. 그는 얼른 전화를 걸어 그 경위를 설명했다. 플러 교장에 대한 평가를 하링겐이 이의 없이 받아들였으므로 맬리는 무척 만족스러웠다.

"그렇습니다." 하링겐이 말했다. "나와 이야기할 때도 본줄거리와 관계없는 이론을 끌어내므로 애먹었지요. 그런데 그것은 결코 증인으로서 결점이라고 할 수 없습니다. 플러 교장 같은 지위에 있는 사람의 경우에는 더욱 그렇지요. 사람은 몇 살을 먹든 교장 선생님이라면 존경하게 되니까요.

나는 그 점이 배심원들에게 영향을 주리라고 생각한 것입니다. 그러나 당신 말이 맞을지 모릅니다. 아널드 랜딩의 소년 시절 가정환경이 좋지 않았다는 것을 너무 역설하며 오히려 역효과가 될 우려도 있습니다."

"맞습니다. 게다가 그분은 하링겐과 오랫동안 접촉한 것도 아니니까요. 옛날 이야기를 들춰내는 사람을 증인으로 세워봐야 아무 소용이 없습니다. 가장 좋은 증인은 랜딩이 경찰에 들어간 뒤의 친구 같은 사람들이지요."

하링겐은 좀 화난 듯한 목소리로 말했다.

"알고 있습니다. 랜딩과 함께 리스트를 만들 때도 그 점을 참작했지요. 플러 교장은 유일한 예였습니다. 그 예외의 인물을 인정한 내 뜻을 알겠습니까?"

"네. 그건 그렇고, 당신과 랜딩이 플러 교장에 대해 이야기할 때 루스도 한자리에 있었습니까? 말하자면 랜딩이 불량배에게 습격 당한 여학생을 구해냈다는 이야기를 할 때 그녀도 그 자리에 있었습니까?"

"네, 있었습니다. 아니, 잠깐만…… 그때는 한자리에 있지 않았습니다. 다이너와 함께 어딘가에 나갔던 것 같습니다. 랜딩과 의논할 때는 그녀도 늘 같이 있었는데, 그날은 웬일인지 루스가 말이 적었습니다. 신경이 몹시 날카로와져 있는 것 같았습니다. 하지만 그건 당연한 일이지요. 랜딩 못지않게 루스도 정신적으로 피로해 있었을 테니까요."

"알겠습니다. 그럼, 다시 연락드리겠습니다. 주말을 즐겁게 지내십시오."

맬리는 더 이상 그 화제에 언급하지 않았다.

맬리는 수화기를 놓으며 랜딩이 지금 겁내고 있음에 틀림없다고 생각되어 마음속으로 기뻤다. 랜딩은 너무 겁을 먹고 뛰어다니는 것이다. 그렇지 않다면 그 고등학교 시절의 비밀 사건까지 털어놓을 리 없다. 랜딩이 그 사건을 이용하고 싶다고 말했을 때 루스는 대체 어떤 기분이었을까?

이상하게 마음이 가벼워진 맬리는 서류더미 앞에 앉아서 다시 일을 시작했다.

서류더미가 거의 바닥나기 시작한 4시 30분쯤 화이트사이드 양이 들어와 급한 일로 손님이 찾아왔다고 알렸다.

"오늘은 사장님 일을 방해하지 말라고 냅 부인이 말했지만, 아주 중요한 일로 오신 분 같아요, 마일런 클레이머 씨로, 지방 검사국에서 심부름 오셨다고 합니다."

냅 부인의 엄한 명령을 받았기 때문에 화이트사이드 양의 목소리는 아주 조심스러웠다.

맬리는 그 이름이 얼른 생각나지 않았다. 얼마 뒤 겨우 펠릭스 로스캘조의 심복 부하라는 것이 생각났으나 크게 걱정되지는 않았다. 구태여 설명하자면 로스캘조에 대한 감정은——로스캘조의 부하에 대해서도 이 감정을 적용할 수밖에 없었지만——어쩐지 따뜻한 혈연 관계 같은 기분이 들었다.

지금 입장으로 보면 맬리는 로스캘조와 한 구멍 속의 너구리라고 할 수 있었다. 모두 똑같은 장사꾼인 것이다. 사용하는 말도 같았다. 게다가 재미있게도 저마다의 방법으로 같은 목표를 노리는 것이다. 로스캘조는 알고 있는지 모르지만, 이것은 아주 단순한 사건이다.

클레이머는 후리후리하게 키가 큰 젊은이로 불타는 듯한 빨강머리에 얼굴에는 주근깨가 많았다. 얼른 보아 18살쯤된 듯싶었으나 실제로는 26, 7살일 듯했다.

요즘은 어느 검사국에 가나 이런 풋내기들이 득실거린다고 맬리는 생각했다.

그들에게는 하링겐처럼 아버지가 쌓아올린 밑바탕이 없다. 그러므로 우선 검사국에 들어가 심부름하는 동안 법과대학을 졸업한 학생 냄새도 차츰 가시고, 마침내 작은 소송 사건을 맡게 되어 실제적인 훈련을 쌓기 시작하는 것이다. 그 결과 법조문뿐만 아니라 재판소 사정에도 훤한 변호사가 탄생된다. 젊음이 넘치는 활기찬 얼굴과 날카로운 눈을 가진 클레이머는 전형적인 그런 타입인 것 같았다.

더욱이 이 젊은이는 말수가 적었다.

그는 아주 간단히 말했다.

"로스캘조 씨는 곧 재판소에서 돌아오실 겁니다. 부디 사무실까지 나와 달라고 부탁하셨습니다."

중요한 용건에 대해 의논하고 싶다는 것이었다.

"어떤 용건이오?" 맬리가 물었다.

클레이머는 부드럽게 대답했다.

"제54조와 제70조라고 생각합니다."

70조는 치안 방해에 대한 조항으로 얼빠진 사립 탐정을 함정에 빠뜨리기 위해 옛날부터 흔히 사용되어 온 것이었고, 54조는 그것과 조금 달랐다.

"치안 방해와 공동 모의 말고는" 맬리가 말했다. "아무것도 없겠지? 시체 발굴이나 수뢰나 결투 따위로 엉뚱한 시비를 걸려는 건 아니겠지?"

클레이머는 미소를 지었다.

"글쎄요, 나는 단지 심부름을 왔을 뿐입니다."

그렇겠지 하고 맬리는 모자를 집어 들면서 마음속으로 말했다. '귀여운 코브라여'.

로스캘조는 덩치 큰 사나이였다. 키가 크고 배가 뚱뚱하게 나왔으며, 커다란 머리 꼭대기에는 한줌 정도의 흰 머리가 덮여 있었다.

그는 과일칼을 솜씨 있게 움직이며 사과 껍질을 벗기고 있었다. 그의 책상 위 접시에 동그마니 말려 있는 사과 껍질은 마치 기계로 뽑아낸 것처럼 깨끗했다.

이것은 브루노 맨프레디가 가방을 여는 절차와 비슷한 거라고 맬리는 생각했다. 그러나 붙임성 없는 점은 마음에 들지 않았다. 맬리는 방 안을 둘러보았다. 단 한 가지 눈에 띈 것은 물이 가득 든 유리병이었다. 검은 고무 비슷한 덩어리가 병 안쪽에 엉겨붙어 있었다.

로스캘조는 사과에서 눈을 떼지 않은 채 머리로 유리병을 가리켰다.

"뭔지 알겠소?"

이것은 맬리가 방으로 안내받은 뒤 로스캘조의 입에서 처음 나온 말이었다. 무척 느린 첫 발언이었다.

맬리는 대답했다.

"아니, 모르겠는데요."

로스캘조는 과일칼과 사과를 놓고 의자에서 벌떡 일어났다. 그는 유리병으로 다가가 병 옆에 있는 각설탕 집게로 엉겨붙은 덩어리 하나를 주의 깊게 집어 올렸다.

그는 사랑스러운 듯이 말했다.

"흡혈귀라오. 정확히 말하면 거머리지요. 두 달 전 내 사무실 직원들이 몰래 밀주를 팔던 버월리 거리의 이발소를 수색할 때 증거물과 함께 가져왔소. 그곳 이발소에서는 점을 빼는 데 아직도 이런 것을 쓰는 모양이오. 점이 있는 곳에 이것을 붙여두면 빠진다고 하오. 가까이에서 본 일 있소?"

로스캘조는 각설탕 집게를 맬리의 얼굴 앞으로 내밀었다. 각설탕 집게에 잡힌 점액성의 거머리는 느릿느릿 맹목적으로 항의하듯 계속 꿈틀댔다.

맬리는 속이 메슥거렸다. 그러나 꾹 참으면서 눈도 깜박거리지 않았다. 그것은 불쾌한 일이었다. 이런 종류의 벌레는 정말 질색이었다. 그 거머리는 무서운 악몽 속에서 건져낸 괴물처럼 보였다.

"대부분의 사람들은 이것을 싫어하는 모양이오."

로스캘조는 그 거머리를 다시 유리병 속에 넣었다. 맬리는 숨을 겨우 내쉬었다.

"왠지 모르지만 모두 싫어하는 모양이오. 당신도 그렇겠지요? 깜짝 놀라더군요. 그래서 당신도 싫어하는 것을 알았소. 그렇잖소?"

맬리는 아무 대꾸도 하지 않았다. 로스캘조도 대답을 기대하는 것 같지 않았다. 그는 의자에 앉아 사과를 집어 한 입 베어 물었다.

"나는" 로스캘조는 설명하듯 말했다. "그렇지 않소, 커크 씨. 당신은 거머리를 보고 놀라지만, 나는 그렇지 않소. 내가 놀라는 것은 남의 아파트 주위를 서성거리며 앓는 부인…… 말하자면 정신적으로 정상이 아닌 부인이 혼자 있을 때를 노렸다가 나이든 서투른 여배우인지 뭔지를 데리고 들어가 슬쩍 남편의 비밀을 캐내려는 사람이오. 그런 녀석을 보면 나는 놀란다오. 커크 씨, 무슨 이야기인지 알겠소?"

말의 내용보다 그 말투가 문제였다. 순간 맬리의 따뜻한 혈연 감정이 사라지고 맹렬한 분노가 끓어올랐다. 그러나 맬리는 곧 자신을 억눌렀다. 로스캘조가 무언가를 노리고 있다면, 방금 보여준 연극적인 행동으로 무언가를 노리고 있다면, 그것은 바로 맬리가 성내기를 바라는 것임이 틀림없다. 그런데 하마터면 거기에 말려들 뻔했다.

맬리는 오히려 자신이 원망스럽게 생각되었다. 마치 눈앞에서 빨간 망토를 흔들어대는 투우사 같은 행동이었다. 그 뒤에 위험한 창이 숨겨져 있다는 것을 알면서도 순간적인 실수로 말려들 뻔했다. 이쪽이 그런 얼빠진 투우가 아니라는 것을 로스캘조에게 가르쳐주지 않으면 안 된다.

맬리는 입을 열었다.

"무슨 이야기인지 전혀 모르겠군요."

로스캘조는 다시 사과를 한 입 베어 물며 조용히 생각하듯 입을 우물우물 움직였다.

"그렇다면 당신은 어떤 의뢰인을 위해 이번 주 월요일 어떤 노부인과 함께 아일러 밀러의 집에 그가 없을 때 들어가 밀러 부인과 이야기한 일을 부인하는 거요?"

맬리는 싱긋 웃었다.

"고발되지도 않은 일을 부인할 필요는 없겠지요. 내가 주거불법침입으로 고발당해야 합니까?"

로스캘조도 싱긋 웃으며 즐거운 듯이 말했다.

"고발하고 싶소. 고발하고 싶어서 못 견딜 정도요, 커크 씨. 내 일을 트집잡으려는 것이 얼마나 쓸데없는 일인지 가르쳐주기 위해서요. 그러나 고발하지는 않겠소. 밀러의 증언 내용을 바꾸기 위해 당신과 공범자가 한 일은 분명 공동 모의에 속하오. 그리고 또 한 사람의 공범자가 경찰 기록을 입수하려고 한 것도 역시 공동 모의에 속하오. 그 의뢰인은 동일 인물이겠지요? 의뢰인을 위해 무척 열심히 일하고 있더군요, 커크 씨. 그것은 자신을 궁지에 몰아넣는 결과가 될지도 모르오."

"궁지라고요?" 맬리는 상대방을 바보 취급하듯 되물었다. "그것을 사건으로 취급할 생각이라면 이런 이야기를 주고받을 필요도 없지 않을까요? 쓸데없는 이야기입니다. 당신이 그 사과 껍질을 다 벗기기 전에 나는 아래층에서 지문 조사나 받고 있으면 되니까요."

로스캘조의 눈썹이 꿈틀 움직이며 조용히 물었다.

"누가 사건으로 취급하겠다고 말했소?" 그는 사과 씨를 접시에 던지고 손수건으로 두 손을 깨끗이 닦았다. "나는 다만 사립 탐정 영업 감찰을 발행하는 관청에 가서 간단히 사정을 설명해 주고 싶을 뿐이오."

그것은 맬리에게 아주 불쾌한 말이었다. 생각하면 할수록 불쾌했다. 경찰 기록을 입수하려고 한 일은 스트라우스가 그들의 덫에 걸려들지 않았으므로 문제되지 않는다.

그러나 아일러 밀러의 일은 사정이 좀 다르다. 밀러와 그 엄숙한 간호원이 치명적인 증인이 될 것이다. 로스캘조에게 이것을 알린 사람은 밀러임에 틀림없으므로 필요한 경우 그가 증인으로 설 것이다. 간호원도 증인이 될 것이다. 밀러의 명령이라면 무슨 일이라도 할 여자다. 그리고 두 증인의 증언 내용을 상상해 보면 예상되는 결론은 한 가지밖에 없다. 맬리는 체념하고 말했다.

"알겠습니다. 당신 생각은 알겠으니 구식 말솜씨입니다만 그 칼을 집어넣으시지요."

"아직 당황할 필요는 없소. 랜딩 재판이 시작되어 밀러가 증인대에 설 때까지 기다리겠소. 이건 그 다음 일이오."

"그 다음이라니 무슨 뜻입니까? 설마 밀러가 당신을 배반하리라고 생각하는 건 아닐 테지요?"

로스캘조는 손바닥을 위로 하여 두 손을 크게 벌리며 비판하듯 어깨를 으쓱했다.

"나는 단순한 사람이오. 파이산(^{농사꾼.}^{스페인 어})이지요. 내 증인을 뺏어가려고 한 사람에게서 그런 말을 들으니 어리둥절해지는군요. 그게 무슨 뜻이오, 커크 씨? 당신은 내가 생각한 것보다 멍청하든가 아니면 너무 영리해서 내가 따라가지 못하는 것이오?"

"멍청한 편이지요." 맬리는 얼른 받아넘겼다.

"좋소. 이 말을 잊지 마시오. 앞으로는 내 증인에게 손대지 말도록."

"그렇게 한다면?"

"그렇게 한다면 당신의 영업 감찰은 무사할 거요. 그러면 일당 노동자가 될 걱정을 하지 않아도 되겠지요."

"고맙습니다." 맬리는 너무 마음을 놓았기 때문에 의자에서 일어날 수가 없었다. "당신이 주지사에 입후보할 때는 알려주십시오. 꼭 한 표 찍겠습니다."

이것은 때에 맞지 않는 농담이었다. 로스캘조가 자리에서 일어나 책상 너머로 그를 노려보았기 때문에 맬리는 실수했구나 생각했다. 로스캘조의 칼라 치수가 갑자기 작아지며 황소 같은 그의 목을 죄는 듯이 보였다.

로스캘조는 무시무시한 목소리로 말했다.

"언젠가 당신이 이혼 증거를 조작하는 일에 바쁘지 않을 때 부탁하고 싶은 일이 있소. 여러 신문사에 다니며 내 인기를 조사해 보오. 내 정치적 기반 말이오. 몇 사람이 내 이름을 알고 있으며, 몇 사람이 모르고 있는지."

"아닙니다, 그 말은 농담이었습니다."

"그런 농담은 나한테 하지 마시오. 절대로. 나는 30년 동안 지금보다 훨씬 돈벌이가 잘되고, 더 더럽고 씻어도 더러움이 지워지지 않는 일을 해왔소. 이번 일을 맡게 되자 나는 마치 증기탕에 들어가는 기분으로 더러움을 씻어버렸소. 그러므로 이번 일에 흠칠하는 사람은 누구도 용서할 수 없소!"

그것은 로스캘조의 진심에서 우러나온 말일 거라고 맬리는 생각했다. 로스캘조는 화형대에 선 사보나롤라(15세기 이탈리아의 교회 개혁자. 교황으로부터 파문당하고 화형에 처해졌음)처럼 감정이 격앙되어 있었다.

"실례했습니다," 맬리는 손을 내밀었다. "앞으로 조심하겠습니다."

로스캘조는 무뚝뚝하게 그 손을 바라보더니 눈길을 돌렸다.

"나가시오, 어서." 로스캘조는 음울한 목소리로 말했다. "어서 나가시오, 내던지기 전에."

맬리에게 큰 충격을 준 것은 그 말이 아니었다. 악수를 거절당한 것도 아니었다. 그것은 그 얼굴에 떠오른 표정이었다. 로스캘조가 저 유리병에서 일부러 불쾌한 벌레를 꺼내 불쑥 내밀었을 때 자기도 이런 표정을 지었으리라고 맬리는 생각했다.

15

그날 밤 온 몸의 털이 꼿꼿이 곤두설 만큼 무서운 꿈속에서 무섭게 뒤틀린 로스캘조의 이미지가 맬리를 괴롭혔다. 이윽고 그 싸움에서도 지쳐 꿈도 없는 천길 낭떠러지로 떨어졌다고 생각한 순간——1분도 지나지 않은 듯했는데——요란한 전화 벨 소리에 그는 갑자기 깨어났다.

그것은 냅 부인이 걸어온 전화였다. 방에 가득 들이비친 밝은 햇살을 희미하게 느끼며 오늘은 토요일이라고 맬리는 생각했다. 그렇다면 무언가 중요한 용건일 것이다.

냅 부인이 말했다.

"어제 돌아가신 뒤 두 곳에서 전화가 왔어요. 하나는 도널드슨 부인께서 걸었어요. 오늘 밤 플린십 씨의 아틀리에에 꼭 오십사고 말씀하셨어요. 모든 일이 잘되었다고 말씀드리면 아실 거라고요."

"알았소. 또 한 군데는?"

"스태튼 아일랜드의 더체스 허버 마을 조지 워이콥 씨예요. 그쪽 전화 번호는 전화번호부에 실려 있지 않은 모양이에요. 되도록 빨리 연락해 달라며 전화 번호를 가르쳐 주셨어요. 적으시겠습니까?"

냅 부인의 목소리는 마치 주문이라도 외는 것 같았다. 맬리는 후딱 짐이 달아나는 것 같았다.

"잠깐만……."

맬리는 눈을 감고 사태의 발전을 깊이 생각해 보았다. 지금쯤 로스캘조의 부하가 세인트 스티븐 호텔 교환실에 숨어들어 통화를 엿듣고 있을지 모른다는 생각이 들었다. 이제는 늦었다. 무슨 일을 하든 너무 늦어버렸다. 조지 워이콥 같은 거물——상어 떼 속의 한 마리 고래——을 유인한 어부의 행운을 이제는 저주할 수밖에 없었다. 팔짱을 낀 채 이런 노획물을 놓치다니, 될 말인가.

"여보세요, 여보세요" 하고 냅 부인이 불렀다.

"방금 말한 그 전화 번호는 찢어버리시오, 냅 부인. 찢어버려야 하오, 알겠소?"

냅 부인의 장점 가운데 하나는 두 번 되풀이해서 말할 필요가 없다는 것이었다.

"알았습니다. 그밖에 다른 일은 없습니까, 사장님?"

"없소, 없어."

앨릭스 플린십의 아틀리에가 자리잡은 아파트는 장방형인 글래머시 공원의 짧은 한쪽 가장자리에 있었다. 발코니와 쇠난간이 많은 그 아파트는 뉴올리언스 지방에서 그대로 옮겨놓은 듯했다.

아틀리에는 농구라도 할 수 있을 만큼 넓었다. 맬리가 들어갔을 때 방 안은 사람과 소리와 연기로 가득 차 있었다. 사람 물결 속에서 앨릭스를 찾는 일은 쉬웠다. 그는 다른 사람들보다 목 하나 정도는 컸기 때문이다. 턱수염이 더부룩한 그의 얼굴은 땀으로 번들번들 빛나 안개 속의 등대처럼 보였다.

디디는 물론 앨릭스 옆에 있었다.

맬리는 디디에게 물었다.

"대체 어떻게 된 거요? 몇 사람만의 작은 파티를 열 예정이었잖소? 이건 한떼가 모인 큰 집회로군."

디디는 익숙한 솜씨로 마티니 셰이커를 흔들어 보이며 말했다.

"투덜거리지 마세요, 맬리. 처음에는 몇 사람뿐이었어요. 그런데 모두들 친구를 데려오고 싶다는 거예요. 거절할 수는 없잖아요?"

"그래도 어떻게 조정했어야 할 게 아니오. 나를 위해 이렇게 모여 준 건 고맙지만, 때와 장소에 따라서……."

"어머나, 너무 잘난 체하지 마세요, 맬리. 이렇게 된 단 한 가지 이유는 당신이 경비를 부담했기 때문이에요. 말하자면 그림을 사주기 때문이지요. 세인트 스티븐 호텔에서 계산한다고 말했더니 준비도 금방 끝나고 모두 굉장히 협조적이었어요."

"물론 협조적이었을 테지. 루스는 어디 있소?"

"모든 일이 잘 되었다고 전화로 알려드렸잖아요? 저쪽에 있어요."

맬리는 디디의 손가락이 가리키는 방향을 따라 사람들을 헤치고 나아갔다. 루스를 발견하기까지 어쩐지 신경이 쓰였다.

이윽고 루스의 모습이 눈에 띄었다. 그녀는 비위맞추는 남자들에게 둘러싸여 무언가 재미있게 이야기를 나누고 있었다.

남자들 가운데 두 사람은 맬리도 본 기억이 있었다.

한 사람은 디디가 전에 출연했던 텔레비전 프로의 프로듀서 테드 홀러웨이였고 또 한 사람은 레플레콘(아일랜드 미신에 나오는 붉은 노인 모습을 한 귀신) 같이 생긴 키 작은 남자로, 에반을 따라다니던 사나이였다. 음유시인이 웨스트 사이드의 술집에서 기념할 만한 활약을 벌인 그날 밤, 이 사나이는 맬리에게 자기 소개를 하며 무명 시인 디 오마일러라고 자칭했었다. 그리고 재능은 에반보다 낫지만 성적인 정열은 훨씬 담백한 편이라고 말했다.

그는 슬픈 듯이 설명했다.

"그래서 나는 쓸모가 없습니다. 우리는 민녀징거(중세 독일의 음유시인)의 시대로 되돌아가고 있습니다. 그 시절의 시인은 백작에게 시를 읊어주고

백작 부인을——좋지 않은 이야기지만——흥분시키면 그것으로 임무가 끝났지요. 나는 절도라는 것에 대해 몹시 신경 쓰는 사람입니다. 이런 새로운 중세기에 나 같은 인간은 결국 아웃사이더일 뿐입니다."

루스가 남자들과 이야기하고 있는 모습을 보고 맬리는 일이 순조롭게 되어간다고 생각했다. 지금 상태로 보아 그녀를 점찍은 남자들이 은근히 기회를 노리고 있으나 아직 실제 행동으로 옮기지는 않은 듯했다.

갑자기 맬리의 눈앞을 한 종업원이 가렸다. 세인트 스티븐 호텔 그릴에서 언제나 보는 종업원이었다. 그는 쟁반을 높이 들고 마치 해초 속을 헤엄치는 뱀장어처럼 쉽게 사람 물결을 헤치며 나왔다.

그도 맬리를 알아본 모양이었다. 쟁반을 든 손을 내리며 그는 말을 건넸다.

"훌륭한 파티입니다, 커크 씨. 뭘 좀 드시지요?"

"아니, 필요 없네" 하고 맬리는 대꾸했다.

"이리 주게." 옆에 있는 사나이가 샌드위치 하나를 집어 들고는 볕에 그을린 혈색 좋은 얼굴을 맬리에게로 돌렸다. "커크 씨라고요? 아아, 그렇지. 프랭크 콘미 탐정사무실에 있는 분입니까?"

"그렇습니다."

"어쩐지 본 기억이 있다고 생각했습니다. 나는 치프먼입니다. 조 치프먼. 프랭크의 라디오 인터뷰를 맡았던 방송국의 경영자지요. 프랭크도 결국 죽었군요. 하지만 나이가 나이니까요."

그는 맬리의 점잖은 질문에 대해 2년 전 방송국을 팔고 태평양 연안에 있는 공동 경영자와 함께 독립 프로덕션 영화사를 시작했다고 대답했다.

"내가 나 자신을 설득한 셈입니다. 방송 사업을 할 때부터 지금은 영화 시대라고 프로듀서들에게 입버릇처럼 말해 주었는데, 내 자신이 그렇게 된 거지요. 내가 나를 설득했으니 이보다 더한 사기꾼은 없는 셈입니다."

머리가 하얀 아름다운 부인이 다가와서 치프먼이 손에 들고 있는 먹다 남은 샌드위치를 찬찬히 살펴보았다.

"여보, 조." 부인은 나무라듯 말했다.

치프먼은 한숨을 내쉬며 말했다.

"허참, 칼로리를 계산하는 여자란 집념이 강한 뱀 같다고 할까. 핸너, 이분이 커크 씨요. 진짜 사립 탐정이시지. 언젠가 커크 씨가 뒤를 쫓는 날이면 당신도 손드는 게 좋을 거요."

핸너 치프먼은 맬리를 보며 미소를 떠올렸다.

"어머나, 그렇다면 큰일이네요. 당신은 앨릭스의 친구인가요, 커크 씨?"

"아닙니다. 친구의 친구입니다."

"앨릭스는 속물적인 불거(불가리아 인)입니다." 치프먼이 조용히 말했다. "내가 그에게 처음 맡긴 일은 유나이티드 텔레비전 회사의 무대 디자인이었는데 참 훌륭했지요. 그런데 지금의 그를 보십시오. 당신은 아실지 모르지만, 이런 닭똥 같은 실없는 대걸작을 그리기 전의 앨릭스는 훌륭한 화가였습니다."

"조, 그런 말은 하는 게 아니에요." 핸너가 말했다

"네, 지금 그의 그림은 그 정도입니다, 커크 씨." 치프먼은 조용히 말했다. "나는 뉴저지 농장에서 2천 마리의 레그혼과 함께 자랐지요. 그래서 닭똥을 싫도록 봐왔기 때문에 지금도 한눈에 알 수 있습니다."

"뉴욕에는 무슨 일로 오셨습니까?" 맬리가 물었다. "전람회 구경뿐입니까?"

"아니, 나는 그런 좋은 팔자가 못 됩니다. 일 관계로 왔지요. 말하자면 배우와 감독과 각본을 마련하고 스폰서를 찾아야 합니다. 요즘의 문제는 각본입니다. 스타와 감독은 나무를 흔들면 얼마든지 떨어지지요. 그러나 각본은 그렇지 않습니다. MGM에서 사가다 혹시 빠뜨린 게 없을까 하여 눈에 핏발을 세우고 브로드웨이를 뒤지는 겁니다. 아시겠습니까?"

"알겠습니다. 아마 이번 시즌 연극 가운데 좋은 영화를 만들 만한 작품이 틀림없이 남아 있을 겁니다."

"좋은 영화라고요? 누가 좋은 영화라는 말을 했습니까? 눈을 뜨십시오, 내 친구여. 지금은 자동차 전용 극장 시대입니다.

어디나 마찬가지입니다. 젊은 사람들은 자동차 안에서 연애를 하기 위해 가고 어른들은 이따금 어린아이의 울음소리가 듣기 싫어 찾아가지요. 그런 사람들이 영화의 질을 생각하겠습니까? 스크린에 뭐든 비치기만 하면 되는 겁니다. 그것만으로 영화관에 갈 이유는 충분한 셈이지요."

"또 그런 이야기예요?" 핸너 치프먼이 그를 말렸다.

맬리가 치프먼에게 말했다.

"아마 2, 3년 전이라고 여깁니다만, 〈잃어버린 시간〉이라는 연극이 있었지요. 일 관계로 그 제작자를 알고 있는데, 그 연극을 아십니까?"

"아는 정도가 아닙니다. 영화로 만들려고 생각했는데 돈에 대해 까다롭게 굴기에 깨끗이 치워버렸습니다. 그렇게 화난 일은 그다지 없었습니다. 왜 그러시지요?"

"별것도 아닙니다만, 그런 연극을 제작하려면 돈이 얼마쯤 들까요?"

치프먼은 어깨를 추슬렀다.

"그야 여러 가지 조건에 따라 다르지요. 아마 적어도 8만 달러는 들 겁니다. 이것저것 경비가 자꾸 들어가지요. 정확한 숫자를 알고 싶거든 월 거리 저널을 읽어 보십시오. 극단의 경리 상태가 실려 있으니까요. 그 내막은 형편없습니다. 연극 제작이라는 것은 첫째 ……."

"조," 치프먼 부인이 끼어들었다. "화제를 바꾸지 않으면 큰소리로 외칠 거예요."

"귀엽지요, 커크 씨?" 치프먼이 말했다. "아내는 이런 출장여행을 싫어한답니다. 내가 사업 이야기만 하기 때문이지요."

핸너 치프먼이 다시 말했다.

"이야기는 괜찮지만 필요 없는 말이 너무 많아요. 이렇게 한다면 태평양 연안으로 돌아갈 때까지 각본도 얻지 못해요."

"어쩌면 그럴지도 모르지. 하지만 각본 대신 다른 것을 가지고 돌아갈지도 모르겠소."

치프먼은 이렇게 말하더니 맬리의 팔을 찌르며 목소리를 낮추었다.

"저기를 보셨습니까? 천연색이 되었을 때를 상상해 보십시오."

맬리는 뒤돌아보았다. 치프먼은 루스에 대해 이야기한 것이었다. 루스는 심각한 표정으로 디 오마일러가 길게 떠벌리는 이야기를 듣고 있었다.

"아름다운 여자로군요." 맬리가 말했다.

"허어, 당신은 표현력이 없군요." 치프먼이 말했다. "저 정도면 자동차 전용 극장에 모이는 멍텅구리들을 감동시킬 겁니다. 나는 아까부터 줄곧 관찰하고 있었답니다."

"나도 알고 있었어요." 치프먼 부인이 말했다.

"줄곧 관찰해 보았는데, 프로듀서인 내 눈은 틀림없습니다. 우리 회사의 미래는 이로써 갑자기 떨리기 시작했습니다. 그런데 저런 시냇가의 앵초꽃 같은 여자가 왜 참나리꽃 같은 감동을 주는지 모르겠습니다. 이것은 정신분석 의사에게 맡기는 게 좋겠지요. 내가 매력을 느낀 것은 그 감동입니다. 알겠습니까, 커크 씨, 내 감동을?"

"뚜렷이 알 수 있습니다." 맬리는 문득 치프먼 부부를 루스에게 소개해 줌으로써 그녀 옆으로 갈 좋은 기회로 이용할 수 있으리라 생각했다. "그녀에게 소개해 드릴까요?"

"부탁하겠습니다, 커크 씨."

치프먼은 얼른 대답하더니 아내에게 이상하다는 듯이 말했다.

"어떻게 생각하오, 핸너? 이분은 저 여자를 알고 있는 데도 이런 곳에서 우리와 시간을 낭비하고 있었구려. 이만한 자제심을 가진 사람을 본 적이 있소?"

"당신과 결혼한 뒤로는 본 적이 없어요."

루스를 둘러싼 사람 울타리는 이미 무너져 지금은 디 오마일러의 독주에 자리를 양보한 형태가 되어 있었다. 새로운 얼굴이 나타나자 오마일러는 씁쓸한 표정을 지었다. 그러나 맬리를 놀라게 한 것은 그게 아니라 루스가 그를 맞이하는 태도였다. 그녀는 따뜻한 손으로 맬리의 손을 꼭 쥐며 제법 다정한 목소리로 말했다.

"만나서 기뻐요. 당신에게 할 이야기가 있어요."

지난번 헤어질 때 거칠었던 루스를 똑똑히 기억하고 있는 맬리로서는 전혀 뜻밖의 태도였다. 맬리의 발갛게 상기된 볼과 반짝반짝 빛나는 눈과 빈 글라스를 보고 맬리는 곧 깨달았다. 말하자면 이것은 디디의 폭발적인 마티니 효과였던 것이다. 마티니는 디 오마일러에게도 효과를 나타냈으나 그 결과는 달랐다.

"영화 관계자들이군요." 소개가 끝나자 디 오마일러는 입을 삐죽거리며 험악한 눈으로 치프먼을 쏘아보았다. "당신들에게는 피 묻은 예술의 용병들이 있잖습니까. 문화의 죽은 살점을 파먹는 까마귀들이 있잖습니까."

"그건 곤란한데요." 치프먼이 대꾸했다. "나는 그런 것을 아내에게 보이지 않으려고 애써왔지요. 뭐랄까요, 당신은 우리 부부 사이를 이간시키려는 겁니까?"

치프먼의 관심의 표적이었던 루스가 스스럼없이 그의 어깨를 두드리며 말했다.

"언짢게 생각지 마세요. 훌륭한 용병이 되면 좋지 않겠어요? 나는 그런 것을 좋아해요."

"좋아할 것 같군요." 치프먼은 우울하게 대답했다. "서큐버스 같은 분. 아니, 인큐버스였던가요(둘 다 잠자는 사람을 범한다는 꿈속의 마귀. 앞의 것을 여자 몽마, 뒤의 것은 남자 몽마임) ?"

"서큐버스예요." 루스가 말했다.

"당신은 에드워드 1세를 알고 계시지요?" 그리고 루스는 갑자기 맬리에게 물었다. "플랜태저넷 왕가의 에드워드 말이에요."

"책에서 읽은 정도입니다." 대화의 비약에 놀라며 맬리는 루스의 손에서 글라스는 빼앗았다. "당신은 지금까지 몇 잔이나 마셨습니까?"

"겨우 두세 잔 마셨어요." 루스는 서슴없이 대답했다. "우리는 에드워드에 대해 이야기하고 있었지요. 에드워드가 명령하려 했던 켈트족의 음유시인 학살 사건에 대해 디 오마일러 씨가 작품을 쓸 예정이라고 하시기에 그것은 역사적 사실이 아닌 게 오래 전에 밝혀졌다고 말씀드렸어요. 리처드 3세에 대한 넌센스처럼 그건 꾸며낸 이야기예요."

"리처드 3세라면 알고 있습니다." 치프먼이 참견했다. "런던탑에서 어린아이를 죽게 한 사람이지요. 인큐버스입니다."

"죽이지 않았어요." 루스가 말했다.

"실례지만" 디 오마일러가 열을 내며 끼어들었다. "리처드 3세는 분명히 죽었습니다. 내 신념을 똑똑히 말씀드리겠습니다. 살인적인 영국 왕실의 역사를 미화하기 위해 그릇된 주장을 펴 세상에 아부하는 무리들의 행동을 정당화하는 일을 나는 결코 용서할 수 없습니다. 그것은 문학이라는 불멸의 육체에서 영혼을 훔쳐내는 짓입니다. 내 말이 틀림없습니다."

치프먼이 재판관처럼 한 손을 들어올렸다. "이의 신청을 기각하겠습니다."

디 오마일러는 못마땅한 듯한 표정으로 따져물었다. "그게 대체 무슨 뜻입니까? 당신은 어느 편을 드는 거지요?"

치프먼은 루스를 가리켰다.

"이 아가씨 편입니다. 혈기왕성한 미국 젊은이라면 누구나 이 아가씨 편을 들 겁니다. 한 번 생각해 보십시오. 만일 런던탑에 갇혔던 어린아이들이 죽여달라고 했다 해도 리처드는 그렇게 할 수 없었을 겁니다. 왜냐하면 그 아이들의 할머니가 리처드에게 그런 일을 시키지 않을 테니까요. 믿어지지 않는다면 내 장모님께 물어보십시오. 납득될 때까지 설명해 주실 테니까."

"조," 핸너 치프먼이 차갑게 쏘아붙였다. "그런 말은 농담도 되지 않아요."

"농담이라고요!" 디 오마일러가 외쳤다. "이건 엉터리 잠꼬대 같은 말입니다! 그 잠꼬대 같은 말을 퍼부은 대상을 생각한다면 입조심하는 게 좋을 겁니다."

그는 치프먼을 노려보았다. 치프먼은 깊이 숨을 들이마셨다.

"밖으로 나가서 그 말을 다시 한 번 해주실 수 있을까요?"

"아암, 하고말고요!"

"좋습니다." 치프먼이 말했다. "그렇다면 어서 밖으로 나가서 마음대로 떠드시오. 나는 이 귀여운 인텔리 아가씨와 할 이야기가 있으니까. 이 아가씨는 어쩌면——이건 그냥 말씀드리는 겁니다만——스크린 테스트를 받아보실 생각이 없으신지요? 결과는 알 수 없지만, 내 말은 농담이 아닙니다. 진지한 이야기입니다. 필름을 몇 피트 사용하여 그 감동이 카메라에 담겨지는지 어떤지 시험하고 싶습니다. 흥미 있습니까?"

"좀 신기한 일이지만" 루스가 대답했다. "그다지 흥미 없어요. 아까 이야기를 다시 하겠어요. 그건 자기 아이들이 아니라 조카들이었어요."

"누구 말입니까?" 치프먼이 어리둥절해서 물었다.

"어머나, 딴청을 하시는군요. 런던탑에 갔혔던 왕자들은 리처드 조카였지 자기 아이들이 아니었어요. 그 무렵의 사정으로 왕위 계승은……."

이때 혼자 고집을 부리고 있던 디 오마일러가 갑자기 치프먼의 소매를 잡아당기며 주위 사람들이 모두 돌아볼 만큼 큰소리로 외쳤다.

"여보시오! 당신은 나를 모욕했소. 분명히 모욕했다고 말하시오, 남자답게!"

"이러면 곤란합니다." 치프먼은 아랑곳하지 않고 대답했다. "나는 본디 겁쟁이입니다. 상대방이 어린아이나 할머니가 아닌 이상 남을 모욕하지 않습니다. 이렇게 작은 할머니가 아닌 한……."

그는 바닥에서 30센티미터쯤 되는 높이를 손으로 가리켜보였다.

디 오마일러도 지지 않았다.

"당신은 나를 몹시 모욕했습니다. 나는 그것이 못마땅합니다. 게다가 상대가 덩치 큰 뚱보이고 더러운 겁쟁이며 헐리우드의 납골당 같은 냄새를 풍기는 사람이라면 더욱 싫습니다. 당신 의견을 말해보시오."

맬리는 치프먼의 대답을 들을 필요가 없었다. 그는 재빨리 루스의 손을 잡아 태풍이 이는 곳에서 데리고 나왔다.

마지막에 언뜻 눈에 들어온 것은 아주 멋진 광경이었다. 디 오마일러의 주먹이 두툼하게 심을 넣은 치프먼의 어깨에 닿았다가 튕겨 나옴과 거의 동시에 핸너 치프먼이 큰 가죽 핸드백을 휘둘러 깜짝 놀라는 디 오마일러의 따귀를 철썩 때렸던 것이다. 그 충격으로 핸드백이 열리며 그 속의 물건들이 공중 여기저기 흩어졌다.

핸너는 그럴 생각이 아니었겠지만, 이것이야말로 에드워드 1세에 대한 고금에 다시없는 사랑의 채찍이라고 맬리는 생각했다.

16

바깥 세계는 춥고 텅 비어 있었다. 휘몰아치는 바람이 스쳐지나갈 때마다 정신이 번쩍 드는 것 같았다. 앙상한 가로수가 바람에 불려 소리 지르고 머리 위의 구식 가로등이 전봇대 끝에서 지겨운 듯이 덜컹거리며 흔들렸다.

루스는 층계를 내려와 보도에 발을 내려놓았다..

"잠깐만 기다리시오. 목숨을 앗아가는 병에 걸리고 싶습니까?"

맬리가 나무라듯이 말하며 코트 단추를 채워줄 동안 루스는 얌전히 서 있었다. 그녀의 따뜻한 체온이 맬리에게 전해져 왔다.

루스의 얼굴이 거의 위험한 거리까지 다가와 있었다. 이것을 이겨내는 단 한 가지 방법은 일부러 얼굴을 찌푸리고 단추를 빨리 채워주는 것뿐이었다. 여동생을 돌봐주는 오빠, 태연한 오빠가 되어주는 길뿐이다.

"걸어갈 생각입니까?" 이윽고 맬리는 물었다. "이런 날씨에 구태여 걸어갈 필요는 없지요. 내 자동차가 바로 가까이에 있습니다."

"걸어가는 편이 좋아요. 멋진 날씨군요. 마치 발푸르기스의 밤

(5월 1일 전야, 독일 전설로 마녀들이 브로켄 (산에 모여 마왕과 잔치를 벌인다고 전해짐) 같군요. " 루스는 달을 스쳐가는 구름을 쳐다보고 있었다. "저것 보세요. 지금 날아간 것은 틀림없이 마녀들이에요. "

"그렇지 않습니다. 저것이 만일 마녀들이라면 벌써 레이더에 걸려 롱아일랜드 언저리에서 격추될 겁니다. 초음속 제트기처럼. "

"그런 말은 그만두세요. " 루스가 말했다.

두 사람은 보도를 걸어갔다.

루스의 하이힐 소리가 조금 빠른 음악의 조주(助奏)처럼 맬리의 구두 소리를 따라왔다. 맬리는 그녀가 조심스럽게 10여 센티미터 떨어져서 걸어오는 것을 알아차렸다.

"레이더니 하는 말은 그만두세요. 마녀와 마법사와 기적과 관계없는 말은 아예 하지 말아요. '길에 파인 곳을 일부러 밟아보세요. 엄마의 등을 두드려보세요'. "

루스는 즐거운 듯이 중얼거리며 깨진 포석을 피해 걸어가다가 마침내 나직이 외쳤다.

"아아, 가엾은 엄마! 하지만 내 잘못은 아니에요. 이 길은 여기저기 구멍투성이군요. "

맬리는 빈정거리듯 말했다.

"그것이 엄마의 마음에 위로가 될 것 같습니까? 이 모습을 보면 엄마가 뭐라고 하실까요? 어떤 어머니라도 술 취한 딸이 마법의 주문을 외며 비틀비틀 걸어……. "

"그런 잠꼬대 같은 말의 결과를 생각한다면 입조심하는 게 좋을 거예요. 나는 마법의 주문을 외고 있는 게 아니에요. 그리고 술에 취하지도 않았어요. 내 간장은 특별히 튼튼한 모양이에요. 마신 술도 어떻게 처리해 버리는지 좀처럼 취하지 않아요. 지금은 주위의 물건들이 얇은 유리창 너머로 보이는 것 같아요. 이 정도면 크게 잘

못된 건 아니겠지요?"

"절대로 괜찮습니다." 맬리는 헌신적으로 말했다. "그 정도면 아주 이상적인 상태라 할 수 있지요."

"꼭 알맞은 표현이에요." 루스는 즐거움을 음미하듯 한숨을 내쉬었다. "아, 멋진 밤, 멋진 과거완료의 밤이에요. 나는 그 모임에 갔을 때부터 줄곧 지껄였어요. 마지막에 녹다운될 때까지 정말 즐거웠어요. 5년 동안이나 참고 있었던 말이에요. 정말 멋져요. 토론은 정말 멋져요. 미소지으며 혀끝으로 비위맞추는 건 질색이에요!"

"그럴 거라고 생각했습니다. 그건 그렇고, 소개시키기 전에——즉 그 활극이 벌어지기 전에——나한테 할 이야기가 있다고 했지요?"

루스는 생각하다가 멍청히 고개를 저었다.

"글쎄요…… 무언가 말하려고 했었는데 생각나지 않는군요. 내가 어떻게 됐나 봐요."

"어떻게 됐다고요? 뭔가 다른 이야기를 해보시오. 생각날지도 모릅니다."

"무슨 말을 하면 좋을까요?"

루스는 웃었다. 순간 딸꾹질이 나왔다. 그녀는 부끄러운 듯이 말했다.

"어머나, 딸꾹. 이것으로 모두 끝났군요."

그곳은 4번 거리였다. 루스는 길모퉁이의 우체통을 두 손으로 잡고서서 발작적인 웃음과 심한 딸꾹질의 공격으로 어쩔 줄 몰라했다. 그녀는 겨우 말을 이었다.

"모든 것이, 몸도 마음도 정신도 모두 앨릭스의 그림처럼 되어버렸군요. 그런 그림을 어떻게 생각하세요?"

"리놀륨을 붙인 방에서 사는 것 같은 느낌을 줍니다." 맬리가 말했다. "딸꾹질에 가장 잘 듣는 약은 등을 두세 번 때리는 거지요. 괜찮다면 내가……."

"싫어요. 엉터리 요법은 사절하겠어요. 듣지도 않아요. 그리고 이제 나았나 봐요. 나았어요."

루스는 똑바로 서서 눈을 감고 조심스럽게 숨을 들이마셨다.

"나았어요. 타조 요법이 가장 잘 들어요. 눈을 감자 모든 것이 없어졌어요."

"그렇겠지요. 아니면 앨릭스의 그림 이야기를 했기 때문이 아닐까요?"

"아니에요. 그 이야기를 꺼낸 건 다른 이유 때문이었어요. 뭔가 다른 이야기를 하라고 하셨잖아요? 그래서 앨릭스의 그림 이야기를 고른 거예요. 하지만 당신도 도와주셔야겠어요. 앨릭스의 그림에 대해 고상하고 치명적인 비평을 해보세요."

"나는 그럴 자격이 없습니다." 맬리가 말했다.

바람이 뒤에서 몰아붙였다. 추위로 얼어붙은 얼굴에 생기가 돌아왔다. 맬리는 한숨 돌리고 나서 물었다.

"왜 내가 그런 비평을 할 수 있으리라고 생각했습니까?"

"글쎄요……" 루스는 솔직히 말했다. "도널드슨 부인은 그렇게 생각하고 있더군요."

맬리는 루스의 얼굴을 보았다. 그녀의 얼굴은 무표정했다. 너무나 무표정하다고 그는 생각했다. "도널드슨 부인이 뭐라고 했습니까?"

루스는 머리를 가로저었다. "미안해요. 내 입이 그만 실수를 했군요. 이런 말은 하지 않는 건데……."

"사과하지 않아도 됩니다. 그녀가 뭐라고 했습니까?"

"별것 아니에요. 그녀는 솔직하게 말했어요. 그녀의 말을 그대로 옮겨보지요. 당신은 아주 '고상하고 치명적인 의견'을 가진 분이라고 했어요. 언제나 말을 잔뜩 짊어지고 날아다니는 일종의 문화적인 천사 같다고요. 그녀가 당신을 그렇게 생각하고 있다는 것을 몰랐나요?"

"물론 알고 있습니다." 맬리는 불쾌한 예감을 느끼며 말했다. "하지만 당신들 두 사람이 그런 이야기를 나눈 줄은 몰랐습니다. 언제 그런 이야기가 오갔습니까?"

"오늘 오후 아틀리에에서요. 그녀가 전화로 파티에 초대했을 때는——그때 말투로는 파티라기보다 에반 글리피스의 추도 모임 같았어요——파티 입장권 대신 먼저 아틀리에에 가서 앨릭스의 그림을 감상해 달라고 말하더군요. 그래서 나는 승낙하고 아틀리에로 갔어요. 그런데 그녀가 나를 구석으로 끌고 가서 끝도 없이 이야기를 늘어놓았어요. 당신 이야기도 꽤 많이 했어요."

"좋은 이야기였습니까, 나쁜 이야기였습니까?"

"글쎄요, 양쪽 다예요. 당신은 재미있는 성격으로, 아주 감상적이라고 했어요."

맬리는 주춤 놀랐다. "그것도 그녀가 한 말입니까?"

"네, 그래요. 하지만 나쁜 뜻에서 한 말은 아닌 것 같아요. 에반 글리피스도 그런 성격이었기 때문에 당신과 그는 마음이 맞았다고 하더군요. 그녀는 에반의 이야기도 많이 했어요. 그녀의 역할은 귀여워해주고 돌봐주는 보답으로 가끔 얻어맞았다는 거예요. 무척 즐거운 듯이 이야기했어요."

"그렇습니다. 그녀는 그런 일을 예사롭게 여깁니다."맬리가 말했다. "앨릭스의 경우도 마찬가지지요. 그녀는 자진해서 그런 취급을 바라고 있답니다."

"정말 그래요. 화랑에서 그녀와 앨릭스가 함께 있는 것을 보고 나는 슬펐어요. 그녀는 열심히 앨릭스에게 애정을 보이고 있는데 앨릭스는——눈에 띄게 난폭한 짓을 하지는 않았지만——언제나 다른 곳을 보고 있었어요. 옆에서 보고 있으니 정말 슬펐어요. 그녀에게는 자존심도 없나 봐요. 다른 사람들에게 얼마나 가엾어보이는지 모르는 모양이에요."

"알고 있어도 그런 일에 마음 쓸 사람이 아닙니다. 당신과 둘이 이야기할 때 도널드슨도 화제에 올랐습니까? 그녀의 전남편 말이오."

"전남편이 쫓아다닌다는 말밖에 하지 않았어요. 왜요? 전남편이 어떻게 했나요? 그녀를 때렸나요?"

"그보다 더했습니다." 맬리가 말했다. "그녀는 남편의 간통 현장을 잡았습니다. 이것은 정말입니다."

맬리는 못 미더워하는 루스의 표정을 보며 다시 덧붙였다.

"도널드슨이 다른 여자와 한 침대에 있는 것을 보자 그녀는 매맞는 것보다 더 큰 충격을 받은 모양입니다. 이것은 전문가의 의견입니다. 나 같은 일을 하다 보면 싫어도 간통에 대한 전문가가 되지요……. 어떤 종류, 어떤 모양의 간통에 대해서든지."

"그럴 거예요." 루스가 말했다.

루스의 말투가, 그 말투에 담긴 무언가가 로스캘조에게 당한 맬리의 신경을 건드렸다.

"그것이 내가 하는 일 가운데 하나입니다." 맬리가 말했다. "그런 점에서는 랠프 하링겐의 일도 아널드 랜딩의 일도, 마찬가지지요. 어떤 간판을 내걸고 있든 우리는 한 구멍 속의 너구리입니다. 뉴욕에서 장사하려면 영업 감찰이 필요하다는 것은 당신도 알고 있겠지요?"

"아니오, 잘 몰랐어요. 왜 그렇게 화를 내세요? 나는 다만 그럴 거라고 말했을 뿐인데……."

"그것으로 좋습니다."

"왜 좋다고만 말씀하시지요?" 루스는 참을 수 없다는 듯한 표정을 지었다. "나는 당신이 이해하실 줄 알고 말했어요……. 아무튼 좋아요, 도널드슨 부인에 대해 이야기해 주시겠어요? 그녀는 지금의 당신보다 훨씬 말솜씨가 좋았어요, 그것만은 말해 드리겠어요."

이 여자는 나를 화나게 만드는 솜씨도, 마음을 진정시키는 솜씨도 좋다고 맬리는 생각했다. 그런 생각이 들자 그리 불쾌하지는 않았다.

"그럼, 이야기하겠습니다." 맬리는 입을 열었다. "그녀는 텍사스 주 출신으로, 산양을 치는 가난한 집에서 태어났습니다. 16살 때 그녀는 집도 양도 싫증나서 백만장자와 결혼하려고 마음먹었습니다. 물론 그녀가 간 곳은 댈러스였습니다."

"그랬을 거예요. 그런데 도널드슨 씨라는 사람이 백만장자였겠지요, 그리고 그도 역시 털빛이 다른 산양 (호색한 이라는 뜻)이었다는 말이겠지요?"

"아니, 그건 당신이 한 말입니다. 당신 말대로 산양이었습니다. 도널드슨은 자기 사무실에 취직한 그녀에게 처음에는 아버지 같은 관심을 보여주었고, 다음에는 조금 다른 종류의 관심을 나타냈으며, 마침내 그들은 어느 날 밤 눈이 맞아 사랑의 도피를 했습니다.

그런데 이상한 일은 그 무렵의 그녀는 '미스 아무개'라고 부를 정도의 처지도 못 되었다는 점입니다. 겉모습도 지금처럼 세련되지 않았는데 도널드슨이 자진하여 결혼한 겁니다. 그녀의 설명에 따르면 그녀가 숫처녀였기 때문이라더군요, 결혼하는 일 말고는 다른 방법이 없었던 거지요, 도널드슨 같은 남자는 첫날밤을 아주 중요시하니까요.

어떤 여자나 마음대로 손에 넣을 수 있지만, 그런 사람들이 탐내는 것은 아직 남이 손대지 않은 나무 꼭대기의 과일입니다. 이를테면 그것이 흙냄새 나는 17살 소녀라도 상관하지 않습니다. 아무튼 도널드슨은 막무가내였습니다.

그래서 얼마 동안은 사이좋게 지냈습니다. 그녀는 모범적인 주부가 되려고 애썼습니다. 잡지 광고 사진에서 흔히 보는 것처럼 말입니다. 멕시코 하녀들을 쓰고 있었으니 모범적인 주부가 되는 일도 그리 어렵지는 않았지요. 도널드슨 역시 모범적인 남편으로 아주 만족했던 모양입니다. 그녀는 꿈에도 몰랐습니다. 도널드슨이 출장 갈 때마다──그 출장이 아주 잦았는데──꼭 여자와 만난다는 것을.

뉴욕으로 이사와서 현장을 잡을 때까지 그녀는 완전히 모르고 있었습니다. 도널드슨이 이제 발각되어도 괜찮다고 생각했는지, 아니면 아직 발각되지 않으리라 자신하고 있었는지 모르지만 아무튼 발견되었습니다. 그녀가 신문에서 읽은 거라면 가십난 정도였는데, 도널드슨이 바로 그 난에 어울리는 봉이었지요. 도널드슨은 뭐라고 할까, 바람피우는 데 대해 그리 신중을 기하지 않았습니다.

그래서 어느 날 그녀는 도널드슨 몰래 전화번호부를 뒤져 변호사를 부른 겁니다. 공교롭게도 그 변호사가 우리 사무실을 이용하고 있었기 때문에 내가 등장하게 된 거지요. 도널드슨의 간통 현장을 잡을 때 나도 사진사와 함께 갔습니다. 그래서 그때의 그녀 모습도 자세히 알고 있습니다. 그러므로 매맞는 것보다 더 큰 충격을 받았다고 말한 겁니다. 정말 충격이 큰 것 같았습니다. ”

“하지만 곧 잊어버린 모양이에요. ” 루스가 말했다. “지금은 완전히 자기를 찾은 것같이 보여요. ”

“내가 말하고 싶은 것은 그 점입니다. 그녀는 자기를 되찾지 못했습니다. 그래서 지금과 같은 그녀의 성격이 만들어진 겁니다. ”

루스는 빈정거리듯 말했다.

“지금의 성격이 어떻든 그녀는 남자를 열렬히 사랑하고 있어요. 사랑과 헌신에 자신을 바치고 있어요. 남편의 부정한 현장을 본 일이 그렇게까지 영향을 미친다면 오히려 그 반대의 성격이 되지 않을까요? 남자를 경멸하게 되지 않을까요?"

"아닙니다." 맬리가 말했다. "그렇게 되지 않습니다. 당신의 이론은 훌륭하지만, 도널드슨 부인의 경우에는 통용되지 않습니다. 그녀가 경멸하고 있는 것은 그녀 자신입니다. 이런 말을 그녀 앞에서 하면 크게 화낼지 모르지만, 이것은 엄연한 사실입니다.

마음속으로 그녀는 자신을 무능력하게 생각하고 있습니다. 그러므로 글리피스에게 보인 태도나 지금 앨릭스에 대한 태도는 일종의 대상(代償) 행위라고 할 수 있지요. 그녀는 자기가 좋아하는 남자를 선택하여 자기도 완전한 배우자가 될 수 있음을 증명하고 싶은 겁니다. 완전한 여성 말입니다. 도널드슨은 그녀에게 이런 영향을 미쳤습니다. 그녀의 주춧돌을 빼앗아버린 겁니다."

루스는 맬리를 물끄러미 바라보았다.

"당신은 그녀를 무척 좋아하는 것 같군요."

"글쎄요. 무척 동정하고 있습니다. 동정하는 사람을 어떻게 좋아할 수 있겠습니까?"

이것은 과녁을 겨냥한 말이었다. 루스와 랜딩의 결합을 깨지 않으면 안 된다는 생각, 랜딩을 루스로부터 망각의 나라로 차 떨어뜨려야겠다는 충동이 마치 육체적 갈증처럼 불쑥 맬리의 몸을 치달렸다.

그러나 루스는 작은 상처가 있는 입매에 잔잔한 미소를 떠올리며 살피듯이 그를 쳐다볼 뿐이었다.

루스는 한참 있다가 말했다.

"정말 약한 성격이군요."

완전히 과녁에서 빗나갔다고 맬리는 생각했다.

"고맙습니다. 그리고 무척 감상적입니다. 감상적이라는 점을 잊지 마십시오."

"네, 감상적이에요" 하고 루스는 대답했다.

그 뒤 루스는 깊은 생각에 잠겼다. 맬리는 그것을 방해할 엄두가
나지 않아 오로지 상상할 수밖에 없었다.

두 사람은 말없이 걸었으나 맬리는 조금도 불쾌하지 않았다. 왜냐
하면 유니언 스퀘어에서 길을 건널 때 바싹 스쳐 지나는 한밤중의 전
조등 빛을 받으며 그는 루스의 팔을 끼었기 때문이다. 그녀는 팔을
빼지도 않고 거절하지도 않았다. 적어도 이 정도는 육체적으로 그녀
를 정복한 셈이라고 생각하며 그는 순간 속으로 빙그레 웃었다.

언젠가 프랭크 콘미가 이런 사랑 게임에 대해서, 사랑의 험난한 길
에 대해서 이야기한 말이 생각났다.

프랭크의 의견은──그것은 순수한 앵글로 색슨적인 말이었지만
──이런 내용이었다. 어떤 여자에게 매력을 느꼈다면 그녀에게 할
말은 단 한마디밖에 없다. 그 여자의 대답이 예스든 노든, '좋아요'
또는 '싫어요'라고 하든, 그것은 여자의 문제일 뿐 남자가 떠들어댈
필요도 없고 춤을 출 필요도 없다.

그녀의 창가에서 기타를 친다든가, 오줌 냄새나는 말이 끄는 마차
를 타고 공원을 돌아다닐 필요도 없다. 요컨대 예스냐 노냐가 문제일
뿐, 노라면 단념해야 한다.

프랭크의 말에 따르면, 사랑이란 생리적 필요에 예쁜 상표를 붙인
것에 지나지 않는 일이다. 사랑이란, 유행가 작곡가나 그것을 팔아먹
으려는 사람들이 만들어낸 선물인 것이다. 그러므로 한 번이라도 사
랑이라는 말에 의심을 품어본 사람이라면 결혼 반지를 코에 끼고 도
살장으로 끌려가는 소처럼 되기 전에 자기 권리를 뚜렷이 확립하지
않으면 안 된다.

맬리는 이와 같은 프랭크의 생각에 대해 논쟁할 정도로 친절을 베풀지 않았고, 또한 너무 논리적인 주장이라 노골적으로 반대하지도 않았다. 후배를 아껴서 타이르는 노인의 지혜려니 하고 선의로 해석했을 뿐이다.

그러나 지금 새삼스레 그 말을 하던 프랭크의 모습을 떠올리자 서글픈 생각이 들었다——늙은 볼이 병적으로 불그레해져 그는 한 손에 든 벌룬 글라스의 술을 엎지르며 또 한 손으로는 이야기를 강조하기 위해 열심히 허공을 휘저었고 그의 목소리는 흥분으로 떨려나왔다.

프랭크는 단순히 자기 이야기를 즐기고 있었는지는 모른다. 그러나 지금 맬리는 루스의 팔에 접촉된 느낌을 맛보며 그 노인의 생각이 어리석고 딱하게 여겨졌다. 프랭크에 대해 그렇게 생각되자 맬리는 마음이 아팠다. 그러나 이젠 어쩔 수 없는 일이다.

'늙은 철학자 프랭크 콘미여, 안녕' 하며 맬리는 씁쓸한 기분이 되었다.

자기 집 문 앞에 이르자 루스는 핸드백을 열어 열쇠를 꺼냈다. 그리고 갑자기 맬리를 똑바로 쳐다보았다.

"역시 얼마쯤 프로이트 적이었어요. 무의식적으로 잊어버리고 싶다고 생각했기 때문에 한 말이 방금 생각났어요."

"다행이군요. 하지만 말하고 싶지 않은 일이라면……."

"아니에요. 말하고 싶어요. 꼭 말하고 싶어요. 저번에 당신이 바래다주셨을 때 내가 보인 행동에 대한 거예요. 나중에 몹시 마음에 걸렸지만, 어떻게 사과해야 좋을지 몰랐어요. 전화를 걸려고 했지만 수화기를 들 때마다 어떻게 말해야 좋을지 몰라 그만두었어요.

오늘 파티에서 만났을 때도 역시 그랬어요. 처음에는 잘 나가다가 막상 이야기하려고 하면 어리둥절해져요. 지금은 다행히 그렇지

않으니 말하겠어요. 지난번의 그 행동은 좋지 않았어요. 사과드리
겠어요."

찬바람이 뺨을 때리고 가랑잎이 발밑을 굴러갔으나 맬리는 뜨거운
피가 용솟음쳐 올라 몸이 뜨거워져 멍하니 선 채 그녀를 바라보았다.

"이상하군요. 나도 같은 생각을 하고 있었습니다. 내가 잘못했다고
생각하고 있었습니다."

"그렇지 않아요."

"그럼, 왜 그렇게 되었을까요?"

"모르겠어요." 두 사람은 문 앞에 서서 깊은 밤에 은밀히 속삭이듯
말을 주고받았다. 한 쌍의 아베크가 지나가며 호기심에 찬 눈으로 두
사람을 바라보았다.

그들이 지나가기를 기다렸다가 루스는 반쯤 화난 듯한 목소리로 말
했다.

"아마 난 무서웠던 모양이에요. 이런 말을 해봐야 변명도 되지 않
겠지만."

"그럼, 지금은 무섭지 않나 보군요. 무섭습니까?"

"네."

"내가?"

"네. 아니에요, 모르겠어요. 왜 내 말을 진심으로 받아들이세요?
오늘 밤은 발푸르기스의 밤이에요. 모든 것이 뒤죽박죽이에요. 게
다가 술도 많이 마셨고요. 그건 틀림없지요?"

맬리는 루스의 어깨에 두 손을 얹고 가볍게 흔들었다.

"정말로 내가 무섭습니까?"

"그만두세요."

그러나 그녀에게서는 맬리가 예상했던 저항이 조금도 느껴지지 않
았다.

"무섭습니까?"

"아니오."

"좋습니다. 그럼, 또 언제 만날 수 있을까요?"

루스는 문득 놀란 듯이 말했다.

"안돼요! 저, 이런 식으로 만나선 안돼요. 아시겠지요?"

"나는 화요일이 좋습니다. 오후에는 일이 없으니 퇴근하여 당신을 만나러 가겠습니다. 저녁 식사를 하고 연극 구경을 하고 실컷 이야기를 나눕시다, 어떻습니까?"

"오늘 밤 일과 그것은 아무 관계없어요. 그런 약속은 아무 뜻도 없어요, 나는 당신 말을 듣지도 않았어요."

"그럼, 잘 들어보시오. 화요일에 학교로 모시러 가겠습니다."

"학교로 오는 건 싫어요."

"그럼, 7시에 이리로 오겠습니다."

"어떻게 말씀드려야 알아들으시겠어요?"

"함께 식사하고 마음껏 이야기 나누는 것이 왜 나쁩니까? 화요일에 만나 그렇게 합시다."

"화요일 밤에 시간이 있을지 모르겠어요. 그리고 언제나 전화할 수 있잖아요. 그러니 형편이 되면 내가……."

그것은 생각해 볼 필요도 없는 흥정이었다.

"그러면 어떻게 되는지 알고 있잖습니까?" 맬리가 말했다. "당신은 전화기 앞에서 머뭇거리다 괜히 신경만 피로해질 뿐입니다. 지금 결정하는 것이 좋습니다."

"이건 당신 혼자 결정한 거잖아요?" 루스는 하는 수 없이 대답했다. "네, 좋아요. 당신이 그렇게 억지를 부린다면……."

그녀가 문을 닫고 집 안으로 들어갔을 때 맬리는 과연 오늘 밤은 발푸르기스의 밤이라고 생각했다. 얼마 안 있으면 크리스마스가 올

것이다.

17

　화요일 오후 늦게 냅 부인이 사무실에 들어와, 연극표를 사두었고 르 빠비용에 테이블을 예약해 두었으며 조지 워이콥에게서 몇 번이나 전화가 왔었음을 보고했다.

　"뭔가 사장님과 이야기하고 싶은 모양이에요. 이번에 걸려오면 어떻게 할까요?"

　"뭐라고 대답했소?"

　"지금은 형편이 좋지 않다고만 말했어요. 목소리로 짐작하건대 기분이 언짢은 것 같았어요."

　"안됐구먼."

　맬리는 냅 부인에게 로스캘조와 담판한 요점을 설명해 주었다.

　그러나 냅 부인이 말했다.

　"그렇다면 선택할 여지도 없군요. 이번에 다시 걸려오면 내가 적당히 처리하겠어요. 여행중이라고 말해 두지요. 아마 다음 주일이라 여깁니다만, 전화 도청 문제로 사립 탐정 사무실이 두 군데나 올버니(뉴욕 주 수도)에 호출당하게 되었어요. 알고 계시지요?"

　"아니, 모르오. 어디서 그런 정보를 얻었소?"

　"인터 아메리칸 탐정 사무실에 있는 분이 루 스트라우스 씨에게 말했어요. 이번에 호출된 두 탐정 사무실은 사업상의 적수도 아니고, 말단 교환수인지 뭔지가 말썽난 모양이에요. 하지만 올버니에서는 크게 문제삼겠지요. 당국에서는 사립 탐정 사무실이라면 모두 다 같은 눈으로 보니까요. 그러므로 지금은 가장 불리한 때예요. 말썽이 일어나면 곤란하지요."

　"언제나 가장 불리한 때요" 하고 맬리는 말했다.

데이트할 옷으로 갈아입기 위해 세인트 스티븐 호텔로 가는 도중 맬리는 저녁 신문을 사서 욕조 안에서 읽기 시작했다.

처음에는 만화부터 시작하여——메리 워스의 새 부하는 이번에 굉장한 활극을 보여주고 있었다——다음에는 스포츠 난을 훑어보고 마지막으로 맬리 진저 박사가 담당하는 신상 상담란에 눈길을 멈추었다. 이것은 아주 오래 전부터 연재된 난으로 까다로운 심리학 용어를 섞어 투고한 본인에게도 어딘지 결함이 있는 듯이 꾸며놓는 것이었다. 투고 편지는 흔한 내용이었다.

진저 선생님

신혼 여행에서 돌아온 뒤 남편은 당분간 시어머님을 모셔도 좋겠느냐고 물었어요. 시어머님은 성품이 좋지 않고 잔소리가 심한 분이지만, 나는 허락했어요. 그런데 그 뒤 3년이나 지나 요즘은 날마다 죽을 것만 같은 심정입니다. 시어머님은 경제적 여유도 있으므로 우리와 함께 사는 것은 잘못이라고 생각해요. 어떻게 하면 남편에게 이것을 이해시킬 수 있을까요?

이디스

맬리는 열심히 해답을 읽었다.

이디스 씨

당신이 '잘못'이라고 말한 것은 당신만을 위한 '잘못'이라는 뜻이 아닐까요? 냉정히 생각해 보면 알 수 있듯이 그 말 속에는 당신이 아닌 또 한 사람의 생활이 포함되어 있습니다. 당신 마음속에 있는 무의식적인 적의 때문에 그것을 잊어버린 것이 아닐까요? 우리는 자신의 동기를 완전히 이해한 뒤……

과연 진저 박사의 권위에 어긋나지 않은 회답이라고 맬리는 감탄했다.

옷을 입는 동안 그는 벨리건의 〈처음이 어려워〉라는 노래를 골라 전축에 걸었다. 옆방이 염려되었지만 걱정할 것 없다고 생각하며 맬리는 볼륨을 올렸다.

세인트 스티븐 호텔 맨 위층에는 두 세대뿐으로, 옆방에는 퇴역한 해군소장과 그의 아내가 살고 있었다. 이 부부는 청각이 몹시 예민한 것이 옥의 티였으나, 그것을 유머 감각이 반쯤 구제해 주었다.

그 부부는 보통 세 곡까지는 아무리 볼륨이 커도 참아주지만 그 이상 넘으면 농담 비슷이 문을 두드린다. 맬리가 문을 열면 해군소장과 그의 부인은 "명령!" 하고 말한다. 그러면 맬리는 곧 "알았습니다" 하고 전축의 볼륨을 낮춘다. 이것이 습관처럼 되어버렸다.

하지만 지금은 절대로 강한 음악과 독한 술이 필요하다고 맬리는 생각했다. 그 이유를 말해 주면 바다의 늙은 너구리도 그의 기분을 이해할 것이다.

맬리는 독한 술을 글라스에 따라 단번에 반쯤 마시고 나머지는 침실로 들고 가서 옷갈아입는 동안 목을 축이기로 했다. 그는 셔츠의 커프스 버튼을 만지며 진저 박사에게 보낼 편지를 마음속으로 써보았다.

진저 선생님

나는 로맨틱한 남자로 어떤 아가씨를 죽도록 사랑하고 있습니다. 그러나 그 아가씨는 위증죄로 기소된 경관과 약혼한 사이입니다. 과연 나는 형무소에 있는 그 남자로부터 결혼 선물을 받을 권리가 있을까요? 가르쳐 주십시오.

벨리건의 세 곡째 슬픈 노래가 끝나고 맬리가 진저 박사식의 대답을 상상하고 있을 때 언제나처럼 노크 소리가 났다. 그는 성큼성큼 뛰어가 얼른 문을 열고 말했다.

"네, 알았습니다!"

문 앞에 선 사나이는 눈을 동그랗게 떴다. 그는 해군소장이 아니었다. 검은 제복을 입은 운전 기사로, 모자를 든 두 손을 가슴 앞에 모으고 있었다. 몸집이 단단한 작은 사나이로, 맬리보다 머리 하나쯤 작고 얼굴은 좀 넓적했으며 눈은 구두 단추처럼 검게 반짝거렸다.

"미안합니다," 맬리는 말했다. "사람을 잘못 보았군요."

"나는 캑스턴이라고 합니다," 운전 기사가 말했다. "클리언텔 리무진 서비스에서 왔습니다. 당신이 커크 씨입니까?"

"그렇소. 하지만 당신이 찾고 있는 커크 씨는 아닐 거요. 나는 자동차를 부른 적이 없으니까."

사나이는 난처한 얼굴로 맬리의 어깨 너머로 방 안을 들여다보았다.

"혹시 자동차를 부탁하신 분이 없으십니까?"

"없소. 보다시피 이곳에는 나 혼자뿐이오."

"그렇습니까? 정말 실례했습니다, 커크 씨."

캑스턴의 이 말을 듣는 순간 맬리는 멋지게 속았다는 것을 알았다. 그러나 이제는 꼼짝할 여유도 없었다. 사나이가 한 손으로 운전 기사 모자를 훌쩍 던져버리자 그 속에서 곧장 맬리의 배에 겨누어진 권총이 다른 한 손에 쥐어져 있었다. 참으로 흉측한 권총이었다. 큼직한 2연발 권총이었기 때문에 더욱 흉측해 보였다.

사나이가 말했다.

"꼼짝 말아! 뒤로 물러서!"

맬리는 뒷걸음질쳤다. 군대에 있을 때부터 지금까지 정면에서 권총으로 위협받은 것은 이번이 처음이었다.

현실적으로 나타난 권총이 맬리의 허세를 삽시간에 무너뜨렸으며 그 뒤에는 가슴에 뭉클 치미는 자포자기한 분노만이 남았다. 캑스턴은 안으로 들어와 발로 문을 쾅 닫았다. 그리고 전축을 보더니 얼굴을 찌푸렸다.

"꺼버려, 이렇게 큰소리를 용케 참고 있군!"

맬리는 전축을 끄고 다시 권총과 마주섰다. 권총으로 정말 쏠 생각이라면 총소리를 지우기에 알맞은 전축을 끄라고 하지는 않으리라는 생각이 문득 머리를 스쳤다. 그러자 마음속에 차츰 용기가 되살아났다.

"대체 무슨 일이오?" 맬리는 입을 열었다. "누구의 심부름으로 왔소?"

"심부름 온 게 아니오, 커크 씨. 나를 굴러다니는 악당쯤으로 생각한다면 잘못이오. 나는 합법적이오. 캐디 리무진 여섯 대, 고용인 열 사람, 게다가 훌륭한 차고를 반쯤 가지고 있다면 합법적이라고 할 수 있겠지요?"

"그렇겠지요." 맬리가 말했다. "권총으로 위협하여 손님을 데려간다면 말이오. 그 훌륭한 차고를 반 가진 사람은 누구요? 조지 워이콥이오?"

"그럴지도 모르고 그렇지 않을지도 모르오." 캑스턴은 모호하게 대답했다. "아무튼 워이콥은 내 친구요. 그로부터 맬리 커크 씨와 만나고 싶다는 부탁을 받은 이상 도와주지 않을 수 없지요. 친구의 우정으로 말이오. 워이콥 씨에게는 그런 친구가 얼마든지 있소.

2, 3일 전에 그는 몹시 걱정하고 있었지요. 가르시아——그는 8번 거리에서 간이 식당을 하고 있는 멕시코 인인데——라는 녀석의 거동이 아무래도 수상하다고 말이오. 그래서 어젯밤에 친구들이 몰려가

그를 혼내주었소. 지금 그는 몬테피오레 병원에 입원해 있소. 과자 상자나 들고 당신이 문안 간다면 좋아할 거요."

그 가엾은 얼굴에 덧없이 밝은 미소를 떠올리던 푸에르토리코 인에게 5달러를 팁으로 준 결과가 이렇게 되었구나 하고 맬리는 생각했다.

"그 사람은 그냥 두는 게 좋았을 텐데." 맬리는 씁쓰레한 얼굴로 말했다. "그는 아무것도 모르니까."

캑스턴은 어깨를 으쓱해 보였다.

"워이콥도 그렇게 말했지요. 그러나 나는 관계없소, 커크 씨. 다만 그런 사정을 알아달라고 말한 것뿐이오. 자, 코트를 입고 나와 함께 스태튼 아일랜드까지 드라이브를 즐깁시다. 자동차가 아래에서 기다리고 있소."

"싫다면 어떻게 할 셈이오? 나를 쏴죽여 시체를 워이콥에게 끌고 갈 생각이오? 워이콥도 내가 입을 놀릴 수 있는 편을 좋아할 거요."

"흐음, 그런 것을 걱정하고 있었군요." 캑스턴은 권총을 맬리에게 내밀었다. 맬리는 조심스럽게 그것을 받았다. "총알은 들어 있지 않소. 총알을 잰 권총을 가지고 다니면 언젠가는 엉뚱한 경우에 쏘게 된다는 게 내 입버릇이지요. 그러나 남을 마음대로 다루기 위해서는 이것이 가볍고 좋소."

맬리가 권총을 열어보니 과연 그 속은 비어 있었다. 권총을 내던져 버리자 그는 갑자기 무서운 투쟁심이 불타올랐다.

그 다음에 일어난 일은 도무지 이해할 수 없었다. 그는 캑스턴을 쳐다보았다. 방금 비슷한 높이에서 때리려고 했는데, 언뜻 정신을 차려보니 어느새 그 자신이 천장을 보며 나동그라져 있었다. 머리는 벽난로의 재에 거의 닿을 듯이 놓여 있고, 입속에는 찝찔한 뜨거운 피가 괴어 있었다. 캑스턴은 거인처럼 우뚝 서서 가엾다는 듯이 그를 내려다보고 있었다.

"녀석들은 당신보다 덩치가 컸지요." 캑스턴이 말했다. "턱도 더 단단하고, 기분 나쁘게 생각지 마시오, 커크 씨. 빌리 캑스턴에 대한 기록을 조사해 보오. 판정승 36회로, 그 가운데 15회는 녹다운시켰소. 상대는 무서운 놈들뿐이었지요. 이래봬도 왕년에는 우수한 밴텀급 선수였소."

맬리는 몸을 굴려 한쪽 팔꿈치로 몸무게를 가누며 다른 팔로 그의 다리를 붙잡았다. 캑스턴은 한 발자국 물러서 맬리의 갈비뼈 언저리를 숨이 막힐 정도로 호되게 걷어찼다. 순간 맬리의 가슴은 진공 상태가 되고, 이어서 아픔이 물처럼 흘러넘쳤다.

캑스턴이 싱거운 듯이 말했다.

"당신 같은 햇병아리는 권총을 쓰지 않고도 두세 명쯤 쉽게 해치울 수 있소."

그는 벽난로 칸막이를 붙잡고 비틀비틀 일어나는 맬리를 덤덤히 보고 있었다.

그리고는 입을 열었다.

"당신은 아직 사정을 모르는 것 같으니 말해 두겠는데, 워이콥에게는 나 말고도 친구가 많소. 이 이야기를 들으면 당신도 좋아하리라 생각되는데, 토요일 밤 당신이 글래머시 공원 언저리에 갔을 때 그의 친구 둘이 자동차로 뒤를 따랐소. 당신 친구의 얼굴을 잘 알아 두려고 벨로우 거리까지 미행했지요.

굉장한 미인이었다더군요. 좋은 물건 아니오? 설마 그럴 리야 없겠지만, 미친 녀석들이 그 아가씨를 가르시아처럼 욕보이면 어떻게 하겠소? 아니면 미인의 주가가 떨어지게 황산이라도 얼굴에 뿌리면 어떻게 하겠소? 그렇게 되면 아가씨가 너무 가엾잖소?"

맬리의 혈관에서 핏기가 가시고 얼음장 같은 공포가 온몸을 치달렸다.

맬리는 입을 열었다.

"만일 그녀의 신상에 무슨 일이 일어나면……."

"걱정하지 마시오, 커크 씨. 그것은 당신에게 달렸소. 지금 곧 스태튼 아일랜드로 가서 워이콥이 묻는 말에 대답하고 나서 모든 것을 잊어버린 셈치면 잘 될 거요. 어떻소? 예스요, 노요?"

"예스요" 하고 맬리는 대답했다.

캑스턴은 맬리를 아래위로 훑어보고 아주 만족스럽게 말했다.

"그렇게 나올 줄 알았지요, 커크 씨. 조금 전과는 태도가 완전히 달라졌군요. 아까 방문을 열었을 때는 모습이 말이 아니었지요.

어서 옷을 갈아입으시오. 그리고 워이콥을 만나거든 방금 있었던 일은 말하지 마시오. 그의 기분을 건드리면 곤란하니까."

18

연락선은 배털리 파크에서 출발하여 세인트 조지에 닿는다. 그곳은 스태튼 아일랜드의 수도로 언덕에 둘러싸인 작은 도시였다. 거기서부터 더체스 허버 마을까지는 자동차로 20분쯤 걸렸다.

자동차는 소리도 없이 허술한 가게 몇 집과 문 닫은 영화관이 하나 보이는 마을을 지나 좁은 길로 들어섰다. 그 길이 끝날 즈음에 나타난 바닷가를 따라 달리는 길은 몇 채의 아름다운 저택으로 이어져 있었다. 워이콥의 집은 맨 끝에 있었다.

맬리가 안내받아 들어갔을 때 워이콥은 두 손님과 함께 저녁 식사 테이블에 앉아 있었다.

가까이에서 보니 신문의 사진보다 훨씬 늙어보였다. 얼굴빛이 나쁘고 깊은 주름이 졌으며 눈꼬리에 그물처럼 주름살이 겹겹이 잡혀 있었다. 옷은 고급이었으나 조금 헐렁한 것으로 보아 아마 요즘 몸무게가 줄어든 모양이었다. 이를테면 고뇌하는 사업가의 모습이었으며, 그 자신도 그것을 충분히 의식하고 있으리라고 맬리는 짐작했다.

맬리가 온 것을 알고 그가 입을 열었을 때 그 목소리는 쩌렁쩌렁 울렸다. 그는 아무 전제도 없이 불쑥 말했다.

"아직 식사 전이겠지. 보아하니 그런 모양이군. 자, 여기 앉으시오, 곧 준비시킬 테니까. 수프는 빼기로 하지. 그건 방귀의 원인이니까."

워이콥의 용무가 무엇인지 알 수는 없었지만, 분명 이야기는 나중에 하려는 눈치였다.

맬리는 테이블 끝자리에 앉았다. 문 앞에서 캑스턴으로부터 그를 인계받은 일본인 집사가 모자에서 토끼를 꺼내는 마술사같이 능숙한 솜씨로 그의 자리를 마련했다.

워이콥이 다시 말했다.

"이 두 사람과는 처음 만나겠지요? 이분은 미첼 다우드 씨, 내 변호사요, 그리고 이분은 다우드 부인. 이름은 모나라고 하오.〈오오, 모나〉라는 노래가 있는데, 당신 모르오? 방금 그 이야기를 하고 있었소. 모나는 들은 적이 없다는군. 술은 뭘로 하겠소?"

"괜찮습니다."

"사양할 것 없소."

그는 일본인 집사에게 일렀다.

"조, 이 손님에게 버번을 갖다드리게. 좋은 것으로."

그리고 워이콥은 스푼을 쥔 손으로 맬리를 가리키며 다우드에게 말했다.

"이 사람이 아까 말한 인물이오. 맬리 커크…… 큰 탐정 사무실 우두머리지. 일급 유격대요. 겉으로는 그렇게 보이지 않지만."

다우드가 말했다.

"정말 그렇군요."

다우드는 이상하게 거드름피우고 있었다. 돈주머니인 의뢰인에게 중대한 문제가 생겼을 때 변호사는 으레 이런 태도를 보이는 법이다.

그는 맬리에게 인사를 건넸다.

"처음 뵙겠습니다, 커크 씨."

다우드 부인은 키가 크고 나른해 보이는 젊은 여자였다. 인형같이 생겼는데, 눈빛이 흐리멍덩하고 졸린 듯했으며 화장을 너무 짙게 한 탓인지 얼굴 전체가 밀랍처럼 번쩍거렸다. 얼마 전까지 쇼 단 댄서였던 듯한 느낌이었다.

그녀도 맬리에게 인사를 건넸다.

"안녕하세요."

"처음 뵙겠습니다."

맬리는 인사를 마치자 버번을 단숨에 비웠다. 입속의 상처가 찌릿했다. 그는 얼굴을 찡그렸다.

워이콥이 말했다.

"말하자면 이렇소. 내가 가끔 만나는 사립 탐정들은 누구할 것 없이 구질구질해 보이오. 브로드웨이에서 유행하는 양복에 때묻은 셔츠 차림이오. 그런데 여기 있는 커크 씨처럼 좀 품위 있는 사립 탐정은 무척 흥미있구먼."

워이콥은 근시인 듯 머리를 내밀며 맬리에게 물었다. "당신은 대학을 나왔겠지요?"

"그렇습니다."

"그렇게 생각했소. 그럼, 좀 물어볼 것이 있소. 이 집 실내 장식을 어떻게 생각하오? 괜히 듣기 좋은 말만 골라 하지 말고 솔직한 의견을 들려주오. 어떻게 생각하오?"

"아직 다른 방을 보지 못했기 때문에 뭐라 말하기 어렵습니다."

맬리는 이 집 전화가 도청되고 있을까 어떨까 생각했다. 아마 틀림없이 도청되고 있을 것이다. 그렇다면 워이콥이 허락해 준다 해도 루스에게 전화한다는 건 서투른 짓이었다.

워이콥은 끈질기게 물었다. "다른 방도 같소, 자, 어떻게 생각하시오?"

요란한 디자인의 금빛 가구들이 갖춰지고 엄숙한 잿빛 융단을 온 벽에 둘러친 그 방은 프랭크 콘미가 말한 이른바 '현대 방부제 양식'의 견본품 같았다. 놀라울 정도로 하링겐의 방과 비슷했다.

맬리는 말했다.

"훌륭합니다. 품위가 있군요."

워이콥이 대꾸했다.

"모나 덕분이오. 하나에서부터 열까지 모두 모나가 지시했소. 방열 여섯 개에 3만 달러를 들였지요. 이 베이비의 지시에 따라서. 마치 명승고적 같지 않소, 베이비?"

그는 모나를 보았다. 맬리가 보기에 모나는 언제나 하품을 참고 있는 듯한 느낌이었다.

혼수 상태에서 갑자기 정신을 차린 그녀는 못이기는 듯이 어깨를 으쓱했다. 그리고 나직한 목소리로 말했다.

"취미가 있어서 한 일이에요. 재미있었어요."

워이콥이 맬리에게 말했다.

"모나는 저렇게 말하지만 천만에, 어마어마하게 큰일이었소. 내가 데리고 있는 실내 장식가가 만들어놓은 것을 모두 뜯어내야 했거든요. 그 실내 장식가를 당신에게 소개하고 싶소, 커크. 파크 애비뉴 토박이 같은 사나이오. 언제나 손을 이렇게 내흔들며 끝없이 이상한 아이디어를 짜내오.

그 사나이의 재주에는 정말 놀랍소. 내가 라스베이거스에 가 있다가 돌아와보니 응접실이 어떻게 되어 있었는지 알겠소? 마치 중국의 매음굴처럼 온통 빨강과 검정색뿐이었소. 게다가 방 한가운데에 동그마니 메리고라운드가 놓여 있지 않겠소! 그 미친 녀석이 내 응접실에 메리고라운드를 갖다놓은 거요! 어린아이들이 잘 타는 조그만 실내용을 말이오!

그것을 번쩍번쩍 칠해서 응접실 한가운데에 갖다놓고 나더러 타라는 거요. 응접실에 메리고라운드를 갖다 놓고 돈을 내라는 거지. 그 녀석은 아직 돈을 받을 생각인 모양이더군. 아니, 그런 것을 집 안에 설치해 놓고 좋아하는 사람이 세상 어디에 있겠소?"

"있다고 생각합니다." 맬리가 말했다. "파크 애비뉴의 실내 장식가가 굶어 죽었다는 말은 아직 들어본 적이 없으니까요."

"흥, 내가 돈을 내기를 기다린다면 머지않아 굶어죽을 거요." 워이콥이 말했다. "당신의 결점이 무엇인지 알고 있소, 커크? 품위가 없다는 점이오. 있는 척할 뿐이지. 진짜 품위란 속에서부터 풍겨나오는 거요. 품위란 선천적으로 타고나는 거라고 말하지 마오. 나는 아첨떠는 건 질색이니까. 상류 사회 사람들 가운데도 원숭이보다 더 품위 없는 이들이 있소. 나는 잘 알고 있소. 즉 품위란 노력해서 몸에 갖추는 것이오. 그것이 선천적으로 타고 난 품위처럼 보인다면 더없이 좋소. 당신에게 그런 품위에 따라야 할 돈이 없소. 당신은 가난뱅이요. 돈이 있고 품위까지 갖추었다면 성공한 사람이라고 할 수 있소, 커크. 이것을 당신은 어떻게 생각하오?"

다우드가 끼어들었다. 그의 말투에는 경고가 담겨 있었다.

"알겠지만 조지 워이콥 씨는 이 이야기를 시작하면 곧 열중한답니다."

"좋잖습니까. 옳으신 말씀입니다." 맬리가 대꾸했다.

"그 품위에 대한 일로 재미있는 이야기가 하나 있소." 워이콥은 기쁜 표정을 지었다. "별로 애쓰지도 않았는데 저절로 품위를 몸에 갖추게 된 이야기요. 당신은 포도주에 대해서 잘 알고 있소?"

모나가 다우드에게 말했다.

"저, 지장이 없다면 나는 이만……."

워이콥이 모나를 바라보았다. 순간 그녀는 말을 뚝 그쳤다.

워이콥은 스푼을 놓고 두 손을 테이블 위에 얹었다.

"내가 말하고 있을 때는" 워이콥은 조용하면서도 불쾌한 얼굴로 말했다. "가만히 있구려. 그런 말은 이미 해두었을 텐데. 나는 어렸을 때부터 누가 이야기하고 있을 때는 가만히 있어야 한다고 배우며 자랐소. 그렇기 때문에 다른 사람들도 그렇게 해주기를 바라오."

모나는 접시를 물끄러미 바라보았다. 이것은 양면 공격이라고 맬리는 생각했다. 다우드도 노여움을 겉으로 드러내며 테이블 너머로 그녀를 노려보았기 때문이다.

"미안해요." 모나가 말했다.

그러나 워이콥은 더욱 다그쳤다.

"어떻게 된 거요? 내 이야기에 싫증났소? 망설이지 말고 솔직하게 대답하시오."

"미안해요. 머리가 좀 아파서……."

워이콥은 스푼을 들어올렸다.

"그렇다면 아스피린이라도 먹는 게 좋소. 떠들 것 없소."

그는 스푼으로 맬리를 가리켰다.

"어디까지 이야기했더라?"

"포도주에 대해 잘 알고 있느냐고 물으셨습니다."

"참, 그렇지. 내 이야기는 이 포도주 마시는 방법을 배웠을 때의 일이오. 포도주라 해도 진짜 프랑스 산 수입품 말이오. 왜 이런 것을 마실 생각을 하게 되었느냐 하면, 언젠가 멋진 레스토랑에 들어갔을 때 손님이 마시는 것을 보았기 때문이었소. 그 레스토랑도 손님도 아주 품위가 있었소.

그 뒤 언젠가 마이애미에 가서 여가를 즐길 때 시험삼아 포도주 파는 가게로 가보았소. 솔직히 말해 한 모금 마셔보고는 틀렸다고 생각했소. 맛이 형편없었거든. 그런데 내가 머물고 있던 호텔에…… 당신 솜므리에(레스토랑의 술 전문. 웨이터. 프랑스 어)가 무언지 알고 있소?"

"알고 있습니다." 맬리가 대답했다.

워이콥은 그래도 설명을 이었다.

"커다란 사슬을 목에 걸고 여러 가지 포도주를 전문적으로 다루는 사람이오. 나는 솜므리에를 불러서 여러 가지 설명을 들었소. 그들은 온갖 말을 떠벌렸는데, 나는 한 가지 중요한 사실을 발견했소. 즉 초심자는 단술부터 시작하지만, 얼마 지나면 너무 달아서 점점 쓴 것을 찾는다는 것이었소. 포도주 이야기를 할 때는 '세다'는 말을 쓰면 안 되오. '쓰다'고 해야지. 물론 고급 포도주의 경우요. 디고 레드(싸구려 붉은 포도주) 따위는 거기에 해당되지도 않소."

워이콥은 이야기에 열중하여 몸을 내밀었다.

"그래서 내가 어떻게 했을 것 같소? 나는 솜므리에의 말대로 해보았소. 정말이오, 커크. 나는 먼저 아주 단맛이 나는 샤토 뒤캉부터 시작하여 다음에는 글라브로 옮겨가고, 그 다음에는 샤브리를 마시게 되었소. 샤브리는 몹시 써서 진짜 술꾼이 아니면 마시지 않는 거요. 지금 샤토 뒤캉을 내밀어봐야 나는 냄새도 맡기 싫소. 지금의 내 입에는 사탕맛에 지나지 않을 테니까!

그래서 지금 나는 태어날 때부터 프랑스 포도주로 자라난 사람들 못지않게 되었소. 즉 열심히 멋을 내고 오페라에 가는 패들 말이오. 나는 그들과 함께 술을 마시며 정말 즐길 수 있소. 남이 무슨 술을 마시든 나는 솜므리에를 불러 일급 포도주를 주문하지요. 격식이 다른 자리에 나온 듯한 얼굴로 우물쭈물하는 사람들과는 다르오. 어떻소? 내 말 알겠소? 내면에서 풍겨 나온 품위, 노력하여 몸에 익힌 품위라는 뜻 말이오."

"알겠습니다." 맬리가 말했다.

겨우 식탁에서 일어나자 놀랍게도 워이콥이 물었다.

"브리지할 줄 아오, 커크?"

워이콥과 브리지는 아무리 보아도 어울리지 않는 느낌이었다. 그러나 잘 생각해 보면 그리 놀랄 일도 아닌 듯했다. 워이콥은 브리지를 하지 않을 수 없었을 것이다. 브리지 게임은 품위가 있으니까.

"먼저 용무를 끝내고 싶습니다."

맬리는 자신의 초조한 마음을 숨기려 하지 않았다.

"아니, 아직 시간이 있소." 워이콥은 허리띠 버클 밑으로 손을 찔러 넣었다. "나는 위가 나빠 식사한 뒤 쉬지 않고 일을 하면 안 된다고 의사가 엄하게 주의를 주었소. 그리고 텔레비전에서 곧 '6만 4천 달러 퀴즈'가 시작되니 이제 이야기를 중단할 수밖에 없소. 나는 그 프로를 빼놓지 않고 보지요. 그러니 텔레비전을 보기 전에 한판 하지 않겠소? 그 뒤 천천히 이야기하면 되오. 내 브리지는 아직 서툴러 늘 잃기만 한다오, 커크. 그래도 브리지란 좋은 게임이오. 돈을 걸지 않아도 재미있거든."

그것은 과연 그럴 듯한 말이었지만, 막상 게임을 시작하자 워이콥은 흥을 돋우기 위해서라며 한 점에 5센트씩 걸자고 제안했다. 워이콥과 다우드 편은 아주 교묘한 전법으로 계속 이겼고, 이쪽은 잃은 돈이 점점 많아졌다.

집사가 들어와 텔레비전 준비가 되었다고 했을 때 워이콥은 점수표를 연필로 계산하더니 80달러 몇 센트라고 말했다. 그는 너그럽게 덧붙여 말했다.

"80달러로 에누리해 주겠소. 당신과 모나 둘이서 지불하시오. 미첼 다우드와 나는 약속이 되어 있소. 한편이 되었을 때 우리가 이기면 돈은 내가 모두 갖고 지면 내가 모두 지불하기로. 나는 그런 사람이오. 노름에 졌을 때 그것을 남에게 부담시키는 것은 싫어하오."

"나도 그런 주의입니다." 맬리는 지갑을 열려고 하는 모나에게 말했다. "그만두십시오, 내가 모두 부담하겠습니다."

맬리는 그녀가 졸린 듯한 겉보기와 다르다는 사실을 알아차리고 은근히 기뻤다. 모나는 실력껏 브리지를 했을 뿐만 아니라 게임 도중 테이블 밑 그의 다리에 자기 다리를 바싹 붙이고 끝까지 체온과 자극을 제공해 주었던 것이다. 그리고 보면 1분에 2달러라는 계산이니 무척 비싼 즐거움을 베푼 셈이라고 맬리는 생각했다.

모나는 눈을 동그랗게 뜨고 맬리의 얼굴을 보며 감격한 듯이 말했다.

"어머나, 스포츠맨십이군요."

워이콥과 다우드는 이미 일어나 텔레비전을 보려고 나갔으나 모나는 루즈를 다시 고치며 우물쭈물했다. 맬리도 예의바르게 머뭇거리고 있었다.

"브리지를 아주 잘하십니다. 우리 쪽이 기회를 잡지 못해 아쉬웠습니다."

모나는 진주 장식 콤팩트로 얼굴을 비춰보았다.

"아까 게임은 속임수예요. 알아차리셨나요?"

"네."

"알아차리셨으리라 생각했어요. 그렇게 노골적으로 하니까요. 미첼이 나쁜 게 아니에요. 워이콥 씨가 속임수를 쓰려고 하니 미첼은

할 수 없이 거들어준 것뿐이에요."

"그래서 돈을 차지하는 것은 언제나 조지 워이콥이로군요. 그럼, 당신들은 꽤 손해를 보았겠는데요."

"손해본다고요?" 모나는 머쓱한 얼굴로 맬리를 바라보았다. "당신도 어리석군요. 이렇게 볼품없는 실내 장식에 3만 달러나 들었다는 말을 곧이들었나요?"

텔레비전을 구경하는 방은 마치 텔레비전 극장 같았다. 한쪽 벽에 거대한 텔레비전 세트가 설치되고 모든 좌석이 그쪽으로 향해 있었다. 한쪽 구석에 조그만 홈바가 있고 하얀 바텐더 가운으로 갈아입은 일본인 집사가 대령해 있었다.

이 방에 한 가지 어울리지 않는 것은 방 안쪽의 크리스마스트리였다. 반짝이는 금속과 유리 장식들이 커다란 나무를 장식하고 있었다.

"워이콥 씨에게는 조카가 두 분 있는데, 크리스마스가 되면 가족을 데리고 놀러 옵니다." 맬리가 그것을 물끄러미 쳐다보고 있는 것을 알아차리고 다우드가 설명했다.

다우드는 워이콥에게 물었다. "아이들이 몇이었지요? 여섯이었습니까?"

"일곱이오." 워이콥은 부드러운 목소리로 대답했다. "정말 귀여운 아이들인데, 모두들 인디언 같단 말이야. 그래서 이 텔레비전 방에 트리를 장식해 두었소. 트리와 텔레비전이 있으면 어린아이들도 좀 속아 넘어갈 테니까."

'6만 4천 달러 퀴즈'가 시작되자 방 안이 갑자기 교회와 같은 경건한 분위기에 싸였다. 모두들 죽은 듯이 잠자코 있었다. 화면에서 반사되는 빛에 떠오른 워이콥의 얼굴은 입을 멍청히 벌리고 놀람과 감탄으로 넋을 잃은 듯한 표정이었다. 격리된 해답자 자리로 해답자들이 저마다 들어갈 때마다 그야말로 손에 땀을 쥐게 했다.

마침내 그 프로가 끝나자 심한 정신 노동을 한 사람처럼 워이콥은 관자놀이에 밴 땀을 손수건으로 닦았다.

그는 맬리에게 물었다.

"방금 본 건 거짓이 아니겠지요? 이 프로는 속임수가 아니겠지요?"

"아마 그렇지 않을 겁니다" 하고 맬리는 대답했다.

"나도 그렇게 생각하지만," 워이콥이 말했다. "그래도 알 수 없구먼. 매주 그 텔레비전 프로에 농락당하고 싶지는 않으니까."

모나는 지루한 얼굴로 워이콥과 다우드 사이에 앉아 있었다. 워이콥이 그녀의 허벅다리를 두드리며 말했다.

"당신은 귀여운 여자요, 베이비. 텔레비전을 끄고 잠깐 나가주지 않겠소? 아직 요리사가 부엌에 있을 테니 가서 이야기하는 게 좋겠지. 새 요리법도 배우고. 여기 일이 끝나면 부를 테니까."

그녀가 방에서 나가자 워이콥은 주머니에서 담배 두 개비를 꺼냈다. 한 개비는 다우드에게 주고 또 한 개비는 호박 파이프에 끼워 불을 붙였다.

맬리는 자기가 처음 프랭크 콘미를 만나러 갔을 때 프랭크가 담배를 권해주지 않았던 일이 언뜻 생각났다.

워이콥은 담배 연기를 깊이 빨아들였다. 그것은 분명 쓴맛이 났을 것이다. 그는 시무룩한 목소리로 말했다.

"자, 커크. 일어나시오."

"왜 그러십니까?" 맬리는 사무적으로 물었다. "나는 요리사와 할 이야기가 없습니다. 요리에 대해서 잘 알고 있으니까요."

"영리한 척하지 마시오, 커크. 일에 대해서 이야기 나누기 전에 나는 이렇게 하는 습관이 있소. 먼저 조에게 신체 검사를 받으시오.

난폭하게 다루지는 않을 테니까."

"텔레비전을 너무 본 탓이 아닐까요? 나는 권총 같은 건 가지고 있지 않습니다."

"권총을 걱정하는 게 아니오. 요즘은 테이프 레코더라는 게 있으며, 더욱이 치아로 해넣을 만큼 작은 것도 있다더구먼. 그것 때문에 신체 검사를 하는 것이오. 어서 일어나시오."

맬리는 일어섰다.

"실례합니다, 커크 씨." 일본인이 면밀한 검사를 시작했다. 아주 익숙한 솜씨였다. 팔목 시계, 지갑, 만년필까지 하나하나 조사했다. 이윽고 그는 그것들을 모두 맬리에게 돌려주며 말했다.

"대단히 실례했습니다, 커크 씨."

"괜찮소, 조. 전쟁 중에는 어디 있었소? 첩보부에 있었소?"

"3년 동안 남태평양 첩보 기관에 있었습니다. 우리 부대 사령관은 당신처럼 생겼었답니다, 커크 씨. 지긋지긋한 사람이었지요."

맬리를 둘러싼 분위기가 갑자기 얼음처럼 차가워졌다. 그것을 확인이라도 하듯 워이콥이 말했다.

"좋은 것을 가르쳐주겠소, 커크 씨. 조는 몸집이 작지만 주먹은 빌리 캑스턴보다 정확하오. 당신 턱이 부은 것으로 보아 캑스턴의 솜씨는 이미 알고 있겠지. 턱에 덤으로 팔까지 부러져서 돌아가기 싫거든 얌전히 하시오. 나는 폭력은 쓰지 않겠소만 남이 이 집에서 폭력을 쓰려고 하면 정당 방위를 할 권리는 있겠지."

워이콥은 다우드를 돌아보았다. "그런 경우 법률은 내 편이오."

다우드는 이 자리에 있기 거북한 듯한 얼굴이었다. "커크 씨는 난폭한 짓을 하지 않을 겁니다. 아주 영리한 사람으로 보입니다."

워이콥은 과장하여 놀란 표정을 지었다.

"리무진을 빌려 타고 모두가 보는 앞에서 멀리 드라이브하고 하필이면 내 집에 어슬렁어슬렁 들어온 사람이 영리하단 말이오? 솔직히 말해서 모나가 그다지 신경질적인 여자가 아니라면 나는 이 사람을 내쫓았을 거요——아까 문에서 얼굴을 들여놓았을 때."

워이콥은 담배 연기를 천천히 들이마셨다. 이번에는 그 향기가 마음에 든 모양이었다. 그는 곁눈질로 맬리를 흘끗 보았다.

"내 말 알겠소, 커크?"

"알았습니다."

"그렇다면 잘됐군. 그렇지 않다면 당신 엄지손가락을 붙들어서 매달려고 했지. 만일 당신이 이런 곳에서 매달렸다는 게 자네 친구 로스캘조의 귀에 들어가 보오. 그가 대체 어떻게 생각하겠소?"

"글쎄요," 맬리는 상냥하게 대답했다. "로스캘조는 당신 친구라고 생각했었는데요. 전에 경찰에 있었던 사람들은 모두 그렇게 말하고 있었지요."

워이콥의 얼굴빛이 어두워졌다.

"그들이 하는 말을 진짜로 믿소, 커크? 내가 배심원들에게 천대받았을 때 그 녀석들의 대우는 형편없었소. 지금 나는 그 녀석들에게 의리를 지킬 필요가 없소. 로스캘조가 내 친구라고? 좋은 것을 가르쳐주겠소. 나에게 금고 2년형을 선고하는 사람이 내 친구요?"

"잠깐만 기다리십시오, 워이콥 씨," 다우드가 사이에 끼어들었다. "아직 그것은 알 수 없습니다. 상고 소송은 아직 기각되지 않았습니다."

"듣기 싫소." 워이콥이 성급하게 말했다. "나를 안심시키려고 그런 말 하는 게 아니오, 미첼. 쓸데없는 말로 나를 괴롭히지 마시오. 나는 그런 일 때문에 당신에게 돈을 지불하는 게 아니오. 내가 상고심에서 진다는 것은 결정적인 사실이오. 나는 점잖게 집행대로 받아들이겠소. 그런데 커크, 당신이 알아둘 일이 한 가지 있소. 내가 한

마디만 떠벌리면 당신도 같은 곳으로 가게 되오. 알겠소, 커크?"

"알겠습니다."

"그럼, 앉아서 내 말을 잘 들어보시오."

맬리가 천천히 의자에 앉는 것을 기다렸다가 워이콥은 다시 입을 열었다.

"첫째, 그 랜딩이라는 순경을 어떻게 할 생각이오?"

"그건 비밀도 아닙니다. 그는 내 의뢰인입니다."

"그뿐이오, 커크? 랜딩 같은 녀석은 쓰레기요. 공원 언저리를 어슬렁거리다가 못 달린 꼬챙이로 휴지나 줍는 넝마주이 같은 녀석이오. 그런 쓰레기 같은 녀석이 갑자기 하링겐 변호사에게 부탁하다니. 듣건대 그는 월 거리에서 가장 품위 있는 변호사라던데. 그렇지요, 미첼?"

"우리 나라에서도 유명한 법률 사무소입니다." 다우드가 맞장구쳤다.

"좋소. 월 거리뿐만 아니라 우리 나라에서도 유명하오. 하급 경관으로서는 손도 못 내밀 변호사요. 게다가 그것도 부족하여 랜딩은 역시 품위 있는 콘미 커크 탐정 사무실에 나타난 거요.

그리고 이 사건에 나선 사람이 누구인가 하면 바로 사장 자신일세. 부하를 손발처럼 부려 백만장자의 이혼 문제 따위나 조사시키고 이런 시시한 사건은 거들떠보지도 않는 맬리 커크 씨 자신이 나선 거요. 맬리 커크 씨가 한낱 경관 때문에 갑자기 일을 맡고 나섰단 말이오!"

워이콥은 몸을 내밀어 맬리의 무릎을 손가락으로 쿡쿡 찔렀다.

"그러나 그 경관도 그렇게 형편없는 친구는 아닌 모양이지요, 커크? 누군가 밀어주는 사람이 있는 거요. 큰 인물이 뒤에 있는 거요. 그게 누구요, 커크? 그들은 무엇을 노리고 있소?"

"아무도 없습니다." 맬리는 대답했다.

"없다고? 그럼, 왜 하링겐의 사무실에서 이런 사건을 맡았소?"

"그렇지 않습니다. 맡은 사람은 하링겐 씨의 아들입니다. 그는 아버지 법률 사무소를 그만두었습니다."

"왜?"

맬리는 미소를 떠올렸다.

"그는 이상주의자입니다. 클래런스 덜로(1857~1938. 미국의 변호사. 주로 노동 운동가의 변호를 맡음)의 후계자가 될 생각인 모양입니다."

"그게 무슨 뜻이오?"

워이콥은 멋쩍은 듯이 묻고 나서 다우드 쪽을 보았다.

"어떻게 생각하오, 미첼?"

"좀 이해하기 곤란하군요." 다우드가 말했다. "바라신다면 조사해 볼까요?"

"조사해 주오."

워이콥은 눈을 가늘게 뜨고 맬리를 보았다.

"그런데 당신은 어떻게 된 거요, 커크? 당신이 사건에 손을 댄 것도 이상주의 때문이오?"

"아닙니다, 내 경우는 좀 특이한 사정 때문입니다. 나는 랜딩의 여자 친구에게 반했기 때문에 그의 유죄를 증명하려고 애쓰는 겁니다. 랜딩이 감옥에 들어가면 그녀와 결혼할 생각입니다."

워이콥은 조금도 흥미 없는 표정이었다. 잠깐 동안 가만히 있더니 그는 벌컥 성을 내며 탁한 목소리로 외쳤다.

"이 간에 붙었다 쓸개에 붙었다 하는 녀석! 원숭이 같은 녀석! 대체 누구를 농락할 셈이오? 그런 이야기를 내가 한마디라도 곧이 들을 줄 아오? 내가 그처럼 바보같이 보이오?"

"그렇지 않습니다."

"그렇지 않다고? 이건 시간 낭비요. 내가 한 가지를 물으면 당신도 한 가지를 대답하고 같은 말만 빙빙 둘러대고 있소, 그렇지?"

"그렇습니다."

워이콥은 위협하듯 일어섰다. 동시에 다우드가 일어나 그의 팔에 손을 얹으며 말했다.

"잠깐만, 워이콥 씨. 당신이 참든가 내가 이 자리를 떠나든가 해야겠습니다. 내 입장도 생각해 주십시오."

맬리는 갑자기 아랫배가 죄어드는 듯했다. 맬리가 보기에 다우드는 처음부터 일종의 안전판 역할을 하고 있었다. 아무리 보아도 폭력과는 인연이 먼 사람 같았기 때문이다. 그리고 폭력의 목격자가 되지도 않으리라고 생각했다.

이와 반대로 그가 없어지면 어떤 일이 일어날지 모른다. 브루노 맨프레디의 비관적인 철학에 따르면 어떤 일이 일어날지 모른다. 반드시 무언가가 일어날 것이다.

다행히 워이콥은 다우드의 팔을 뿌리치며 역정을 냈다.

"시끄럽소! 내가 당신 입장을 곤란하게 만들 거라고 생각하오? 마치 장모 같은 사람이군."

다우드는 흥분으로 얼굴이 불그레해졌다.

"뭔지 모르지만 이런 방법으로 결말이 나지 않는다는 것은 나도 압니다. 왜 간단히 요점을 말하지 않습니까? 랜딩의 배후 인물이 누구든, 그가 어떤 큰 인물의 조정을 받고 있든 요컨대 커크 씨가 이 사건에서 손을 떼면 되잖습니까? 그렇다면 솔직히 털어놓고 커크 씨의 대답을 들어보는 겁니다. 커크 씨도 바보는 아니겠지요."

맬리가 입을 열었다.

"죄송합니다만 나는 그다지 영리하지 못합니다. 대체 워이콥 씨는 랜딩에게 무슨 원한이 있습니까?"

워이콥은 독기서린 목소리로 말했다.

"녀석은 아일러 밀러를 사건에 끌어들이고 있소. 문제는 그거요. 그렇게 수상쩍은 표정 짓지 마시오, 커크. 아일러 밀러와 내 관계를 안다면 당신도 곧 이해할 수 있을 거요. 이것은 진지한 이야기요. 아일러 밀러는 내게 있어 우연히 오다가다 만난 사람이 아니오. 내 동생과 같은 사나이오.

그는 품위 있고, 그 부인도 품위 있소. 그 부부는 내가 알기에 세계에서 가장 고상한 사람들이오. 당신에게 시달리지 않아도 여러 가지로 고민이 많은 사람들이오. 나는 아일러에게서 당신이 찾아왔었다는 말을 들었소. 아일러 부부에게서 손을 떼시오. 당신은 내게 남이니까 어떤 수단을 쓰든 손 떼도록 만들겠소!"

그 난폭한 말투는 워이콥의 성실한 마음을 솔직히 말해주고도 남음이 있었다. 한 번 속을 떠볼 값어치가 있는 인물이라고 맬리는 생각했다. 그는 심장 언저리에 손을 얹고 말했다.

"당신 말씀은 내 가슴에 충격을 주었습니다, 워이콥 씨. 그러나 내가 크게 감동하지 않는 건 아일러 밀러를 이미 만나보았기 때문입니다. 분명히 말씀드립니다만, 그는 당신이 동생으로 생각할 만한 사람이 못됩니다."

"누가 당신 의견을 말하라고 했소? 당신같이 남의 비밀이나 캐고 다니는 장사꾼이 우리 일을 어떻게 알겠소?"

워이콥은 떨리는 둘째손가락을 세웠다.

"커크, 당신에게 좋은 것을 가르쳐주겠소. 내 부하 가운데 적자를 내어도 태연히 있을 수 있는 사람이 꼭 한 사람 있소. 뉴욕 한복판 내 세력권 아래 있는 가장 중요한 곳에서 아일러 밀러는 해마다 적자를 냈소. 하지만 나는 눈 하나 깜짝하지 않았소. 아일러는 나에게 1만 5천 내지 2만 달러나 손해를 입혔소. 그래도 나는 태연하오, 그것이 우리 사이요.

조지 위이콥을 배반한 사람은 한 사람도 없소, 커크, 알겠소, 한 사람도! 다른 녀석 같으면 장부에 적자를 냈을 경우 마땅히 내 벌을 각오해야 하오. 그러나 아일러는 다르오. 왜냐하면 아일러 밀러가 자기 책임이 아니라고 말하면 그것은 진실이기 때문이오. 요즘은 장사도 안 되고 경관에게 바치는 뇌물도 점점 많아지고 있기 때문이오.

내 장부를 검토한 계리사는 이렇게 말했소…… '아일러 밀러는 운이 따르지 않고 있지만 절대로 거짓말은 하지 않습니다.' 나는 계리사가 말하지 않아도 잘 아오. 그런데 당신은 아일러와 그 순경을 대결시켜 그가 거짓말했다고 할 셈이오? 다시 생각해 보는 게 좋을 거요!

이것으로 내가 말하려는 뜻을 알겠소? 당신이 영리한 사람이라면 내일 당장 랜딩에게 전해주오. 너무 떠들지 말라고. 랜딩에게 어떤 후원자가 있든 내 알 바 아니오. 당신은 그렇게 전해주기만 하면 되오."

"당신의 분부는 잘 알았습니다." 맬리가 말했다. "그 대가는 뭡니까?"

"당신의 안전이오. 무엇을 바라고 있소?"

"이 사건에서 손떼기 위해서는 확실한 증거가 필요합니다. 예를 들어 방금 말한 장부가 좋겠군요. 이 자리에서 장부를 조사하여 밀러가 랜딩에게 뇌물을 주었다는 게 증명되면 나도 도움이 될 겁니다. 그러면 누구나 다 납득할 수 있는 증거가 되니까요."

"호오," 위이콥은 냉정하게 물었다. "당신은 그 장부가 이 집에 있다고 생각하시오?"

"여기에 없을 리 없지요. 은행 금고에 맡겨두었다 몰수당해도 좋습니까? 누군가 제3자에게 맡겨두었다 세무서에 제출해도 좋습니까? 혹시 이 카펫 밑에 숨겨두었을지도 모르지요."

워이콥은 재미있다는 듯 맬리를 보며 마지못해 인정했다.

"당신은 아까운 인물이오. 당신 같은 사람을 내 편에 끌어들이면 좋았을 텐데. 그건 그렇고…… 어떻게 생각하시오, 다우드? 보여 주어도 괜찮을까?"

"괜찮을 겁니다." 다우드가 말했다.

"그럼, 내가 혼자 조사해 보고 올 테니 그것으로 믿어 주겠소?" 워이콥이 맬리에게 말했다.

맬리가 머리를 갸웃하자 그는 덧붙였다.

"당신은 뻔뻔스러운 사람이구먼. 좋소, 그렇다면 미첼 다우드를 입회인으로 세우지. 이렇게 하면 당신 쪽 변호사도 만족할 거요."

"5월 3일 부분을 조사해 주십시오." 맬리가 말했다.

장부가 이 집에 있다는 것은 틀림없었다. 분명히 홀 건너편 방의 문을 여는 소리가 들렸다. 다음에는 나무 서랍의 삐걱거리는 소리가 들렸다. 맬리는 마치 〈도둑맞은 편지(에드거 앨런 포의 유명한 단편 소설)〉와 같다고 생각했다. 가장 손쉬운 곳이 가장 찾기 힘들다.

맬리는 무서운 얼굴로 홈바 카운터에 기대 서 있는 조에게 빙그레 미소지어 보였다.

"편히 지내게, 사병. 이젠 전쟁이 끝났으니까."

맬리는 의자에서 일어나 〈처음이 어려워〉의 멜로디를 입속으로 부르며 창문가로 갔다.

눈이 내리고 있었다. 첫눈이었다. 그는 스태튼 아일랜드 황야에서 올해의 첫눈을 보리라고는 전혀 예상치 못했었다. 맬리는 겨울이 되면 루스와 둘이 산으로 스키를 타러 가리가 생각했었다. 루스가 스키를 탈 줄 모른다 해도 좋다. 맬리 자신도 스키 솜씨는 서투르니까.

다우드가 등 뒤에서 말했다.

"확실합니다, 커크 씨. 밀러는 자기가 말한 대로 5월 3일 랜딩에게 뇌물을 주었습니다."

"그렇습니까? 알았습니다. 그럼, 건배라도 듭시다."

돌아올 때는 세인트 스티븐 호텔까지 캑스턴이 리무진으로 바래다주었다. 다우드가 맨해턴까지 태워다주겠다고 했으나 워이콥은 무뚝뚝하게 말했다.

"아니, 빌리가 기다리고 있소."

이것으로 일은 결정되었다.

캑스턴은 떠나기 전에 모든 지시를 받은 모양이었다. 세인트 스티븐 호텔이 가까워졌을 때 그는 입을 열었다. "모든 일이 잘 타협되어서 다행이오, 커크 씨. 불쾌했던 일은 깨끗이 잊고 어서 밸로우 거리의 미인을 만나러 가시오. 정말 멋진 아가씨더군요. 그녀가 무사히 있는지 확인해 보시지요."

캑스턴이라는 사나이는 무척 유머 있는 사람이었다.

19

호텔에서는 큰 파티가 끝난 모양이었다. 화려한 옷으로 차려입은 사람들이 로비에 많이 몰려 있었다. 스태튼 아일랜드의 아름다운 눈도 여기서는 차가운 비로 바뀌어 돌아가는 사람들의 걸음을 멈추게 했다.

밍크코트며 외투를 입은 사람들이 여기저기 몰려서서 그칠 줄 모르고 큰소리로 작별 인사를 되풀이하며 오늘 날씨를 저주했다.

"오랜만에 즐기려 했는데, 날씨가 망쳐버렸어요!" 그리고는 촉촉이 젖은 회전문에서 밖을 내다보며 빈 택시가 주차장에 와 닿기를 기다리고 있었다.

맬리가 사람들을 헤치고 들어가자 한 사나이가 성난 목소리로 말했다.

"아니, 여보시오!"

맬리는 돌아보았다. 그의 표정이 험상궂었던지 사나이는 흠칫 놀라며 "조심하시오" 하고 작은 목소리로 중얼거렸다.

맬리에게는 그 목소리가 주의를 준다기보다 오히려 사과하는 것처럼 들렸다.

한편 야간 담당 지배인 넬슨은 여느 때라면 온갖 세상일을 귀찮아하는 직업적인 태도를 보였는데 오늘은 맬리를 보자 살아난 듯한 얼굴이 되었다. "저녁때부터 여러 번 전화가 왔습니다, 커크 씨. 무슨 일이 있었습니까?"

"아니오." 맬리는 대답했다.

맬리는 넬슨에게서 메모지를 받아 적힌 이름을 훑어보았다. 대충 열두세 번이나 전화가 걸려왔다. 도널드슨 부인, 빈선트 양, 빈선트 양, 냅 부인, 도널드슨 부인, 하링겐 씨, 도널드슨 부인. 반 이상은 디디의 전화였다. 이것은 신기한 일이었다. 디디는 지금까지 하룻밤에 한 번 이상 전화를 건 적이 없었다. 이쪽에서 받지 않으면 그것으로 끝이었다.

방문을 열자 곧 전화벨이 울렸다. 맬리는 코트도 벗지 않고 침대에 걸터앉아 루스의 전화이기를 빌었다. 수화기를 들면서 침대 곁 책상의 시계를 보니 11시 30분이었다. 어쩌면 오늘 밤에 만날 수 있을지도 모른다.

그 전화는 디디에게서 온 것이었다.

"맬리, 이제 돌아오셨군요. 잘됐어요. 지금 곧 이리로 오시지 않겠어요? 아니면 내가 갈까요? 나는 어느 쪽이라도 좋아요. 마침 자동차도 있으니까요."

"오늘 밤은 곤란하오, 디디. 언제 다시 만납시다. 내일 전화를 걸겠소."

"좋아요, 누구하고 함께 있군요, 그렇지요?"

맬리는 얼른 대답했다.

"아무도 없소. 그런 게 아니오. 아무튼 내일 전화하겠소."

"맬리, 부탁이에요. 지금 곧 만나고 싶어요. 하고 싶은 이야기가 있어요. 당신이 만나고 싶다고 했을 때 내가 싫다고 한 적 있었나요?"

이 말이 맬리를 자극했다. 그는 쏘아붙였다.

"그걸 장부책에 적어두기라도 했소? 들어보시오, 디디. 당신은 언제나 그 모양이군. 얼마나 급한 일인지 모르지만, 미루려면 미룰 수 있잖소? 오늘 밤은 혼자 자오."

오랜 침묵이 흘렀다. 디디가 겨우 입을 열었다.

"진심이에요?"

맬리는 잔인하게 대답했다.

"물론 진심이오."

말하고 난 뒤 디디의 목소리가 이상한 것을 깨달았다.

"왜 그러오, 디디? 감기라도 걸렸소?"

"아니, 괜찮아요. 눈물이 조금 나왔을 뿐이에요. 아무렇지도 않아요. 당신이 언젠가 나는 이따금 정말 바보같이 되어버린다고 말했었지요?"

그뿐이었다. 맬리가 말할 틈도 주지 않고 그녀는 찰칵 전화를 끊었다. 그 뒤에는 끊어진 전화의 윙 하고 낮게 울리는 소리만이 맬리의 귀에 남았다.

하필이면 이런 시간에 응석부리려는 걸까 하고 맬리는 원망스럽게 여겨졌다. 아니면 그 원망스러운 말에는 좀더 절실한 까닭이 있는 것일까?

분명 까닭이 있었다. 맬리는 디디의 특이한 재능에 걸려들어 이제 겨우 그녀의 마조히즘의 희생물이 된 것이다. 두 사람이 알게 된 뒤 오늘 처음 맬리도 다른 남자들과 똑같은 방법으로 그녀를 천대했다. 위대한 예외에 속했던 맬리 커크도 결국 다른 남자들과 똑같은 사람이 되고 만 것이다.

디디는 지금쯤 마음 한구석에 몹시 기뻐하고 있을지도 모른다. 대체 이것이 맬리의 죄일까? 아무려면 어때 하고 그는 생각했다. 실력있는 마조히스트의 손에 걸리면 성인이라도 새디스트가 되는 법이다. 하물며 맬리는 처음부터 성인이 아니었다. 게다가 지금은 다른 문제가 기다리고 있지 않은가?

전화 벨이 울렸을 때 루스는 팔을 뻗으면 닿는 거리에 있었던 것이 틀림없다.

"지독한 분이군요." 그녀는 숨가쁘게 말했다. "지금 어디서 전화 걸고 있나요? 무슨 일이 있었어요?"

그 순간 맬리는 턱의 상처와 캑스턴의 구둣발에 걷어차인 갈비뼈가 갑자기 생각났다. 그러나 지금 그에게는 걱정해 주는 루스의 말이 무엇보다도 좋은 약이었다.

"연락할 기회가 없었습니다." 맬리가 말했다. "갑자기 큰 사건이 생겨 당신에게 말을 전할 틈도 없었습니다. 정말 무참한 이야기입니다."

"그래요? 잘되었군요." 루스는 분명 마음이 놓이는 듯했다. "내가 안절부절못하고 요란피운 것은 디 오마일러가 서사시로 쓸 만한 정도였어요. 당신 친구들에게 생각나는 대로 전화 걸었었어요. 마침내 랠프 하링겐 씨에게 당신 비서의 전화 번호를 알려달라고 해서 그녀에게도 걸었어요. 그녀도 당신 행방을 모르고 있더군요."

이것으로 호텔을 비운 사이에 걸려온 전화는 모두 설명이 된 셈이라고 그는 침대 위에 구겨진 쪽지를 곁눈질로 보며 생각했다. 그러나 도중에 그렇지도 않다는 생각이 갑자기 들었다. 아직 설명되지 않은 점이 있었다.

"그때 도널드슨 부인에게도 걸었습니까?"

"네, 앨릭스의 집에 있더군요."

"그녀가 뭐라고 하던가요? 방금 전화가 왔었는데 어쩐지 기운이 없었습니다. 조금 걱정돼 묻는 겁니다."

"그래요? 나는 다만 오늘 밤 당신과 만나기로 약속했는데——벌써 어젯밤이 됐군요——당신이 갑자기 어디인가로 사라져 몹시 걱정된다고 말했을 뿐이에요. 그리고 잠깐 잡담을 나누었지요. 왜 걱정하시지요?"

"나도 모르겠습니다. 그러나 그런 건 아무래도 괜찮습니다. 더 중요한 이야기가 있습니다."

"뭔데요?"

"아널드 랜딩에 대한 것인데, 전화로 말할 수는 없습니다. 지금 당신 집으로 랠프 하링겐 씨를 불러주시겠습니까? 아니면 내일로 미룰까요?"

"지금 만나기로 해요. 하링겐 씨에게 전화 걸어 곧 오도록 하겠어요. 좋은 이야기인가요, 나쁜 이야기인가요?"

"그다지 좋지 않은 이야기입니다." 맬리가 말했다.

루스는 문 앞까지 나와 맬리를 기다리고 있었다. 빗방울이 떨어지는 모자와 코트를 구식 모자걸이에 걸면서 언뜻 보니 루스는 아직 야회복 차림이었다. 그 위에 걸친 평상복인 무명 카디건도 연푸른 빛 비단 능직 야회복의 효과를 조금도 어색하게 만들지 않았다.

랠프 하링겐은 곧 올 거라고 그녀는 말했다. 전화를 걸었을 때 필라델피아에서 부인의 친정 사람들이 왔으므로 이야기 나누느라 아직 잠자리에 들지 않고 있었다는 것이었다. 루스는 묻지도 않았는데 재잘거리지 않고는 못 견디겠다는 듯이 줄곧 지껄였다——다이너의 부모는 퀘이커 교도로 퍽 재미있는 분들인 모양이며, 그들은 미건의 교육에 대해 무척 신경 쓰고 있는 것 같다, 언젠가 미건이 필라델피아에 놀러 갔을 때는 집에 있을 때보다 더 응석부렸었다고 루스 자신에게 말했는데, 미건에게도 그만한 분별은 있었던 모양이다, 라고.

루스가 이렇게 혼자 지껄이고 있을 때 지하실에서 그녀의 아버지가 올라왔다.

잠옷 차림에 슬리퍼를 신고 듬성듬성한 머리를 짧게 깎았으며 유머러스하고 선량한 얼굴에 아주 아름다운 눈을 가진 빈선트 씨는 발자크의 소설에 나오는 수도승 같은 인상이었다.

그는 맬리에게 점잖게 인사하고 비가 많이 오기 때문에 물새는 곳이 없는지 지하실에 가보고 오는 참이라고 말했다. 이 집터는 옛날에 말라버린 개울 바닥인데——그 개울은 미네타 강줄기 가운데 하나인 듯했다——비가 몹시 올 때면 이상하게도 개울이 다시 살아난다는 것이었다.

그는 크게 걱정하지 않는 투로 말했다.

"그 개울이 살아나서 움직이고 있다오. 내일이라도 낚시를 하고 싶다면 이곳이 가장 좋은 장소일 거요. 한 번 보트를 타고 낚시질해 볼까요?"

"너무하시는군요, 아버지." 루스가 말했다. "여름이 되기 전에 고치겠다고 어머니에게 약속하시고는……."

"그랬던가? 그럼 할 수 없지. 어머니에게는 구명 보트라도 사줘야겠구나."

그는 맬리를 보았다.

"당신에 대해서는 루스에게서 여러 가지로 들어서 알고 있소. 그건 그렇고 지금 문득 생각났는데, 나는 당신 아버님과 아는 사이인 것 같소. 당신은 아버지를 꼭 닮았구려. 브로드웨이를 바라보는 남쪽 교문 앞에 있던 집이 당신 아버지 가게가 아니었소?"

"그렇습니다."

"이거 참 놀랍군. 그렇다면 틀림없이 25년 전 불황 시대가 시작되었을 무렵이었지요. 나는 대학원 학생이었소. 당신 아버지의 가게로 샌드위치와 우유를 사러 가곤 했었지요. 그 근처에서 가장 싼 집이었으니까요."

"아버지는 서투른 장사꾼이었습니다." 맬리가 말했다.

"그랬을지도 모르지요. 그런데 지금도 생각나지만 무척 이야기를 좋아한 분이었소. 아주 순수한 이상주의자로서 인류의 진보에 대해 고상한 비전을 품고 있었다오. 그런 주제의 시를 써서 가게에 오는 사람들에게 읽어주기도 했지요. 물론 그 무렵에는 우리 모두 비전 속에서 살고 있었소. 뭐라고 할까, 모두들 횃불처럼 불타고 있었지요. 그러나 당신 아버님의 비전은 그런 뜻의 횃불이 아니었소. 그는 좀더 다른 정신을 가진 분이었소. 좀더 밝았다고 할까요. 아무튼 지금도 기억이 나는구려."

여기에도 옛날을 그리워하는 사람이 있다고 맬리는 생각했다. 불황 시대를 자랑스럽게 견뎌와 지금은 그것을 위대한 모험 시대로 그리워하는 많은 중년 지식인들을 만나보았는데, 그때마다 그들은 한눈에 알아볼 수 있었다.

그들은 모두 가난했던 빛나는 시절의 일을 끝없이 이야기하고 싶어 한다. '돈이 아니라 이상'이 그들의 공통된 슬로건이었던 시대, 지성이 효소처럼 공중에 범람하던 시대. 그들은 지난해에 내린 눈을 자꾸만 그리워한다. 그러나 한 시간에 10센트를 받고 눈을 치우던 늙은이들이 그뒤 어떻게 되었는지는 생각해 보려고 하지 않는다.

그러나 지금 옛날을 그리워하는 이 사람은 다행인지 불행인지 루스의 아버지인 것이다. 여기서는 조심스럽게 걸어가고 조용히 이야기하는 것이 현명하다. 맬리가 그렇게 생각하여 실행하고 있는 동안 하링겐이 비에 흠뻑 젖은 모습으로 들어와 늦어진 데 대해 거듭 사과했다.

빈선트 씨는 몇 번이나 밤인사를 하고는 이층으로 올라갔다. 그 뒷모습을 바라보고 있던 맬리는 자신이 그를 무척 좋아한다는 사실을 깨달았다. 저런 인물이 어떻게 자기 딸을 아널드 랜딩 같은 남자와 결혼시키려고 마음먹었을까? 맬리는 아무리 생각해 보아도 그가 이 혼담에 만족하고 있는 것 같지 않았다.

하링겐은 이 집에서 마치 자기 집에 있는 듯이 행동했다. 그는 곧장 거실 선반으로 걸어가더니 술병을 다 꺼내 불빛에 들어올리고 상표를 읽었다.

"셰리라." 이윽고 그는 불만스럽게 말했다. "이것도 셰리, 이것도 셰리로군. 왜 이런 줄 압니까? 빈선트 씨가 가르치는 학생들이 읽은 소설 속에서 학교 선생이 언제나 셰리 주만 마시고 있기 때문이지요. 그래서 크리스마스가 가까워지면 이렇게 셰리 주 선물이 쌓인답니다. 그러니 학교 선생이 스카치 위스키만 마시는 소설을 누가 쓴다면 고마운 일이 되겠지요. 그것도 12년이나 묵은 고급 스카치를 말입니다"

겨우 찾아낸 얼마 남지 않은 위스키를 셋으로 똑같이 나누어 자기 몫을 단숨에 들이키자 그는 몸을 떨었다.

"이제 됐군요." 하링겐은 맬리에게 말했다. "그럼, 나쁜 소식을 들어봅시다. 극단적으로 나쁜 이야기는 아니겠지요?"

"글쎄요, 언젠가 베니 프로이드와 셋이 같이 식당에 갔을 때 소문을 조금 퍼뜨려 워이콥이 거기에 걸려들지 어떨지 시험해 보자고 말한 적 있었지요? 기억하고 계십니까?"

"네, 기억합니다."

"멋지게 걸려들었습니다." 맬리는 루스 쪽으로 고개를 돌렸다. "그것이 당신과 나의 데이트를 망친 원인입니다. 워이콥은 건달을 한 사람 보내 나를 스태튼 아일랜드로 불러들였습니다. 물론 내 의견도 묻지 않고 다짜고짜 말입니다."

아직 입에 대지도 않은 위스키가 루스의 무릎에 쏟아졌다.

"어머나!" 하고 그녀는 외쳤다.

"워이콥이 말입니까?" 하링겐이 깜짝 놀라서 소리쳤다. "그런 입장에 있는 사람이 어떻게 그런 대담한 일을…… 만일 당국에……."

"당국이라고요?" 맬리가 말했다. "어처구니없는 말은 하지 마십시오, 하링겐 씨. 워이콥과 관계 있는 당국은 즉 로스캘조입니다. 지금 로스캘조는 내가 몰리게 되면 그보다 더 기쁜 일이 없을 겁니다.

그러나 중요한 것은 그런 문제가 아닙니다. 나는 워이콥의 뜻을 파악하고 왔습니다. 내가 하는 일이 분명 그의 눈에 거슬리는 모양입니다. 손을 떼라고 하더군요. 그리고 손떼는 것이 유리하다고 설득하기 위해 그는 아널드 랜딩이 유죄라는 증거를 보여주었습니다."

"그런 증거가 있을 리 없어요!" 루스가 말했다. "틀림없이 그 사람이 꾸며낸 가짜 증거예요!"

하링겐는 맬리를 가만히 바라보며 손을 저어 루스를 말렸다.

"어떤 증거였습니까, 커크 씨?"

"워이콥은 자기 집에 장부를 비치해 두고 있었습니다." 맬리가 말했다. "그 장부에 똑똑히 기입되어 있었습니다. 밀러가 5월 3일 아널드 랜딩에게 뇌물을 주었다고."

"어떤 형식으로 기입되어 있던가요?" 하링겐이 힘없이 물었다. "서명이 든 영수증이 있었습니까?"

맬리를 둘러싼 분위기는 워이콥의 텔레비전 방처럼 썰렁했다. '자기에게는 언제나 노 맨즈 랜드(격전지의 무인 지대)가 붙어다니는 것 같다'고 그는 생각했다. 그가 프랭크 콘미 탐정 사무실에 들어가 프랭크의 솜씨를 배운 뒤 오늘처럼 그것이 절실하게 느껴진 적은 없었다. 그 쓸쓸한 괴로움의 원인은 주로 루스의 눈빛이었다.

맬리는 루스의 눈빛에 도전하듯 말했다.

"서명된 영수증이 없으리라는 건 잘 알겠지요. 그런 거야 어찌됐든 상관없습니다. 워이콥은 도박, 이른바 합법적인 영업을 하고 있습니다. 워이콥은 그런 사람입니다. 만나보면 곧 알 수 있을 것입니다. 사람을 권총으로 위협하여 불러다놓고 한편으로는 변호사를 입회시켜 어디까지나 일을 합법적으로 처리하지요. 그래도 도박꾼에 지나지 않는다면 아마 여러 가지로 변명할 겁니다. 법률이 곧 도덕은 아니라든가, 합법적인 것도 비합법적인 수단으로 해야 할 때가 있다든가 하며……

아무튼 그런 사람이기 때문에 그는 부하인 마권 암표상들의 출납 관계를 일일이 장부에 기록하고 있었습니다. 따라서 아널드 랜딩이 받은 뇌물에 대해서도 똑똑히 기록했지요. 말하자면 밀러와 슐레이드의 증언이 옳다는 뜻입니다. 하링겐 씨, 가장 무서운 증인이란 생전 처음 진실을 말하며, 그것도 기꺼이 자진해서 말하는 악당들입니다. 우리 앞에 나타난 증인이 바로 그런 놈들입니다. 이것은 그런 사건입니다."

하링겐이 말했다.

"이런 이야기는 전에도 들은 것 같군요. 지금 새삼스럽게 복습하기 위해 이런 시간에 나를 불렀습니까?"

"아닙니다. 와달라고 한 것은 급히 부탁할 일이 있기 때문입니다. 우선 내일 아널드 랜딩을 만나 이 일을 설명해 주십시오. 그리고 다시 한 번 특별배심에 출두하여 그전 증언을 취소할 생각이 없느냐고 물어보십시오. 만일 그럴 생각이 없다면 적어도 자신의 유죄를 인정하고 형을 줄여볼 마음이 없는지 확인해 주십시오. 제2급 위증죄 정도로 말입니다. 흥정할 마음이 로스캘조에게 있는지 없는지 모르지만, 그 정도라면 그도 응해줄 겁니다. 단 한 가지 곤란한 점은 로스캘조가 자기에게 유리한 수단을 알고 있다는 것입니다."

"곤란한 점은 그뿐입니까?" 하링겐이 말했다. "당신이 쥐고 있는 방법은 무엇입니까, 커크 씨? 내가 이상하게 생각하는 것은 바로 그 점입니다."

"그게 대체 무슨 뜻이지요?" 맬리가 말했다.

루스가 일어나서 맬리를 쏘아보았다. 그녀는 두 손을 가슴 앞에서 꼭 쥐고 날카롭게 말했다.

"다 알고 있을 텐데요. 워이콥에게서 얼마나 받고 그런 말을 하는 거지요? 하링겐 씨가 묻는 뜻은 그거예요. 말해 보세요, 얼마나 받으셨나요? 아널드 랜딩이 지불할 사례보다 훨씬 많던가요?"

이 말은 캑스턴에게 얻어맞았을 때와 똑같은 뒷맛을 맬리에게 남겼다. 아니, 그 이상이었다. 캑스턴에게 맞았을 때는 아프기는 했지만 무섭지는 않았다. 지금 맬리는 무서웠다. 그는 입을 열었다.

"루스, 맹세해도 좋지만 나는 워이콥에게서 한 푼도 받지 않았습니다. 그쪽에서도 돈을 줄 생각이 없었고, 나도 받을 생각이 없었습니다."

"그렇다면 당신은 워이콥의 명령에 따르고 있을 뿐이군요." 루스는 상냥한 목소리로 말했다. 그 목소리는 지나칠 정도로 상냥했다. "말하자면 협박을 받으셨군요."

"아닙니다," 맬리가 말했다. "협박받지 않았습니다. 협박받은 것은 당신입니다. 워이콥은 토요일 밤에 우리들 뒤를 미행시키고 당신을 노렸습니다. 내가 워이콥에게 거역하지 않는 한 아무 일도 일어나지 않겠지만, 내일부터 당신에게 경호원을 한 사람 붙여두겠습니다. 사건이 해결될 때까지 계속 붙여두겠습니다. 그러니 걱정할 필요는 없습니다."

"걱정할 필요 없다고요? 제발 그 멜로드라마 같은 말은 하지 마세요. 그런 대사로 이야기가 조금이라도 진짜같이 느껴지리라 생각하시나요?"

때려주고 싶었다. 따귀를 힘껏 때려주면 얼마나 후련할까 하고 그는 생각했다. 그 충동이 루스에게로 전해진 모양이었다. 그가 일어나자 그녀는 자기도 모르게 한 발자국 뒤로 물러섰다.

맬리는 통쾌했다.

"무엇이 무섭습니까?" 맬리는 루스에게 말했다

"멜로드라마가 무섭습니까? 아무튼 나는 서투른 배우입니다. 하지만 이 연극은 완전히 현실적인 것입니다."

맬리는 하링겐을 보았다. 하링겐의 얼굴에는 이제 미소가 가셨다.

"우리가 언젠가 들어갔던 간이 식당의 푸에르토리코 인을 기억하겠지요, 하링겐 씨? 그는 아무것도 몰랐습니다. 그런데 워이콥은 그가 뭔가를 숨기고 있다고 여겨 부하를 두 사람이나 보내 큰 상처를 입혔습니다."

"설마······." 하링겐이 말했다.

"거짓말로 생각되거든 몬테피오레 병원에 전화 걸어 환자의 상태를 물어보십시오. 이름은 가르시아, 물론 '사고에 의한 부상'으로 되어 있겠지만 나는 그런 구실에 속아 넘어가지 않습니다. 당신도 예민한 사람이니까 남에게 속기 싫을 것입니다."

"농담할 때까 아닙니다, 커크 씨." 하링겐이 말했다.

"옳으신 말씀입니다. 나는 울고 싶지 않기 때문에 웃고 있는 것입니다. 당신이 내 입장이라면 어떻게 하겠습니까?"

그리고 나서 맬리는 고개를 루스에게로 돌렸다.

"이야기가 조금은 진짜같이 느껴집니까?"

루스는 거칠게 머리를 가로저으며 힘주어 대답했다.

"아니오, 아니오, 아니오, 아니에요!"

"아아, 이렇게 사귀고서 아직 나를 믿지 않다니……." 맬리는 한탄했다.

"믿으려고 생각했었어요. 나는…… 아아, 이런 말을 해봐야 소용없겠지요. 내가 잘못 생각했을 뿐이에요. 내가 바보였어요. 아널드의 말이 옳았어요."

"뭐가 옳다고요?"

"당신에 대한 거예요. 지난번 아널드를 만났을 때 그는 나더러 바보라고 말했어요. 사립 탐정을 믿는 사람은 바보라고요. 사립 탐정은 모두 똑같다고 했어요. 돈 때문이라면 어떤 일이든지 하는 더럽고 썩은 족속들이며, 사립 탐정은 어떤 사람의 말이나 닥치는 대로 듣는다고요. 그것이 사립 탐정의 장삿속이므로, 돈만 내면 어떤 비밀도 팔아먹는 장사꾼이라고 그는 말했어요."

너무 화가 나면 사방이 새빨갛게 보인다더니 정말이라고 맬리는 생각했다. 루스도 하링겐도 방도 모두 빨간 안개 속에서 흔들거렸다.

맬리는 쉰 목소리로 내뱉었다.

"과연 옳은 말입니다. 아널드 랜딩은 혼자 재판관과 배심원과 사형집행인 역할을 모두 겸했군요. 마치 당신이 가르치는 학생들의 연극에 나오는 죽음의 신과 같습니다. 모든 것을 다 아는 머리 좋은 경관이군요. 재판이 시작되면 나는 모든 일을 제쳐놓고 날마다 가서 남김없이 보겠습니다. 그런 훌륭한 사람이 무참하게 얻어맞는 모습은 얼마나 통쾌할까요!"

"그래요." 루스가 속삭이듯 낮게 말했다. "나도 그렇게 되리라 생각해요. 하지만 재판이 어떤 결과가 되든 한 가지만은 말씀드리겠어요. 나와 함께 축하연을 하자고 연극표를 산다든가 레스토랑의 테이블을 예약할 필요는 없어요. 달빛 아래에서 느닷없이 내 손을 잡는 시체 해부 같은 짓은 하지 마세요. 미안하지만 지금까지는 당신 때문에 즐거웠어요. 드라이브도 시켜주셨고요. 하지만 나는 이것으로 물러서겠어요. 당신 친구 도널드슨 부인도 무척 기뻐할 거예요!"

걱정스럽게 이 말다툼을 듣고 있던 하링겐이 마침내 참을 수 없는 듯이 폭발적으로 말했다.

"도널드슨 부인이 무엇을 기뻐한다고요, 루스? 당신들 모두 정신 나가지 않았습니까? 마치 노이로제 환자들의 잔치 같군요. 이런 일 때문에 모인 겁니까?"

"당신은 잠자코 있으십시오!"

맬리는 사납게 쏘아붙이고 다시 루스에게로 화살을 돌렸다.

"어서 말해 보십시오, 도널드슨 부인과 이 사건이 무슨 관계가 있습니까?"

루스는 손가락마디가 하얗게 될 정도로 두 손을 깍지 끼었다.

"그녀가 오늘 밤의 이 소동을 부채질한 거예요. 내가 그녀와 전화로 주고받은 이야기를 당신에게 모두 말하지 않았지요? 왠지 아세요? 아직 그 즐거운 드라이브에 취해 있었기 때문이에요. 그 기분을 망치고 싶지 않았기 때문이에요. 그녀가 당신이 그 파티의 본전을 찾았느냐고 물어보더군요. 네, 그렇게 말했어요.

그렇게 놀란 표정을 지을 필요는 없어요. 물론 그녀가 질투하고 있다는 건 알아요. 당신은 그녀 일을 걱정하는 게 좋을 거예요. 내가 만화책에 나오는 것 같은 건달의 총에 맞을까봐 걱정하지 말고 당신 자신이 그녀의 총에 맞지 않도록 걱정하세요. 그녀는 당신이 다른 여자를 쫓아다닌다고 몹시 화나 있어요. 자제심이 강하지 못한 여자니까 정말 쏠지도 몰라요!"

맬리가 대꾸했다.

"질투하고 있는 사람이 과연 도널드슨 부인뿐일까요? 당신이 말한 아널드 랜딩의 사립 탐정관(探偵觀) 말인데, 당신은 나에 대해 아주 재미있고 야릇하게 말한 모양이군요. 랜딩이 그처럼 분격했으니 말입니다."

"그래요," 루스가 말했다. "그렇게 말했어요. 그때 잠자코 있었다면 지금 이렇게까지 후회하지 않아도 될 거예요. 하지만 랜딩과 나는 서로 숨기는 일이 하나도 없어요. 당신처럼 에둘러 하는 말솜씨나 새빨간 거짓말을 변태적으로 즐긴 일은 한 번도 없었어요. 당신도 솔직한 말솜씨를 좀 연습하시는 게 어때요?"

"나도 그렇게 생각합니다." 맬리는 순간 모든 도의심을 버리고 말했다. "아널드 랜딩에게도 그렇게 부탁드려 보시지요."

"아무리 보아도 신경이 어떻게 된 모양이군." 하링겐이 시계를 보며 중얼거렸다. "그도 그럴 수밖에, 벌써 새벽 2시니까. 이런 식으로 나가면 도무지 끝이 안 나겠어."

이것은 하링겐이 선의로 한 말이었으나 그의 염려스러운 말투에 루스는 곧 몸을 사리고 맬리에게 따져 물었다.

"그게 무슨 뜻이지요? 무슨 말을 하려는 거예요?"

바야흐로 랜딩의 그림은 맬리의 손에 쥐어져 있었다. 랜딩의 밀랍 인형은 마지막을 고했다. 맬리는 그 밀랍 인형을 천천히 손아귀에 쥐어 뭉갰다.

"루스," 그는 입을 열었다. "아널드 랜딩은 훨씬 전부터 당신을 속이고 있었습니다. 랜딩에게는 또 하나 다른 여자가 있습니다. 그녀는 랜딩과 잠자리를 같이했을 뿐만 아니라 앞으로 그와 결혼할 생각입니다. 그 결혼날짜가 결정되면 랜딩은 몹시 당황하겠지요."

루스는 입을 멍청히 벌리고 맬리를 바라보았다. 그의 말을 전혀 믿지 않는 듯한 표정이었다.

"어머나," 그녀는 입을 열었다. "당신은 엉뚱한 생각도 잘하시는군요. 재미있는데요. 정말 재미있는 분이에요."

"재미있는 정도가 아닙니다."

맬리는 퉁명스럽게 내뱉고 하링겐을 보았다.

"어서 빈선트 양에게 말해 주십시오. 뭘 망설입니까?"

"무엇을 말하라는 겁니까?" 하링겐은 화난 목소리로 말했다. "남의 말을 받아서 그대로 전하는 건 아무 소용없습니다. 그녀에 대해 내가 아는 바는 모두 당신에게서 들은 것뿐입니다."

"워이콥의 경우도 마찬가지예요." 루스가 지적했다. "그리고 밀러에 대해서도, 다른 사람 경우도 모두 이분의 정보에 따른 거예요."

루스는 자기가 이긴 듯이 뽐내보였다. 하링겐이 진리와 정의감으로 자기편을 들었다고 여기는 모양이었다. 맬리는 그녀의 당당한 정의감을 때려 부숴야겠다고 마음먹었다.

"코트를 입으시지요." 그리하여 루스에게 말했다.

"미안하지만 앞으로 몇 시간만 지나면 오늘 수업이 시작돼요. 지금부터 모험하러 나갈 생각은 없어요."

"모험이 아닙니다. 랜딩의 정부를 만나 보러 가는 겁니다. 당신이 옳으니 그르니 말할 필요는 없습니다. 자, 코트를 입으시지요."

하링겐이 끼어들었다.

"그건 상식에서 벗어난 일입니다, 커크 씨. 이 시간에 온 뉴욕을 흔들어 깨워 증언시킬 셈입니까? 적당한 시간까지 미뤄두는 것이 어떻습니까?"

"아닙니다, 미룰 수 없습니다. 당신 말을 빌린다면 나는 보기 드물게 인심좋은 사람입니다. 지난 여덟 시간 동안 나는 권총으로 위협받고 매맞고 브리지로 돈을 잃고 협박받았습니다. 그 결과 지금 여기서 몇 번인지 셀 수 없을 만큼 거짓말쟁이 취급을 당했습니다. 그러므로 끝까지 이런 식으로 하겠습니다.

빈선트 양이 얌전히 코트를 입고 같이 가든가, 아니면 내가 옷깃을 움켜쥐고 빗속으로 끌어내든가 둘 중 하나입니다. 만일 방해하는 사람이 있다면 나는 지난 여덟 시간 동안 참아온 울분이 터질 겁니다. 진심입니다, 하링겐 씨. 모두 얌전히 하자는 대로 하면 아무 일 없을 겁니다. 내 기분을 알겠습니까? 당신도 이런 시절이 있었을 겁니다."

"기분은 알겠습니다." 하링겐은 말했다. "그러나 당신의 방법은 잘못되었습니다, 커크 씨."

하링겐의 목소리에는 동정이 담겨 있었다.

"그건 내 자유입니다." 맬리는 퉁명스럽게 대꾸했다.

루스는 맬리에게서 하링겐에게로, 그리고 다시 반대 방향으로 눈길을 움직였다. 그녀는 두 사람을 번갈아 보았다.

"좋아요, 가겠어요." 이윽고 그녀는 입을 열었다. "이유는 단 한 가지, 당신이 이 연극을 어떻게 마무리 짓는지 보고 싶기 때문이에요. 지금까지는 아주 극적이고 감동적이었으니까 막이 내릴 때까지 구경해 주지 않는다면 당신이 가엾어지거든요."

"지금부터 더욱 재미있어집니다." 맬리는 조용히 말했다.

8번 거리는 비에 씻겨 썰렁했다. 골목길은 더욱 인기척없이 어두컴컴했다. 'OOMS FOR ENT'라는 네온 불빛만이 밝게 빛났다. 호랑가

시나무의 크리스마스 장식을 둥그렇게 얹은 네온은 빗물이 반짝이는 길 위에 파르스름한 빛을 던져주었다.

맬리는 엄지손가락으로 현관문 벨을 오래 누르고 있었다.

이윽고 노인이 나타나 현관의 흐릿한 불빛 속에서 두 사람을 흘끔흘끔 훑어보았다. 무명 속옷 단추가 풀어져 앙상한 가슴의 흰 털이 보였다. 게다가 노인은 맨발이었다.

"우리집 손님이 아니군요, 경찰을 부르겠습니다. 지금 몇 시인 줄 압니까?"

"시간은 알고 있소, 헬런과 이야기하고 싶소, 아널드 랜딩의 일로 왔다고 전해주시오, 나쁜 소식이라고 말하시오,"

맬리가 하링겐에게 한 말――어떤 사태가 되든지 헬런은 자기 손으로 일을 처리할 거라는 말은 옳았다. 그녀는 말솜씨가 아주 좋았다――루스에게 들려준 말은 그 내용보다도 때를 적절히 맞추었기 때문에 더욱 불결하고 폭력적이었다. 헬런의 기분이 몹시 언짢아보였기 때문에 맬리는 그녀의 행동에 주의 깊게 신경을 썼다. 자칫 잘못해서 헬런이 화를 터뜨린다면 누군가가 다칠 것만 같았다.

헬런은 편지를 가지고 있었다. 랜딩의 편지가 구두 상자에 가득 차 있었다. 긴 안목으로 보면 이것이야말로 그녀의 보물이었다.

편지들은 난폭하게 갈겨 쓴 글씨에다가 오자투성이였는데, 그런 만큼 표현은 아주 솔직했다.

'베이비, 오늘 밤 당신과 함께 자고 싶어. 만일 같이 잘 수만 있다면……'

'헬런, 베이비. 가끔 나는 잠이 오지 않아. 당신에 대해, 당신과 함께 있을 때의 일을 생각하면……'

'나를 만나지 못해 쓸쓸하겠지. 틀림없이 지금 당신은 나에게…

……'

'이 사건이 끝나면 실컷 즐겁게 놉시다, 베이비. 24시간 안으로 저 늙은이를 쫓아내고 당신과 둘이서……'

어려운 말은 하나도 없었다. 정신병리학자가 눈을 동그랗게 뜨고 볼 만한 문장은 하나도 없었다. 자신의 욕망이나 그 표현 방법에 대한 랜딩의 상상력은 형편없이 빈약한 모양이었다. 그러나 그 빈약한 상상력도 랜딩같이 솔직하게 쓰면 심한 자극을 주기에 충분했다.

루스는 그 편지들을 뚫어지게 보았다. 그러다 느닷없이 두 조각으로 찢고 네 조각으로 찢고 모든 글자를 지워 없애려는 듯이 잘게 찢기 시작했다.

헬런이 루스의 머리채를 휘어잡아 힘껏 당기려는 순간 맬리가 헬런의 팔을 잡았다. 그리고 손가락을 하나하나 풀어서 헬런의 손을 루스의 머리에서 떼어냈다.

루스는 갑자기 머리가 자유롭게 되자 몸이 휘청했다. 그와 동시에 헬런은 맬리를 붙들고 늘어졌다. 헬런은 얇은 나이트가운만 입고 있었다. 맬리의 팔 안에서 그녀는 몸이 꿈틀꿈틀 움직였다. 헬런은 무릎으로 맬리를 차고 날카로운 흰 이로 어깨며 볼을 물어뜯으려고 했다.

헬런이 욕설을 내뱉으며 맬리에게 대들고 있는 동안 노인은 한쪽에 멍청히 서서 바보 같은 눈으로 그들의 격투를 바라보며 가슴을 긁적거리고 있었다.

마침내 맬리가 헬런을 침실에 밀어 넣고 안에서 열려고 밀어젖히는 문을 꼭 닫고 자물쇠를 채우기까지 1분…… 아니, 2분쯤 걸렸다.

맬리가 뒤돌아보았으나 루스의 모습이 보이지 않았다.

　계단 난간에 몸을 내밀고 물끄러미 내려다보는 잠옷 차림의 도깨비들을 등 뒤로 느끼면서 맬리는 루스의 이름을 부르며 뛰어갔다. 앞길에도 그녀의 모습은 보이지 않았다. 맬리는 두근거리는 가슴으로 텅 빈 길을 살피다 무턱대고 8번 거리 쪽으로 뛰어갔다.

　그는 운이 좋았다. 8번 거리의 반 블록쯤 앞에 루스가 고개를 숙인 채 비를 맞으며 빠른 걸음으로 걸어가고 있는 모습이 보였던 것이다. 길모퉁이 언저리에서 루스를 따라잡은 맬리는 그녀의 팔을 잡아 고개를 돌리게 했다.

　"어디로 갈 생각입니까? 바보짓은 하지 마십시오."

　루스는 초점 잃은 눈으로 맬리를 바라보았다. 코트 단추가 풀어지고 옷은 비에 흠뻑 젖었으며 머리도 흩어져 있었다.

　"괜찮아요. 그냥 내버려두세요."

　"괜찮다고요? 마치 물귀신 같습니다. 자, 빨리 자동차로 갑시다. 집으로 돌아갑시다."

　"싫어요."

　루스는 몸부림쳤으나 맬리가 팔을 놓지 않자 체념했다.

　"싫어요. 늦게 돌아가면 집에서 여러 가지로 물어볼 거예요. 이젠 싫어요!"

　"이런 밤중에 길을 헤매다가 불량배라도 만나면 어떻게 할 생각입니까? 고등학교 시절처럼 운이 좋을지 어떨지 알 수 없습니다. 더 이상 상처받는다면 큰일입니다."

　맬리는 손가락으로 루스의 입술 끝 상처를 만졌다.

　그녀는 몸을 움츠렸다. 그리고 낮은 목소리로 물었다.

　"어떻게 알았나요? 누구한테 들었지요?"

　"아무에게도 듣지 않았습니다. 그보다 당신 자신이 여러 기회에 자신도 의식하지 못하고 가르쳐준 것입니다. 하지만 그런 일이야 아무래도 상관없습니다. 아무튼 돌아갑시다. 그런 이야기는 나중에 나눕시다."

"집에 돌아가기 싫어요."

"그럼, 어디로 가겠습니까?" 맬리는 일부러 잔인하게 물었다. "내 방은 어떻습니까? 좋은 생각이잖습니까? 당신 말대로 시체 해부 축하연을 하는 겁니다. 한잔 마시고 춤이라도 춥시다. 당신 집이나 불량배들보다 그편이 낫지 않겠습니까?"

"당신이 그렇게 하고 싶다면 좋아요."

맬리는 그러기를 바랐지만 이런 형편에서는 그러고 싶지 않았다. 너무나 갑작스럽고 또 충격적으로 루스는 게임에서 맬리의 승리를 선언했던 것이다. 루스의 무관심한 말투와 믿을 수 없을 만큼 갑작스러운 항복을 받자 어쩐지 그는 승리를 훔치는 것만 같아 기분이 개운치 못했다.

맬리가 사랑한 루스는 피와 살을 간직한 여자, 유머와 노여움과 정숙함과 강한 성질을 아울러 갖춘 완벽한 여자였다. 지금 그녀가 맬리에게 트로피로 내민 것은 그것들의 망령에 지나지 않았다. 그 이상의 것을 기대했던 맬리 자신이 바보였다.

이제 어떻게 하는 게 좋을까 하고 그는 생각했다. 루스를 그녀의 집으로 데리고 가서 유혹의 문을 닫을 것인가? 문을 닫으면 어떻게 될까? 문이 다시 열릴 가능성이 있을까? 비논리적인 일 때문에 만들어진 이 공허하고 비현실적인 밤이 지나 내일의 햇살이 다시 비칠 때, 루스는 대체 어떻게 생각할까?

맬리는 자신의 질문에 대답하기가 두려웠다. 어떻게든 일을 해결해야 하겠다고 생각하면서도 어느 쪽으로든 움직이기가 두려웠다. 워이콥의 말처럼 엄지손가락이 묶여 공중에 매달린 기분이었다. 차가운

비와 두려움이 뼛속까지 스며들었다. 비를 피할 분별심도 없어진 것일까 하고 맬리는 자신을 비웃으며 저항하지 않는 루스를 데리고 가게 처마 밑으로 들어갔다.

"아까 그 말이 내 진심이라고 생각합니까?" 맬리는 은근히 루스가 부정해 주기를 빌면서 물었다. 이 한마디로 문제가 해결되기를 바랐다. "진심으로 그런 말을 했다고 생각합니까?"

"네, 그렇게 생각했어요." 루스가 대답했다.

두 사람의 눈앞 길에 많은 물웅덩이가 생겼다. 맬리는 길모퉁이의 신호등이, 있지도 않은 자동차 물결을 정리하는 로봇처럼 물웅덩이를 빨강에서 초록으로 또다시 빨강으로 물들이는 것을 물끄러미 바라보았다.

"좋습니다." 얼마 뒤 그는 말했다. "여기서 기다리십시오. 곧 자동차를 가져올 테니까."

두 사람이 들어갔을 때 파티 손님은 이미 모두 돌아가 세인트 스티븐 호텔 로비는 한산했다.

청소부 몇 명이 대리석 바닥을 오가면서 자루걸레로 청소하고 있었으나, 맬리와 루스에게는 눈길도 돌리지 않았다. 프런트 데스크에서 산더미같이 쌓인 인덱스 카드를 정리하던 넬슨은 흘끗 눈길을 보냈다가 곧 조심스럽게 눈을 내리깔았다. 엘리베이터 보이는 읽고 있던 〈데일리 뉴스〉를 옆에 놓고 아무 말없이 두 사람을 위층으로 태워다 주었다.

모든 것이 맬리를 위해 협의된 남자들의 음모, 지금까지 이런 일은 여러 번 있었다. 그러나 오늘은 어쩐지 역겹게 느껴졌다.

방으로 들어가자 맬리는 루스의 코트를 벗겨주었다. 코트는 마치 해면처럼 흠뻑 젖어 있었다. 그렇다면 루스는 살갗까지 젖어 있을 게 틀림없었다. 옷을 벗고 마른 것으로 바꿔 입으라는 말이 어리석은 유혹의 전주곡처럼 들리지 않게 하려면 어떻게 해야 할까?

지금까지 맬리는 그녀가 바란다면 홀란드 아저씨(잔소리 많은 사람)나 그 반대의 경우도 될 수 있다고 마음먹었다. 그러나 이 어설픈 막다른 골목에 이르자 어느 역할도 할 수 없을 것 같았다. 상대가 루스만 아니었던들 정말 어리석은 짓이지만.

시간을 벌 셈으로 맬리는 말했다.

"한잔하는 게 좋겠군요, 어떤 술을 좋아합니까?"

"싫어요." 루스가 대답했다. "아무것도 필요없어요, 마시면 기분이 나빠질 것 같아요."

그녀는 전축 캐비닛에 손을 짚고 몸을 앞으로 조금 기울였다.

"어떻게 된 건지 모르겠어요, 추워요, 몹시 추워요."

맬리는 환자 간호에 익숙하지 못했으나 루스가 정말로 어딘가 불편해 보이는 것은 한눈에 알 수 있었다. 얼굴빛이 납처럼 파리했으며 입술이 자줏빛이 되어 온몸을 떨고 있었다. 그녀는 눈을 감고 이를 꼭 물어 추위를 견뎌내려고 했으나 효과가 없었다.

"추워요." 마침내 그녀는 신음하듯 말했다.

맬리가 안아주자 온 몸의 무게를 그에게 기댔다. 그녀의 이빨이 맞부딪치는 소리가 났다.

"아아, 추워요, 굉장히."

드레스 등 쪽의 지퍼 고리는 어딘가 깃 속에 가려져 있었다. 여자옷의 거추장스러움을 저주하며 그는 마비된 듯 잘 움직이지 않는 손가락으로 더듬어 지퍼를 찾아 겨우 맨 아래까지 당겨 내렸다. 그리하여 양쪽으로 벌어지는 드레스를 벗기고 여전히 말을 듣지 않는 손가락으로 축축한 구두를 벗겨주었다.

그런 다음 반쯤 끌듯이 반쯤 안 듯이 욕실로 데려가서 샤워의 더운

물을 세게 틀었다. 요란하게 김을 올리며 더운물이 쏟아져 내렸다. 맬리는 급히 뒤로 물러서서 손을 뻗어 뜨거움을 무릅쓰고 수도꼭지를 조정했다. 알맞게 조정되자 그는 루스를 샤워 밑에 세운 뒤 한 손으로 몸을 받쳐주고 다른 한 손으로 머리를 숙이게 했다. 따뜻한 물방울이 맬리의 온몸에 튀겼다.

이 난폭한 조치가 효과를 나타냈다. 얼마 뒤 맬리가 샤워를 멎게 하고 루스의 몸을 놓자 그녀는 혼자 욕실 벽에 힘없이 기대섰다. 이제 병은 낫고 피로만 남은 듯했다.

가슴이 크게 물결치고 무섭도록 파리했던 살빛이 가시고 되찾은 체온으로 얼굴에 혈색이 돌았다. 머리에서 물방울이 뚝뚝 떨어지고 젖은 브래지어와 속옷이 몸에 찰싹 달라붙어 있었으며 우윳빛같이 하얀 허벅지 위에 가터의 선이 또렷이 드러난 루스는 맬리가 짐작했던 것보다 훨씬 육감적이었다. 만일 그녀가 발가벗은 몸으로 안아주기를 기다리고 있다 해도 이만큼 육감적으로 보이지는 않으리라고 생각했다. 루스는 그것을 모르고 있는 것일까?

분명히 그녀는 모르고 있었다. 맬리가 좀 어떠냐고 묻자 그녀는 얼굴을 찌푸렸지만, 그것은 자신의 약함을 수치스럽게 여기는 표정이었다. 그에게 보여주고 있는 자기 모습을 의식한 태도는 아니었다.

"좀 나아졌어요." 그녀는 입을 열었다. "훨씬 사람다운 기분이 되었어요."

"의사를 부를까요? 아래층에 의사가 살고 있습니다."

루스의 입술에 파리한 미소가 떠올랐다.

"괜찮아요. 다 나았어요. 다리가 조금 떨릴 뿐이에요. 미안해요. 무척 애먹었지요?"

맬리는 그녀의 미소에 지지 않으려고 애썼다.

"네, 무척 애먹었습니다."

그는 대답한 뒤 미소가 사라진 루스의 얼굴로부터 눈길을 피해 선반에서 목욕 수건을 꺼내 건네주었다.

"이제 혼자 할 수 있겠지요? 젖은 옷은 벗어서 여기에 뭉쳐두십시오, 입을 것을 찾아볼 테니까. 나는 저쪽에서 기다리고 있겠습니다."

목욕 수건을 받아 쥔 채 뭐라 말할 수 없는 얼굴로 바라보는 루스를 남겨두고 그는 욕실을 나왔다. 침실에 가서 자기의 젖은 셔츠와 속옷을 벗을 때까지 그녀의 표정이 맬리의 머리에서 떠나지 않았다.

그는 보이지 않는 그녀의 표정을 향해 방금 어떻게 해주기를 바랐던 것이냐고 물었다. 지금 욕실에서 그녀를 안아주는 게 좋았을까? 그리고 그녀를 희생시켜 그대로 제물로 만들어버리는 게 좋았을까?

맬리는 침대 위에 흩어진 전화 메모지를 구깃구깃 뭉쳐 구석으로 내동댕이쳤다. 그리고 침대 시트를 벗겨 젖은 몸을 닦았다. 등과 가슴을 닦다가 갑자기 갈비뼈의 아픈 곳을 건드렸다. 거울에 비춰보니 거기에는 캑스턴의 구두 뒤축만큼 퍼렇게 멍이 들어 있었다. 그것을 본 순간 그의 마음속에서 연기를 내고 있던 불길이 확 돋구어졌다. 그것은 위험한 불길이었다. 마음속의 불만을 장작삼아 갑자기 타오른 그 불길을 일부러 부채질하여 그는 신과 같은 기분으로 그 불 속에 뛰어들었다. 거실에서는 현실의 불을 지피지 않을 수 없었다. 루스를 왕후나 귀족처럼 대해주는 것이다. 빨갛게 타오르는 벽난로 앞에 앉아 달콤한 음악으로 신경을 누그러뜨리고 강한 술로 피를 끓어오르게 할 것이다. 아무도 맬리 커크가 여자 다루는 방법을 모른다고 말하지 못하게 할 것이다. 그는 알맞은 장작을 집어 난로 한가운데에 타다 남은 찌꺼기를 긁어냈다.

그러나 일손을 멈추고 갑자기 허리를 펴는 순간 어둠 속에서 프랭크 콘미의 얼굴이 그를 노려보고 있었다. 그리고 프랭크 콘미가 젊은 시절에 사귄 여자들의 망령이, 우울해 보이는 모나 다우드나 비슷한 여자들이 인형 같은 얼굴로 수줍은 듯이 활활 소리내며 타오르는 불길 앞에서 피할 수 없는 사건을 기다리고 있었다. 그리고 잠든 디디의 망령이 불규칙하게 코를 골고 있었다.

이 모든 망령들이 루스가 방으로 들어온 뒤의 의식을, 처녀가 희생되는 것을 손모아 기다리고 있었다. 제단 준비를 끝내자 승려들은 몸에 옷을 걸치고……

맬리는 있는 힘을 다해 장작을 난로에 던져 넣었다. 장작은 난로의 재를 연기처럼 사방에 날리고 대포 같은 소리를 내며 안쪽 벽돌에 부딪치고 그 반동으로 불길을 피하기 위한 칸막이까지 넘어뜨려 온 방 안에 요란한 소리가 울렸다. 방은 이런 소리들로 가득찼다. 귀가 멍해질 정도의 자기만족을 위한 파괴의 음향, 그 마지막 음향이 메아리치는 가운데 루스의 목소리가 등 뒤에서 들려왔다.

"왜 그러시지요? 무슨 일이 있었나요?"

그는 홱 돌아보았다. 루스는 큰 수건으로 어깨부터 무릎까지 가리고 두 손으로 가슴을 꼭 여미고 있었다. 머리에 작은 수건을 터번처럼 두르고 놀란 눈을 동그랗게 뜬 루스의 모습은 지금까지 본 적이 없을 만큼, 믿을 수 없을 만큼 연약해 보였다. 정복당하기를 기다리고 있는 짐승, 게다가 한 번 정복당하면 그 길로 숨겨버리는 가엾은 암컷, 이런 상상이 맬리를 느닷없이 폭발시켰다.

그는 쉰 목소리로 외쳤다.

"무슨 일이 있었느냐고요! 잘도 그런 말을 하는군요, 당신입니다. 무슨 일이 있었던 건 바로 당신입니다!"

"왜 그렇게 화를 내세요?" 루스는 어리둥절한 표정을 지었다. "나는 다만……"

미친 듯한 몸짓으로 맬리는 그녀의 말을 가로막았다.

"당신은 아무 일도 없었다고 생각합니까? 내가 아널드 랜딩을 나무랄 것 같습니까? 그 여자 일로? 천만에요, 가엾을 뿐입니다. 그를 만나본 적도 없지만, 만난다 해도 그 바람둥이의 얼굴은 보기 싫을 겁니다.

하지만 지금까지 보여준 당신 행동을 생각하면 그는 정말 가엾은 사람입니다! 그렇게 건강한 짐승에게 더러움 모르는 처녀가 잡혀 있었으니까요. 옆에서 보기에도 즐거운 일이지요. 그렇지 않습니까?"

루스는 힘없이 말했다.

"왜, 왜 그런 말씀을 하시지요? 까닭을 모르겠군요."

"천만에요, 이처럼 까닭이 분명한 일은 없습니다. 가슴 아플 정도입니다. 나는 지금 당신의 급소를 찌른 셈입니다. 곧 결말을 내겠습니다. 내 질문에 대답하십시오. 당신 몸에는 아직 한 번도 남자의 손이 닿은 적 없겠지요? 랜딩조차도?"

루스는 멍한 눈으로 그를 바라보았다.

"그것이 그토록 나쁜 일인가요?"

"아니오, 그것은 일종의 처세술이라고 할 수도 있습니다. 물론 좋은 점도 있습니다. 그렇다면 왜 결심을 바꿨습니까? 여기에 오면 어떻게 될지 알고 있었을 텐데 왜 따라왔지요?"

"오고 싶었어요."

"오고 싶었다고요?" 맬리는 경멸하듯 말했다. "그렇다면 나에게는 멋진 기회가 되겠군요. 지난 몇 해 동안 랜딩이 바라도 얻지 못했던 것을 잠깐 동안 단 한 마디 말로 내 것이 되는 셈이니까. 하긴 그럴 수도 있습니다. 당신은 어떻게 생각할지 모르지만, 나는 랜딩보다 조금 머리가 좋은 편이니까요. 랜딩은 당신이 왜 언제까지나 순결한 처녀로 있는지 그 까닭을 몰랐습니다. 그렇지요? 가난한 집에서 태어난 똑똑지 못한 남자들은 누구나 그렇듯이 상류 계급의 인텔리 여성은 으레 그런 거라고 랜딩은 혼자 결정한 겁니다.

그런데 당신은 너무나 순수했습니다. 당신의 내분비선은 다른 여자들과 구조가 다릅니다. 결혼하면 얼마쯤 인간다운 따스함이 생길지도 모르지만…… 랜딩은 거기에 희망을 품었습니다. 그리하여 당신 주위를 빙빙 돌며 당신을 찬미하고 다른 남자가 접근하지 못하게 막는 일밖에 하지 않았습니다.

그런 목적을 위해 당신은 그를 이용한 것입니다. 그렇지요? 고등학교 시절 지하실에서 그런 사건이 있은 뒤 당신은 언제나 무서웠습니다. 그 때문에 신경쇠약에 걸렸을지도 모를 당신을 랜딩이 구해주었습니다.

그는 당신에게 아무것도 요구하지 않았습니다. 당신의 그 점잔빼는 분위기에 겁먹은 것입니다. 그래서 자진하여 다른 남자들이 당신을 건드리지 못하게 하기 위한 인간 담보물이 되어버렸습니다. 그리고 당신은 자신을 속이고 있었습니다. 위기에서 구해준 은인에 대해 그런 정조대를 몸에 간직하는 것보다 더 큰 보답은 없다고 착각한 거지요. 암, 그것도 그런 물건입니다. 당신이 낀 그 반지야말로 정조대가 아니고 뭡니까!"

그것은 거의 절규에 가까웠다. 그 소리로 루스를 채찍질하며 맬리는 그녀에게 다가갔다.

그러나 루스는 도망치려 하지 않았다. 마치 무서운 거인에게 협박받아 도망칠 수 없다고 체념한 듯이 그를 멍하니 보며 서 있었다. 맬리에게 팔을 잡혔을 때 비로소 그녀는 반응을 보였다. 가슴 언저리에서 수건을 움켜쥔 손을 떼지 않고 얼굴을 찌푸리며 활처럼 몸을 뒤로 젖혔다. 맬리가 손을 놓는다면 뒤로 넘어질 것 같은 자세였다.

"거짓말이에요! 거짓말이에요!" 그녀는 신음하듯 말했다.

"그런 착각은 적당히 해두는 게 좋습니다! 이것이 진실이지요! 당신 자신도 알고 있을 겁니다."

루스가 힘차게 부정하듯 머리를 마구 저었기 때문에 맬리도 그녀의 몸을 세게 흔들었다. 머리에 두른 터번이 풀어져 바닥으로 떨어지고 머리카락이 어깨에 흩어져내렸다.

루스를 붙잡고 정신 잃은 듯한 그녀를 바라보던 그는 문득 '이미 보았던 것' 같은 느낌이 들었다. 지금은 거의 잊어버린, 언젠가 음탕한 꿈속에서 분명 이와 똑같은 모습을 본 적이 있었다. 그리고 그는 불현듯 생각해 냈다. 헬런을 처음 만났을 때도 꼭 이와 같은 모습이었다. 흩어진 머리와 수건으로 가린 알몸.

순간 맬리는 랜딩과 루스 빈선트와, 그리고 운명에 대한 자신의 우월감이 흔적도 없이 사라진 것을 느꼈다. 흔적도 없이 사라져버렸다. 그 우월감을 되찾으려고 맬리는 미친 듯이 소리쳤다.

"이것이 진실입니다! 내 말이 맞다고 말해 보십시오!"

"굳이 말하라면 하겠어요. 당신 말이 맞아요! 이제 놓아주세요. 부탁이에요. 제발 놓아주세요. 아파요!"

버둥거리는 루스를 그는 다시 흔들었다.

"억지로 시킨 것처럼 말하지 말고 진심으로 말해 보시오."

루스가 외쳤다.

"당신 말이 맞아요! 진심이에요!"

그녀는 맬리에게 밀려 벽에 기댄 채 도전적인 눈길을 던졌다. 그리고 맬리를 동정하듯 말했다.

"그것이 당신에게 그처럼 중요한 문제인가요? 지금은 모든 것이 달라졌어요. 그것을 모르시겠어요?"

"내가 아는 것은 당신이 손상된 자신의 자존심을 되찾기 위해 나를 택했다는 것뿐이오. 당신 마음속에서 랜딩을 쫓아내기 위한 특효약으로 말입니다.

　그런데 왜 나를 골랐지요? 나라는 사람에 대해, 내 직업에 대해 당신은 하링겐 앞에서 그처럼 똑똑히 말하지 않았습니까? 분명 나는 더러운 일을 하고 있습니다. 더러운 사람을 만들어내는 일을. 당신 말에 찬성합니다. 그렇다면 당신도 꽤 타락했군요. 나를 위해 너무 봉사하는 게 아닙니까? 그처럼 더러운 나를 위해?"

루스는 이상한 듯이 그를 바라보았다.

"당신은 자신에 대해서만 묻고 있군요? 당신은 나를 비웃고 있다고 생각하겠지만 조금도 그렇지 않아요. 당신은 지금 그런 식으로 말하고 있어요. 수동적이에요."

"수동적이든 뭐든 내 알 바 아닙니다. 막다른 골목에 몰려 그 상황을 합리화시키려고 할 때는 누구나 수동적이 되는 법이지요. 하지만 나는 지금 쫓기고 있지 않습니다. 나 자신이 뛰어들었지요. 똑똑히 눈을 뜨고, 내 아버지는 언젠가……."

이때 전화벨이 울렸다. 세인트 스티븐 호텔 특유의 신호로, 먼저 짧게 울린 다음 오래 사이를 두었다가 숨막힐 듯한 침묵 속에서 다시 짧게 불쾌한 소리를 냈다.

맬리는 어딜 가나 전화에서 벗어날 수 없다고 생각하며 침실 쪽으로 가려다 루스에게 물었다.

"틀림없이 당신 집에서 온 전화일 겁니다. 뭐라고 할까요?"

"적당히 이야기하세요."

그러나 그것은 루스의 집에서 온 전화가 아니었다. 아래층 프런트 데스크에 있는 넬슨의 목소리가 은근하면서도 무례하게 흘러나왔다.

"커크 씨, 곤란한 사정을 전해드리게 되어 정말 죄송합니다만, 옆방에 계신 해군 소장과 존슨 부인이 부탁하셔서……."

맬리는 거칠게 수화기를 내려놓고 다시 울리지 않을까 기다렸다.

어느 새 루스가 침실에 들어와 있었다.

"당신 집에서 온 게 아닙니다."

"그래요?"

루스는 더 이상 아무 말도 묻지 않고 침대 끝에 걸터앉아 그를 쳐다보았다.

"당신 아버님 이야기를 하려고 했었지요."

"별것 아닙니다."

침대 옆 탁상 위의 시계가 5시를 가리키고 있었다. 몸도 마음도 지칠 대로 지친 맬리가 지금 하고 싶은 말은 단 한 가지, 아버지에 대한 이야기뿐이었다.

"듣고 싶어요." 이때 루스가 뜻밖의 말을 했다. "나에게는 당신 아버님 이야기를 들을 권리가 있어요."

그럴지도 모른다고 맬리는 생각했다. 대체 어째서? 그 까닭을 생각하자 맬리는 손을 뻗어 담뱃갑을 집었다가 다시 던져버렸다. 피워 봐야 불쾌한 쓴맛만 날 것이다.

"특별한 이야기도 아닙니다." 그는 말했다. "요컨대 아버지는 인심 좋은 바보였습니다. 장사에 실패했을 무렵 마침 어머니가 돌아가셨습니다. 내가 고등학교에 막 들어갔을 때였지요. 그 시절 아버지 같은 분이 들어갈 수 있는 직업이라면 수위가 고작이었습니다.

아버지는 수위로 일했지요. 집 근처 아파트의 수위였습니다. 지하실을 지켜주고 한 달에 몇 달러의 보수를 받았습니다. 나는 아버지가 망한 원인이 된 슈퍼마켓에서 장보는 부인들을 위해 물건을 포장해서 날라주는 일을 거들었습니다. 그것으로 근근이 생활을 해나갔습니다. 디킨스의 소설과 조금 비슷하지요."

"아직 모르겠어요. 그 뒤 어떻게 됐나요?"

"별수 없었지요. 아파트 사람들이 아니었다면 더 비참하게 되었을

지도 모릅니다. 그들은 대부분 푸에르토리코 인이었는데 집단으로 이주해 왔습니다.

아버지는 인기가 있었지요. 마침 예수 그리스도가 다시 나타난 것처럼 사람들이 따랐습니다. 한 부부가 있었는데——프리오 그치엘레스와 그의 부인 마르타——아이들이 다섯이나 딸렸는데도 나를 잘 보살펴주었습니다. 나는 마치 그치엘레스네 가족처럼 지냈습니다.

아버지는 나를 훌륭한 변호사로 만들려고 했습니다. 내가 위대한 변호사가 되어 아버지가 좋아한 영웅 윌리엄 제닝스 브라이언 같은 대정치가가 되어 온갖 중대 문제를 자기 대신 해결한다는 엄청난 계획을 세웠지요. 아버지는 그처럼 공상적인 가엾은 분이었습니다.

내가 제대하고 돌아왔을 때도 아버지는 아직 그 희망을 버리지 않았습니다. 아무튼 변호사만 되면 어떻게 될 거라고 말씀했습니다. 그래서 나는 시내 법률 사무소에 견습생으로 들어갔지요. 봉급은 창피해서 말할 수 없을 정도였습니다. 매일 밤 마르타 아주머니가 먹여 주지 않았다면 굶어 죽었을지도 모릅니다.

그러던 어느 날 아버지는 병원으로 옮겨졌습니다. 극적인 사건도 아무것도 아닙니다. 몹시 추운 날 아파트 앞에서 눈을 치우다 폐렴에 걸린 겁니다. 시립 병원으로 옮겨져 며칠 지난 뒤 아버지는 돌아가셨습니다. 재미있는 것은 그 뒤의 일이지요."

맬리는 담배를 집어 들어 이번에는 불을 붙였다. 생각한 대로 맛이 아주 썼다. 몸이 나빠진 걸까 하고 그는 생각했다. 아까 루스가 느꼈던 것과 똑같은 한기가 몸속까지 스며드는 듯했다.

"그 뒤 어떻게 되었나요?" 루스가 물었다.

"정말 웃을 수도 없는 일이었습니다. 빨리 아버지의 유해를 인계해 가라고 했지만, 나는 장례를 치를 돈이 없었습니다. 나는 3백 달러의 현금을 구하지 못해 미칠 것만 같았습니다. 결국 그치엘레스네와 아파트 사람들이 그 돈을 빌려주었습니다. 장례식에도 나와 주었습니다. 아버지가 그들의 사랑을 받은 것은 서투르게나마 스페인어를 할 수 있었고 그들을 인간적으로 대해주었기 때문입니다. 아버지는 그들을 좋아했고 존대해 주었습니다. 그러나 그것이 그들에게 한 푼도 덕이 된 것은 아닙니다. 만일 덕이 되었다면 훨씬 뒷날이었겠지요. 아무튼 모든 사람들이 아버지를 따랐습니다."

"그랬군요. 알 수 있어요."

"그날 묘지에서 돌아오며 나는 이런 생활과 작별하리라 마음먹었습니다. 그래서 그 길로 곧장 콘미의 사무실에 찾아간 것입니다. 일자리가 있다는 말을 들었기 때문이지요. 정말 돈을 벌 수 있는 기회, 인간이 되기 위한 기회였습니다.

그때와는 사정이 아주 달라졌으므로 지금 이런 말을 들으면 우습게 느껴질지도 모르지만, 그 무렵의 나로서는 조금도 우스운 일이 아니었습니다. 나는 그때까지 일하던 사무실로 되돌아가고 싶지 않았습니다. 나는 내가 가고 싶은 곳으로 곧장 갔습니다. 그것은 결코 수동적이 아니었습니다.

나는 내가 왜 지금의 위치에 이르렀는지 절대로 잊지 않습니다. 잊을 만한 때가 되면 아버지가 시를 쓴 싸구려 노트를 꺼내봅니다. 그러면 반드시 생각납니다. 말하자면 인심좋은 바보는 이 세상에서 살아남을 수 없다는 것이. 이 세상은 영리한 사람도 살아나기가 어려운 곳입니다."

맬리는 조용히 루스의 반응을 지켜보았다. 이 깊은 감정을 과연 그녀가 이해해 줄 것인가 생각하면서.

루스가 천천히 고개를 가로저었기 때문에 그는 가슴이 메일 것만 같았다.

"아니에요," 그녀는 아무 억양 없는 목소리로 말했다. "디킨스의 소설과는 전혀 달라요. 이것은 맬리 커크의 소설이에요."

"그거 안됐군요. 다음에 이야기할 때는 조금 양념을 치도록 노력하지요."

루스는 어깨를 으쓱함으로써 그 말을 흘려버리고 마치 아무 일 없었던 것처럼 말했다.

"이제 그만 돌아가봐야겠어요. 옷은 어떻게 하지요? 흠뻑 젖어 있으니……."

이제 제1권은 끝났다고 맬리는 생각했다. 파티가 끝나고 다시 만납시다가 아니라 안녕을 고할 때가 온 것이다. 그는 화장대 맨 아랫서랍을 가리켰다. 거기에는 디디의 옷이 들어 있었다.

"그 속에 입을 게 있을 겁니다. 스웨터며 스커트며 이상하게 생긴 슬리퍼도 한 켤레 있으니 구두 대신 신을 수 있지요. 모두 디디의 물건입니다. 아마 치수가 맞을 겁니다. 그리고 코트는 내 것을 입으면 됩니다."

루스에게 어떤 반응을 일으키고 싶어 일부러 잔인하게 말했는데도 그녀는 아무 반응도 보이지 않았다.

"알았어요. 택시를 부르려면 몇 분이나 걸릴까요?"

"택시는 부르지 않아도 됩니다. 내가 태워다드리겠습니다."

"택시를 부르는 편이 좋겠어요."

"아니, 내가 태워주는 편이 좋습니다. 당신에게 이상한 관심을 쏟는 하드보일드 형 신사가 나타나면 곤란하니까."

"그런 일은 없을 거예요."

"정말 그렇게 생각합니까?"

"그래요, 그렇게 생각해요."

맬리는 평온한 목소리로 말했다.

"당신은 아직도 내가 워이콥의 앞잡이라고 생각하고 있군요. 아까 당신 눈으로 증거를 보고 왔으면서도."

"그래요."

"어떻게 해야 당신을 납득시킬 수 있을까요? 아널드 랜딩의 유죄를 증명하기 위해 핑크빛 리본을 매어 데려오면 되겠습니까?"

"당신은 그런 일을 하지 못할 거예요." 루스는 말했다.

맬리는 체념했다. 루스가 자신의 주위에 쌓아올린 벽을 뚫는 것은 맬리로서 아직 불가능한 일이었다. 그 벽에 아무리 몸을 부딪쳐봐야 그녀의 방어력은 더욱 굳어질 뿐이었다.

그리하여 맬리는 아무 말없이 그녀를 집까지 데려다주었다. 루스의 그 대답이 두 사람 사이에 오고간 마지막 말이었다.

맬리가 다시 방으로 돌아왔을 때는 뿌연 새벽빛이 창문에 비쳐들었다. 전축 캐비닛 밑에 파란 드레스가 벗어놓은 채로 있었다. 그 옆에 마르기 시작한 하이힐 앞부리가 조금 일그러져 있었다. 욕실 선반에는 루스의 속옷과 양말이 곱게 개켜져 있었다. 어젯밤——1백 년이나 옛날의 일 같았다——욕조에서 읽은 신문도 얌전히 접혀 있었다.

속옷과 양말과 드레스와 하이힐과 신문 등을 모두 한데 뭉쳐 양동이에 넣어 부엌 쓰레기통에 던져 넣었다.

그리고 침실로 돌아가 맬리는 수화기를 들었다.

냅 부인이 전화에 나오기까지 꽤 오랜 시간이 걸렸다. 잠이 덜 깬 흐릿한 목소리로 그녀는 물었다.

"사장님, 무슨 일이 있으십니까?"

"아니오. 오늘은 회사에 좀 늦게 나가겠소. 내가 나가기 전에 두 사람을 골라 빈선트 양의 경호를 맡기시오. 루스 빈선트 말이오. 알겠소? 본인이 알아차리지 못하게 은밀히 경호하도록. 내가 나가기 전에 곧 수배해 주시오. 그리고 랜딩의 파일은 오늘로 중지하겠소. 콘미 커크 탐정사무실은 그 사건에서 손을 떼기로 했소."

"네?"

냅 부인은 크게 당황한 모양이었다.

"그럼, 빈선트 양의 경호 경비는 누구에게 청구하면 되지요? 그분이……."

"아니오. 콘미 커크 탐정사무실이 손을 뗀다고 말했을 뿐이오. 나는 계속 조사를 하겠소. 여기에 드는 경비는 모두 나에게 청구하시오. 사무실이 아니라 이 호텔에 있는 나에게 말이오. 맬리 커크에게 청구하시오."

제3부 커크

1

리오 매켄너가——도난경보기에 대해서는 뉴욕에서 가장 권위 있는 사람으로 인정받는 리오가 그것은 불가능하다고 말했다.

리오는 브루노 맨프레디와 머리를 맞대고 책상에 몸을 구부린 채 맬리가 기억을 더듬어 그리는 워이콥네 집 창문에 설치된 장치의 약도를 찬찬히 지켜보았다. 리오가 그 약도에 대해 만족하지 않는다는 것은 그의 얼굴에 뚜렷이 나타나 있었다.

"그렇군요." 리오는 입을 열었다. "이것은 쉽게 알 수 있습니다. 표준형 광전관 시스템입니다. 우리는 이런 것을 전혀 취급하지 않습니다. 요즘은 이것도 다른 장사와 마찬가지입니다. 개량을 게을리하면 곧 경쟁에 뒤지고 말지요. 늘 조금이라도 좋은 제품을 만들어내지 않으면 호크나 거필드 회사가 크롬이라는 새 제품을 고안해서 손님들을 모두 빼앗아 갑니다.

그렇기 때문에 돈이 문제가 아니라 완벽하게 안전한 제품을 요구하는 손님에게는 우리의 새로운 초음파 시스템 기계를 권하고 있습니다. 그 물건은 아주 완벽합니다. 방바닥에서 천장까지 조금도 맹점이 없지요."

"알겠소, 알겠소." 브루노 맨프레디가 말했다. "장사에 너무 열 올리지 마오, 리오. 경보기를 사려는 게 아니오. 다만 여기에 그려놓은 장치를 파괴할 수 있는지 어떤지 알고 싶을 뿐이오."

"잘못 생각했군요." 리오가 대답했다. "내 직업적 의견으로 말씀드린다면 그것은 불가능한 일입니다. 집 안에서 협력해 주는 사람이 없는 한 불가능합니다. 물론 이것은 내 직업상 관점에서 말씀드리는 의견입니다만, 이 방면에서 내 가치는 당신들이 아시는 바와 같습니다."

맬리가 의자에 앉은 채 물었다.

"하지만 광전관 시스템은 창문 구석의 빛이 닿지 않는 부분은 맹점이 되지 않겠소? 그 맹점을 통해 내부에서 경보기의 접촉을 끊는 방법이 없겠소?"

리오는 기분 상한 듯한 얼굴이 되었다.

"나는 직업적인 의견을 말씀드렸을 뿐입니다. 그밖에 무엇을 바랍니까? 이를테면……."

리오는 주머니에서 연필을 꺼내 장방형 창문 모양을 그려 보이며 설명했다.

"……광속의 중심이 창문 한가운데에 있다고 합시다. 그곳에서 유리창 전면에 빛이 부채꼴로 뻗칩니다. 그 경우 아래위로 두 개의 작은 맹점이 생깁니다만, 그 크기를 알 수 없습니다. 손가락만 할지도 모르고 주먹만 한 크기일지도 모릅니다. 때문에 어느 정도의 면적에서 자유롭게 움직일 수 있는지조차 모릅니다.

만일 주먹만 한 크기라고 가정합시다. 그 부분의 유리를 잘라내고 손을 집어넣는다고 합시다. 그 다음 어떻게 하지요? 내가 보증

합니다만 이 시스템의 접속을 끊는다는 것은 거의 불가능합니다. 틀림없이 온 집 안의 경보기가 울릴 것입니다. 아시겠습니까?

이것은 창문을 덜컹덜컹 들어올리는 순간 겨우 울리는 작은 장치가 아닙니다. 더 정교하게 만들어진 장치입니다. 광속(光束)에 손가락 하나라도 들어가면 곧 선전포고나 한 듯 요란하게 울립니다. 물론 이것은 내 직업적 의견에 지나지 않습니다만, 이 방면에서 20년이나 고생해 온 나로서는……."

"물론 당신은 권위자요." 맬리가 말했다. "이 장치의 원동력은 어디 있지요? 근원은 퓨즈 박스요?"

"그렇습니다. 하지만 퓨즈는 특별히 고안된 것으로, 전기회로의 다른 부분을 끊어도 소용없습니다. 본디 보험 업자가 A급 보증을 하는 데는 그런 것이 모두 신중하게 확인되어 있습니다. 물론 나는 우리 회사의 초음파 시스템을 가장 안전한 장치로 권하고 있습니다. 사실 우리 회사의 광전관 시스템도 품질이 나쁘지는 않습니다. 이것은 내 양심에 맹세하는 말입니다. 이 방면에서 20년이나 고생해 온 나로서는……."

리오가 돌아간 뒤 브루노 맨프레디가 말했다.

"그것은 리오의 단순한 직업적 의견입니다. 그런데 내 직업적 의견으로서도 그의 말이 옳다고 생각되는군요. 당신 의견은 어떻습니까?"

"모르겠소." 맬리가 대답했다. "지금 생각하고 있는 중이오."

"생각한다고요? 무엇을 생각하는 거지요? 아무튼 그곳은 녹스 성채처럼 전깃줄을 빈틈없이 둘러쳐놓은 집입니다. 게다가 주먹 센녀석이 서너 명이나 지키고 있습니다. 그리고 광전관 시스템이 기다리고 있습니다. 실패하지 않는 게 오히려 이상하겠지요. 대체 생각할 필요가 어디 있습니까?"

"내가 탐내는 것을 위이콥이 가지고 있소, 우편으로 보내달라고 부탁하는 게 좋다는 말이오?"

"오히려 그편이 좋을지 모릅니다. 당신이 직접 훔치러 들어가는 것도 어리석은 점에서는 그와 마찬가지니까."

"아니, 나는 자신 있소, 당신이 도와준다면 성공할 수 있을 거요, 브루노."

"죄송합니다." 브루노가 말했다. "도둑 현행범으로 잡혀 형무소에 들어갈 기회가 그리 많지는 않지만, 나는 사양하겠습니다. 그런 명예는 누군가 다른 사람에게 주는 게 좋겠군요."

"그 명예를 돈으로 환산하면 2백 달러요." 맬리가 말했다. "그래도 내키지 않소?"

"생각없습니다."

"좋소, 얼마면 되겠소?"

"1백만 달러." 브루노가 말했다. "모두 손때묻은 소액 지폐로, 새 지폐라도 괜찮지만, 그건 일부러 손때를 묻혀야 하니까요."

"얼마면 되겠소, 브루노?"

브루노 맨프레디는 정색한 얼굴로 말했다.

"농담은 농담으로 끝냅시다. 정도가 너무 지나치면 안 됩니다. 정도가 지나치면 이상하게 되거든요."

"농담이라고 생각하오?"

"아닙니다. 그래서 걱정되는 겁니다. 분명히 말하겠습니다, 맬리 사장님. 프랭크 사장이 있을 때는 우리 사무실이 이런 모험을 한 적이 한 번도 없었습니다. 그렇기 때문에 프랭크 사장은 돈을 남기고 평화롭게 죽은 겁니다. 당신도 같은 길을 걷고 싶다면 이 사무실을 뒤엎는 아이디어는 생각해 내지 않는 게 좋습니다.

프랭크 사장이 늘 말하지 않았습니까? 우리 일은 장사라고, 장사는 장사답게 해야 합니다. 게다가 우리 사무실은 지금 프랭크 사장 시절보다 훨씬 조직이 커졌습니다. 이해 관계를 가진 것은 당신 혼자가 아닙니다. 나도 이해 관계가 있습니다. 나는 내 이익을 지키고 싶습니다."

"그건 무슨 뜻이오?" 맬리가 물었다. "이익이 어떻다는 거요, 브루노, 이것이 당신 회사란 말이오?"

"아니, 그런 뜻은 아닙니다. 잭 콜린즈에게서 연락받지 않았습니까? 이번 주일에 연락하겠다고 말했는데."

"아니, 아직 받지 못했소. 좀더 분명히 말하오. 잭 콜린즈와 이 이야기가 무슨 관계 있소?"

"그것은 콜린즈에게서 연락이 올 때 말씀드리겠습니다."

"지금 말하시오."

"그럼, 말하지요." 브루노가 말했다. "그를 우리 회사에 복직시키는 일입니다. 보건대 우리 회사 경영은 당신 혼자 손으로는 이제 무리입니다. 모두들 그렇게 생각하고 있는데, 몰랐습니까? 너무 조직이 커져 당신 혼자로서는 손이 딸리지요. 그러나 잭 콜린즈가 공동경영자가 된다면 더없이 좋을 겁니다. 당신도 편해지겠지요. 그는 실탄을 가지고 다니는 전문가니까 당신과 짝을 이루면 무서울 게 없습니다. 우리 회사는 민간 FBI 같은 존재가 될 겁니다."

"그렇게 생각하오?" 맬리가 말했다. "그 주선을 해주고 당신은 어떤 소득을 얻소? 미래의 공동경영자 친구로서 말하는 거요?"

"그렇게 화낼 필요 없습니다. 나를 어떻게 보십니까? 나는 당신이 곤경에 빠져 있을 때부터 당신을 인정해 주었습니다. 물론 나에게도 소득이 있지요. 그전부터 이윤배당을 받은 적이 있는데, 이번에도 그 방법을 취하겠습니다.

하지만 당신에게서는 받지 않겠습니다. 잭으로부터 직접 받겠습니다. 프랭크와 당신이 인정해 주었듯이 그도 내 가치를 인정하고 있습니다. 다만 잭이 다른 점은 이익배당을 두려워하지 않는다는 것입니다."

"그럼, 공동경영자가 셋이로군." 맬리는 조용히 중얼거렸다. "그 밖의 후보자는 없소?"

"내가 생각하기는 세 사람이 한도입니다." 브루노가 말했다.

"내가 생각하기에는 잭으로부터 전화가 걸려와도 받고 싶지 않소, 이 워이콥 사건이 결말나기 전에는." 맬리가 말했다.

브루노 맨프레디는 잠자코 생각에 잠겨 있었다. 잠시 뒤 그는 입을 열었다.

"아무리 생각해도 이해할 수가 없군요. 이렇게 좋은 공동 경영자를 얻기는 어렵습니다. 잭은 한창 일할 나이인데다 자본도 갖고 있습니다. 틀림없이 그는 당신이 요구하는 대로 돈을 낼 겁니다. 나에게 심술부리기 위해 이런 이야기를 소홀히 들어서는 안 됩니다. 그건 당신답지 않습니다."

"내가 곤경에 빠졌을 때부터 당신은 나를 인정해 주었다고 했소. 그때부터 지금까지 내가 당신에게 거짓말한 적 있소, 브루노?"

맬리는 브루노 맨프레디가 마음속으로 고민하는 모습을 태연히 바라보고 있었다. 드디어 맨프레디가 입을 열었을 때도 그는 무관심한 표정이었다.

"내가졌습니다. 그러나 이 일은 10센트짜리가 아닙니다. 1천 달러를 주십시오. 오늘 퇴근 시간까지 보증수표로."

"5백 달러면 어떻소?"

맨프레디가 한사코 고개를 가로저었으므로 맬리는 다시 말했다.

"알겠소, 1천 달러요. 그러나 준비할 게 있소."

"무엇이지요?"

"먼저 스태튼 아일랜드에 가서 근처의 드라이브 클럽에서 자동차를 한 대 빌려오시오. 수수한 게 좋겠지. 전체가 검은색 차라면 더욱 좋을 거요. 그리고 워이콥의 집 앞을 지나면서 두 번 드라이브하시오. 터널과 베이욘(스태튼 아일랜드 북쪽 해협. 이곳을 지나면 도심지까지 육지로 이어짐)을 통과하는 것과 연락선을 이용하는 것 중 어느 쪽이 빠른지를 실험하는 거요.

이 실험은 밤 9시쯤 하시오. 왜냐하면 그 시각에 결행할 예정이니까. 화요일 밤 9시쯤에. 워이콥은 틀림없이 집에 있을 거요. 텔레비전에서 '6만 4천 달러 퀴즈'를 방영하는 시간이니 그것을 보고 있겠지."

"있을 거라고요? 왜 그가 있어야 하지요?"

"그것도 우리의 계산이오. 또 한 가지 준비할 건 작업복이오. 꽤 고급 기술자가 입는 작업복이어야 하오. 왜냐하면 당신이 스태튼 아일랜드 유틸리티의 수리공으로 변장하기 위해서요. 따라서 신분 증명서며 영수증도 필요하오. 그것은 냅 부인에게 부탁하여 6번 거리의 단골 인쇄소에서 만들게 하면 되오."

"그리고?"

"그리고 되도록 사무실에 나오지 마시오. 무슨 볼일이 있거든 냅 부인 집으로 전화하시오. 밤에는 외출하지 않도록 부탁해 둘 테니까. 그리고 다음 주 화요일 8시 레스토랑 '류고즈' 앞에서 나를 찾으시오. 만일 내가 거기에 없으면 그대로 그 언저리를 계속 드라이브하시오. 어떤 일이 있어도 진짜 신분 증명서를 가져오면 안되오. 아무튼 당신은 변장하고 있으니까."

"'류고즈'라고요?" 브루노가 말했다. "기분이 좋지 않군요."

"부탁하오." 맬리가 말했다. "그런데 왜 잭 콜린즈가 뉴욕에 올 생각을 했소? 캘리포니아에서 쫓겨났소?"

"쫓겨나기 전에 도망칠 생각이겠지요. 그 〈엿보기 구멍〉 잡지는 악질적인 명예 훼손 때문에 곧 문을 닫을 거라더군요. 시시한 잡지에 연관되어 벌금을 물 때까지 우물쭈물하고 있을 사람이 아니지요."

화요일 밤 브루노 맨프레디가 레스토랑 앞으로 몰고 온 자동차는 꽤 낡은 구식 시보레였다. 자동차는 180도로 방향을 바꾸어 맬리를 서둘러 태우자 거의 속력을 떨어뜨리지 않은 채 반대 방향으로 달렸다.

"어느 길로 가는 거요?" 하고 맬리가 물었다.

"둘 다 걸리는 시간은 거의 비슷하더군요. 그러므로 갈 때는 연락선을 이용하여 배 안에서 계획을 자세히 들어야겠습니다. 돌아올 때는 미행당할 경우를 생각하여 터널을 지나도록 합시다. 연락선에서는 미행을 피할 길이 없으니까요. 그런데 왜 이런 헌 차를 빌려야 하지요? 내 자동차는 안 됩니까?"

"안 될 것도 없소. 다만 이 자동차 번호는 스태튼 아일랜드 것이고 당신 자동차는 퀸즈 구의 번호요. 누군가가 우연히 보고 스태튼 아일랜드 수리공이 왜 퀸즈 구의 자동차를 사용할까 이상히 여기면 어떻게 되겠소?"

"하긴 그렇군요. 그 점은 미처 생각지 못했습니다."

"루시와 또 하나의 아이를 만드느라고 바빴기 때문이겠지요. 나흘 동안의 유급 휴가 기분이 어땠소?"

"좋았지요. 그러나 어린아이를 만들지는 않았습니다. 크리스마스 준비로 여러 가지 물건을 만들었지요. 주일날 교회에 끌려가느라 꼭 한 번 외출했을 뿐입니다. 얼마 동안 교회에 안 나갔는지 아십니까?"

"퍽 오랫동안이겠지. 그만큼 은혜도 많이 받는다오."

"이번의 무서운 일을 무사히 마치고 돌아오면 은혜받은 거겠지요.

그렇지 않다면……."

브루노 맨프레디는 어깨를 으쓱하며 십자를 그었다.

"어젯밤 장거리 전화로 잭과 이야기했습니다. 당신에게 전화는 하지 않겠다더군요. 휴가가 끝나면 곧 비행기로 와서 직접 만나보겠다고 말했습니다. 나도 그편이 좋다고 말했지요."

"그는 내 주소를 알고 있겠지요." 맬리가 말했다.

"그럴 겁니다."

그들이 탄 연락선은 텅 비어 있어, 그 소리——느린 발동기 소리며 뱃전에 부딪치는 리드미컬한 파도 소리를 듣고 있는 동안 맬리는 짓누르는 듯한 도시의 소음과 압력에서 멀리 벗어난 듯한 착각에 사로잡혔다. 배는 이상한 물건이라고 그는 생각했다. 배에 타면 시간을 세는 일 말고는 아무것도 할 수 없게 된다. 그래서 맬리는 배를 사고 싶어하면서도 진심으로 사려고 마음먹은 적은 한 번도 없었던 것이다.

그는 브루노 맨프레디에게 말했다.

"일의 순서는 이렇소. 워이콥의 집 근처 일대의 전압이 내려가 전기 회사에 진정이 들어왔기 때문에 당신이 급히 나왔다고 하는 거요. 이런 사정을 워이콥에게 말할 때 양쪽으로 열리는 문으로 들어가 홀에서 1.5미터 남짓 떨어진 곳에 서도록 하시오. 거기라면 내가 밖에서 창문 너머로 볼 수 있소. 만일 일이 틀어졌을 때는 모자를 벗고 머리를 긁적이시오. 그럼, 자동차에 시동을 걸고 기다리고 있겠소. 그러나 되도록 실수는 하지 마오.

당신이 할 주된 임무는 지하실로 내려가 퓨즈를 빼고 경보기의 접속을 끊는 것이오. 그리고는 백까지 센 뒤 다시 퓨즈를 꽂고 빨리 그곳을 빠져나오시오. 끝까지 태연해야 하오. 정정당당하게 영수증을 떼어주시오. 뭔가 켕기는 듯한 눈치를 보여서는 안 되오. 전기 수리공이 하는 방법은 알고 있겠지요, 브루노?"

브루노 맨프레디는 고개를 끄덕였다.

"알고 있는 정도가 아닙니다. 어제 우리집 퓨즈를 일부러 끊어놓고 수리공이 하는 동작을 잘 관찰해 두었지요. 순서를 모두 머릿속에 기억해 두었습니다. 사실 이 옷도 그 수리공 옷을 본뜬 거지요. 어떻게 생각합니까? 왜 아무 말도 하지 않지요?"

"이제 생각났는데, 그 수리공도 에나멜 가죽 검정 나비 넥타이를 매고 있었소? 요즘 이런 게 있으리라고는 생각도 못했소."

"그게 무슨 뜻입니까? 내가 자란 거리에는 멋쟁이 전기공들은 모두 이런 바지에 이런 나비 넥타이를 매고 있었지요. 이렇게 하지 않으면 오히려 이상합니다."

"그렇군요. 신분 증명서와 영수증은?"

"주머니에 있습니다. 다른 일을 하다가 온 증거로 가짜 영수증을 두세 장 만들어 두었습니다. 그리고 작업 도구를 넣은 연장 상자는 뒷자리에 넣어두었지요.

그런데 내가 도망치기도 전에 워이콥이 전기 회사에 전화를 걸어 내 신원을 확인하면 어떻게 하지요? 그는 평생 속임수로 살아온 사람인데, 이런 트릭쯤 곧 눈치채지 않을까요? 그때는 어떻게 할 겁니까?"

"걱정 없소. 배가 세인트 조지에 닿으면 전화 있는 가게에 들어가 요령껏 수단을 취할 테니까."

맨 처음 눈에 띈 과자 가게에서 브루노 맨프레디는 전화 박스의 열린 문에 기대에 맬리가 다이얼을 돌리는 동안 천천히 초콜릿 포장지를 벗겼다.

전화선 저쪽에서 또렷또렷한 여자 목소리가 들려왔다.

"스태튼 아일랜드 유틸리티입니다. 서비스 부입니다만, 용무가 무엇이지요?"

"여보시오," 맬리는 시비하듯 말했다. "나는 더체스 허버 쇼어 레인에 사는 워고너라는 사람인데, 이 근처의 전압이 이상하오. 가로등이 어두워져서 곤란한데 빨리 좀……."

"가로등 말인가요? 아직 그런 신고는 들어오진 않았는데요. 그리고 고장이 생기면 회사의 기계에 나타납니다. 혹시 잘못 보신 게 아닐까요?"

"틀림없습니다. 이 근처의 전기가 이상하니 누구든 사람을 보내주시오. 주소와 이름을 가르쳐드렸잖소? 나는 쓸데없이 장난하는 사람이 아니오!"

"알겠어요. 되도록 빨리 수리공을 보내겠습니다, 워고너 씨. 조금 늦을지도 모르지만 꼭 보내드리겠습니다."

그녀의 목소리에서는 미치광이 같은 소비자들의 진정에 질린 사람의 우울한 체념 같은 것이 느껴졌다.

"부탁하오."

맬리는 수화기를 내려놓았다.

브루노 맨프레디는 마지막 초콜릿 조각을 삼켰다. 그리고 감탄한 듯이 말했다.

"과연 스태튼 아일랜드의 잔소리꾼 노인 같은 목소리인데요. 꽤 괜찮은 솜씨였습니다. 저쪽에서는 워고너 씨가 대체 어떤 사람인가 했을 겁니다."

"워이콥의 이웃에 사는 사람이오." 맬리가 말했다. "자, 갑시다. 급히 서둘러야겠소."

캑스턴의 리무진으로 갈 때는 더체스 허버까지 20분 걸렸었다. 브루노 맨프레디는 계속 엑셀을 밟고 길가의 경관을 조심스럽게 살피면서 시간을 15분이나 단축시켰다. 시보레가 큰길에서 해안으로 통하는 길로 들어서자 맬리는 코트와 구두를 벗었다.

그것을 보고 브루노 맨프레디가 말했다.

"이제부터 아슬아슬한 기분이 드는군요. 그 모습은 어떻게 된 겁니까? 돌격대원 커크 소위인가요?"

바싹 긴장된 아랫배가 위 언저리를 죄어드는 듯했다. 횡격막이 죄어들어 숨쉬기도 괴로웠다.

맬리가 입을 열었다.

"그렇소. 자동차길에 들어설 때는 조심하시오. 이쪽이 차고인데 저번에 보니 힘깨나 쓸 만한 녀석이 둘이나 서성거리고 있었소. 그러니 반대쪽으로 가서 모퉁이를 돌 때 속력을 늦추시오. 뛰어내릴 테니까."

자동차가 집 모퉁이를 돌 때 맬리는 이미 열어놓은 문으로 뛰어내렸다. 순간 죽 미끄러져 얼어붙은 눈 위에 나동그라질 뻔했으나 겨우 균형을 되찾아 허리를 굽히고 건물 벽을 향해 뛰어갔다.

벤니션 블라인드를 내린 창문 안에 불이 켜져 있었다. 창문은 맬리의 머리 위 30센티미터쯤 되는 곳에 있었다. 그는 창틀을 두 손으로 잡고 조심스럽게 몸을 일으켰다. 윗몸을 창틀에 걸쳤다. 구두를 벗은 발이 덜렁거리며 공중에 늘어뜨려졌다.

그런 모습으로 매달려 있으니 주위의 소리들이 더 커지고 이상하게 울리는 듯했다. 모든 소리가 가까이 다가오는 발소리로 들렸다. 바짓가랑이로 부는 바람이 마치 누군가가 손으로 잡아당기는 것처럼 느껴졌다.

보이지 않는 두려움의 본체를 확인하기 위해 돌아보고 싶은 마음을 억누른다는 것은 여간 어려운 일이 아니었다. 정말 누가 있다면 뒤돌아보아야 어쩔 수 없다. 누군가가 그를 노린다면 지금 이 자세야말로 더없이 좋은 목표가 될 것이다. 그가 이처럼 어설픈 마음이 된 것은 그런 두려움 때문일까? 아니면 차가운 밤공기 때문일까? 아무튼 맬리는 온 신경을 기울여 블라인드 틈으로 안을 들여다보았다.

무섭도록 오랜 시간이 지난 것같이 느껴진 순간 브루노 맨프레디가 홀에 나타났다. 그 옆에서 귀찮은 듯이 머리를 옆으로 흔들고 있는 사람은 집사 조였다.

곧이어 위이콥이 나타났다. 같이 나온 남자는 생김새로 보아 조카인 듯 위이콥보다 머리 하나쯤이 더 크고 위이콥과 똑같이 교활해 보이는 얼굴에 똑같이 무뚝뚝한 분위기를 풍기고 있었다.

브루노 맨프레디는 분명 난처한 입장에 놓였지만 연기가 아주 훌륭했다. 미안한 것 같으면서도 무표정한 태도였다. 회사와 손님 사이에서 희생되어 난처해하는 종업원의 태도였다. 그는 스스럼없이 지껄이고 어깨를 으쓱하는가 하면 얼굴을 찌푸리며 영수증을 들여다보았다──그때 갑자기 위이콥이 몸을 돌려 맬리가 매달려 있는 창문 쪽으로 성큼성큼 걸어왔다.

이것은 맬리가 예상치 못했던 일이었다. 전화는 그 창문에서 1.5미터쯤 떨어진 테이블 위에 있었다. 위이콥은 맬리에게로 등을 돌리고 수화기를 들어 다이얼을 돌렸다. 그러나 이야기를 시작하자 천천히 몸을 돌려 눈길을 벽에서 창문 쪽으로 옮기고, 다음 순간 그 눈길이 블라인드 사이로 자기의 눈을 곧장 보았다고 맬리는 생각했다. 그를 알아보지 못했을 리가 없다.

그러나 위이콥은 전화 내용에 온통 관심을 쏟고 있었으므로 그 얼굴에는 아무 표정도 나타나지 않았다. 위이콥은 다시 몸을 돌리더니 가볍게 고개를 끄덕이며 수화기를 내려놓았다. 아마 유틸리티 회사를 불러내어 그쪽 이야기에 만족한 모양이었다.

그는 브루노 맨프레디에게 몸짓을 해보였다. 그때까지 무표정한 얼굴로 손님의 말대로 하겠다는 듯이 연기를 계속하고 있던 맨프레디는 조의 뒤를 따라 홀에서 사라졌다.

맬리는 발을 땅에 내려놓았다. 잘 생각해 보니 지금 자기가 들여다본 거실에는 창문이 두 개 있고 그 건너편 식당에도 창문이 두 개 있으며, 그 옆이 바로 책상이 있던 방이라고 짐작되었다.

맬리는 천천히 벽을 따라 움직여서 거실 창문과 위층 창문의 불빛을 물끄러미 바라보며 때를 기다렸다. 지하실로 내려가는 맨프레디를, 층계를 내려가는 맨프레디를, 지하실을 건너 퓨즈 박스로 다가가는 맨프레디를 그는 마음의 눈으로 열심히 더듬어 계산했다.

집 안에는 아직 밝게 불이 켜져 있었다.

헐벗은 나무들이 맬리의 주위에서 위협하듯 울고 있었고, 바람이 그의 볼을 때렸다. 바라보고 있느라니 미칠 것만 같은 전등 불빛에 무엇이 일어난 듯한, 아니 무엇이 일어날 듯한 낌새는 전혀 없었다.

맨프레디가 지하실로 끌려 내려가 지금쯤 권총을 한 방 맞고 쓰러져 있지 않다고 보증해 줄 만한 것도 전혀 없었다. 그렇게 된다면 루시와 네 아이에게 뭐라고 설명할 것인가? 맬리 자신이 한 여자에게 더없는 사랑을 느낀다 해서 다른 사람의 목숨을 아무렇지 않게 여길 권리가 있는 것일까? 그녀는 맬리를 사랑하지도 않는데.

불빛이 느닷없이 꺼진 것을 맬리는 보지 못했다. 겨우 1분 아니면, 한 시간 동안이나 꺼져 있었던 것일까? 도무지 알 수가 없었다. 그가 깨달은 것은 사방이 모두 깜깜하다는 사실뿐이었다. 흐릿한 잿빛 벽에 조금 전까지 반짝이는 눈동자처럼 보이던 창문들이 새까만 평면으로 바뀌어버렸다. 맬리가 엉뚱한 생각을 하고 있는 동안 꺼진 모양이었다. 귀중한 몇 초를 헛되이 보냈다고 맬리는 자신을 꾸짖었다.

창틀로 손을 뻗어 유리창을 들어올렸다. 유리창은 3센티미터쯤 올라가서 멎었다. 팔꿈치를 뻗어 두 손으로 더 힘껏 올려 보았다. 꼼짝

하지 않았다. 자물쇠를 잠갔든지 고리를 잠갔든지 둘 중 하나다. 만일 자물쇠를 채웠다면——그러나 생각할 여유가 없다. 고리를 걸었다고 가정할 수밖에 없다.

바깥쪽 창틀은 폭이 아주 좁았다. 겨우 기어올라가기는 했으나 발이 몹시 위태로웠다. 그런데 브루노 맨프레디는 지금 몇까지 세었을까? 맬리는 주머니에서 유리 절단기를 꺼내 고리가 있음직한 곳을 중심으로 반원형으로 창유리를 잘라냈다.

맬리의 계산은 맞았다. 고리는 잘라낸 부분 바로 위에 있었다. 그는 손을 집어넣어 고리쇠를 돌려 단숨에 창문을 밀어 올렸다.

방 안은 칠흑같이 어두웠다. 그는 바닥에 살짝 발을 내려놓았다. 광전관의 눈에 해당되는 보이지 않는 벽을 지나갈 때 금방이라도 경보 벨이 귓가에서 울릴 것만 같아 숨을 죽였다.

마침내 그는 방 안으로 들어갔다. 재빨리 등 뒤의 창문을 닫고 손전등을 켰다. 이것은 가지고 간 세 가지 도구 가운데 두 번째 것이었다. 세 번째 도구는 쇠지렛대 대용으로 쓰는 끌이었다. 이 끌로도 서랍이 열리지 않는다면——그런 생각이 떠오르는 것을 막을 수가 없었다——모든 것이 끝장이다.

책상은 바로 가까이 벽가에 있었다. 자물쇠가 채워져 있지 않기를 하늘에 빌면서 맨 윗서랍을 열어보았다. 움직이지 않았다. 열쇠구멍 위의 작은 틈에 끌을 대고 주먹으로 세게 쳤다. 놀랄 정도로 큰소리가 났다. 다시 주먹으로 내려칠 자세를 취했으나 주먹을 휘두르기가 무서웠다.

시간은 자꾸 지나갔다. 번개보다 빠르게. 멀리서 사람 목소리가 들려 맬리는 마비 상태에서 번쩍 정신이 들었다. 워이콥이 뭔가 화내고 있는 소리였다. '6만 4천 달러 퀴즈' 시간까지 전기가 들어오지 않으면 스태튼 아일랜드 유틸리티 회사에 트집잡겠다고 투덜거리는 것이리라. 전기 회사 따위에 멸시당해서야 되겠는가!

맬리는 다시 끌을 내리쳤다. 끌은 깊숙이 박히고 분명한 반응이 있었다. 3센티미터쯤 조심스럽게 빼보고는 깜짝 놀랐다. 속이 텅 비어 있었다.

곧바로 두 번째 서랍에 달라붙었다. 거기에는 한 뭉치의 서류가 있었다. 손전등 불빛에 비춰보니 여러 가지 머리글자 옆에 많은 숫자가 적혀 있었다. 그 서류를 셔츠 속에 쑤셔 넣고 재빨리 창문가로 돌아갔다.

밖으로 나가 창문을 닫자 곧 숨쉬기가 편해졌다. 창틀에서 엉거주춤 땅바닥으로 뛰어내렸다. 참으로 위험한 순간이었다. 뛰어내릴 때 작은 돌멩이가 발에 부딪쳤다. 그 아픔에 저도 모르게 몸을 움츠렸다. 그 순간 집 안에 불이 환히 켜졌다.

정말 아슬아슬한 순간이었다고 맬리는 생각했다. 워이콥이 서류를 두 번째가 아니라 세 번째 서랍에 넣어두었다면 지금쯤 머리에 구멍이 났을지 모른다. 그만큼 아찔하게 느껴졌다. 일이 끝난 지금 오히려 몸서리쳐질 만큼, 이제는 다만 자동차 있는 곳까지 뛰어가 여기서 도망치는 일뿐이었다. 자동차야말로 이 세상 모든 아름다움과 기쁨의 상징인 것처럼 여겨졌다. 그것은 바퀴를 가진 도피처다. 그것은 한시 빨리 여기서 다른 곳으로 도망치기 위한 하나뿐인 수단이다. 어서 조용한 방에 들어가 문을 잠그고 온몸의 피가 따뜻해질 때까지 마음껏 술을 마시며 마음을 가라앉히고 이 사실을 바라보고 싶었다. 반갑지도 않은 상상력이 너무 풍부하여 결코 영웅은 될 수 없는 자기라는 존재를.

한 손으로 가슴에 서류뭉치를 안고 발을 조금 절며 그는 자동차 쪽으로 걸어갔다. 뒷문이 열려 있었다. 브루노 맨프레디는 급할 때에 대비하여 문을 열어놓는 게 좋겠다고 생각했던 모양이다.

맬리는 자동차에 기어들어가 문을 열어놓은 채 밖에서 안 보이도록 바닥에 엎드렸다. 이윽고 브루노 맨프레디가 집에서 나와 영수증을 주머니에 집어넣고 일부러 큰소리를 내며 연장 상자를 뒷좌석에 던지고 자동차 문을 쾅 닫더니 운전석에 앉아 시동을 걸었다. 자동차 엔진 소리가 맬리에게는 생명의 부활처럼 느껴졌다.

언 땅 위에서 바퀴가 구르고 자동차가 덜컹 한 번 흔들리며 달리기 시작하여 워이콥의 집 경계에서 조금 기울더니 큰길로 나섰다.

큰길로 나가자 맨프레디가 속력을 올렸기 때문에 자동차의 진동이 느릿한 흔들림으로 바뀌었다. 그는 뒤로 손을 뻗어 맬리의 머리를 두드리며 말했다.

"너무 무서운 일을 겪으면 머리카락이 단숨에 희어진다는데 정말일까요?"

2

터널을 빠져 맨해턴으로 나오자 맨프레디가 물었다.

"어디로 갈까요?"

맬리가 대답했다.

"당신 집으로 갑시다. 워이콥이 사무실과 호텔로 전화를 걸어 올지 모르니까. 그때 거기에 있고 싶지 않소. 그리고 이 서류내용도 조사하고 싶고."

"나는 아무래도 상관없습니다." 브루노 맨프레디가 말했다.

맨프레디의 집은 막다른 골목에 있는 목조 건물로, 뒤뜰에서 내려다보이는 낭떠러지 아래에 롱아일랜드의 철도가 지나가고 있었다. 가끔 느릿느릿 지나가는 화물 열차 소리가 들려왔다. 낡은 집이지만 구석구석 손질되어 있고 맨프레디의 목수 솜씨가 여기저기 뚜렷이 나타나보였다.

몇 해 전 예고 없이 도로 포장 공사에 동원되었던 뒤로 맬리도 잘 알고 있듯이 그는 모범적인 일요 목수 남편이 되었다. 잭 콜린즈가 태평양 연안으로 가자고 유혹했을 때 그를 뉴욕에 남게 한 것은 바로 이 사랑하는 집이었다. 언제인가 프랭크 콘미도 못 이기는 척 인정했듯이 그는 참으로 보기 드문 인재였다. 그만한 인물은 그리 흔치 않다.

그들이 집에 닿았을 때 루시 맨프레디는 부엌 테이블에 앉아 커피를 마시고 있었다. 낡은 슬리퍼에 소박한 일옷차림으로 머리를 핀컬 (핀이나 클립을 꽂아 만드는 곱슬머리) 하고 설탕 단지에 신문을 얹어놓고 오뚝이 앉아 있는 모습은 마치 살림에 찌든 과장된 본보기 같았다.

남편과 함께 온 손님을 언뜻 보자마자 루시는 곧 눈썹을 치켜올리고 빈정거리듯 말했다.

"정말 알 수 없군요. 귀한 손님께서 어떻게 이런 누추한 집에 오셨나요? 우리집의 보기 싫은 꼬마들이 벽장에서 뛰어나와 덤벼들지도 몰라요." 그녀는 나무라듯 맬리를 손가락질했다. "당신은 그렇게 심한 말을 하고도 아무렇지도 않은 척 시치미떼시는군요?"

"내가?" 맬리가 말했다. "내가 뭐라고 했는데요?"

"딴청부리지 마세요. 이이한테 다 들었어요." 루시는 남편에게로 손가락을 돌렸다. "여보, 당신 언젠가……."

브루노 맨프레디는 한숨을 내쉬었다.

"알았소, 루시. 그를 너무 다그치지 마오. 이젠 여자 친구가 생겼으니까. 그리고 당신과는 관계없는 일이오. 누가 누구와 결혼한다는 생각만 하지 말고 커피라도 가져오시오. 아니면 센 것으로 한잔 하시겠습니까?"

"센 게 좋겠소." 맬리가 대답했다. "넘치도록 말이오."

넘칠 만큼 가득 따른 글라스를 단숨에 비우고 다시 두잔 째를 비우는 맬리를, 루시는 테이블에 팔꿈치를 짚고 손으로 턱을 괸 채 물끄러미 바라보다가 물었다.

"여자 친구라니 어떤 여자예요? 언젠가 여기 데리고 온 텍사스 출신의 이상한 아가씨 말인가요?"

"그럴지도 모르지요."

"그럴지도 모른다고요? 역시 여전하시군요, 맬리 씨. 돌다리도 두드리고 건넌다는 말씀이지요. 나는 정말 걱정이 돼요. 신부감을 고르기가 무서워서 결국 결혼하지 못한 남자가 있었어요. 당신도 그렇게 되지 않을까 모르겠어요. 메마르고 궁상스러운 남자 말예요. 두고 보세요. 그렇게 되기 십상이지요."

"알겠습니다. 당신 말대로 두고 보기로 합시다."

"그런 상태면 아이는 당분간 만들지 못할 거예요." 루시는 경고하듯 말했다.

"무슨 일이나 그것과 결부시킨단 말이야." 맨프레디가 말했다. "루시, 너무 그렇게 다그치지 말라니까. 자, 이 테이블이나 치워요. 우리는 일을 해야 하니까. 당신은 저쪽에 가서 텔레비전이나 보고 있구려."

루시는 요란하게 소리를 내며 개수통으로 접시를 옮겨갔다.

"텔레비전 같은 건 보고 싶지 않아요. 이젠 지겨워요. 부엌은 내가 맡아놓은 자리예요. 여기서 천천히 신문을 읽겠어요. 언제나처럼 말이에요. 미안해요."

루시는 털썩 의자에 주저앉아 도전하듯 신문을 집어 들었다.

브루노 맨프레디는 안됐다는 듯이 맬리에게 말했다.

"그럼, 저쪽 테이블을 씁시다."

"아니, 좋소." 맬리가 말했다. "여기서도 괜찮겠지요."

"죄송해요." 신문으로 얼굴을 가린 채 루시가 말했다.

맬리는 서류 뭉치를 테이블 위에 놓았다. 한 장 한 장은 질이 좋은 얇은 종이였으나 한데 묶으면 꽤 두툼한 책 한 권이 될 듯싶은 부피였다. 맨프레디는 맬리 옆에 의자를 끌어당기고 앉아 처음 몇 페이지를 함께 들여다보았다.

맨프레디가 입을 열었다.

"올해 것이로군요. 하지만 그것밖에 모르겠는데요. 당신은 어떻습니까?"

종이에는 몇 개의 난이 나누어져 있고, 각 난에 숫자가 빠짐없이 씌어 있었다. 페이지 맨 위에 가로로 적어놓은 글을 손가락으로 더듬으면서 맬리가 말했다.

"이해되는 곳도 없소. 이 첫머리 11B1이라는 것은 우선 그대로 둡시다. 아마도 정확한 날짜를 나타내는 암호인 것 같지만, 그리고 다음에는 'gr' 밑에 '$220'이라고 씌어 있소. 이것은 그날의 입금총액(gross receipts)일 거요. 그리고 'nt' 밑에 씌어진 '$140'은 도박에 건 돈을 지불한 뒤 남은 순이익(net amount)임에 틀림없소. 그리고 '즉시불'이라는 것은 순이익에서 빼낸 여러 가지 잡비겠지요.

다음의 13E227은 또 다른 암호인 듯하오. 우리가 먼저 해독해야 할 것은 이 날짜요. 그것을 알면 5월 3일 난을 조사하여 1천 달러가 기입되어 있는지 확인할 수 있소. 그것으로 랜딩은 옴쭉달싹 못하는 거요. 다른 날에도 뇌물을 받았을지 모르지만, 지금 필요한 것은 5월 3일의 뇌물뿐이오."

"잠깐만." 브루노 맨프레디는 얼굴이 닿을 만큼 그 페이지를 들여다보며 말했다. "흐음, 그렇군요. 위이콥의 사무실에도 유머를 아는 녀석이 있는 모양이군요. 이 '즉시불(Immediate Cash Expenses)'이 무슨 뜻인지 아십니까?"

"물론 지출이겠지요. 그날 장사에 들어간 여러 가지 경비를 가리키는 거요."

"어떤 경비지요? 이 머리글자를 읽어보십시오. 'I—C—E' 즉 아이스(얼음)입니다. 흔히 쓰이는 은어로, 뇌물을 뜻하지요. 그 옆에 경관의 기장(記章) 번호가 씌어 있군요. 그들은 돈을 바친 경관들의 기장 번호를 기록해 두고 있습니다. 이 13E277이 그것입니다. 그런데 왜 이렇게 귀찮게 일일이 적었을까요? 뇌물은 바치면 그만이지 이렇게 적어둘 필요가 없을 텐데요."

"아니, 필요하지요. 여기에 번호가 적힌 경관은 모두 외무 사원이랄까, 수금원이랄까. 다만 돈을 받아서 윗사람에게 전해주었을 뿐이오. 경찰 거물이 워이콥에게 '지난 주일 것은 아직 오지 않았네. 어떻게 된 건가?' 하고 물어보았다고 합시다. 워이콥은 이 장부를 펼쳐보고 '2백 달러를 이러이러한 번호의 경관에게 주었습니다'라고 대답하겠지요. 그것으로 배반자를 곧 알아낼 수 있소."

"그렇다면 랜딩은……?"

"랜딩은 분명 밀러로부터 돈을 받았는데, 그것을 윗사람에게 바치지 않고 슬쩍 빼돌리려고 했을 거요. 그래서 그 뒤 주목을 받아 기회만 있으면 덫에 걸어 넣으려고 노렸겠죠. 로스캘조가 밀러를 잡았을 때 밀러는 그 기회를 이용한 거요."

브루노 맨프레디는 두려운 듯이 말했다.

"과연 멋진 사기꾼들이군. 멋지고 멋진 사기꾼들! 상상해 보십시오. 우리가 이 장부 하나를 앞에 놓고 앉아 있는 지금도 누군가——조직의 우두머리인 누군가는 온 미국에서 모인 이런 장부를 40개 또는 50개, 아니 어쩌면 1백 개쯤 가지고 있을지도 모릅니다.

거기에 기입된 금액이 얼마나 될까요! 아아, 상상도 할 수 없군. 게다가 그 돈의 행방은? 장부를 맡은 녀석들은 그것을 한 장한 장 넘기며 '시카고의 아무개는 1주일에 뇌물을 얼마만큼 썼군.

아무개 경관은 뇌물을 얼마만큼 요구했구먼' 하고 말하겠지요, 이것이야말로 경영이라는 겁니다."

루시는 신문을 무릎에 내려놓으며 말했다.

"여보, 그런 말하다가 엉뚱한 생각하지 마세요."

"엉뚱한 생각이라니," 맨프레디는 하늘에 호소하듯 두 손을 올리고 말했다. "그거 참 잘됐군. 멋진 이야기를 해주었소, 루시. 만일 누군가가 불쑥 찾아와 '자네 한 번 온 미국 도박 조직 연합을 경영해 보지 않겠나?' 하고 말한다면 내 대답은 이미 정해져 있소, 조금 전이었다면 아마 대답하기 곤란했을 테지만, 이런 일이 내일이라도 생길지 모르오."

"신문을 읽고 있으니 무슨 일이 일어날지 모르겠군요," 루시가 말했다.

"잠깐만 조용히 해주십시오, 루시." 맬리가 다시 이야기했다. "그런데 브루노, 이 날짜는 아무래도 알 수 없소, 처음이 '11B1'이라고 기록되어 있지요, 11은 달이고 1이 날짜라고 한다면 11월 1일이 되겠지. 그렇지만 그 뒤에 '11B38'이 나오니 알 수 없구려, 38일이 있는 달이 없으니까 말이오, 그렇지 않소?"

"그렇군요, 그렇다면 그 'B'를 날짜로 해석해 봅시다—— 아니, 그래도 뜻이 없군요, 이 B란 대체 무엇일까요? 이 한 페이지는 B뿐입니다, 다른 페이지에도……."

브루노 맨프레디는 몇 페이지를 넘기다가 갑자기 손길을 멈추었다.

"잠깐만, 여기에는 M이 있군요, 다른 글자도 나올지 모르겠습니다."

그는 천천히 페이지를 넘겼다.

"나왔습니다! S가 있고 Q도 있습니다, 제기랄, Q까지 있군요, 여기에는 X도 있습니다, 음, 이것이 모두인 모양입니다, 대체 이게 무슨 뜻일까요?"

맬리는 글자 수를 손가락으로 세어보았다.

"B, M, Q, S, 그리고 X. 다섯 개로군요. 그렇지, 다섯으로 한 조가 되는 게 무엇이겠소?"

"농구 팀 아닙니까?"

"뉴욕의 구 이름이오." 맬리가 말했다. "다섯 개의 구——브루클린, 맨해턴, 퀸즈, 스태튼 아일랜드 그리고 브롱크스. 자, 얼마 내겠소?"

"내기를 걸지는 않았습니다. 그렇다면 날짜 해석이 더 어렵게 되겠군요. 첫 페이지에 햇수가 씌어 있고 그 다음에는 지명만 적힌 장부가 어디 있습니까?"

"아무튼" 맬리가 말했다. "이 경우 조사 방법은 한 가지밖에 없소. 나는 왼쪽 페이지를 조사할 테니 당신은 오른쪽 페이지를 맡으시오. 뭔가 법칙을 찾아내야 하오. 얼마 뒤 교대합시다."

"내일 하면 어떻습니까? 밤도 꽤 깊은데다 이런 작은 글씨를 들여다보니 눈이 쪼그라붙어 버리겠습니다."

"아니, 지금 곧 종이와 연필을 가져오시오. 도움이 될 테니까."

그것은 아무 도움도 되지 않았다. 날짜를 여러 가지 숫자로 바꾸어 장부에 닥치는 대로 끼워 맞추는 실험을 한 시간쯤 계속했으나 문제는 좀처럼 풀릴 것 같지 않았다.

브루노 맨프레디가 하품섞인 목소리로 말했다.

"가장 좋은 방법은 랜딩의 기장 번호를 조사하는 겁니다. 이 장부를 처음부터 끝까지 살펴보고 어디에 그 번호가 나오는지 찾아보면 되겠지요. 이렇게 하다가는 끝이 없습니다. 얼마 안 가 우리 둘 다 장님이 되어버릴 겁니다."

"아니, 이게 어떻게 된 거지. 그쪽 페이지에는 번호가 빠진 곳이 없소? 여기는 11B1부터 11B38까지 계속되다가 13B1로 연결되어 있군. 12가 하나도 없소."

맨프레디는 졸린 눈으로 페이지를 들여다보았다.

"여기는 13B2부터 21B1까지 계속되다가…… 아아, 19가 빠져 있군요!"

"맞소. 12와 19가 없다면 그 다음에는 틀림없이 26이 없을 거요. 일곱 개에 하나씩 숫자가 빠진 셈이지요. 1주일은 7일이니까. 일요일에는 마권 암표상들이 일하지 않거든."

브루노 맨프레디는 몹시 기뻐하며 페이지를 손가락으로 더듬다가 철썩 자기 이마를 때렸다.

"경마가 없는 날에도 일하고 싶어하는 마권 암표상이 있는 모양이군요. 여기 26이라는 숫자가 있습니다."

맬리는 화가 치밀어오름을 느꼈다.

"워이콥 녀석은 어떻게 할 셈이었을까? 러시아 사람을 속여먹을 생각이었나?" 맬리는 브루노 맨프레디가 가리키는 난을 찬찬히 들여다보았다. "정말 이게 어떻게 된 거지? 그 뒤 빠진 곳은 없소?"

브루노 맨프레디는 페이지를 재빨리 넘기다가 말했다. "123."

맬리의 머릿속에서 한순간 빛이 번쩍 빛났다.

"브루노, 달과 날짜를 생략해서 쓸 경우 당신이라면 어떻게 하겠소? 예를 들어 오늘이 12월 20일이라고 쓸 때 가장 간략하게 쓰는 방법이 무엇이겠소?"

"'12, 20'이라고 쓰겠지요."

브루노 맨프레디는 순간 눈을 번쩍 떴다. 그리고 다시 장부를 재빨리 넘겼다.

"그렇지! 11B1은 곧 1, 1, 블루클린. 즉 1월 1일, 브루클린이라는 뜻입니다. 12B와 19B와 116B와 123B는 1월 2일, 9일, 16일, 23

일입니다. 그게 모두 날짜군요. 그런데 B 다음에 있는 숫자는 뭘까요? 이 B1이라는 것은?"

"브루클린을 다시 지구별로 나누었겠지요. 물론 그 방법은 그들의 비밀이겠지만. 그러나 한 가지 분명한 사실은 이것을 위해 일부러 지도를 만들지는 않았으리라는 점이오. 틀림없이 손쉽게 얻을 수 있는 지도를 사용했을 거요. 선거구 지도나 그 비슷한 것을."

"그럼, 어떻게 하지요? 우리집엔 그런 지도가 없는데."

아까부터 크로스워드에 열중해 있던 루시가 끼어들었다.

"전화 번호부에 지도가 나와 있어요. 그게 아닐까요?"

먼저 전화의 구역별 번호를 적용해 보았으나 보기 좋게 실패했다. 브루노 맨프레디가 말했다.

"지도가 또 하나 있습니다. 우편 배달 구역 지도입니다. 여기에도 번호가 붙어 있지요. 워이콥이 브루클린에 붙인 번호 가운데 가장 큰 숫자가 몇이었지요?"

멜리는 굉장히 빠른 솜씨로 페이지를 넘겼다.

"B38이오."

브루노 맨프레디가 낮은 목소리로 말했다.

"흐음, 브루클린의 우편 배달 구에서 가장 큰 숫자가 38이군요."

두 사람은 맥 빠진 듯이 안도의 눈길을 주고받았다.

그러자 루시가 말했다.

"두 분 다 영리하시군요. 만일 내가 전화 번호부 이야기를 하지 않았더라면……"

"알았소. 당신과 결혼하기 전에 내가 혼자 어떻게 살았는지 모르겠군."

루시는 방그레 미소를 지었다.

"두 분 다 머리가 좋아요."

"자, 그럼, 이번에는 가혹한 테스트를 해봅시다." 맬리가 끼어들었다. "지금 알아낸 법칙을 적용하여 랜딩이 이 장부에 나오는지 조사해 보는 거요. 맨해턴 5월 3일이니까 즉 53M, 뇌물 액수는 1천 달러, 그의 기장 번호는……."

맬리는 주의력을 집중시키려고 눈을 감고 열심히 기억의 실마리를 더듬었으나 관자놀이가 지끈지끈 울리는 소리가 똑똑히 들릴 뿐이었다.

"아무래도 잘 생각나지 않는군. 32C인가 뭔가였는데."

브루노는 그 숫자를 연필로 적었다.

"53M은 틀림없지요. 그리고 이 지도에서 보면 밀러의 세력권은 19구니까…… 53M19를 찾으면 되겠군요."

브루노 맨프레디는 안경을 고쳐 끼고 샅샅이 장부를 살펴보았다. 이윽고 그는 고개를 돌려 맬리를 보며 말했다.

"커크 사장님, 소개드리겠습니다, 밀러와 순찰 경관 랜딩입니다."

그 줄에는 다음과 같이 적혀 있었다.

'53M19, gr $870 nt $480 $1000—32C720'

응접실 침대는 가운데가 움푹 파여 있었다. 맬리가 눕자 속에서 옥수수껍질 소리가 났다. 오늘 밤에는 편안히 잘 수 없다는 것을 보증하는 것이나 다름없다고 맬리는 실망하며 이 쓸쓸한 전망에 대해 생각하는 동안 어느새 곤히 잠들고 말았다.

잠에서 깨어났을 때 주위는 캄캄했다. 맬리는 여기가 어디일까 어리둥절했다. 이윽고 창 밖에서 금속성의 화물 열차 소리가 들려와 모든 것이 생각났다. 그리고 온갖 이상한 생각이 방금 꾼 꿈속에 나타나 손만 뻗으면 닿을 만큼 가까이 접근해 왔던 것이 기억났다. 남자, 동일 인물, 이름…….

맬리는 살그머니 침대에서 빠져나와 두 발을 방바닥에 내려놓는 순간 깜짝 놀랐다. 방바닥이 얼어붙은 워이콥의 집 바깥 땅바닥과 같을 만큼 차가웠다.

맬리는 전등 스위치를 더듬어 찾았다. 그리고 눈부신 불빛 속에서 눈을 가늘게 뜨고 팔목시계를 보니 아직 6시도 안 되었다. 다시 잘까 하다가 그는 곧 생각을 바꾸었다. 그 이름이 머리에 떠오른 이상 도저히 잠이 올 것 같지 않았다.

워이콥의 장부는 화장대 위에 있었다. 맬리는 그것을 집어 들고 다시 침대로 들어가 페이지를 넘겼다. 과연 그 이름이 있었다. 장부에 생략되지 않고 씌어 있는 유일한 이름이었다.

맬리에게는 아무 뜻도 없는 이름일 텐데 이상하게 마음에 걸렸다. 그 서명은 굉장한 달필로 매달 마지막 부분에 적혀 있었다. 그것은 분명 거기까지의 숫자에 틀림이 없다는 뜻의 서명일 것이다.

'OK——Chas. 필로지, CPA'라고 씌어 있었다.

공인회계사(CPA)라는 직업까지 덧붙여 이 장부에 서명을 남기는 것을 아무렇지도 않게 생각되는 인물. 물론 장부를 워이콥이 안전하게 보관하리라 믿고 있겠지만, 그러나 지금은 이 'Chas'라는 사람이 어떻게 생각하든 문제가 아니라고 맬리는 생각했다.

그러나 맬리의 마음에 걸리는 것은 그런 일이 아니었다. 이 이름을 알고 있는 듯한, 어디선가 들은 적이 있는 듯한 느낌이 말파리처럼 코 끝에서 날아다녔다.

대체 어디서 들었을까? 맬리는 장부를 가슴에 끌어안고 앉아 이 이름을 말했음직한 인물을 하나하나 떠올려보았다. 틀림없이 워이콥을 알고 있으며 그와 가까운 사람일 것이다.

밀러, 슐레이더, 캑스턴, 다우드 또는 모나…… 아니, 그 누구도 아니었다. 분명 아니었다. 하링겐일까? 대체 왜 아까부터 하링겐의 이미지가 자꾸만 달라붙는 것일까 하고 맬리는 이상하게 생각했다. 그런 생각을 하고 있는데 문 쪽에서 소리가 났다. 손톱으로 가볍게 노크하는 소리였다. 맨프레디의 나지막한 속삭임 소리가 났다.

"일어났습니까, 맬리?"

맬리는 문을 열었다. 파자마를 입은 맨프레디가 아기를 데리고 들어왔다. 그의 어깨에 올라앉은 아기는 맨프레디 집안의 막내 꼬마였다. 역시 파자마를 입은 꼬마는 균형을 잡기 위해 맨프레디의 엉성해지기 시작한 머리카락을 꽉 움켜잡고 있었다. 맬리를 보자 꼬마는 눈을 반짝이며 맨프레디의 어깨 위에서 칭얼거렸다.

"가만히 있어야지."

맨프레디는 부드럽게 꾸짖고 맬리에게 말했다.

"불이 켜져 있기에 추워서 잠을 못 자나 걱정했습니다. 담요를 한 장 더 가지고 올까요?"

"아니, 괜찮소. 나는 다만 이 사람의 이름을 어디선가 들은 것 같아서요. 워이콥의 장부에 나오는 회계사의 이름이 말이오. 무언가가 마음에 걸려 잠이 오지 않는 일이 때때로 있지 않소? 직접적으로는 아무 관계도 없는 일이지만."

"이해합니다. 랜딩의 파일에 나온 사람이 아닐까요?"

"그렇다면 기억하고 있겠지요. 그 파일은 거의 모두 기억하고 있으니까. 이상하오. 아까부터 왜 그런지 하링겐 생각이 자꾸 나거든. 아니, 잠깐만. 하링겐이 아니라 하링겐의 딸이오. 대체 그 아이와 이 이름이 무슨 관계가 있을까?"

"그렇지! 하링겐은 자기 딸에게 아무것도 숨기지 않는다고 했습니다. 숨기면 아이가 신경쇠약이 된다고 여기나 봅니다. 그러니 그가 자기 딸에게 이야기한 것을 그 아이가 당신에게 말했을지도 모르지요."

"당신은 하링겐을 오해하고 있소, 브루노. 하지만 그 이야기는 그만둡시다. 생각날 때가 되면 생각나겠지."

맬리는 브루노 맨프레디의 어깨에 올라앉은 어린아이를 바라보았다.

"이 아이가 누구더라?"

"이 아이 말입니까? 비트라고 합니다. 무척 컸지요. 지난번에 당신이 왔을 때는 기저귀를 차고 있었지만, 지금은 안 찼지요. 그래서 아침 아마 이때쯤이면 이렇게 말을 탄답니다. 그렇지, 비트?"

비트는 팔을 흔들어 아버지 뒤쪽을 가리키며 보채듯이 말했다.

"사니클로스 없어!"

"뭐라고?" 맬리가 물었다. "옳지, 산타클로스가 없다고? 산타클로스는 있단다, 비트. 저기에 장식할 것은 산타클로스가 줄 거야."

비트는 아버지 어깨 위에서 자꾸만 손가락질하며 거칠게 항의했다.

"사니클로스 없어. 사니클로스 없어. 사니클로스 없어."

"자, 조용히 해야지."

브루노 맨프레디는 아들을 꾸짖고 나서 맬리에게 설명했다.

"토요일에 아이들을 데리고 뮤직홀 쇼 구경 갔다가 돌아오는 길에 자동 판매 레스토랑에서 식사를 했지요. 그때 비트를 데리고 화장실에 갔는데 그 옆에 와서 소변을 본 사람이 바로 산타클로스로 가장한 아저씨였답니다. 흰 수염에 빨간 옷을 입고 있었지요. 그것을 보고 무척 신기했던 모양입니다. 그 다음부터는 화장실에 갈 때마다 산타클로스가 보이지 않으면 보채지요. 그렇지, 비트?"

비트는 아버지 말은 듣지도 않고 몸을 내밀어 맬리의 얼굴을 손가락으로 쿡쿡 찌르며 귀여운 목소리로 말했다.

"딘, 딘, 딘!"

"이번에는 뭐라고 말하는 거요, 브루노?"

"전혀 알아들을 수 없는데요. 두 마디에 한 마디는 다른 아이들이 통역해 주지 않으면 나도 모른답니다. 다른 아이들이 없으면 나는 귀머거리나 마찬가지지요."

브루노 맨프레디는 비트를 단단히 잡으며 말을 이었다.

"발이 얼기 전에 침대로 들어가십시오. 겨울에는 리놀륨 바닥이 살인적으로 차가우니까요."

맬리는 고개를 저었다.

"아니, 옷을 입고 그만 가봐야겠소. 하링겐과 그 딸의 일이 아무래도 마음에 걸리는군요. 그애가 학교에 가기 전에 찾아가면 두 사람을 모두 만나볼 수 있겠지요.

워이콥의 장부는 여기 두고 가겠소. 오늘 사무실에서 복사 사진을 찍어두오. 그 필름을 갖고 있는 한 워이콥은 우리 마음대로요. 설마 난폭한 짓은 하지 않겠지. 재무성이 이 장부를 노리고 있다면 말이오. 소득세 탈세로 5백 년 형을 받을 만한 증거물이거든."

"로스캘조도 이것을 노리고 있었는지 모릅니다." 브루노 맨프레디가 말했다. "그에게도 이것은 아주 귀중한 증거물이 아닐까요? 아니, 그러고 보니 이 서류뭉치는 지금 뉴욕에서 가장 위험한 물건이군요. 바닥에 떨어뜨리면 원자폭탄의 독버섯 구름이 솟아오를지도 모릅니다."

"그렇다면 떨어뜨리지 말기 바라오. 농담은 그만하고, 오늘은 혼자서 출근하지 마시오. 냅 부인에게 연락해서 두 사람을 보내달라고 하여 한 사람은 저 시보레를 스테튼 아일랜드에 돌려주도록 하시오. 만일 위험이 느껴질 때는 경찰을 부르시오. 엉뚱한 용기는 내지 말고. 그렇지 않아도 루시는 바쁠 테니까. 병원으로 당신 병치다꺼리하러 갈 시간이 없을 거요."

"그건 그렇지요." 브루노 맨프레디는 말하기 거북한 듯이 입을 열었다. "저, 맬리, 그런 이야기가 나온 김이니 말입니다만, 그 공동 경영 문제는 어쩐지 뒷맛이 개운치 않군요. 그렇지만 그것은 나에게 있어 중대한 이야기입니다. 일생 동안 열심히 일하다 나중에 늙은 말처럼 내쫓기면 어떤 기분이 들지 상상해 보십시오. 작으나마 자기 장사가 있으면 밤마다 걱정하며 식은땀 흘리지 않아도 되지요.

내 걱정이 무엇인지 알겠습니까? 이 비트 말고도 아이가 셋이나 있습니다. 이 아이들이 모두 학교에 간다면 학비는 어디서 나오겠습니까? 이처럼 물가가 비쌀 때 말입니다. 게다가 루시는 언제 병이 날지 모릅니다. 여자란 나이를 먹으면 고장이 생기는 법이니까. 그럴 때는 입원비며 뭐며 돈이 더 들지요.

내 머릿속에는 여러 가지 돈 문제가 소용돌이치고 있습니다. 맬리, 그처럼 뒷맛이 개운치 못한 이야기를 불쑥 꺼낸 것도 이런 까닭이 있기 때문이었습니다. 지금으로서는 한 발자국도 움직이지 못할 지경입니다. 하지만 당신과 잭이 같이 협력한다면…… ."

"그가 뉴욕에 오면 이야기해 보겠소." 맬리가 말했다. "그러나 그의 조건을 들어보기 전까지는 아무 약속도 할 수 없소. 곧 여분의 수당을 달라는 이야기라면…… ."

브루노 맨프레디는 고개를 저었다.

"수당을 달라는 말은 아닙니다. 그런 건 필요없습니다. 나는 다만 이익배당을 받고 싶을 뿐입니다. 당신도 그렇게 하는 게 마음 편할 겁니다."

"생각해 보겠소." 맬리가 말했다. "이 시간에 택시가 지나갈까요?"

"지나가지요. 맨해턴으로 간다면 기꺼이 태워줄 것입니다."

맨프레디는 머리 뒤 비트의 턱을 부드럽게 흔들었다.

"맬리 아저씨가 돌아가신다, 비트. 뭐라고 말해야지."

비트는 화난 듯 아버지 뒤쪽을 손가락질하며 중얼댔다.

"오냐, 이제 그만해두렴, 비트." 맨프레디가 아들에게 말했다.

3

택시가 세인트 스티븐 호텔 앞에 멎은 것은 7시 2, 3분이 되어서였다.

하링겐의 집을 방문하기 전에 서둘러 수염을 깎고 옷 갈아입을 여유가 있으리라고 그는 계산했다. 재미있는 방문이 될 것 같았다. 까닭은 브루노 맨프레디에게 말한 것뿐만이 아니었다. 맨프레디에게 말하지 않았던 것은——그와 관계없는 일이라 말하지 않았을 뿐이지만——즉 하링겐을 통해 워이콥의 장부 가운데 한 페이지를 루스 빈선트에게 보내기 위해서였다. 핑크빛 리본을 매든 매지 않든 간에.

지금 사정으로서는 루스에게 저돌적으로 돌진한다 해도 마치 이쪽 계획이 들통난 로미오처럼 길바닥으로 쫓겨나기 쉽다. 자신이 펠리스^(로미오와 줄리엣에 나오는 줄리엣의 약혼자)보다 훌륭하다 해도 상관없는 줄리엣에게 아무리 호소해 봐야 소용없는 일이다. 그러나 루스는 하링겐의 말이라면 들을 것이다. 그러므로 셋이 모인 자리에서……

맬리가 방문을 열자 향수 냄새가 거실 공기 속에서 풍겨왔다. 디디가 팔걸이의자에 다리를 꼬고 앉아 코트를 덮고 자고 있었다. 맬리가 내려다보자 그녀는 한쪽 눈만 뜨고 가만히 그를 쳐다보았다. 그러더니 크게 하품을 하고 몸에 덮은 코트를 당겨 올리며 몸을 움츠렸다.

"여태까지 어디 있었나요?" 하고 그녀는 물었다.

"외출했었소. 무슨 일을 하고 있었느냐고 묻는 거겠지? 아무 일도 하지 않았소."

"아무 일도 하지 않았다고요? 당신 꽤 친절한 분이시군요."

디디는 화난 듯이 불쑥 일어나다가 순간 몸이 휘청하며 의자를 붙잡았다.

"어머나, 내 다리가 아직도 자고 있나 봐요, 맬리! 저려요, 아파
요, 고쳐주세요."

"혼자 고치시구려. 나는 곧 나가야 하니까."

맬리는 성큼성큼 침실로 갔다. 디디는 겨우 의자에서 손을 떼고 한
발자국마다 신음 소리를 내며 뒤따라왔다.

"지독한 분이군요, 내가 왜 왔는지 묻고 싶지도 않으세요? 이젠
아무 흥미도 없어요?"

디디는 침대에 쓰러졌다.

"아아, 좀 나았어요. 웃을 일이 아니에요, 맬리. 그렇게 모른 체하
지 말고 다리를 주물러주지 않겠어요? 당신이 지난밤에 그녀와 자
고 왔다 해도 상관하지 않겠어요. 다리가 저리니까 주물러달라고
한 것뿐이에요, 사랑이니 하는 게 아니에요!"

맬리는 옷 벗던 손을 멈추고 돌아서서 디디의 다리를 찰싹찰싹 때
리기 시작했다. 그녀는 비명을 지르며 맬리를 발로 찼다.

"싫어요." 디디가 말했다. "저번에는 방바닥에 나를 내버려두어
아침에 일어나보니 온몸이 거무죽죽하게 되었더군요. 당신 탓이에
요!"

"시끄러워. 그 말은 레코드에 취입해 두는 게 좋겠군. 나도 당신
때문에 곤욕을 치렀소. 루스에게 아주 친절한 말을 일러주었더군."

디디는 몸을 뒤치며 일어나 그의 얼굴을 바라보았다. 그리고 스커
트로 드러난 무릎을 가렸다.

"그래요? 루스가 화를 내던가요?"

"디디, 당신 어떻게 된 게 아니오? 당신은 지금 당신이 그토록 싫
어하던 다른 여자들과 똑같은 짓을 하고 있소. 당신은 늘 그런 여
자의 이야기를 하며 비웃지 않았소? 자신의 가엾은 에고이즘을 만

족시키기 위해 다른 사람의 생활에 간섭하는 여자는 질색이라고 말이오. 지금 당신은 그런 여자보다 못하오."

"미안해요."

"사과하지 않아도 되오. 다만 그런 억지를 부리려면 어디든 다른 곳에 가서 하시오. 되도록이면 먼 곳에 가서. 그렇지 않으면……."

"다른 곳으로 가겠어요."

디디의 말에 맬리는 자기도 모르게 입을 다물었다.

"그 말을 하러 온 거예요, 맬리. 작별 인사하러 왔어요. 비행기는 11시. 앞으로는 아마 못 만날 거예요. 당신을 만난다면 도널드슨이 분명 싫어할 거예요."

"도널드슨이라고?"

"그와 다시 결혼하기로 했어요. 댈러스에서. 그는 여러 사람을 댈러스로 초대할 모양이에요. 〈라이프〉지에 틀림없이 실릴 거예요. 카메라맨까지 부른다고 했어요."

"〈라이프〉지가 그런 재결합에 흥미를 가질 줄은 몰랐군." 맬리가 말했다.

디디의 얼굴이 파랗게 되었다.

"말투가 몹시 거칠어졌군요, 맬리."

"미안하오." 맬리는 진심으로 사과했다. "이런 말은 하는 게 아닌데. 아마 모든 일이 잘 될 거요. 아무튼 도널드슨은 예전보다 나이도 들었고 영리해졌으니……."

맬리는 어색하게 말을 맺었다.

"잘되지 않을 리 없다고 생각하오."

"그건 당신의 진심에서 하는 말이 아니겠지요?" 디디가 말했다. "단순히 축하하는 말이겠지요, 맬리."

"왜 그렇게 말하오, 디디?"

"당신은 그렇게 바보가 아니기 때문이에요. 나를 위해 바보 같은 시늉을 하실 필요는 없어요, 맬리. 이 결혼이 어떻게 되리라는 건 나와 마찬가지로 당신도 잘 알고 있잖아요. 처음에는 모든 일이 순조로워요. 그러나 두세 달쯤 지나면 도널드슨은 아주 중요한 출장 여행을 떠나겠지요. 아니면 아침 4시쯤 돌아올 거예요.

그렇게 되면 세상 사람들은 나에게 친절히 대해주지요. 너무나 친절하고 동정적으로, 더욱이 좀 재미있는 듯한 태도로. 그렇게 되면 신문 가십난에 누가 보아도 알 만한 머리 제목을 단 의미심장한 기사가 실리지요. 그리고 나는 그런 신문을 읽을 때마다……."
맬리는 참을성을 잃어버렸다.
"그런데 왜 그런 결정을 내렸소? 왜 자신을 그렇게 소홀히 다루는 거요?"

"하는 수 없었어요!" 디디는 거칠게 대꾸했다. "어쩔 수 없잖아요, 맬리? 무언가가 일어나기를 기다리며 한평생 기다리고 있을 수는 없잖아요? 나는 이제 곧 30살이 돼요. 남자들은 그렇게 나이 많은 여자와 결혼하려 하지 않아요.

그런 얼굴 하지 말아요, 맬리. 부탁이에요. 내가 여자만 아니었다면, 이런 기분 모를 거예요. 여자는 20살 때부터 거울을 볼 때마다 두려움에 떨지요. 자신이 빨리 늙는다는 것을 알고 있으면서도 그것을 막을 길이 없거든요. 그 무서운 사실을 막을 방법이 하나도 없어요."

"하지만 왜 도널드슨을 택했소? 앨릭스가 훨씬 좋은데. 돈이 있고 없고는 제쳐 두고."
디디는 미소를 지었다. 아니, 입가를 조금 찌푸렸다. 유머가 있다면 그것도 미소의 한 가지라 할 수 있으리라.
"그렇게 생각하세요, 맬리? 만일 내가 무엇이든 바라는 것을 다

바치고 그 대신 있는 돈을 모두 달라고 한다면 당신은 내놓겠어요? 세인트 스티븐 호텔이며 훌륭한 자동차며 모든 것을 잃고……당신이 늘 이야기하던 콘미 사립 탐정 사무실에 처음 입사할 때처럼 되어버리는 거예요. 그렇게 되어도 좋아요? 낡아빠진 옷과작은 방과 싸구려 가구만 남게 되는 거예요. 그리고 눈뜨고 있는동안에는 푼돈 때문에 죽을 만큼 괴로워해야 하는 거예요. 그래도정말 좋아요?"

맬리는 진심으로 대답해 주려다가 다시 생각하고 머리를 저었다.

"지금 그런 말 해봐야 나로서는 잘 모르겠소."

"거짓말이에요. 당신은 알고 있어요. 생활이 편할 때는 사람의 의견이 분명하지요. 절대로 옛날 생활로 돌아가지 않으려고 해요. 그런 생활로 되돌아가기보다는 도널드슨이 나아요. 아니면 사립 탐정사무실이 낫지요. 당신이 당신 사무실을 싫어하는 것은 내가 도널드슨을 싫어하는 것보다 더할 거예요."

"나는 그런 말 한 적 없소."

"그렇게 말하지 않았었나요? 당신은 말하지 않은 일이 아주 많아요. 이를테면 지금 같은 경우 말이에요. 당신 자신이 잘 알고 있어요. 지금 같은 경우 당신이 할 일은, 다만 당신이 할 일은……"

디디는 갑자기 입을 다물었다. 그 침묵 앞에서 맬리는 몸이 굳어져그 다음에 이어질 말을 두려워하며 그녀가 그 말을 발음하는 것을 듣고 싶지 않다고 생각했다. 그러나 그녀는 끝내 그 말을 입 밖에 내지않았다.

두 사람은 서로 가만히 바라보았다. 둘 다 입 밖으로 내어서 하지않는 말로 방 안 공기가 무겁게 느껴졌으며, 그것으로 끝이었다. 디디는 갑자기 일어나 머리를 매만지고 흩어진 옷매무시를 고치더니 밝은 목소리로 물었다.

"언제까지나 작별 인사를 하고 있어도 소용없겠지요?"

"그렇소."

"아무튼 이렇게 헤어지게 되어 잘됐군요." 디디는 쏘아붙이듯이 말했다. "서로 크게 화내지 않고 끝났으니 말이에요. 화를 내면 나중에 후회하기 마련이거든요. 그때는 이미 늦은 거예요. 열쇠는 저 화장대 위에 놓아두었어요. 남은 내 옷가지는 누구에게 줘버리세요. 그런 것을 가지고 결혼하면 그야말로 실례가 되지 않겠어요?"

디디는 거실에서 코트를 어깨에 걸치더니 그 아름다운 천을 살그머니 손가락으로 어루만지며 거칠게 말했다.

"도널드슨처럼 사람을 함부로 내동댕이치는 남자와 결혼하더라도 이런 옷을 입으면 내동댕이쳐도 아픈 줄 모르겠어요. 아시겠어요, 내 말뜻을?"

"물론 알 만하오." 맬리가 말했다.

디디가 나간 뒤에도 그녀의 향수 냄새는 방 안에 남아 있었다. 맬리는 기억하고 있었다. 그것은 아주 값비싸고 고급품인 '기쁨'이라는 이름의 향수였다.

위이콤의 장부 한 페이지가 하링겐에게 준 충격은 그리 좋지 않은 결과를 가져왔다. 문을 열었을 때 그는 실내복 차림에 슬리퍼를 신고 이제부터 무서운 상대와 10라운드 시합을 하려는 컨디션 좋은 챔피언같이 보였다. 그러나 서재 문을 닫고 책상 위에 놓인 장부 한 페이지에 대해 자세한 설명을 듣고 나자 그는 축 늘어져 마치 무서운 적수와 10라운드 시합을 막 끝낸 챔피언처럼 되었다.

"그럼, 아널드 랜딩 사건은 이미 해결된 거나 같군요."

"네, 그렇습니다."

하링겐은 입술을 찌푸렸다.

"그러나 로스캘조가 이 장부를 증거로 삼는다면 소재를 밝히기 위해 워이콥을 증인으로 세워야 합니다. 그때 만일 워이콥이 거짓말을 한다면……."

"물론 거짓말하겠지요."

"그럼, 당신 자신이 증인대에 서서 이 장부를 손에 넣은 경위를 설명하지 않을 수 없습니다. 그런 일을 할 용의가 있습니까?"

"없습니다."

"왜 그렇게 하지 않으려는 거지요? 내 생각에는……."

맬리는 천천히 머리를 저으며 대답했다.

"이 장부를 로스캘조에게 넘겨줄 생각은 없습니다. 처음부터 그럴 계획이 아니었습니다. 이것이 없어도 그가 이길 게 분명한데 일부러 넘겨줄 필요는 없지요."

하링겐은 그 뜻을 곧 깨달았다.

"그렇다면 아널드가 유죄라는 결정적인 증거로써 나한테 주는 겁니까? 내가 이것을 로스캘조에게 가지고 가서 되도록 빨리 흥정하라는 거로군요?"

"그렇습니다." 맬리가 말했다. "그대로입니다. 당신은 아널드 랜딩의 무죄를 믿고 이 일을 맡았습니다. 이제 유죄 증거를 잡았으니 그 증거를 어떻게 처리할지 볼 만하군요. 이대로 재판에 나가서 아널드 랜딩이 허위 진술한 상세한 경과를 보든지 아니면 로스캘조와 흥정하든지 둘 중 하나입니다.

이것은 중대한 문제입니다, 하링겐 씨. 앞으로 형사 사건을 맡으려면 이런 문제에 많이 부딪칠 겁니다. 아직 결정적인 증거를 제출할 사람은 하나도 없습니다. 당신이 제출할지도 모르지만."

"아니, 나는 제출하지 않습니다."

하링겐은 기묘하게 날카로운 눈으로 맬리를 찬찬히 살펴보았다.

"커크 씨, 현실적으로 그 대답에 가까이 접근한 사람이 있다면 그것은 아마 당신일 겁니다."

"미안합니다. 하지만 나는 예외입니다."

"그렇다면 왜 이런 일에 뛰어들었습니까?" 하링겐은 빈정거리듯 물었다.

"나는 이 페이지를 루스에게 보여주고 싶습니다." 맬리가 말했다. "랜딩이 오직 경관이고 거짓말쟁이라는 것을 결정적으로 증명해 주고 싶습니다. 그러면 내 마음이 편해질 겁니다."

"아니, 편해지지 않을 겁니다. 당신은 그렇게 한 뒤 틀림없이 밖으로 나가 엉망으로 취해버릴 것입니다. 그리고 닥치는 대로 아무 여자나 데리고 들어가 같이 자겠지요. 그래도 마음은 여전히 편치 않을 겁니다. 루스를 잊기 위해 벽에 머리를 부딪쳐도 잊지 못할 겁니다.

그것이 루스에 대한 당신의 마음입니다. 나는 알고 있습니다. 그러나 저번 밤에도 말했듯이 그 방법은 틀렸습니다. 당신은 아널드 랜딩을 마구 짓밟아 어둠 속에 던져버리려 하고 있습니다. 그러나 루스에 관한 한 당신은 스스로를 짓밟고 있는 셈이 아닙니까?"

맬리는 불쑥 손을 뻗어 하링겐의 실내복 깃을 힘껏 잡고 의자에서 끌어내리려는 듯 잡아당겼다.

"루스가 말했습니까? 그녀가 그렇게……."

"그렇게 하기에는 아직 시간이 이릅니다, 커크 씨."

하링겐은 조용히 말하며 잡힌 몸을 빼내려 하지도 않고 맬리의 손이 자연히 풀리기를 기다렸다.

"루스는 아무 말도 하지 않았지만 나도 그 정도는 압니다. 알겠습니까? 만일 루스가 헬런이라는 여자 때문에 아널드 랜딩을 경멸한다 해도——그 때문에 약혼반지를 돌려준다 해도——루스는 개인

감정을 넘어선 정조 관념 같은 것으로 아직 그와 결부되어 있습니다.

아널드 랜딩은 무죄라고 생각하고 있기 때문에 루스는 지조를 지킬 것입니다. 그 마음을 바꿀 수 있는 힘은 단 한 가지, 아널드 랜딩의 자백뿐입니다. 이제 당신이 싸우는 상대가 누군지 아시겠습니까?"

"그것은 넌센스입니다! 나는 온갖 수단과 방법을 다해 아널드 랜딩의 유죄를 이미 증명해 보였습니다!"

"당신은 아무것도 증명하지 못했습니다. 처음부터 편견을 가지고 출발했고, 지금까지 계속 그 편견의 영향을 받고 있습니다. 아널드 랜딩에게 불리한 증거라면 당신은 무엇이든지 다 모았습니다. 밀러, 슐레이드, 워이콥 등 아널드 랜딩에게 불리한 증언을 할 사람들은 모두 거의 자동적으로 당신 편이 되어버렸습니다.

당신이 손대는 것은 단순한 증언이든 이 장부든 이미 객관적으로 분석될 자료가 아니라 모두 아널드 랜딩을 공격하기 위한 무기가 되었습니다. 그리고 당신은 처음부터 지금까지 스스로 정의의 입장에 서 있다는 우월감이 담긴 확신을 가지고 있으니 더욱 슬픈 일이지요.

게다가 당신이 루스에게 증명하려 한 건 자신이 아널드보다 좋은 사람이라는 겁니다. 나쁜 경관에게는 벌을 내리라는 것뿐입니다. 당신은 빈정거리고 있을 뿐입니다! 독선주의자 냄새만 풍기고 있을 뿐입니다!"

맬리는 거센 분노가 마음속에서 들끓어오름을 느꼈다. 그것과 싸우며 겨우 발작을 억눌렀다.

"그것은 당신 자신의 말입니까? 아니면 루스를 대신해서 하는 말입니까?"

"아널드 랜딩을 대신해서 하는 말입니다." 하링겐이 말했다. "그는 우연히 내 의뢰인이 되었으니까요."

"알았습니다. 그럼, 나는 루스 자신의 말을 듣고 싶습니다. 이 서류를 보이고 그녀의 의견을 듣고 싶습니다."

"알겠습니다. 오늘 밤 루스를 부를 테니 당신도 오십시오. 그러면 되겠습니까?"

"죄송합니다." 맬리가 말했다. "무척 기쁩니다."

"그렇습니까?" 하링겐은 잠깐 망설이더니 입을 열었다. "실은 당신에게 연락하려던 참이었습니다. 마침 이렇게 만난 것이 좋은 기회로 여겨지므로⋯⋯."

"네, 무슨 일이지요?"

"지난번에 당신이 한 말입니다. 루스가 위험할 거라는 말 말입니다. 나도 생각해 보았습니다만⋯⋯."

"걱정할 것 없습니다." 맬리가 말했다. "우리 사무실 사람 하나가 줄곧 지키고 있으니까요. 하지만 그녀에게는 말하지 마십시오. 잘못해서 그녀가 알게 되면 시끄러워질지 모릅니다. 우리 사무실 사람이 말썽에 말려들면 곤란합니다. 언젠가 말씀드렸듯이⋯⋯."

"네, 그렇겠지요." 하링겐은 언뜻 미소를 떠올렸다. "만일 당신과 내가 다른 사정으로 알게 되었더라면 하는 생각이 드는군요. 나는 어쩐지⋯⋯."

"아주 친절한 말씀이군요." 맬리가 말했다.

하링겐의 미소가 도중에 사라졌다. 맬리는 몸을 내밀어 페이지 아래의 서명을 가리켰다.

"한 가지 물어볼 것이 있습니다. 이 회계사의 이름인데, 들어본 적 없습니까?"

하링겐은 그 서명을 보았다.

"모르겠는데요, 내가 알고 있으리라 생각했습니까?"

"아니, 모르리라고 생각했습니다. 미건은 벌써 깨어났습니까? 미건에게도 물어보고 싶습니다만."

"미건이라니, 왜 그애에게……"

"모르겠습니다. 미건에게서 이 사람 이름을 한 번 들은 것 같아 확인해 보고 싶습니다."

"그렇습니까?" 하링겐은 이상하다는 표정을 지었다. "그렇다면……."

미건은 어머니와 함께 아침 식사 테이블에 앉아 있었다. 소녀는 헬쑥한 얼굴로 찐 달걀 접시에 머리를 숙이고 지겨운 듯이 포크로 달걀을 깨작거리고 있었다. 맬리의 모습을 보자 소녀는 쓸쓸한 미소를 떠올리며 인사했다.

"안녕하세요? 맬리 아저씨."

"잘 있었니, 미건." 맬리가 말했다. "아까 왔을 때는 아직 자고 있더구나. 요즘은 어떠니?"

"잘 있어요."

미건은 포크로 다시 깨작거렸다. 어머니가 화를 참으며 말했다.

"미건, 장난치지 말고 먹어야지. 그러다가는 모두 식어 버리겠다."

"다 식은걸요." 미건은 언짢은 듯이 말했다. "이런 것은 기분 나빠서 먹기 싫어요."

"미건!" 아버지가 한마디했다.

미건은 달걀을 먹기 시작했다.

"너무 심하다고 생각지 않으세요?" 소녀는 맬리에게 말했다. "오늘 아침에는 먹고 싶지 않아요, 내 위는 아주 섬세하거든요."

"그렇지 않아" 하고 하링겐이 말했다.

"그런걸요, 정신 작용이에요." 미건은 맬리를 바라보았다. "저번에 학교에서 본 연극 재미있으셨어요?"

"아주 재미있었다."

"그래요?" 미건은 열심히 말했다. "금요일 오후에 막을 올려요. 그날이 학교의 크리스마스 파티거든요. 입장권은 1달러밖에 하지 않아요. 아주 멋진 구실이 붙어 있지요. 양로원에 그것을 기부한다나요. 바쁘시지 않으면 오세요. 누구하고 같이 오셔도 좋아요."

그리고 좋은 생각이 났다는 듯이 덧붙였다.

"도널드슨 부인과 함께 오시면 좋을 거예요. 연극을 아주 좋아한다고 말했으니까요."

맬리는 뜻밖의 충격을 받았다.

"글쎄, 하지만 그녀는 이제 뉴욕에 없단다. 그리고 나도 금요일에는 바쁜 일이 있어서……."

"어머나!"

"미안하구나, 미건." 맬리가 말했다. "연극 구경은 갈 수 없지만, 너에게 부탁이 한 가지 있어."

"좋아요, 무슨 일이든지."

"어떤 남자의 일인데……. 찰즈 필로지라는 사람에 대해서 언젠가 분명 네가 말한 것 같은데, 기억하고 있니?"

미건은 어리둥절해졌다.

"아니, 모르겠어요."

"그 이름이 전혀 생각나지 않니?"

미건은 머리를 저었다.

"네, 모르겠어요, 맬리 아저씨. 아참, 그렇군요, 생각나요. 텔레비전에 나온 사람이에요."

"텔레비전? 텔레비전에서 뭘 하고 있었지? 그 사람은 회계사란다."

미건은 천장을 올려다보며 눈을 가늘게 떴다. 아마 기억을 떠올릴 때의 미건의 버릇인 모양이었다.

"분명히 텔레비전에 나왔어요."

소녀는 말끝을 흐리다가 갑자기 눈을 반짝이며 맬리의 얼굴을 보았다.

"저, 더 정확히 말하면 텔레비전에 출연한 분이 아니에요. 그 사람에 대해 텔레비전에서 이야기하고 있었어요. 언젠가 사립 탐정 블래니건을 본 뒤 뉴스가 시작되었잖아요? 그 뉴스에서 찰즈 필로지가 자동차 사고로 죽었다고 말했어요. 사람을 친 자동차는 도망쳤다고…… 왜 그러시지요? 내 기억이 틀렸나요? 왜 그런 얼굴을 하고 있어요?"

랜딩의 파일이 갑자기 맬리의 눈앞에 펼쳐졌다. 파일 속의 모든 것이 앨리스(《이상한 나라의 앨리스》)의 꿈에서 마지막으로 쏟아진 트럼프 카드처럼 너울너울 떨어져 내렸다.

그 카드 한 장 한 장에 대해 어리둥절해하는데 어디선가 프랭크 콘미의 목소리가 들려왔다——'그런 건 보지 말게, 잊어버리게. 자네에게 이득 될 게 없다네, 내버려두게.' 또 한편에서는 다른 목소리가 그 경고를 부정하듯 외쳤다——'프랭크 콘미를 잊어버려! 그의 교훈은 잊어버려!'

당황하고 있는 하링겐의 얼굴이 보였다. 다른 사람에게는 그 소리가 들리지 않았다. 그것은 맬리 자신의 마음속에서 일어난 소리였다. 이 소리를 없애기 위해 그는 어느 쪽으로든 한 발자국 내디뎌야 했다.

맬리는 한 발자국 내디뎠다. 프랭크 콘미의 목소리가 사라졌다. 그는 입을 열었다.

"하링겐 씨, 이제 사건은 모두 해결된 것 같습니다. 루스에게는 아직 아무 말 하지 마십시오. 아까 그 말도 하지 마십시오. 이제부터 나가서 한 바퀴 돌고 연락하겠습니다. 그때까지 아무 데도 가지 말고 기다려주십시오."

맬리가 방문을 나가며 마지막으로 들은 것은 미건이 깜짝 놀라 큰 소리로 부모에게 묻는 말이었다.

"내가 방금 뭐라고 했지요?"

4

[뉴욕 시, 11월 25일] 찰즈 필로지(60살) 씨가 어젯밤 늦게 자동차에 치여 사망했다. 경찰 조사에 따르면 그는 자동차에 치여 두 블록쯤 끌려간 것 같다.

필로지 씨는 뉴 로셀에 살고 있는데, 밤 10시 10분 통행인에게 발견되었을 때는 매디슨 애비뉴 동쪽 약 90미터 지점 동62블록에서 의식을 잃고 있었다.

급히 루즈벨트 병원으로 옮겨졌으나 구급차 안에서 숨졌다. 60블록과 매디슨 애비뉴 모퉁이에서 경찰이 발견한 모자와 장갑은 피해자 소유물임이 확인되었다.

경찰 추정으로는 필로지 씨가 그 모퉁이 건물에 있는 어떤 사무실에서 나왔을 때 지나가는 자동차에 치였다고 한다. 자동차 앞부분에 걸린 채 62블록까지 끌려간 모양이다. 62블록에서 자동차가 동쪽으로 방향을 바꿀 때 피해자가 길바닥으로 떨어진 거라고 경찰은 말하고 있다.

브루노 맨프레디는 신문에서 오려낸 기사를 놓더니 이번에는 경찰 기록을 집어 들고 말했다.

"이것을 다 읽기는 어렵겠군요. 요컨대 무슨 말이 씌어 있는 겁니까?"

"여러 가지 사실이 씌어 있소." 맬리가 입을 열었다. "목격자가 없었던 것을 생각하면 말이오. 문제의 자동차는 지난해에 나온 녹색 뷔크요. 필로지를 치었을 때 시속 40킬로미터 이상의 속도로 달리고 있었소."

"어떻게 그런 것을 알아냈을까요?"

"시체 상태와 코트에 묻은 도료를 분석한 결과 알아냈겠지요. 요즘은 사람을 치고 함부로 도망칠 수도 없소. 당신도 사람을 치게 되거든 조심하오."

"차라리 내가 치여죽는 편이 낫지요. 그런데 그것으로 어떻게 결론을 내렸습니까? 그 자동차가 지금 캐 츠킬에 있다는 건 어떻게 알았습니까?"

"이런 사건이 생기면 경찰은 곧 자동차의 행방을 찾지요. 그럴 경우 영리한 사람이라면 에이커즈 호텔에 차를 숨길 거요. 그곳이라면 아무도 눈치채지 못하니까. 이상한 일이지만 미건이 필로지에 대한 일을 기억해 냈을 때 내 머릿속에 문득 자동차 일이 떠올랐소. 자동차에 대해 한 번도 머리에 떠오르지 않았던 게 이상할 정도요. 개가 짖지 않았다는 것으로 사건을 해결한 셜록 홈즈와 비슷하오. 셜록 홈즈를 읽어본 적 있소?"

"아이가 넷이나 되는데요." 브루노 맨프레디가 말했다. "뭘 읽을 시간이 있겠습니까?"

브루노 맨프레디는 사무실 창문가로 나가가 커튼 끝을 젖히고 길을 내려다보았다.

"이상한 인생이군요. 어제는 미친 듯이 워이콥으로부터 도망쳐 왔는데 오늘은 일부러 그를 불러 아래에서 기다리게 하다니. 나는 무서워 이 방에서 움쭉달싹못하겠습니다. 빨리 아래로 내려가 이야기를 끝내주지 않겠습니까? 앞으로 얼마나 더 기다려야 하지요?"

"리고드가 에이커즈 호텔에서 자동차를 발견했다고 전화로 보고해 올 때까지. 그 호텔까지는 자동차로 두 시간쯤 걸릴 테고 뷔크를 찾는 데 30분 걸린다면 지금쯤 연락이 올 것 같소."

"그렇다면 다행이군요."

브루노 맨프레디는 다시 바깥 길을 내려다보며 말했다.

"이거 놀랐는데요! 경관이 지나가면서 주차위반 딱지도 떼지 않는 군요. 캐디 리무진에 타고 있는 사람은 다른 모양이지요? 또 운전 기사가 나와서 후드를 닦는군요. 벌써 세 번째입니다. 그런데 당신 을 욕보인 녀석이 저 사나이입니까?"

"그렇소."

"저렇게 작은 녀석이? 당신보다 훨씬 키가 작군요."

"옛날에 권투 선수였다고 하오. 사람은 겉보기와 다른 법이오."

"하지만……." 브루노 맨프레디는 갑자기 생각난 듯 어깨를 으쓱 했다. "정말 나도 머리가 어떻게 된 모양이군요. 어릴 때 골든 클럽 에 들어간 적이 있었지요. 어떤 녀석에게 실컷 얻어맞고 그곳을 그만 두었습니다만. 그 녀석도 몸집이 자그마했는데 마치 괴물 같았지요.

이건 진담입니다, 맬리 사장님. 녀석은 원숭이처럼 털이 나 있었지 요. 그러니 글러브를 끼고 아무리 때려도 건초더미를 치는 것 같았습 니다. 녀석은 무서운 적의를 품고 있었지요. 공이 울린 순간 나는 그 기색을 느꼈는데……."

다급하게 전화벨이 울렸다. 맬리가 손을 뻗으며 말했다.

"리고드일 거요. 당신도 교환대에 가서 들어보시오."

브루노 맨프레디가 수화기를 하나 더 접속하는 소리와 화이트사이 드 양의 목소리가 거의 동시에 들렸다.

"사장님, 에이커즈 호텔에서 리고드 씨로부터 전화입니다."

그리고 리고드의 목소리가 들렸다.

"리고드입니다, 커크 사장님. 말씀대로 자동차가 있었습니다."

"지금 어디서 전화하고 있나?" 맬리가 물었다. "누가 엿듣지 않나?"

"네, 호텔 전화 박스이기 때문에 걱정 없습니다."

"좋아. 어떤 차인가, 겉모양은?"

"녹색 뷰크 세단으로 지난해에 나온 것입니다. 앞 유리 오른쪽 펜더에 조그만 흠이 있습니다. 바로 얼마 전에 난 흠으로 칠도 하지 않았습니다. 그 옆의 그릴이 조금 휘어지고 피 같은 흔적이 묻어 있습니다. 그리고 역시 오른쪽 전조등이 6센티미터쯤 비틀어져 있습니다. 자동차를 여기에 넣어둔 뒤 아직 아무도 손대지 않은 것 같습니다."

"자동차를 가지고 온 사람이 누군지 알아냈나?"

"네, 감사절 뒤 토요일에 차고 담당자 한 사람이 갑자기 뉴욕으로 가서 몰고 온 모양입니다. 거리의 차고에서 가져오라는 명령을 받고 몰고 온 듯합니다."

"그 명령을 한 사람이 누구였나?"

"빈들로 씨라고 하더군요, 이 호텔의 주인입니다."

"빈들로?" 맬리는 갑자기 실망했다. "틀림없나?"

"네, 그러나 자동차는 빈들로 씨 것이 아닙니다. 차고 담당자의 말을 들으니 이 근처에 사는 또 다른 우두머리의 자동차라고 합니다. 아일러 밀러의 것이라는군요."

맬리는 가슴이 두근거렸다. 순간 목소리조차 막힐 정도였다.

"수고했네, 리고드, 아주 멋지게 했네. 그럼, 이번에는 이렇게 해주게. 그곳에서 가장 가까운 마을로 가서…… 가까이에 마을이 있나?"

"네, 3킬로미터 앞에 있습니다."

"좋아, 그곳에 가서 보안관이나 경찰서장을 만나 그에게 말하는 걸세⋯⋯."

이때 브루노 맨프레디의 목소리가 끼어들었다.

"잠깐만, 그 근처 시골 경관들은 에이커즈 호텔에 매수되었을 걸세. 그러니 그런 곳에 가봐야 소용없네. 주경찰에 알려야 해! 알겠나, 진 리고드?"

"알겠습니다." 리고드가 대답했다. "주경찰에 가서는요? 아아, 브루노 씨군요? 저, 이 호텔은 굉장합니다. 말하자면⋯⋯."

맬리가 날카롭게 물었다.

"어떻게 하고 있나? 관광객으로 가장하고 있나? 좋아, 리고드, 그 자동차 번호를 적어 가까운 주경찰에 가게. 그리고 뉴욕 경찰의 사고 기록을 보여주고 자동차 번호와 특징을 가르쳐준 다음 곧 압수하도록 부탁하게. 무엇인가 의심나는 점이 있거든 여기로 전화해서 냅 부인에게 문의하라고 이르게. 알겠나?"

"알았습니다, 사장님."

맬리는 수화기를 놓았다. 브루노 맨프레디가 돌아와 방문을 닫았다. 그는 맬리를 천천히 바라보며 말했다.

"아일러 밀러였군요."

"그렇소." 맬리가 말했다. "아까 셜록 홈즈 이야기를 한 것은 그 때문이었지요. 하링겐의 딸이 필로지 이야기를 한 순간 나는 문득 밀러에 대한 당신 보고 가운데 한 가지 빠진 점이 있었다는 생각이 떠올랐소. 즉 자동차가 없었던 거요. 밀러 같은 사람에게 자동차가 없다니, 이상한 일 아니오? 일 때문에 늘 에이커즈 호텔에 드나드는 사람인데 말이오. 짖어야 할 텐데 짖지 않는 개⋯⋯ 있어야 할 텐데 없는 자동차. 프랭크가 살아 있었다면 아주 재미있어했을 거요."

"이 사건에서 프랭크가 재미있게 생각할 점은 그것뿐일 테지요." 브루노 맨프레디가 말을 받았다. "그럼, 자동차와 밀러에 대한 것은 알아냈군요. 하지만 랜딩은 아직 개울 속에 빠져 있고 밀러는 높은 곳에서 내려다보고 있는 입장인데요. 어떻게 할 생각이지요?"

"질문에는 질문으로 대답하겠소." 맬리가 말했다. "체스할 줄 아시오?"

"물론 할 줄 압니다."

"그럼, 좋소. 이제부터 우리가 하는 일은 바로 체스요. 자, 이렇게 ……."

맬리는 클립 세 개를 책상에 한 줄로 나란히 놓았다.

"이것은 워이콥, 이것은 슐레이드, 이것은 밀러…… 세 개를 나란히 놓고, 다 놓은 다음 느닷없이 달려들어 하나, 둘, 셋 하고 한 방에 떨어뜨리는 거요."

"하지만 우리 쪽 준비가 되기 전에 하나라도 줄에서 빠지면? 그때는 어떻게 하지요?"

"그때는……." 맬리는 말했다.

그는 둘째손가락으로 목 자르는 시늉을 해보였다.

"그러리라 생각했지요." 브루노 맨프레디가 말했다. "쓸데없는 말을 물어 미안합니다. 자, 이제 시작합시다. 밖이 추우니 워이콥은 기다리면 기다릴수록 불쾌해지겠지요."

"아니, 그전에 슐레이드에 대한 것을 냅 부인에게 물어봅시다. 지금 슐레이드를 감시하는 사람이 누구지요?"

"리오 몰리제이입니다."

"그럼, 몰리제이의 최근 보고를 그녀에게 물어보시오."

여느 때는 동작이 느린 브루노 맨프레디가 재빨리 방에서 나가더니 곧 돌아왔다.

"20분 전에 들어온 보고에 따르면 슐레이드는 아직 자기 집에 있는 모양입니다. 이제 됐습니까?"

"아주 잘됐소. 자, 출발이오."

"아아, 이제 마음놓이는군요" 하고 맨프레디는 말했다.

휴대용 테이프 레코더를 든 브루노 맨프레디를 문 앞에 세워두고 맬리는 천천히 산책하듯 걸어가 담뱃가게 진열창 앞에서 걸음을 멈추었다. 캑스턴이 자동차에서 내려 이쪽으로 다가오는 것이 진열창 유리에 비쳐보였다.

"커크 씨입니까?"

캑스턴은 모자를 벗어 가슴 앞에 모았다. 고귀한 주인을 모시고 있는 고귀한 운전 기사에 어울리는 몸짓이었다.

"할 이야기가 있으니 자동차까지 와주십사고 워이콥 씨가 말씀하셨습니다. 자동차는 바로 옆에서 기다리고 있습니다."

"알고 있소. 하지만 여기서 이야기하고 싶다고 워이콥 씨에게 전해 주시오. 맑은 공기를 마시는 게 어떠냐고 말이오."

워이콥이 있는 한 캑스턴에게는 분명 결정권이 없는 듯했다. 그는 자동차로 돌아갔다. 캑스턴이 워이콥에게 뭔가 열심히 말하는 모습이 진열창 유리에 비쳤다. 맬리는 그 유리에 다른 사람의 그림자도 비쳐보이는 것을 알았다.

거리를 오가는 경마 팬들. 나이와 옷차림과 사회적 지위가 다른 많은 사람들. 그들은 지나가며 리무진에서 내리는 노인을, 상원의원 같은 풍채에 검소한 옷차림의 친절해 보이는 노인을 언뜻 쳐다보지만, 결국 그가 바로 자기들이 구입한 마권 값 2달러에 의해 임명된 원로인 줄은 꿈에도 모르고 있다. 이 노인은 오랫동안 모든 일을 한 손에 쥐고 흔들었다. 그러나 경마 팬들은 그런 일을 전혀 몰랐고, 또 알려고 하지도 않았다.

위이콥은 천천히 맬리에게로 가까이 다가왔다. 두 사람은 가게 안을 들여다보았다. 멋진 파이프며 외국제 파이프 담배가 장식되어 있었다. 한순간 두 사람의 관심은 거기에 집중된 것처럼 보였다.

"얼마요?" 위이콥이 물었다. "얼마 받고 싶소?"

"아주 쌉니다." 맬리가 입을 열었다. "돈은 필요없습니다. 내 부탁을 두 가지만 들어주십시오."

위이콥은 해포석(海泡石) 파이프를 탐나는 듯이 바라보았다.

"부탁을 들어달라고? 나에게 명령하다니, 대체 이게 무슨 수작이오? 바보 같은 녀석! 나는 장부를 가지러 왔소. 그것 때문에 여기에 온 거요."

"그 장부는 두 개로 늘어났습니다. 우리 사무실 이층에는 한 가지를 두 가지로 만드는 조그마한 기계가 있거든요. 당신 몫으로 한 권, 내 몫으로 한 권. 내 것은 생명보험증서와 함께 금고 안에 들어 있습니다.

그런데 위이콥 씨, 당신을 놀라게 해드리지요. 내 흥정에 응해준다면 두 개 다 당신에게 돌려드리겠습니다. 정말 안된 일이지만 당신 장부는 누구에게도 아무 도움이 되지 않습니다."

"나는 그런 것을 알고 싶지 않소. 당신의 흥정이란 뭐요?"

"간단한 일입니다. 먼저 나를 당신 자동차로 브루클린까지 데려가 간단한 용무가 끝날 때까지 기다려주십시오. 그리고 나서 오늘 밤 9시쯤 아일러 밀러의 아파트로 와주십시오. 그때는 로스캘조도 함께 데려오십시오. 그것뿐입니다. 장부는 밀러의 아파트에서 돌려드리겠습니다. 이것만 해주신다면 정말 고맙겠습니다."

위이콥은 고개를 갸우뚱하며 해포석 파이프의 정가표를 읽었다.

"그것이 흥정이오? 아일러 밀러에게 폐를 끼치는 일이오? 여보시오, 나는 결코 밀러를 배반하지 않겠소. 어떤 일이 있어도. 그리고 로스캘조는 왜 데려오라는 거요? 내가 언제부터 로스캘조를 마음 대로 부리게 되었소? 당신은 그 사람을 모르고 있으니……."

"알고 있습니다. 하지만 적당히 구실을 붙여 데려오십시오. 밀러에 대해서는 당신도 그 자리에 함께 있으니까 염려없을 겁니다. 아무 튼 이 흥정을 받아들이든가 내가 장부를 맡든가 둘 중 하나입니다, 워이콥 씨. 지금 엄지손가락이 묶여서 매달린 사람은 당신이로군 요."

"그렇지도 않소."

"속이면 안 됩니다, 워이콥 씨. 빨리 결심해 주십시오. 아니면 그 장부가 어디로 먼저 들어가게 될지 생각해 보십시오. 로스캘조? 재무성?"

워이콥은 해포석 파이프에서 얼굴을 돌리며 말했다.

"자동차에 타시오."

"같이 갈 사람이 하나 있습니다."

"좋소. 그 사람도 같이 타라고 하시오. 상관없으니까."

맬리의 신호로 브루노 맨프레디가 문 앞에 모습을 나타내는 순간 워이콥은 흠칫 놀랐다. 이윽고 그는 겨우 자신을 억누르고 쉰 목소리로 말했다.

"아니, 당신이오? 남의 집 퓨즈 만지는 직업은 그만두었소? 굉장히 출세했군!"

슐레이드의 방 문에서 조용한 소리가 흘러나왔다. 서투르게 치는 피아노 소리였다.

맬리가 문을 두드리자 피아노 소리는 곧 멎고 슐레이드의 대답이 들려왔다.

"누구십니까?"

"맬리 커크요, 에디. 2주일 전에 온 사람인데 기억하고 있겠지요? 결혼식이나 어떤 모임에서 밴드 연주가 필요하거든 부탁하라고……. "

방문이 홱 열리며 슐레이드가 말했다.

"어서 오십시오, 잘 오셨습니다. 나는……. "

맬리는 슐레이드를 방구석으로 밀어붙이고 브루노 맨프레디는 문을 닫고 그 앞에 막아섰다.

슐레이드는 깜짝 놀라 두 사람을 쳐다보았다.

"아니, 왜 이러십니까? 어떻게 된 겁니까? 너무 난폭한 짓은 하지 마십시오. 난폭한 짓은 질색입니다. "

맬리가 말했다.

"그거 안됐군. 우리를 이리로 보낸 사람은 무척 난폭한 짓을 좋아하오. 당신도 곧 익숙해질 거요. 에디, 혹을 두세 개쯤 만들어줄 테니까. "

슐레이드는 침을 꿀꺽 삼켰다. "누구라고요? 무슨 이야기요? "

"누구냐고?" 맬리는 브루노 맨프레디를 돌아보았다. "우리를 여기에 보낸 사람이 누군지 모른다고? 브루노, 가르쳐주게. "

브루노 맨프레디는 험상궂은 웃음소리를 냈다.

"우리 두목은 조지 워이콥이오. 어때, 놀랐소? "

"거짓말 마시오!" 슐레이드는 소리쳤다. "당신들은 둘 다 가짜요. 조지 워이콥은 나에게 볼일이 없소. 내 일 따위는 문제삼지도 않는 사람이오! "

"이 배신자!" 맬리가 말했다. "그는 문제삼고 있소. 당신은 전번에 내가 한 말을 진짜로 들었소? 그때도 나는 조지의 명령으로 온 거였소. 조지는 당신과 밀러와 필로지의 사건을 듣고 당신에게 자백할 기회를 주었던 거요. 그런데 당신은 그 기회를 놓친 거요. 자, 이야기해 보시지!"

아무도 덤비지 않았는데 슐레이드는 뒷걸음질쳐서 벽에 바싹 등을 붙이고 재난에서 몸을 지키려는 듯이 두 손을 내밀어 앞을 가렸다.

"듣기 싫소! 당신들 두 사람은 가짜요. 조지에게서 무슨 말을 들었다고? 당신들은 조지의 부하가 아니오. 당신들은 조지를 알지도 못해! 자, 돌아가시오. 고함을 질러 사람을 부르겠소. 어서 나가, 둘 다 모두!"

맬리는 테이프 레코더를 브루노 맨프레디에게서 받아 책상 위에 놓고 뚜껑을 열었다.

"에디, 당신에게는 기회가 또 한 번 주어졌소. 조지는 내 방법에 찬성하지 않았지만 어떻게든 당신을 자백시키겠다고 허락받고서 왔소. 자, 이제 자백하시오. 빨리 털어놓는 거요. 그러면 당신은 용서받고 모든 것은 밀러가 책임지게 되오. 이 마이크에 자백하시오. 조지가 이것을 들으면 당신 입장을 이해해 줄 거요. 자, 어서, 손찌검하지는 않을 테니까."

테이프 레코더를 보자 슐레이드는 기운을 되찾은 듯이 말했다.

"당신들은 어디서 왔지요? 랜딩의 심부름으로 온 사람이지요? 조지 워이콥은 일부러 사람을 보내 이런 것을 녹음시키는 수고를 하지 않소. 나를 속이려 하지만 그 수단에 넘어갈 줄 아시오?"

"에디," 맬리는 재미있다는 듯이 물었다. "당신은 조지 워이콥을 본 적 있겠지요?"

"물론이오."

"그럼, 빌리 캑스턴도 알고 있겠군?"

"알고 있소. 알고말고. 두세 번 본 적 있으니까."

"좋소. 그럼, 창문으로 밖을 내다보시오. 그리고 무엇이 보이는지 설명해 주시오."

"무엇 때문이오? 어떻게 할 생각이오?"

"이건 당신을 위한 길이오, 에디. 창문으로 밖을 내다보면 알게 될 것이오."

"사람을 너무 바보 취급하지 마시오."

슐레이드는 말을 마치자 벽을 따라 창문가로 다가가서 겁에 질린 듯이 밖을 살펴보았다. 그리고는 신음 소리를 내며 겁먹은 얼굴로 두 손을 허공에서 허우적거렸다.

맬리의 팔에 부축된 슐레이드는 이미 구멍 뚫린 밀자루 같았다. 속에 든 알맹이가 폭포처럼 쏟아지기 시작했다.

맬리가 다그쳤다.

"이제 말할 테요, 에디?"

슐레이드는 자백하기 시작했다.

두 사람──맬리와 하링겐──은 길 건너 밀러의 집 앞에서 자동차를 세우고 얼마 동안 기다리고 있었다.

9시 조금 못되어 아파트로 들어가는 워이콥의 모습이 보였다. 2, 3분 뒤 택시가 멎고 로스캘조가 내렸다. 그는 운전 기사에게 돈을 치르자 부푼 코르크 마개를 병에서 뽑아내듯 택시문을 겨우 빠져나와 건물 쪽으로 걸어갔다. 모자는 쓰지 않았으며 외투를 여자용 케이프처럼 어깨에 걸치고 있었다.

"말뚝 배우 같은 녀석" 하고 맬리가 중얼거렸다.

하링겐이 자동차문을 열려고 하자 맬리가 말렸다.

"잠깐만 기다리시오, 저 사람들을 잠깐 쉬게 내버려둡시다. 그렇게 하는 편이 일이 쉽게 풀릴 듯합니다."

맬리는 무릎 위의 테이프 레코더를 가볍게 두드렸다.

"이거 조작법을 아십니까?"

"네."

"그리고 슈트케이스 속에 든 물건은 다 알고 있겠지요? 모두 준비되어 있습니다."

"알고 있습니다." 하링겐이 말했다. "내 일은 걱정 마십시오. 언젠가 말했듯이 나는 맡겨진 일은 잘 해내는 편입니다. 이제부터 하는 일이 과연 일다운 일이지요."

"그렇습니다. 하지만 법정과는 많이 다를 것입니다." 맬리가 겁을 주듯 말했다. "규칙도 없고 재판장도 없고 상소할 곳도 없습니다. 게다가 그 세 사람은……."

"갑시다, 내가 겁에 질리기 전에." 하링겐이 웃으며 말을 가로막았다.

문을 연 밸키리 같은 여자는 맬리와 하링겐의 모습을 보고도 전혀 놀라지 않았다.

그녀는 뒤돌아보며 말했다.

"또 손님이 오셨어요."

그러자 안에서 펄 밀러의 목소리가 들렸다.

"어머나, 멋져요! 파티 같군요. 아일러가 일부러 비밀로 해둔 모양이에요."

펄은 앞장서서 두 사람을 거실로 안내했다. 그리고 난처한 듯이 말했다.

"아일러, 또 손님이 오셨어요. 당신은 비밀로 해두셨군요. 접대하기가 곤란해요. 어떻게 할까요?"

"뭐라고?"

맬리는 밀러의 표정이 재미있다고 생각했다.

그의 얼굴에는 놀란 빛이 조금도 없었다. 물론 위이콥이 미리 이야기해 두었기 때문이겠지만. 다만 품위 없는 엄숙함과 가정의 질서를 침해받는 사람의 당황스런 모습만이 얼굴에 떠올랐을 뿐이었다.

그것은 지난번에 맬리가 방문했을 때 본 표정과 똑같았다. 독서와 파이프만으로 밤 시간을 보내려던 사람이 초대하지도 않았는데 불쑥 나타난 손님을 선의로 접대하지 않을 수 없게 되었을 때의 얼굴빛이었다.

"아무것도 준비하지 않아도 좋소, 펄." 그는 즐거운 목소리로 펄의 어깨를 두드리며 말했다.

"걱정하지 않아도 되오."

"하지만 커피는 어떠세요." 펄은 모두들을 돌아보며 말했다. "드시겠지요? 내가 끓이는 커피는 맛있답니다."

그녀는 입술에 손가락 끝을 갖다댔다. 그녀의 소맷부리가 흘러내렸기 때문에 맬리가 언뜻 보니 이제 손목에는 붕대가 없었다.

"내가 끓이는 커피는 맛있지요, 아일러?" 펄은 불안한 듯이 물었다.

"물론이오." 밀러는 아내의 허리에 손을 걸치고 문 앞까지 데려가며 말했다. "어서 부엌으로 가서 힐더에게 거들게 하여 커피를 끓여오구려. 개는 부엌에서 나오지 못하도록 타일러두오. 조지가 싫어하니까."

그동안 로스캘조는 방 안에서 가장 깊숙한 팔걸이의자에 커다란 덩치를 맥없이 묻고 반쯤 뜬 눈으로 하나하나 지켜보고 있었다.

맬리는 로스캘조도 그 나름대로 밀러와 포커게임으로 맞붙어 겨루고 있는 것 같다고 생각했다. 아마 그는 이 방안 공기를 느끼고 그 정체를 알아내기까지 무표정한 얼굴로 자기 손 안의 카드를 연구하기로 마음먹은 모양이었다. 그 다음에 천천히 게임으로 들어갈 생각이리라.

하링겐은 방 안 쪽 피아노 옆으로 걸어갔다. 그리고 피아노 의자에 테이프 레코더를 놓고 그 옆에 슈트케이스를 놓았다. 마치 강의 준비를 하는 대학 교수 같다고 생각하며 맬리는 그것이 좀 마음에 걸렸다.

이윽고 하링겐은 자기 소개를 했는데, 그 목소리에는 무척 침착한 직업적인 울림이 담겨 있었다.

"그럼, 사건에 대해서 이야기하겠습니다. 내 의뢰인인 순찰 경관 아널드 랜딩은……. "

로스캘조가 갑자기 맬리를 노려보며 끼어들었다.

"기다리시오. 나는 이미 여기 있는 이 사람에게 내 증인을 협박하지 말라고 주의를 주었는데, 이번에는 당신에게도 같은 주의를 되풀이해 두겠소. 정신없이 덤비다 실수하지 말도록 말이오. 어떤 쇼를 보여줄지 모르지만, 법정에서 펼치는 게 어떻겠소?"

하링겐은 조금도 두려워하지 않고 말했다.

"로스캘조 씨, 그 주의는 받아들이겠습니다. 그것에 대한 대답을 겸해서 말씀드립니다만, 내가 이 정보를 법정에서 공개한다면 당신이 아주 억울한 입장에 놓일 것입니다. 그런 사태가 되지 않도록 이 쇼를 먼저 보여드린 다음 판단을 부탁하겠습니다. 내 말은 10분 정도면 끝납니다. 그동안 여기서 보여드리는 증거를 뒷받침할 수 없는 발언은 결코 하지 않겠습니다. 그것은 약속드립니다. 이런 조건이라면 어떻습니까?"

이 말이 분명 로스캘조의 호기심을 끌었다고 맬리는 생각했다. 게다가 교묘하게도 하링겐은 로스캘조에게 호기심을 억누를 여유를 주지 않았다. 하링겐은 상대방의 대답을 기다리지도 않고 슈트케이스에서 워이콥의 장부를 꺼냈다. 워이콥이 잡아먹을 듯이 그것을 노려보았다.

하링겐이 입을 열었다.

"먼저 이 장부에 서명한 찰즈 필로지라는 인물의 신원을 확인하겠습니다. 이 장부는 기밀 서류이므로 내용은 공개하지 않고 그 인물의 신원 확인을 위해 워이콥 씨에게 몇 가지 질문을 드리겠습니다. 증언해 주시겠지요, 워이콥 씨?"

워이콥이 대답했다.

"좋소, 필로지 씨는 내 회계사였소, 굉장히 품위 있는 사람이었소."

워이콥의 손가락은 장부가 탐나는 듯 꿈틀꿈틀 움직였다. 하링겐이 장부를 그에게 건네주었다.

"복사본이 있겠지요?" 그러자 워이콥이 물었다. "필름이라고 생각하는데, 그것은 어디 있소?"

하링겐은 미안한 듯한 표정을 보이며 부드럽게 말했다.

"이 슈트케이스 맨 밑에 있습니다. 하지만 다른 것을 치우기 전에는 꺼낼 수 없습니다."

워이콥은 맬리를 노려보았다. 그러나 하링겐은 로스캘조에게 했던 것처럼 워이콥에게도 말참견할 틈을 주지 않고 재빨리 다음을 계속했다.

"찰즈 필로지 씨의 신원이 확인되었으므로 이제는 어떤 재미있는 인물이 필로지 씨에 대해 한 진술을 듣기로 하겠습니다."

하링겐은 테이프 레코더의 스위치를 눌렀다. 윙 하는 소리가 조용히 울리고 몹시 당황한 에디 슐레이드의 새된 목소리가 흘러나왔다.

"워이콥 씨," 그 목소리가 말했다. "조심하는 게 좋습니다. 내 말 들립니까, 워이콥 씨? 나는 에디 슐레이드입니다. 내 말을 들으십시오, 당신을 속인 사람은 필로지와 아일러입니다. 맹세합니다. 나는 그들의 부탁을 받아들일 생각이 없었습니다. 나는 오히려 아일러에게

……."

"꺼버려!" 그때까지 태연한 태도를 보이고 있던 아일러 밀러가 노여움으로 얼굴을 일그러뜨리며 벌떡 일어났다. "어디서 이런 트릭을 만들었지? 당신들은 대체 어떻게 할 생각으로……."

가벼운 몸짓으로 그를 진정시킨 사람은 조지 위이콥이었다. 마치 개를 부를 때처럼 그는 손가락으로 한 번 딱 울렸을 뿐이다. 그리고 위이콥은 내뱉었다.

"시끄러워. 잠자코 있게, 아일러!"

"하지만 조지, 이것을 진짜로 믿습니까? 이것은 에디의 목소리가 아닙니다! 나는 에디의 목소리를 알고 있습니다. 이것은 결코……."

"잠자코 있게, 아일러. 이것은 에디야. 에디가 나에게 이야기하고 있는 걸세. 알겠나? 이야기가 들리도록 조용히 앉아 있게."

"사정은 이렇습니다, 위이콥 씨." 침묵 속에서 에디 슐레이드의 목소리가 다시 흘러나왔다. "아일러에 대한 당신의 신용을 이용하여 장부에 적자가 난 것처럼 속여 한몫 잡지 않겠느냐고 필로지 씨가 그를 꾀었습니다. 필로지 씨가 협력만 하면 아주 쉬운 일이지요. 그래서 그들은 그렇게 한 것입니다. 실제보다 뇌물 횟수를 많게 적기도 하고 경관이 받은 액수보다 더 많은 금액을 장부에 적어 넣기도 했습니다. 필로지는 재미를 보자 아일러를 자꾸 부추겼습니다. 아일러도 마침 연극에서 손해를 보았기 때문에……."

하링겐은 테이프 레코더를 끄고 로스캘조에게 설명했다.

"연극이란 〈잃어버린 시간〉으로, 3년 전에 네 번 상영되었지요. 이것은 월 거리 저널을 복사한 것입니다. 여기 실린 극단의 재무 보고를 보면 가장 많은 돈을 댄 아일러 밀러 씨의 투자액은 5만 2천 달러며, 전액 결손으로 되어 있습니다. 그 무렵 밀러 씨는 재정적으로 심각한 위기에 빠졌었다는 것을 알 수 있습니다.”

하링겐은 다시 테이프 레코더를 틀었다.

“……그것을 돌이키기 위해서라면 무슨 일이든지 할 생각이었지요. 그래서 그들은 당신을 속였습니다. 그러나 나는 한 푼도 받지 않았습니다. 맹세코 한 푼도 받지 않았습니다. 한 푼도! 믿어주십시오, 워이콥 씨! 나는 아직 풋내기니까요. 그런 큰돈을 받는다 해도 처치곤란하지요.

그러는 동안 아일러는 겁이 나서 손을 떼려고 했으나 필로지가 놓아주지 않았습니다. 당신에게 폭로하겠다고 협박한 것입니다. 그리하여 아일러는 빼도 박도 못하는 처지가 되었는데, 필로지 씨는 여러 가지 수법을 알고 있으니 요령껏 피할 수 있다고 했지요.

마침내 필로지 씨는 아일러에게 ‘1백 달러가 필요하다’ ‘2백 달러가 필요하다’ 하면서 돈을 강요했습니다. 아일러는 하는 수 없이 있는 돈을 다 털어주게 되었지요. 결국 아일러는 경관에게 뇌물을 바친 것처럼 눈속임을 했습니다.”

테이프 레코더 속에서 맬리의 목소리가 이야기를 중단시켰다. 맬리는 자신의 목소리를 듣자 언제나처럼 묘하게 간지러운 느낌이 들었다. 맬리의 목소리가 물었다.

“랜딩은 어떻게 된 거요? 그날 랜딩은 어떻게 했소, 에디?”

“네, 그 경관도 아일러에게서 한 푼도 받지 못했습니다. 그것은 완전히 온당한 체포였습니다. 아일러가 랜딩에게 1천 달러를 주었다고 보고하고 그 돈을 필로지 씨와 나눠먹은 겁니다. 필로지 씨는 장부상 몇 사람의 경관이 뇌물을 받고 얼마 정도의 뇌물이 필요한지를 워이콥 씨에게 보여주기 위해서는 체포당하는 게 좋을 거라고 말했지요.

그런데 아일러는 자신이 잡히는 것이 싫었던 겁니다. 지금까지 전과가 너무 많았기 때문이지요. 그래서 나에게 2, 3달러를 주고 마권 암표를 몇 장 팔도록 하며 미끼로 쓴 것입니다. 거절하면 가수조합에서 다른 사람을 쓰겠다고 하여 나로서는 어쩔 수 없었습니다. "

"그런데 랜딩은 어떻게 된 거요? 덫에 빠뜨릴 경관으로 왜 랜딩을 골랐소? "

"왜 그 녀석을 골랐느냐고요? 그야 마침 그때 그 길을 지나가고 있었기 때문이지요! 다른 이유는 없습니다. "

슐레이드의 목소리에는 놀람과 빈정거림이 섞여 있었다.

하링겐은 여기서 기계의 스위치를 껐다. 로스캘조는 의자에 앉은 채 몸을 앞으로 내밀었다.

"그러나 이것은 방증이 없는 한 사람의 진술에 지나지 않소. 필로지 씨는 어떻게 되었소? 그 사람의 증거도 있습니까? "

"미안하지만 없습니다. " 하링겐이 대답했다.

"어째서? "

워이콥은 아까부터 마치 괴물이라도 보듯 밀러를 쏘아보고 있었다. 그는 똑같은 표정의 얼굴을 하링겐에게로 돌리며 냉혹하게 말했다.

"없는 게 당연하지. 당신은 허풍쟁이로군. 필로지는 한 달 전에 자동차 사고로 죽었소. 자, 이 사실을 어떻게 설명하겠소? "

"설명은 간단합니다. " 하링겐이 말했다. "왜냐하면 특별배심의 조사가 당신 장사를 위협하기 시작한 뒤에도 그는 밀러 씨를 계속 이용했습니다. 그는 끈질기게 협박하고 요구하는 돈을 주지 않으면 당신에게 폭로하겠다고 으름장을 놓았지요. 그 결과 필로지 씨는 죽었습니다. 사고가 아니라 살해된 겁니다. "

"살해되었다고? " 워이콥이 앵무새처럼 되뇌었다. "그런 끔찍한 소리는 집어치우시오. 그것은 사고였소. 나는 잘 알고 있소. "

"그렇습니까?" 하링겐은 말했다. "그렇다면 알려드릴 일이 있습니다. 감사 전날 밤 뉴욕에서 찰즈 필로지를 고의적으로 치고 달아난 자동차가 오늘 뉴욕 주 경찰에 의해 압수되었습니다."

그는 슈트케이스로 손을 뻗쳤다. 하링겐 은 말을 이었다.

"이것은 그 사고 기록입니다. 그리고 이것은 뉴욕 주 경찰국 베이커 주임 경감과 내가 전화로 주고받은 일문일답의 메모입니다. 이 사건은 흔히 있는 자동차 사고 도주가 아닙니다. 왜냐하면 그 자동차는——그 흉기는——아일러 밀러 씨 소유물임이 확인되었으니까요."

로스캘조와 워이콥은 밀러에게 눈길을 맞추었다. 그러나 밀러는 떨지도 쓰러지지도 고개를 떨어뜨리지도 않았다. 어떤 마술적인 힘으로 그는 자신을 지탱하고 있었다.

그는 다시 아까와 같이 자신 있는 밀러로 되돌아가 하링겐에게 물었다.

"당신은 그 사고가 감사절 날 밤에 일어났다고 했지요?"

"그렇습니다."

"그렇다면 이 소동은 대체 어떻게 된 겁니까?" 밀러는 화난 목소리로 말했다. "그날 밤 나는 줄곧 에이커즈 호텔에 있었으며, 뉴욕에 돌아온 것은 이튿날 아침 8시였습니다. 아내가 몸이 불편하다는 전화를 받았기 때문이지요. 내가 돌아올 때 자동차를 태워준 사람이 증언해 줄 겁니다. 에이커즈 호텔에 있었던 1천 명의 손님이 내 알리바이를 증명해 줄 것입니다. 왜 나를 살인자로 취급하는 겁니까? 곧 반증을 들고 나올 혐의를 왜 내게 씌우는 겁니까?"

로스캘조는 도망친 것도 미워하지만 도망치게 허점을 보이는 사람도 미워하는 모양이었다.

"그렇다면……."

로스캘조가 화난 목소리로 말을 걸려고 하자 하링겐은 슬픈 듯이 머리를 저어 가로막았다.

"나는 필로지 씨를 치어죽인 자동차를 밀러 씨가 운전했다고 말하지는 않았습니다. 그는 사실 운전하지 않았습니다. 그러나 어떤 인물…… 그와 밀접한 이해 관계를 가지고 그의 생활을 샅샅이 알며 필로지 씨에게 협박당하는 사실도 알고 있던 어떤 인물이 절대적이고 의심할 줄 모르는 사람으로, 참으로 비극적인 일입니다만 이것이야말로 그 협박꾼을 없애버리는 유일한 방법이라 생각하고 그를 치어죽인 것입니다."

쨍그렁하는 소리가 났다. 펄 밀러가 문 앞에 서 있었다. 그녀의 손에 들린 쟁반은 텅 비어 있고 발밑에 찻잔과 접시가 산산이 부서져 카펫 위에 갈색 커피 얼룩이 번지기 시작했다. 다음 순간 요란한 소리와 함께 쟁반이 바닥에 떨어졌다. 방금 들은 말과 그 내용을 쫓아버리려는 듯 그녀는 두 손으로 귀를 막았다.

"아일러!" 펄은 외쳤다. "절대로 말하지 않겠다고 하셨잖아요! 절대로 말하지 않겠다고 하셨잖아요!"

그 목소리에는 배신에 대한 본능적인 절망이 뚜렷이 나타나 있었다.

그 대답은 밀러의 표정에 뚜렷이 나타나 있었다.

맬리는 생각했다——밀러가 어떤 남자이든, 과거 또는 미래에 있어 어떤 사람이든 연옥에 그의 자리가 마련되어 있으리라, 그리고 천당에 갈 기회도.

아일러 밀러는 아내를 마음 속 깊이 진심으로 사랑하고 있었던 것이다.

5

브로드웨이 가까이에 아직 비어 있는 자동 판매 레스토랑이 한 집 있었다. 하링겐이 전화를 걸러 간 동안 맬리는 여러 구멍에 동전을 넣었다. 두 개째의 샌드위치를 먹고 있는데 하링겐이 돌아왔다.

"일은 모두 끝났습니다."

하링겐은 테이블 위에 벌여놓은 접시를 보며 물었다.

"호오, 굉장히 시장했던 모양이지요?"

"그렇습니다. 당신의 아널드 랜딩 덕분에 오늘에야 비로소 식욕이 났습니다. 랜딩은 뭐라고 하던가요?"

하링겐은 자리에 앉으며 옆 의자에 모자를 놓았다.

"아아, 횡설수설하더군요. 하긴 무리도 아니지요. '잘됐군요, 잘됐습니다'라고 말할 뿐이었습니다. 그리고 프라이팬에서 풀려나게 되어 기쁘다고 하더군요. 식당일이 싫다고 몇 번이나 투덜거렸으니까요. 아마 방금 수화기를 놓는 순간 그 일을 그만두었는지도 모릅니다."

"그렇군요." 맬리가 말했다. "랜딩에게는 밝은 미래가 있습니다. 재판 걱정도 없어지고, 경찰에서 지금까지의 봉급을 지불해 주고, 헬런이 기다리고 있을 테니 더 이상 행복한 일이 어디 있겠습니까?"

"그렇지요." 하링겐이 말했다. "하지만 헬런에 대해서는……."

"더 이상 말하지 않아도 알겠습니다."

"아니, 그렇지 않습니다, 맬리. 그녀 때문에 이상한 입장에 몰렸던 것을 아널드 랜딩도 잘 알고 있습니다. 이제는 헬런에 대한 마음도 달라졌을 것입니다."

"그렇겠지요. 그는 달라졌을지 모르지만 헬런의 마음이 달라졌다고는 생각되지 않습니다. 남자에게 반한 여자란 무슨 일을 저지를지 모릅니다. 믿어지지 않는다면 펄 밀러의 경우를 보십시오."

"생각하고 싶지 않습니다." 하링겐은 감회 깊은 듯이 말했다. "어떻게 그럴 수가 있을까요! 그런 가엾은 여자가……."

"알겠습니다, 랠프, 당신은 앞으로도 형사 사건 변호를 맡을 생각입니까?"

"네."

"그렇다면 용기를 내십시오. 앞으로 그런 눈물은 싫을 정도로 보게 될 테니까요. 형사 사건에는 늘 눈물이 따라다니지요. 법정 뒤에서는 시시한 남자들 때문에 여자들이 언제나 눈물을 흘리고 있습니다. 그런데도 아직 이런 일을 할 생각입니까?"

"네, 그런데 왜 이처럼 걱정하십니까? 무슨 말을 하고 싶은 거지요, 맬리?"

"제안이 있습니다."

"뭔데요?"

"공동 경영. 당신과 내가 알파벳순으로 하면 하링겐 앤드 커크 탐정사무실이 되겠군요."

하링겐은 참뜻을 확인하려는 듯이 미간을 찌푸렸다.

"공동 경영? 그러나 당신 사무실은…… 아니, 당신이 묘한 입장에 놓이게 되지 않을까요?"

"그렇지 않습니다. 언젠가는 공동 경영을 할 생각이었습니다. 이익 배당 요구를 받고 있습니다만, 그보다는 완전한 공동 경영이 좋습니다. 경제적인 전망이 뚜렷하지는 않지만, 어떻게든 뚫고나갈 자신이 있습니다. 당신과 나라면 좋은 팀을 이룰 수 있을 겁니다."

"그럴지도 모르지요."

하링겐은 잠시 뒤 좀 비꼬인 말투로 덧붙였다.

"당신이 언젠가 이런 말을 했지요. 자신은 머리 쓰는 일만 하고 변론은 다른 사람에게 맡기겠다고?"

맬리는 고개를 저었다.

"진지하게 이야기하지요, 랠프. 나는 오늘 밤 당신을 아일러 밀러의 아파트로 데려갔지만, 그것은 그렇게 하고 싶었기 때문입니다. 당신에게는 그곳에 갈 권리도, 거기서 증거를 제출할 권리도, 그들에게 그처럼 열변을 토할 권리도 없었습니다.

그런데 당신은 그렇게 했습니다. 더욱이 훌륭하게. 그것은 우리식으로 말하면 당신이 처음부터 이 사건을 장악하고 있었기 때문입니다.

당신에게 몇 가지 서류와 테이프를 준 것은 나였지만, 그 자료를 호랑이들 앞에서 써 보일 만한 사람은 당신밖에 없었습니다. 더욱이 그 증거를 그만큼 훌륭히 쓸 수 있는 사람은 당신밖에 없었습니다. 그렇게 생각하지 않았다면 나는 처음부터 이런 제안을 하지도 않았을 겁니다. 나는 존경할 수 없는 사람과 함께 일하는 것을 싫어합니다."

"알겠습니다. 그렇게 말해 주니 고맙습니다만 다른 문제도 있잖습니까? 예를 들어 당신과 내 성격이 언제나 맞지는 않는다는 점…… 이것이 트러블의 원인이 되지 않을까요?"

"될 수도 있겠지요. 그러나 우리가 서로 조금씩 양보한다면 반드시 올바른 대답이 나오리라 생각합니다. 그것이 법률이지요. 두 사람이 모이면 공동경영이 되고, 아홉 사람이 모이면 최고재판소가 됩니다. 알겠습니까?"

"그 뜻은 알겠습니다." 하링겐이 말했다.

"그럼, 결정하시겠습니까? 빨리 결정하는 게 좋습니다, 랠프. 이대로 오늘 밤을 자고 나면 또 여러 가지로 생각이 달라질지도 모르니까요. 여러 가지 상황으로 보아 지금은 당신 결정에 따르겠습니다."

"하지만 어째서?" 하링겐이 물었다. "경제적으로 더 나아질 것을 알고 있으면서……."

"아니, 그건 알 수 없습니다. 얼마 동안은 경제적으로 그리 편하지 못할 겁니다. 이런 제안을 하는 것은 사실 언젠가 당신이 한 말 때문입니다, 랠프. 나라는 사람은 빈정거리지도 못하는 위인이라고 한 말 기억합니까?"

"기억하고 있습니다."

"그것은 당신이 잘못 본 겁니다. 나는 지나칠 만큼 빈정거리는 눈으로 세상을 봅니다. 당신이 아널드 랜딩의 유죄를 믿지 않았던 것과 마찬가지로 나는 그의 무죄를 조금도 믿지 않았습니다. 직업 때문에 그런 맹점이 생긴 겁니다. 그 맹점은 프랭크 콘미의 사고 방식이며 느낌에도 있었습니다.

나는 제2의 프랭크 콘미가 되고 싶지 않습니다. 그런 사람이 된다고 생각하면 무서워집니다. 그는 직업 때문에 세상 모든 사람과 일을 의심하게 되었습니다. 나는 그렇게 되고 싶지 않습니다. 그러나 이렇게 일을 계속하면 틀림없이 그렇게 되겠지요. 내 생각을 이해하시겠습니까? 당신이야말로 지금 내게 필요한 분입니다. 그러므로 제안을 받아준다면 나는 당신 말대로 하겠습니다."

"그보다도 '공동 경영자'라고 표현을 바꾸십시오." 하링겐이 말했다. "그러면 모든 일이 해결된 셈입니다."

다음날 오후 맬리로부터 이 소식을 들은 냅 부인은 놀랄 만큼 태연하게 말했다.

"그래요? 사장님 생각대로 하는 것이 가장 좋아요. 그리고 콜린즈 씨를 다시 채용하는 것도 좋을 거예요. 그가 우리 사무실에 있을 때 콘미 사장님이 퍽 높이 평가했었지요. 태평양 연안에서도 분명히 활동이 많았을 거예요. 그럼, 언제부터 시작하지요?"

맬리는 그제야 비로소 깨달았다. 냅 부인에게는 프랭크 콘미도 맬리 커크도 잭 콜린즈도 존재하지 않는 것이다. 그녀에게 존재하는 것은 회사뿐이며, 그 일사불란한 능률만이 문제인 것이다.

'그야말로 인간의 영혼을 해치는 능률이여' 하고 생각하며 맬리는 말했다.

"알 수 없군. 콜린즈는 다음 주일에 여기 오지만, 아직 여러 가지 서류상의 일이 있소. 한 달쯤은 걸릴 거요. 그건 왜 묻소?"

"자질구레한 일들이 잔뜩 밀려 있어요, 사장님. 이를테면 수녀 문제도 있지요. 나는 도무지⋯⋯."

"수녀? 어디 수녀 말이오?"

"오늘 아침 세인트 앨런서스 병원에서 오신 분이에요. 함께 오신 남자분이 마이크로필름으로 찍어달라고 기록을 잔뜩 안고 왔어요. 모두 무료로 해주라는 사장님 편지를 가지고 있었지만, 그것이 기계를 점령하면⋯⋯."

"그렇다면 한 대 더 사면 되오, 냅 부인. 그것이 유일한 해결책이라면 말이오. 다음 주일에 와 닿도록 주문하시오. 좋은 크리스마스 선물이 되겠군."

"아주 비싼 선물이군요. 그리고 우편물도 책상에 잔뜩 쌓여 있어요, 오늘 돌아가시기 전에 보아주시겠어요?"

"알았소. 그건 그렇고, 냅 부인. 사진 현상실에서 커다란 빈 통을, 인화지가 들어 있던 것을 이리 가져오도록 누구에게든 시키시오. 그리고 언젠가 〈엿보기 구멍〉 잡지 사장이 왔을 때 만든 뉴스거리가 될 만한 인물의 리스트도 가져오시오."

"어떻게 하시려고요?"

그녀가 맬리의 명령에 질문한 것은 이번이 처음이었다. 분명 맬리

혼자서는 회사를 장악할 수 없게 되었다.

맬리는 간단히 대답했다.

"그저 그럴 일이 있소, 부탁하오, 냅 부인."

리스트의 이름과 대조하면서 파일을 하나하나 추려내는 것은 아주 어려웠다. 겨우 그 일을 끝내자 상자 두 개에 파일이 가득 찼다.

빌딩 관리인 맥가이어를 불러 물어보니 이 건물에는 소각로가 없다고 말했다. 소각로는 처음부터 없었다.

맥가이어가 말했다.

"이 건물 난방은 뉴욕 스팀 회사에서 공급하고 있습니다, 커크 사장님. 여태 모르고 계셨다니 놀랐는데요."

그 말투로 짐작하건대 맥가이어는 맬리 커크에게 그 점을 일러준 것이 무척 기쁜 모양이었다.

"그것을 처리하는 가장 좋은 방법은 어디인가의 쓰레기 소각장으로 가져가는 것입니다. 아니면 여기에 놔두었다가 청소부들이 올 때 치우도록 하면 되지요."

"고맙소." 맬리가 말했다. "쓰레기 소각장을 찾기로 하지요."

그는 잠시 망설였으나 맥가이어가 짐짓 호기심 담긴 눈으로 쳐다보자 망설임이 말끔히 사라졌다.

그렇지, 세인트 스티븐 호텔에 벽난로가 있지 않은가.

그러나 곧 알게 된 일이지만 이 벽난로를 설계한 사람은 지금 맬리가 쓸어 넣은 잡동사니를 태울 때를 전혀 예상하지 못한 모양이었다. 녹음 테이프가 쉿쉿 소리를 내며 타올랐다. 필름들은 맹렬한 연기를 뿜어냈다. 온 방 안이 매캐한 연기로 가득 찼다. 당황해서 그는 창문을 모두 열고 책으로 눌러 방문도 열어젖히자 겨우 굴뚝 속의 공기 유통이 제대로 되는 모양이었다.

맬리는 불 앞에 웅크리고 앉아 이따금 장작을 던져 넣으며 허무한 뉘우침 같은 감정을 하나하나 지워없앴다.

상자 밑에 있던 몇 장의 사진 가운데 한 장이 맬리의 눈길을 끌었다. 그것은 언젠가 불행한 폴로 선수의 아내와 그녀의 정부였던 근육질 젊은이의 육체를 노골적으로 자세하게 찍은 사진이었다. 어둠에 가려져 있던 절정의 순간을 카메라 플래시가 멋지게 잡아낸 것이다.

맬리는 흥미진진하게 그 사진을 바라보며 이처럼 불길한 장면에서 여자가 아무것도 걸치지 않은 몸으로 태연한데 대해 감탄했다. 한편 남자 쪽은……

"예술 사진 50종이군요."

어깨 뒤에서 루스의 목소리가 들렸다.

깜짝 놀라 돌아보니 루스가 거기에 서 있었다. 1주일 전에, 아니 먼 옛날에 거기에 서 있었던 루스가.

그런데 어딘지 달라진 루스. 맬리는 벌떡 일어났으나 아직 손에 사진을 들고 있는 것을 깨닫고 화난 듯이 벽난로에 던져 넣었다.

"미안해요. 노크했지만 당신이 바빴기 때문에 듣지 못했나 봐요. 그래서 그냥 들어왔어요. 앨범 정리를 하고 있는 줄은 몰랐어요."

"아까부터 서 있었습니까?"

"그 사진을 구석구석 감상할 만큼 서 있었어요. 누구에요? 내가 아는 사람인가요?"

"천만에요. 나도 잊어버렸던 사람입니다."

"어머나, 맬리, 그런 얼굴을 하지 말아요. 잠깐 농담해 본 것뿐이에요. 당신은 정말……"

"그 이야기는 그만둡시다. 부르지도 않은 사람이 마음대로 방으로 들어와 나를 모욕하는 것은 싫습니다. 이번에는 내가 농담을 좀 해 보는 셈이지만."

"그래도 좋아요, 맬리. 오늘 학교에서 연극을 했어요. 랠프 하링겐 씨가 보러 오셨더군요. 연극이 끝난 뒤 그와 오랫동안 이야기를 나누었어요."

"잘했군요. 연극은 잘됐습니까?"

"그런 건 아무래도 좋아요. 하링겐 씨로부터 이번 일에 대해서 모두 들었어요. 당신과 아널드의 일, 그리고 공동 경영에 대해서도. 하링겐 씨는 열중하니까 굉장히 말이 많은 분이더군요. 이야기가 줄줄 끝이 없었어요. 이렇게 늦게 찾아온 것도 그분의 이야기 탓이에요."

"무슨 일로 왔습니까?"

"맬리, 들어봐요. 그날 밤——당신이 나에게 하신 말은 모두 옳았어요. 하지만 한 가지 틀린 게 있어요. 그때 나는 생전 처음 느껴보는 이상한 기분——자유로운 몸이 되었다는 기분을 느꼈어요. 몇 해 동안 그림자 같은 사슬에 묶여 있었는데 그것이 그림자에 지나지 않는다는 것을 갑자기 깨닫고 나는 자유로운 몸이 된 거예요.

그래서 오늘 여기에 온 거예요. 자유롭게 여기에 올 수 있었고, 또 오고 싶었어요. 맬리, 내가 무슨 말을 하고 있는지 모르시겠어요? 정말 모르신다면 당신을 죽여 버릴 테에요!"

"그렇다면 나에게는 선택할 자유가 거의 없는 셈이군요."

"그래요. 그리고 그처럼 쫓기는 숫사슴 같은 얼굴에 내가 감동하리라 생각하신다면 큰 오산이에요. 지금 곧 그런 표정은 짓지 않는게 좋겠어요. 유머 감각이 있는 사람이라면 심한 상처를 받은 듯한 표정은 짓지 않아요. 조금도 어울리지 않거든요."

"알았소." 맬리는 정색한 얼굴로 말했다. "그렇다면 되도록 손님을 유쾌하게 대접하려고 노력해야겠군요. 그럼, 그 옷을 벗지 않으시겠습니까? 새 목욕 수건이 준비되어 있으니 그것으로……."

"유머도 정도가 지나치면 안돼요."

루스는 한 손을 맬리의 뺨에 대고 움직이지 않았다. 차갑고 아주 기분이 상쾌한 손이었다.

"차갑지요? 무서웠기 때문이에요. 방금 엘리베이터를 타고 올라올 때 나는 바보처럼 무서웠어요. 무슨 말을 해야 할지는 알고 있었지만, 당신이 뭐라고 말해 줄지 몰라 무서웠어요. 하지만 지금은 당신이 아직 아무 말도 하지 않았지만 무섭지 않아요. 왠지 모르겠어요."

"당신은 자부심이 강하기 때문입니다. 그 자부심의 원인을 알고 싶으면 저 거울을 보십시오."

맬리는 빙글 몸을 돌려 루스의 등 뒤에 섰다. 두 사람은 벽난로 위에 걸려 있는 거울을 들여다보았다. 마침내 자신의 그림자에서 해방된 맬리는 두 팔로 루스를 꼭 안았다. 루스의 따뜻한 젖무덤의 무게가 맬리의 팔에 느껴졌다.

루스는 그의 어깨에 머리를 기댄 채 거울 속의 모습을 바라보며 미소지었다.

"멋진 미남 미녀로군요!"

6

프랭크 콘미가 어느 날 그에게 말했다.

"바야흐로 요즘은 서류 정리함의 황금 시대일세. 더럽고 아름다운 시대지."

그날 밤 두 사람은 세인트 스티븐 호텔 프랭크의 방에 있었다.

맑고 차가운 밤으로 달은 뜨지 않으나 온 하늘에 별들이 가득 빛나고 있었다.

30층에서 내려다보이는 센트럴 파크에서는 해마가 하늘을 향해 얼빠진 소리로 울어댔고, 차체가 기울어질 만큼 속력을 올려 5번 거리를 달리는 구급차 사이렌 소리에 호랑이들이 울부짖고 있었다.

프랭크는 먼 데서 들려오는 소리에 귀를 기울이며 말했다.

"허어, 저놈들은 무서울 때면 저런 소리를 내거든. 가엾은 짐승들. 밤낮 저런 소리만 내는 걸 보면 녀석들은 1년 내내 무서워하고 있는 모양이야. 그런 점에서 본다면 신이 창조하신 짐승들은 별 차이가 없어."

무서워하고 있다.

언제나 무서워하고 있다.

무표정한 별들에게 호소하고 있다.

사회적 일반 관념에서 출발한다
스탠리 엘린의 작품 세계

마지막 한 줄의 글귀가 오래도록 기억에 맴도는 인상 깊은 단편들. 미처 깨닫지 못했던 마음속 깊은 곳에 깃든 희미한 어둠의 세계, 그 부분을 냉정한 손길로 꼭 집어서 우리를 가슴 아프게 하고 경악케하며 서럽게 만들던 그런 주옥편들…….

스탠리 엘린의 단편은 더할 나위 없이 세련된 '문체'와 공감을 불러일으키는 탁월한 '심리묘사'로, 책을 다 읽고 난 뒤에도 온몸으로 스며드는 여운을 남긴다. 제2차 세계대전 이후 기묘한 재미를 주는 맛깔스런 단편의 명수라는 평가를 받은 스탠리 엘린의 손맛은 특별한 데가 있다. 그의 작품에서 느끼게 되는 기묘한 맛의 원천은 기이하게 연출한다거나 이상한 소도구를 이용하는 데서 비롯된 것이 아니다. 오히려 그는 직설적인 표현을 즐긴다. 스트레이트로 소재를 묘사하면서도 그 누구도 도달할 수 없는 깊은 맛이 우러나는 명작들을 완성시킨 것이다.

스탠리 엘린은 작품을 적게 쓰기로 유명한 작가인데 단편조차도 일 년에 1편밖에는 쓰지 않았다. 따라서 작품의 질이 높을 수밖에 없었는데, 미스터리 소설계에 데뷔해서 약 30년 동안 겨우 3권의 단편집과 8권의 장편소설을 남겼을 뿐이다. 대부분의 단편은 〈EQMM〉지에 발표되었다.

1946년 처녀작 《특별요리》로 퀸에게 재능을 인정받으면서 미스터리 소설계에 데뷔한 스탠리 엘린은 1916년 10월 6일 뉴욕에서 태어났다. 1936년 브루클린 대학 문학부를 졸업하고 보일러 견습공, 농부, 교사, 신문 방송 담당 등의 여러 직업을 전전하다 제2차 세계대전에 참전했고, 이때의 경험은 그의 인생에 많은 정신적 영향을 주게된다. 데뷔작 《특별요리》가 나온 이듬해인 1947년 12월, 이 작품은 〈EQMM〉제3회 콘테스트에서 최우수 처녀작 특별상을 받았으며 1948년 5월 〈EQMM〉에 발표되자마자 뜨거운 갈채를 받게 된다.

단편집 《특별요리》에 실린 엘러리 퀸의 머리글을 보면, 이 작품에 감격한 비평가 크리스토퍼 몰리는 다음과 같은 찬사를 보냈다고 한다.

1948년도 엘러리 퀸 상을 받은 작품들을 모두 합한 만큼의 가치가 있다.

그 뒤 이 작품은 단편 미스터리 분야에서 고전적인 작품으로 읽히게 되었다.

처녀 장편 《낭떠러지》를 발표하면서 스탠리 엘린은 새로운 타입의 미스터리 작가로 화려하게 등장한다. 눈앞에서 모욕당한 아버지의 복수를 하려고 나선 소년을 주인공으로 한 《낭떠러지》는 조지프 로지 감독이 존 밸리모어 주니어, 존 롤킹, 하워드 세인트 존을 주연으로 하여 〈빅 나이트(The Big Night)〉라는 제목의 영화로 만들었다.

그 뒤 스탠리 엘린은 해마다 개최된 〈EQMM〉 콘테스트에 응모하여 놀라운 기록을 수립했다. 제4회 콘테스트에서 3위를 차지했고, 이어 5, 6, 7, 8, 9회 콘테스트에서 계속 2위에 올랐으며, 제10회 콘테스트에서는 마침내 《결단을 내릴 때》로 1위를 차지했다.

1955년에는 《파티의 밤》을 비롯한 우수 단편소설로 미국 미스터리 작가 클럽에서 〈에드거 상〉을 받았다.

제2차 세계대전이 끝난 뒤 단편 작가로서 스탠리 엘린은 《당신을 닮은 사람》을 쓴 로얼드 달과 함께 많은 찬사를 받았다.

그러나 스탠리 엘린의 작품에는 달과 같은 '화려함'이나 '준열함'은 없다. 그리고 《미래 세계에서 온 사나이》의 프레드릭 브라운처럼 기묘한 아이디어로 승부를 겨루는 타입도 아니다.

엘러리 퀸이 엘린의 작품에 대해 이야기한 다음과 같은 평이 아마도 가장 정확한 비평이 될 듯싶다.

그의 작품에는 트릭도 기교도 없다. 엘린의 작품에는 '꾸밈'이 없다. 그 자신의 고백처럼 그는 흔히 말하는 '사회적 통념'에서 출발한다.

예를 들어 경제적 안정을 위해서라면 어떤 일이라도 해치울 수 있는 말단 관리의 감성적인 비극, 겉으로 보기에는 안정된 중류 가정에서 일어난 살인 사건이 주는 영향, 밍크코트를 입고 캐딜락을 타고 다니는 상류 계층에 대한 미국 젊은이들의 선망 등이다.

그리하여 처음부터 '단순히 인생이라는 이름의 요리점에 나오는 《특별요리》에서 뿐만 아니라, 아마 쇼킹하게도 우리 주변의 혼란스런 세계에 숨어 있는 공포를 일으키는 직접적인 원인을 캐내기 위한 그칠 줄 모르는 집념과 거의 믿기 어려울 정도의 지각력과 뛰어난 감수성'이 그의 특징이 되었다고 지적하고 있다.

여기에 옮긴 《제8지옥》은 《니콜라스 거리의 열쇠》 다음에 발표된 세 번째 장편으로 1958년에 출판되었으며, 그해 미국 미스터리 작가 클럽 최우수 장편상을 받았다.

《제8지옥》이란 단테의 《신곡》〈지옥편〉 중 '제8장'을 가리킨다. 제8지옥은 단테가 그려낸 지옥 가운데서도 가장 크고 음산한 곳이다. 단테와 그의 안내자 비르질리우스는 게뤼오네스라는 사람 얼굴을 가진 괴물 뱀의 등에 타고 플레제시턴트 폭포 꼭대기에서 이곳으로 뛰어내린다. 제8지옥은 열 개로 나뉘어 있는데 그 하나하나에 위선자, 사기꾼, 도둑, 뚜쟁이, 부패 관리, 음란한 인간들이 신음하고 있다. 말하자면 세속적인 악이 모두 모인 곳이라고 할 수 있다.

스탠리 엘린은 이것을 현대에 비유하고 있는 것이다.

현대는 모름지기 제8지옥과 같다고 할 수 있다. 폭력적인 도박과 썩어빠진 경관, 성(性)에 얽힌 스캔들 등…… 스탠리 엘린은 이런 악을 이용하여 살고 있는 이상한 사람들, 즉 사립 탐정들의 기묘한 생활을 《제8지옥》에서 생생하게 그려내고 있다.

이 작품에 나오는 등장 인물들은 거의 모두 저마다의 콤플렉스로 괴로워하고 있다. 정신분석 의사도 치유할 수 없는 환자들이다. 자신은 그것을 극복한 것처럼 보이나 여기저기 보이지 않는 정신 질환들은 일상 생활의 갈등에서 불쑥불쑥 고개를 내밀고 있다. 작가는 이처럼 혼탁한 세계에 숨어 있는 공포를 찾아내기 위한 그칠 줄 모르는 집념으로 이 작품을 완성하였다.

엘린의 이러한 심리 경향은 네 번째 작품 《카드의 집》에서부터 조금씩 달라지기 시작했다. 여섯 번째 내놓은 《공백과의 계약》은 보험 회사에 고용된 사립 탐정을 그린 소설인데, 초기 작품보다 훨씬 박진감과 서스펜스가 있고 엘린다운 정확한 관찰을 뒷받침한 인물 묘사가 소설에 활기를 불어넣어주고 있다. 일곱 번째 작품 《거울이여, 거울이여》에서도 그의 기교가 유감없이 발휘되고 있다.

스탠리 엘린의 작품들은 아래와 같다.

《낭떠러지(Dreadful Summit/The Big Night, 1948)》

《니콜라스 거리의 열쇠(The Key to Nicholas Street, 1952)》

《특별요리(Mystery Stories, 1956)》

《제8지옥(The Eighth Circle, 1958)》

《단편집(The Blessington Method and Other Strange Tales, 1964)》

《카드의 집(House of Cards, 1967)》

《발렌타인의 유산(The Valentine Estate, 1968)》

《공백과의 계약(The Bind, 1970)》

《거울이여, 거울이여(Mirror, Mirror on the Wall, 1972)》

《요새(Stronghold, 1975)》

《단편집(Kindly Dig Your Grave and Other Wicked Stories, 1975)》

《룩셈부르그(The Luxembourg Run, 1977)》

《단편집(The Specialty of the House and Other Stories:The Complete Mystery Tales, 1948~78)》

《빛나는 별(Star Light, Star Bright, 1979)》

《어두운 환상(The Dark Fantastic, 1979)》

《아주 오래된 돈(Very Old Money, 1984)》